Susanne Goga

I segreti del Tamigi

Traduzione di
Sara Congregati

GIUNTI

Titolo originale:
Das Geheimnis der Themse
by Susanne Goga

www.giunti.it

Via Bolognese 165 – 50139 Firenze – Italia
Via G. B. Pirelli 30 – 20124 Milano – Italia

Prima edizione: giugno 2022

Where beauteous Isis and her Husband Tame
With mingl'd Waves, for ever, flow the Same.

Dove la bella Iside e suo marito Tamigi
nel rimestio dei flutti, in eterno, medesimi fluiscono.

Matthew Prior, *Henry and Emma* (1709)

Prologo

Dal martellare sordo e incessante delle tempie doloranti uno strale di nausea le arrivò fino allo stomaco. Aprì gli occhi, ma intorno era tutto buio; a poco a poco, ecco delinearsi profili indistinti. Uno spiraglio fra le tende lasciò trapelare sul pavimento un'esile striscia d'argento. Forse il chiaro di luna. Ebbe un capogiro quando si sforzò di guardare più attentamente.

Era distesa su qualcosa di morbido, un letto dunque, oppure un comodo divano. Dov'era? Come era arrivata fin lì? Al posto delle risposte che si aspettava trovò solo il vuoto, come se tutti i ricordi fossero svaniti. Si passò la lingua sulle labbra e le avvertì secche e screpolate. Aveva sete, la lingua sembrava incollata al palato. La pelle intorno alle labbra e al naso le faceva male, come se si fosse ferita. Cosa le era successo?

Doveva essersi riaddormentata, perché quando si risvegliò sentì un profumo che le sembrò familiare. Doveva esser venuto qualcuno nella stanza senza che lei se ne fosse accorta. Provò a mettersi a sedere, ma ebbe un altro capogiro, risprofondando inerme nei cuscini. Se non altro, il mal di testa non era più così lancinante e singole immagini sfocate cominciavano gradualmente a riaffiorare: il fiume, i salici piangenti, il lume di candela tremolante e una voce, a lei fin troppo nota, che le riecheggiava nella mente. E c'era stato qualcos'altro: una mano che le stringeva il collo, soffocandola…

Mentre quelle immagini le scorrevano davanti, fu colta dalla paura. Quel luogo estraneo, il suo stordimento, il silenzio assoluto che la circondava; tutto ciò era familiare come un bozzolo protettivo e al tempo stesso spaventoso.

Chiuse gli occhi, inspirò quel profumo e attese. Prima o poi qualcuno sarebbe venuto. E a quel punto lei…

La voce era dolce, la mano sulla sua fronte fresca e rassicurante.

«Non ti muovere. Va tutto bene. Ci sono io qui con te.»

«Perché… mi hai portata qui?» domandò aprendo gli occhi. La stanza era immersa nella luce soffusa, qualcuno le stava tenendo un bicchier d'acqua vicino alla bocca.

«Perché sei speciale. Perché ho bisogno di te. Perché voglio metterti in guardia. Perché minacci di allontanarti dalla retta via.»

Lei deglutì. Quelle parole da un lato la facevano sentire lusingata, dall'altro la intimidivano. «Perché mi starei allontanando dalla retta via?»

«Non devi parlarne con nessuno.»

«Certo che no. Resterò in silenzio.»

«Giuralo.»

Alzò la mano destra. «Lo giuro. Sulla dea.»

1

Charlotte stava osservando la magnolia davanti alla finestra; nel pieno della fioritura era a dir poco lussureggiante. Erano caduti i primi petali, come una coltre di neve rosa giacevano a terra sul fazzoletto di prato dal quale si ergeva l'albero. La finestra aperta lasciò entrare un alito di primavera, nonostante le sere di maggio lì a Londra fossero ancora fresche. Il mormorio di voci dietro di lei era simile a una colonna sonora che accompagnava i suoi pensieri senza disturbarli.

Anche lo stesso giorno di due anni prima c'era profumo di lillà che aleggiava dalla finestra come se persino la natura volesse augurar loro tutta la felicità del mondo. Il vino le aveva fatto girare un po' la testa, ma in una giornata come quella – circondata da amici, al fianco dell'uomo che amava sopra ogni altra cosa, *suo* marito, da allora in poi – non ci aveva badato.

Ripensando a come Tom l'aveva condotta al ballo di nozze, mentre tutti li guardavano e loro due avevano occhi solo l'una per l'altro, venne sopraffatta da una leggera malinconia. Sentiva ancora le braccia di lui che la stringevano, i suoi riccioli scuri sulla guancia, udiva ancora il ritmo del valzer e il mormorio attutito dei loro ospiti. Fu un momento perfetto. Un momento che – lo sapeva per certo – l'avrebbe accompagnata per tutta la vita.

Il suo discorso da sposa fu breve. Aveva ringraziato tutti quelli che l'avevano accolta così calorosamente, dandole la sensazione di essere la benvenuta. «Ma soprattutto vorrei ringraziare Tom – del suo amore, del suo senso dell'umorismo, del suo entusiasmo sconfinato e della sua autoironia.»

Era seguito un tempo felice che le aveva dato più di quanto avesse mai sperato, ma negli ultimi mesi era stato come se spirasse di tanto in tanto un soffio di aria fresca per casa, come se su entrambi si posasse un'ombra alla quale Charlotte non sapeva dare un nome. Proprio perché impalpabile, sembrava impossibile che Tom vi reagisse. Talvolta era come se a dividerli ci fosse un muro invisibile, invalicabile.

E quello era il giorno del suo secondo anniversario di matrimonio e non sapeva come sottrarsi alla tristezza.

«Charlotte, già sentiamo la tua mancanza!» Sarah Hoskin andò accanto a lei alla finestra a osservare la magnolia.

«È stupenda.»

«Non riesco a smettere di guardarla. È come se, voltandomi, potesse perdere i suoi fiori.»

Sarah le toccò leggermente la spalla. «È ora di fare un brindisi» disse. «Il trasloco nella casa nuova è un'occasione per festeggiare.»

Charlotte e Tom abitavano da tre settimane nella nuova dimora di Clerkenwell Close al numero 47, non lontano dalla casa precedente.

«Sembri così assorta nei tuoi pensieri» constatò Sarah. «Qui è davvero meraviglioso.»

Charlotte si voltò verso di lei facendo spallucce. «Mi piace questa casa, e il giardino con la chiesa attigua sono incantevoli, solo che... A volte mi vengono dei dubbi, e mi chiedo se Tom non sarebbe stato più felice al numero 54.»

Sarah allungò d'un tratto la mano e le afferrò il braccio. «Come può una donna intelligente come te anche solo concepire simili sciocchezze? È stato espresso desiderio di Tom lasciare la vecchia casa, lo ha detto a John parecchio tempo fa.»

Tom aveva abitato con la sua defunta moglie Lucy al numero 54 di Clerkenwell Green, e dopo il matrimonio Charlotte vi si era trasferita come seconda Mrs Ashdown. Non era insolito che la seconda moglie vivesse nella casa della prima, in mezzo ai mobili e agli arredi scelti da chi l'aveva preceduta, circondata da ricordi che suo marito condivideva con un'altra e non con lei. A Charlotte non aveva dato fastidio, dal momento che da istitutrice aveva vissuto in stanze dove non possedeva nulla tranne i suoi vestiti e i suoi libri e che non era stata lei ad arredare. Si era ambientata presto al numero 54 e aveva fatto solo dei cambiamenti discreti qua e là, senza cancellare il ricordo di Lucy Ashdown. E tuttavia…

«Hai ragione. È stata un'idea di Tom trasferirci qui. Ti ho mai raccontato come è successo?»

Sarah scosse la testa sorridendo.

«Avevamo fatto come di consueto una passeggiata, dal Green sopra al cimitero. Era luna piena, me lo ricordo ancora, una fresca serata di marzo. Ma invece di andare a casa, Tom svoltò a destra, fermandosi davanti a questa casa e limitandosi a guardarmi.»

«In silenzio?»

«In via del tutto eccezionale» disse Charlotte divertita. «Tradendo così l'importanza della cosa. Allora anch'io l'ho guardato in silenzio. Fu come una sfida per dimostrare chi resisteva più a lungo.»

«E chi ha vinto?»

«Io. Perché a un certo punto Tom non riusciva più a trattenersi. "Questa porta è ben illuminata" disse. Devo averlo guardato con aria alquanto smarrita. “Il giardino è piccolo, ma c’è un albero di magnolia.” Mentre continuavo a stare zitta, mi prese le mani e mi guardò con espressione seria. “Non rendermi le cose difficili, tesoro. Vorrei comprare questa casa. Una casa nuova per la mia nuova vita con te.”» Charlotte deglutì, rivivendo ancora una volta quell’istante. «“Potrai arredarla a tuo piacimento, dovrà rispecchiare la tua personalità. Meriti una casa che sia solo tua, dove non ci siano ombre.”»

«Hai detto subito di sì?»

«No, volevo pensarci con tranquillità e mi sono presa del tempo, più di quanto Tom avrebbe voluto. Mi si è strusciato per giorni come un gatto innamorato. Alla fine ho capito che un nuovo inizio sarebbe stata la cosa migliore per entrambi, e che era opportuno liberarsi dei ricordi. Quindi ho acconsentito.»

«E hai fatto bene» disse Sarah. «Inoltre oggi è il vostro secondo anniversario. Ora, però, devi proprio venire a brindare con noi. Gli altri ti stanno aspettando.»

Gli occhi scuri di Tom erano raggianti quando Charlotte entrò in soggiorno. Le andò incontro tendendole entrambe le mani, al che tutti iniziarono ad applaudire. Le dette un bacio sulla guancia e si guardò intorno.

«Amici, adesso che la mia adorata moglie è di nuovo qui con noi, vorrei chiedere a tutti quanti di bere alla nostra salute. Due anni fa, in questo giorno, ci siamo promessi in vostra presenza di passare la vita insieme. È stato per me uno dei giorni più felici, e non vorrei mai più ritrovarmi senza di te, cara Charlotte. Saperti al mio fianco ha reso la mia vita molto più luminosa e molto più semplice. E ora abbiamo anche trovato il luogo adatto per il nostro futuro.»

Prese due bicchieri di vino, ne porse uno a Charlotte,

brindando sonoramente con lei. Tutti gli altri li imitarono.

«A Charlotte e Tom, e a una lunga vita felice al 47 di Clerkenwell Close!»

Se ne stavano lì silenziosi, rivolti l'uno verso l'altra, e Charlotte gli sfiorò dolcemente con l'indice il gilet color prugna. A suo marito piacevano quei capi di abbigliamento stravaganti, e a lei piaceva vederglieli indosso.

Dopo di che Tom posò il bicchiere e sogghignò. «Ma veniamo ora alle questioni davvero pressanti – chi di voi ha visto l'inguardabile *King Lear* al Drury Lane?»

John Hoskins, suo amico dai tempi dell'università, scosse la testa. «A Oxford non ce ne è giunta ancora notizia. Cosa mi sono perso?»

«Assolutamente niente» replicò Leland Williams, il critico di teatro del *Morning Herald*. «E purtroppo il nostro buon vecchio Tom ci ha preceduti. Mi ero già rallegrato dell'onore di scriverne la prima stroncatura.»

«Ci sono molti motivi che valgono un viaggio da Oxford a Londra, ma questo spettacolo non ci rientra» intervenne Tom. «Bernard LaGrange interpreta un Lear di ventotto anni in sovrappeso, dunque non solo non è un anziano, ma è anche più giovane delle sue figlie Regan e Goneril. L'interprete di Cordelia almeno ha ventisei anni, ma anche in questo caso una paternità è fuori discussione.»

Si interruppe per le grasse risate smodate. Tom era un critico, e gli piaceva pontificare sul teatro. Quanto più brutta era la rappresentazione tanto più si godeva il privilegio di stroncarla. All'inizio della loro frequentazione, Charlotte gli aveva chiesto se sapesse apprezzare una buona messinscena, e lui aveva risposto: «Certamente. Quelle buone mi scaldano il cuore. Ma quelle brutte infiammano la mia penna».

«L'audacia è un privilegio della gioventù» intervenne l'amico di Tom, Stephen Carlisle. «Ed è sintomo di audacia osare così presto in un ruolo del genere.»

Tom alzò un sopracciglio. «Lear è un *padre*, questa è la vera essenza del ruolo. Tratta di padri e figlie. Di ciò che un padre si aspetta dai propri figli e questi dal proprio padre. Di amore e stima, di sentimenti autentici e simulati. Di colpa e innocenza, fiducia e tradimento. Ammesso che LaGrange sia un bravo attore, e non lo è, mi sembra troppo giovane per tale ruolo.»

«E dove fisseresti l'età minima per un Lear?» domandò Sarah Hoskins.

«Be', è una questione di matematica, no?» replicò Tom. «Diciamo che la figlia maggiore di Lear debba avere all'incirca venticinque anni e la più giovane sedici. Quindi lui dovrebbe averne quarantacinque minimo.»

Carlisle dondolò la testa. «Chi controlla certe cose a teatro? Ho visto madri sul palcoscenico di poco più vecchie dei loro figli o persino più giovani. Qui entra in gioco la nostra fantasia.»

Charlotte rivolse lo sguardo a Tom che, fattosi improvvisamente taciturno, osservava pensieroso il suo bicchiere. Nessuno tranne lei sembrò notarlo.

«Tom, hai sollevato tu la questione, quindi spetta a te fare da moderatore!» esclamò qualcuno.

Come strappato ai suoi pensieri, Tom ebbe un leggero sussulto, si passò una mano fra i capelli e guardandosi intorno sorrise. «Credo che non sia tanto una questione di matematica quanto di maturità. LaGrange sembra fin troppo immaturo per risultare convincente come padre, l'età delle figlie è indifferente. Io stesso mi sforzerei di trattarle a un tempo come bambine e come adulte, a suscitare il loro entusiasmo infantile, ma anche ad assisterle come solo a un adulto si conviene. Mi chiedo come si sia comportato Lear con le sue figlie quand'erano ancora piccole.» Si interruppe. «Perdonate, sto divagando.»

Charlotte avvertì che a Tom stava succedendo qualcosa che voleva tener nascosto agli altri, e andò rapidamente in suo soccorso. «Io, Lear, me lo immagino come un uomo dall'aspetto senile, caparbio e tuttavia fin troppo credulone. Come un uomo molto anziano. Di conseguenza anche le sue figlie dovrebbero essere rispettivamente più vecchie.»

«O magari è diventato padre in tarda età» disse Emma Lowndes, la sorella di Sarah, sposata a un uomo visibilmente più vecchio di lei e divenuta recentemente madre per la prima volta. «L'esperienza di vita non può che tornare utile a un padre.»

«Lo credo anch'io» disse Miss Clovis, un'anziana vicina che, quando si erano trasferiti, si era presentata a casa loro con pane e sale in segno di benvenuto e con l'augurio di una vita felice nella nuova dimora. Arrossì, pentendosi di aver osato parlare, poi però si fece forza. «Il mio adorato padre aveva quarantatré anni quando sposò mia madre. L'ho conosciuto come un uomo mite e ben educato, sempre pronto ad ascoltare i suoi figli.»

«Ciò dimostra che non sempre dobbiamo ritenere Shakespeare privo di scrupoli» disse Charlotte, percependo quasi fisicamente il silenzio persistente di Tom. «Ma sarebbe un'idea proficua per un nuovo libro, non è vero, Tom? *Genitorialità in Shakespeare* – la prosecuzione ideale per il tuo *Donne in Shakespeare*.»

Lui annuì appena, si guardò intorno e cambiò bruscamente argomento. «Vi prego di scusarmi un istante. Charlotte, iniziate con il giro della casa, non pensate di scamparla!»

Tom chiuse gli occhi e si appoggiò alla mensola del camino, quella decorata con intarsi di animali, che lo aveva stregato durante la prima visita alla casa. Aveva sfiorato con le dita i leoni, gli alci e gli elefanti dicendo a Charlotte: «Questa casa ci stava aspettando».

Il soggiorno era dominato dai caldi toni del legno, rosso e castano, dagli scaffali di libri e dalle piante in vaso vagheggiate da Daisy. Charlotte amava quella stanza e si era data un gran da fare per arredarla; aveva appeso dei quadri della vecchia casa, ma anche nuovi disegni e incisioni che avevano scovato in negozietti nascosti durante le loro passeggiate. Una vecchia veduta di Richmond, St. Paul's Cathedral, una vista della città dalla riva sud del Tamigi e di Hampstead Heath. Infine delle incisioni su rame di scene shakespeariane del XVIII secolo, create appositamente per lui e che lei gli aveva regalato per il suo compleanno.

Prima a Tom era successo qualcosa. Spensierato, aveva fatto dell'ironia sull'attore che recitava la parte di Lear, finendo poi a parlare di come si sarebbe comportato con i propri figli, senza rendersene conto. Era come se il discorso su Lear gli avesse smosso qualcosa dentro che lo agitava già da tempo, anche se non riusciva ad ammetterlo. Era come una superstizione, la paura che qualcosa si avverasse per averne semplicemente pronunciato il nome.

Non avevano mai parlato di figli. Forse era dipeso dal fatto che quello era il suo secondo matrimonio, che entrambi non erano più tanto giovani, che Charlotte era stata indipendente e aveva fatto la sua vita. Le loro aspettative erano perciò diverse da quelle di una giovane coppia.

Come sarebbe stato bello avere un figlio da Charlotte, una femminuccia o un maschietto, una nuova creatura nata dal loro amore. Ma negli ultimi due anni lei non era rimasta incinta.

Tom si fermò ancora un istante, fece dei respiri profondi e appoggiò la mano sulla mensola del camino come se il calore del legno potesse infondergli fiducia. Poi si dette un contegno e si diresse verso la porta.

2

«Che bello che sia venuta, Mrs Ashdown! Spero che il mio invito non le sia giunto scortesemente in ritardo, ma volevo sdebitarmi della magnifica serata passata da lei. Purtroppo sono stata indisposta per qualche settimana. Un raffreddore estivo.»

Quelle frasi uscirono come un fiume dalla bocca di Miss Clovis, prima ancora di aver accompagnato Charlotte nel salottino dove aveva apparecchiato per il tè. «Ma la prego, si accomodi, i Chelsea buns sono appena usciti dal forno, spero non siano ancora bollenti. La ricetta è della mia povera mamma che ci metteva la scorza di limone ed era solita dire che l'ideale è mangiarli caldi.»

Charlotte si guardò intorno stupefatta dei tanti mobili, cuscini, tovagliette, quadri e vasi sistemati dalla sua ospite in così poco spazio. Osava a malapena respirare per il timore di far cadere al minimo spostamento d'aria le delicate composizioni di porcellana in precario equilibrio sulle mensole. C'era odore di polvere e lavanda, e avvertì un lieve prurito al naso.

Miss Clovis le verso il tè e le porse il piatto con i dolcetti. «Compro la cannella e la miscela di spezie da Cranley, in Farringdon Road. Non certo economico, ma eccellente.»

Al primo morso Charlotte si accorse subito che aveva ragione. Si gustò il morbido impasto dall'aroma quasi natalizio. Poi rivolse lo sguardo alla vetrina accanto alla porta.

«Ha una collezione di porcellane davvero notevole.»

«Molte grazie, per la maggior parte sono pezzi di mia nonna. Collezionare è un vizio di famiglia. Il mio povero padre mi ha lasciato in eredità le sue monete, ma io le ho vendute e con il ricavato ho acquistato questa casa. Non mi piaceva l'idea, ma non avendo un'eredità su cui contare, mi è sembrato opportuno assicurarmi un sostentamento.»

Charlotte si meravigliò che Miss Clovis parlasse così apertamente delle sue questioni finanziarie, dopotutto si conoscevano solo da poco. «Si capisce. Ma non aveva detto che era insegnante?»

Miss Clovis girò lo zucchero nel tè e posò il cucchiaino prima di rispondere. «Certo, ma in una scuola per i poveri. Tutto il denaro ci serviva per i bambini, quindi ho lavorato pressoché gratuitamente. Per lei è stato certamente diverso.» Si fermò e guardò Charlotte imbarazzata. «Mi scusi, non era mia intenzione offenderla.»

Charlotte sorrise: «Non mi offende che si menzioni il mio lavoro. La mia attività è stata molto gratificante. È stato il motivo per il quale all'epoca sono venuta in Inghilterra».

La sua mente tornò a quando aveva abbandonato la Germania per lavorare come istitutrice a Chalk Hill. Quel passo le aveva dato il coraggio e reso la forza con cui aveva vissuto fino ad allora. A quel tempo non avrebbe mai immaginato di rinunciare al suo lavoro, di non mantenersi più da sola, ma poi aveva incontrato Tom, e tutto era cambiato.

«Le manca?»

Tornò bruscamente al presente. Miss Clovis era arrossita, e Charlotte si stupì di come passasse celermente dall'indelicatezza al rammarico e viceversa.

«Perdoni la domanda. Come donna felicemente sposata si

sarà lasciata alle spalle il suo lavoro e si sarà dedicata a nuovi compiti.»

Davvero se lo era lasciato alle spalle?, si domandò Charlotte, accorgendosi che involontariamente quel pensiero stava mettendo radici dentro di lei. A volte sostava davanti allo scaffale dove conservava i libri di scuola e ne accarezzava con la mano le costole, ripensando a quando insegnava, a come brillavano gli occhi dei bambini, chiudendosi però di tanto in tanto per la noia. Si ricordò di sbadigli furtivi e di mani zelanti portate alla bocca. «Il mio ruolo di istitutrice era appagante. Ero spesso felice, soprattutto quando potevo star fuori con i bambini in mezzo alla natura o quando potevo scoprire insieme a loro cose che non facevano parte del programma. Le fiabe tedesche, per esempio. Ma dava anche soddisfazione constatare quanti progressi facessero nella lettura, nella scrittura e nel calcolo.»

Miss Clovis si schiarì la voce. «Anche una mia amica era istitutrice, e terribilmente sola da quanto si poteva evincere dalle sue lettere. Quando morì d'infarto, la famiglia non si prese nemmeno il disturbo di provvedere al funerale.»

Charlotte guardò imbarazzata il suo piatto riflettendo su come poter rompere il silenzio che era sceso nella stanza. «Mi dispiace. Come dicevo, mi è piaciuto insegnare ai bambini, ma non mi è pesato lasciare il lavoro per farmi una famiglia mia.»

«Allora le auguro di averla presto.» Stavolta Miss Clovis non sembrò nemmeno accorgersi di quanto inappropriate fossero le sue parole.

A Charlotte servì un momento per dominarsi e replicare. «Ha ragione, non abbiamo ancora figli.» Aveva le guance rosse. Certo, dopo due anni il suo era ancora un matrimonio senza figli, ma finora nessuno l'aveva interpellata su questo. Nelle cerchie di Tom si pensava controcorrente e si discuteva del diritto di voto per le donne, di arte e fenomeni soprannaturali, ecco perché quelle parole inattese la colpirono come una pugnalata ben assestata. «Ad ogni modo penso che anche due persone che si amano sinceramente possano definirsi una famiglia.»

Miss Clovis si sporse in avanti e posò la mano sul braccio di Charlotte. «La prego, mi perdoni Mrs Ashdown, non volevo metterla in imbarazzo. Io purtroppo non ho mai avuto la fortuna di sposarmi, il mio fidanzato è morto di colera. Sono certa che a tempo debito avrà la gioia di poter accrescere la famiglia.»

«Mi dispiace» disse Charlotte, ma il disagio non la lasciò. Scivolava avanti e indietro sulla sedia interrogandosi su quale fosse la più rapida via di fuga da intraprendere senza per questo urtare i sentimenti della sua ospite.

«Ora ho persino peggiorato le cose» disse Miss Clovis imbarazzata. «È meglio riprendere il discorso sulle porcellane.»

«Mi racconti invece della sua scuola per i poveri» disse Charlotte, risoluta.

Miss Clovis sospirò sollevata. «Prenda un altro Chelsea bun, Mrs Ashdown. Be', la scuola era a Field Lane, un quartiere non agiato, poco lontano da qui. Venne trasferita già diversi anni fa a Hampstead, ed è stato lì che poco dopo ho lasciato il mio lavoro.»

«Cosa insegnava?»

«Erano bambini poveri, la geografia o la musica non sarebbero state loro di grande aiuto. Dovevamo prepararli a lavorare per il loro sostentamento. I maschi venivano formati come sarti o calzolai e imparavano anche lavori grezzi come il taglialegna.»

Charlotte la guardava assorta: «Io ho sempre insegnato a bambini a cui non mancava niente. Almeno in senso materiale. Ovviamente il denaro non può compensare l'amore dei genitori, ma ce n'erano di fortunati che li avevano entrambi».

Miss Clovis le verso del tè. «Prima che arrivassi io – poco dopo la fondazione della scuola negli anni Quaranta – una volta venne in visita Mr Dickens. Restò scioccato dalla povertà e dalla miseria a cui quei bambini cercavano di sfuggire. Visitò anche il dormitorio dove erano alloggiati quelli senza casa, e si mostrò profondamente commosso. Conosce *Oliver Twist*? Molte scene sono ambientate nella nostra scuola.»

«Interessante. Tuttavia devo ammettere che fra le opere di Dickens quella che preferisco è *Il nostro comune amico*.»

Miss Clovis la guardò sorpresa. «Una scelta insolita, Mrs Ashdown. Molto deprimente.»

Charlotte rise. Contraddire la sua ospite fu stranamente liberatorio. «Be', ho trovato irresistibilmente affascinanti le scene sul Tamigi. Gli sciacalli che a bordo delle loro barche andavano di notte a caccia di bottino. Mr Boffin con il suo impero di rifiuti. E un'eroina per la quale il denaro ha contato a lungo più dell'amore. Mi è sembrato un romanzo divinamente bizzarro. Per questo mi piace così tanto passeggiare lungo il Tamigi.» Osservò divertita Miss Clovis facendo spallucce.

«Mmm, be', il tardo Dickens ha sicuramente i suoi pregi, ma preferisco *Oliver Twist* e *Grandi speranze*.» Poi a Miss Clovis brillarono gli occhi. «Ha detto che le piace il Tamigi? Io lo trovo assai inquietante, con le maree e le molte navi e gli uomini rozzi che vi si incontrano. Wapping, Rotherhithe, Limehouse, sono tutte zone malfamate nei pressi del fiume. E basti pensare all'oppio! Ma a Limehouse c'è una chiesa carina dell'architetto Nicholas Hawksmoor. St. Anne's, quella con la piramide.»

«Non ci sono mai stata. Che tipo di piramide?»

A quel punto Miss Clovis si mostrò quasi zelante. «Al cimitero c'è un monumento che risale ai tempi in cui la chiesa fu costruita. Una piramide in pietra di Portland con l'iscrizione

"La saggezza di Salomone". Se dovesse tornare da quelle parti, le consiglio di andarla a vedere.»

«Lo farò.» Charlotte si alzò, e Miss Clovis la guardò sorpresa.

«Va già via? Che peccato.»

«Mi dispiace, ma mio marito mi sta aspettando.» Non era proprio una bugia, Tom infatti le aveva chiesto di leggere il suo ultimo articolo sulla rappresentazione teatrale di una fiaba dei fratelli Grimm per dargli la sua opinione. Solo che se n'era già occupata prima della sua visita a Miss Clovis…

«Mi ha fatto così tanto piacere riceverla.»

Quando Charlotte fu in strada inspirò aria a pieni polmoni. Poi si voltò e dette un ultimo sguardo alla casa di Miss Clovis. Quel pomeriggio era successo qualcosa che non sapeva esprimere a parole. Fu come se l'anziana signora le avesse ispirato pensieri che avrebbe portato a casa con sé.

Tutte quelle domande sui figli e sul fatto di sentire la mancanza del proprio lavoro – possibile che le avesse letto nel pensiero?

Abitavano quasi accanto. Sarebbe stato pressoché inevitabile incontrare di nuovo Miss Clovis. Ma Charlotte non avrebbe ripetuto a breve l'esperienza dell'ora del tè.

3

Tom le aprì la porta. Quando se lo trovò davanti, le maniche della camicia bianca arrotolate, il cardigan aperto, i capelli arruffati e le dita macchiate d'inchiostro, Charlotte non riuscì a trattenersi e gli gettò le braccia al collo. Lui la strinse a sé, con il piede richiuse la porta di casa e poi per un attimo se la scostò di dosso. Meravigliato, spalancò gli occhi scuri – le sopracciglia disordinate, folte e ben arcuate.

«Apprezzo la tua passione, ma hai l'aspetto di una che ha appena visto un fantasma.»

Charlotte rise. «Sono semplicemente felice di vederti. Che strano tè è stato!»

Tom la prese dolcemente per un braccio e la condusse in soggiorno dove la indirizzò verso la poltrona accanto al camino. «Uno cherry?»

Charlotte non dovette pensarci a lungo. «Volentieri.»

Tom andò al tavolino basso con sopra una caraffa e riempì due bicchieri. Ne porse uno a Charlotte e le si sedette di fronte sul divano. «Alla salute. E ora raccontami di questo strano tè, sono curioso.»

Charlotte svuotò il bicchiere in un solo sorso e lo appoggiò sul tavolo. «Probabilmente mi deriderai.»

«Dimmi cosa è successo, poi deciderò se ridere o meno.»

Ma proprio ora che aveva iniziato a parlarne, si rese conto di quanto poco ci fosse in realtà da dire. Se l'era forse immaginata la strana atmosfera in casa di Miss Clovis? Quel misto di mancanza di tatto e risolutezza? Era stata solo la sua fantasia a riempire quelle parole di un significato che in verità non avevano?

Tom alzò le sopracciglia. «Non sembra proprio che questa signora sia cortese. Mi pento di averla invitata alla nostra festa. Dovresti toglierti dalla testa i suoi discorsi.»

«Proprio lei che non ha marito né figli sostiene che noi non siamo propriamente una famiglia, perché...» Si interruppe vedendo Tom improvvisamente serio.

Si rigirava il bicchiere fra le dita senza bere. «È stato questo a infastidirti?»

Charlotte fece spallucce. «È stato semplicemente strano. Parlava come se non fosse corretto essere sposati e non avere figli.» Mentre lui taceva, lei aggiunse: «Si atteggiava a persona ospitale e partecipe, ma mi sono sentita sotto osservazione». Tom continuava a fissare il suo bicchiere. «Non mi sento a mio agio in sua presenza.»

Risoluto, finì di bere il suo cherry, posò il bicchiere accanto a quello di Charlotte e poggiò le palme delle mani sulle ginocchia. Poi si sporse in avanti e la guardò. «Se quella donna non ti piace, tesoro, stalle lontana. Sarà anche nostra vicina, ma ciò non significa che dobbiamo frequentarla. Vorrei che tu fossi felice qui.»

Con sorpresa di Charlotte, Tom si inginocchiò davanti alla poltrona e le prese le mani accarezzandole dolcemente con i pollici. Charlotte osservò la sua testa scura con qualche ciocca argentata messa in risalto dalla luce della lampada. In quel momento si sentì vicina a lui come non le succedeva più da tempo. Avrebbe voluto nascondere il viso fra i capelli di Tom e non rialzare più lo sguardo.

Dopo cena le venne in mente di cosa volesse parlare in realtà. «Tom, ho letto il tuo articolo prima di andare da Miss Clovis. Mi piace, vorrei vedere la rappresentazione teatrale. È un bene che non mettano in scena *Il ginepro*» disse Charlotte.

«Il cosa?»

Rise. «La fiaba più crudele che conosca. Metterla in scena darebbe sicuramente scandalo.»

Tom si appoggiò al camino, e infilandosi le mani nelle tasche dei pantaloni la guardò carico di aspettativa. «Adesso però mi hai incuriosito. Racconta.»

Era felice che l'atmosfera cupa creatasi prima fosse evaporata, e abbassò la voce con fare teatrale. «Ebbene. Non lamentarti poi, però, quando avrai gli incubi. Nella fiaba del ginepro si narra di una matrigna che decapita il figliastro addossando l'omicidio alla sua figlioletta, poi cucina le carni del bambino nella zuppa per nascondere il crimine. Il padre mangia la zuppa con appetito. Dalle sue ossa rinascono prima un uccello e poi un bambino, e la matrigna alla fine viene uccisa con una macina.»

Tom la guardò inorridito. «Dici sul serio?»

Rise. «Oh, sì. Da bambina mi ha spaventata terribilmente. Per questo da istitutrice non l'ho mai raccontata, altrimenti i bambini ne sarebbero rimasti terrorizzati.»

Tom si schiarì la voce. «Ancora bambini. A quanto pare Miss Clovis esercita la sua influenza anche attraverso i muri.»

Charlotte gli dette un colpetto con il piede. «Non me la ricordare adesso.» Poi rifletté. «Può darsi che sia sola. Non ha mai provato questa felicità.» Con un rapido gesto della mano descrisse una linea che andava da lei a Tom.

Lui si alzò e le tese le mani. Charlotte lasciò che la tirasse su dalla poltrona, gli si avvicinò poggiando la testa sulla sua spalla. Erano quasi della stessa altezza, cosa che le era sempre piaciuta. Potevano guardarsi negli occhi senza dover piegare la testa o alzare lo sguardo sull'altro, e questo le sembrava emblematico per il loro matrimonio.

Avvertì il calore della mano di Tom sulla nuca e chiuse gli occhi per godersi la sua vicinanza. Le parole di lui pronunciate a bassa voce la strapparono ai suoi pensieri.

«Che ne diresti di andare a letto presto stasera?»

Lei annuì, tenendogli ancora la testa sulla spalla e sentendosi arrossire violentemente.

Svegliatasi di primo mattino, Charlotte trovò vuoto il posto nel letto accanto a lei. Il lenzuolo era freddo, la coperta era stata spinta via. Tom doveva essersi alzato già da tempo. Charlotte si girò sulla schiena e guardò il soffitto dal quale traspariva nella penombra lo stucco. Aspettò. Ma lui non tornò.

4

Il tempio era dominato da una luce soffusa a cui le vecchie mura conferivano un caldo bagliore. Le candele tremolanti sui supporti di ferro illuminavano i quadri alle pareti.

Un uomo anziano dalla fluente barba bianca, con la veste legata in vita da un cordoncino, era inginocchiato su un fiume, la testa china in preghiera. Davanti a lui c'erano un elmo luccicante, forato in un punto, e una spada dalla lama spaccata. Accanto, solo accennata, si vedeva una testa umana che sembrava separata dal corpo.

In un altro quadro era rappresentata la riva di un fiume, lungo il quale si ergevano delle case. Un campanile merlato svettava sui bassi tetti. Su un ponte di pietra che attraversava il fiume c'era una donna dai capelli rossi, le mani legate dietro la schiena, il mento in alto in segno di orgoglio. Intorno a lei sacerdoti e soldati formavano un minaccioso semicerchio dal quale non c'era via di scampo. Ma la donna era avvolta da una luce calda che sembrava proteggerla, tanto che gli uomini non potevano farle niente. Dall'acqua sotto di lei si levava un braccio, come se volesse invitarla.

In mezzo al tempio campeggiava il quadro più grande, raffigurava una dea con lunghi capelli intrecciati e una collana preziosa. Portava sulla testa una corona di corna fra cui spiccava un sole. Da nessun'altra parte c'erano così tante candele come lì, nessun ritratto era meglio illuminato.

Le adepte erano riunite intorno al tavolo sul quale c'era un'enorme conca piena d'acqua. Una donna vestita di bianco alzò le mani, iniziando a parlare in tono solenne.

«Oh Iside, protettrice della vita, signora della nascita, della morte e della rinascita, custode dell'acqua, aiuta tutti coloro che vengono a te. Accoglili e conducili alla luce come hai fatto col tuo fratello e sposo Osiride, che hai magicamente strappato alla morte, evento da cui è nato il regno delle tenebre. Oh Iside, getta per noi il ponte fra le tenebre e la luce, fra la morte e la vita, come hai fatto per lui. Facci entrare dal regno della notte nella luce divina.»

Tutte abbassarono la testa e intonarono un canto monocorde del quale non si sentiva una sola parola. La melodia aumentava e diminuiva di volume in modo ondivago, ricordando i fiumi raffigurati sulle pareti. Si tenevano per mano descrivendo così un cerchio, una catena infinita di energia emanata dalla somma sacerdotessa che penetrava nelle adepte. Quella forza era come il fiume in cui si manifestava la dea, e la somma sacerdotessa la incarnava proprio lì in mezzo a loro.

Il cuore di Anna batteva forte, come sempre quando incontrava la somma sacerdotessa, ed era colma di timore reverenziale. Il termine era più che appropriato, perché alla sua riverenza si mescolava anche il timore, e a stento riusciva a sottrarsi al carisma di quella donna.

Si perveniva alla luce quando si sceglieva la difficile strada che attraversava il regno della notte, riunendosi con ciò che si venerava. Ad Anna sembrò chiaro e convincente. Era stupita da come tutto ciò che poteva apparire estraneo, combaciasse misteriosamente, come se fosse un gioco di prestigio o una blasfemia. Dopo che ebbe interiorizzato l'insegnamento, divenne consapevole di dover soltanto aprire il suo cuore e il suo spirito per capirlo. E una volta capito il precetto, vista e accolta la luce dentro di sé, il mondo diventava luminosissimo e semplice.

5

Alfie si strinse addosso la giacca e si precipitò verso i gradini di pietra che portavano giù al corso d'acqua. Era piuttosto fresco per un tardo pomeriggio di luglio, e lui fu grato per quella giacca in spessa flanella di cotone blu scuro. Suo fratello Jamie, che da tre anni faceva il marinaio, gliel'aveva regalata dicendo: «Così non mi dimenticherai». D'estate ci faceva delle belle sudate, ma non osava lasciarla in giro. Era quanto Alfie possedesse di più caro, e chi come lui bivaccava in baracche e scantinati veniva presto derubato.

Non guardò a sinistra verso il Queen's Head pub, dalle cui finestre giungevano un forte brusio di voci e un tintinnio di bicchieri. Evitava quel posto da quando un barcaiolo ubriaco lo aveva pestato lì dentro: l'uomo, barcollando contro il muro mentre urinava sui gradini, si era sentito molestato da Alfie quando gli era passato dietro. Per fortuna erano intervenuti l'oste e altri avventori. Uno gli aveva persino offerto un fazzoletto, ma il solo ricordo bastò a fargli allungare il passo.

Alfie guardò il fiume con aria implorante, come se potesse costringere le acque a ritirarsi scoprendo la riva grazie alla quale si guadagnava da vivere. Alfie conosceva il Tamigi, le sue abitudini e i suoi umori, quasi fosse un essere vivente. L'acqua che saliva impiegava dalle quattro alle cinque ore prima di raggiungere il suo massimo livello, ma ci volevano dalle sei alle nove ore prima che il riflusso toccasse il punto più basso. Ed era proprio quello che Alfie aspettava con impazienza.

Era un buon nuotatore, e talvolta si buttava in acqua quando vedeva passare qualcosa da cui poter ricavare del denaro – legno, tela o pezzi di gomene e corde. Ma il fiume è perfido, anche quando si è in confidenza, così preferì andare in cerca di tesori fra la melma della riva.

Si guardò intorno. Era solo sulla spiaggia, e si augurava anche di restarlo. Alfie sapeva che a sud del Tamigi, là dove le possenti darsene si aprivano come una stravagante città dominata da gru di ferro, c'era molto di più da guadagnare. Laggiù c'erano punti di stoccaggio e cantieri navali in cui venivano scaricate e riparate grosse navi. Lì non cadevano soltanto gomene e trucioli di legno, ma anche ferro e rame con cui si potevano fare dei bei soldi. Si raccontava anche che giovani pettinatori di spiagge si intrufolassero di nascosto su barche e navi gettandone il bottino a riva per tornare poi a prenderlo in un secondo momento. E chi era particolarmente coraggioso si riempiva le tasche già sul posto. Quando venivano sorpresi dai naviganti o dalla polizia i ragazzi si buttavano direttamente nel fiume, nuotando agilmente fin quando non si mettevano in salvo a riva.

Al porto c'era molto da prendere. Ragion per cui i pettinatori di spiagge vi si affollavano, tanto che la concorrenza aumentava e la gente era più rude. Alfie si era però ritagliato la sua nicchia a Mortlake, e in tre anni aveva nascosto un mucchietto di monete in un posto che nessuno conosceva tranne lui.

Jamie aveva parlato di un rinomato commerciante di articoli per la navigazione che aveva iniziato da giovane come pettinatore di spiagge e aveva messo da parte tanto di quel denaro da poter aprire un negozio di proprietà già a diciassette anni. Ora era sposato con la figlia di un avvocato ed era un uomo arrivato. Jamie non sapeva se fosse vero, ma Alfie non aveva dimenticato quella storia. Non era tanto la figlia dell'avvocato ad affascinarlo quanto l'idea di diventare un commerciante rinomato e sicuro di sé, con una bella casa. Ma prima anche lui voleva fare il marinaio.

Un piccione accanto a lui si levò in volo sbattendo le ali strappandolo così alle sue fantasticherie. Finalmente l'acqua era defluita, la riva melmosa con i suoi tesori lo stava aspettando.

Con la coda dell'occhio notò cinque moccoli infilati a terra, circondati da impronte confuse. Non che potesse rivenderli, tuttavia non erano consumati fino in fondo – probabilmente era stato il vento a spegnerli – e sarebbero serviti a illuminare almeno un po' la sua tetra baracca.

Alfie li infilò nel sacco di tela olona che si era fatto cucire con il suo primo guadagno e che era più pratico del cestino usato da molti pettinatori di spiagge. Lo portava a tracolla con un'ampia bretella, così da avere le mani libere per rovistare nel fango e nel limo.

Più a sinistra svettava il birrificio in mattoni, di colore tra il marrone e il rossiccio, dove occasionalmente aveva razziato legna e una volta persino una bottiglia di birra; accanto c'erano i capannoni della banchina di carbone dove cadeva sempre qualcosa, piccoli pezzi che poteva vendere a privati. Ma lì in genere c'era un gran movimento, doveva nascondersi e aspettare il momento giusto per pescare qualcosa. Una volta era stato avvistato da un operaio che con un brusco gesto della mano lo aveva invitato a riempire il suo sacco e a dileguarsi in fretta. Ma si trattava di casi isolati. Inoltre il carbone non fruttava granché.

Quel giorno Alfie voleva tentare la fortuna nel tratto del

fiume a sud, dove la riva era più verde e vi si affacciavano case sontuose. Girovagò per la spiaggia, gli occhi incollati al suolo.

Vide luccicare qualcosa quando la luce del sole vi si posò sopra al tramonto. Alfie si chinò – un pezzetto di rame, non grosso, ma avrebbe avuto più valore del ferro. Se lo strofinò sulla manica finché non brillò e lo mise nella sacca. Sopra di lui volteggiavano dei gabbiani, a quell'ora del giorno il loro stridio era particolarmente forte.

Alfie prese il rame come un buon segno. Era quello il giorno in cui finalmente avrebbe trovato più che semplici brandelli di tela o pezzi di carbone?

Be', in effetti trovò di più.

Ebbene niente tesori stavolta, bensì il cadavere di una donna.

Fosse stata un po' più a nord sul fiume, vi si sarebbero imbattuti i portuali che scaricavano il carbone o gli operai del vicino birrificio. Ma giaceva lì abbandonata e rannicchiata, un mucchietto di carne e ossa con i vestiti fradici, i capelli bagnati e aggrovigliati che assomigliavano a un grumo di alghe.

Alfie era immobile davanti a lei. Aveva la gola serrata, tanto da non riuscire nemmeno a deglutire. Lavorava da tre anni come pettinatore di spiagge, era solo al mondo e per niente schizzinoso quando ne andava della sua sopravvivenza. Aveva rubato dalle cantine di estranei mele e vasetti di conserve e una volta persino degli stivali che non gli stavano e che aveva rivenduto a buon prezzo. A sei anni sapeva più degli uomini e delle donne di quanto ne sapessero altri a tredici, soprattutto perché sua madre ospitava vari "amici".

Inoltre, chiunque vivesse sul fiume aveva sentito parlare di cadaveri portati a riva che si impigliavano nelle gomene e nelle catene delle ancore o strappati con forza dai remi e dai pali dei barchini e trascinati in superficie. Alfie aveva sempre ascoltato con un brivido di piacere quando Jamie o i portuali raccontavano certe storie debitamente infiorettate.

Ma tutt'altra cosa era trovare di persona un cadavere.

Prese un grosso bastone, posò a terra il suo sacco e si avvicinò con prudenza. Non l'avrebbe mai toccata a mani nude, in nessun caso. Quindi si sporse in avanti e spinse il bastone sotto al corpo, voleva utilizzarlo come leva per capovolgerlo.

Perché era così pesante?

Alfie iniziò a sudare, si tolse la giacca pesante e la gettò sopra il sacco. Si spostò i capelli dalla fronte e si rimise all'opera. Quando ebbe spinto il bastone per metà sotto la donna, premette sull'altra estremità e riuscì infine a capovolgerla. Il cadavere piombò pesantemente sulla schiena, le braccia spalancate come quelle di una bambola di pezza.

Si rialzò e strinse gli occhi per non guardarla in faccia. Temeva che in seguito potesse perseguitarlo in sogno. Jamie una volta aveva raccontato di un uomo al quale i granchi avevano divorato tutte le dita delle mani e dei piedi e anche di peggio.

Si domandò se fosse caduta in acqua per sbaglio o se si fosse suicidata. Non conosceva bene la Bibbia, però sapeva che uccidersi era peccato. Ma per come era lì distesa, Alfie non avrebbe saputo dire perché fosse morta.

Gli batteva forte il cuore. Nella Bibbia c'era anche scritto che Dio metteva alla prova gli uomini, ma non aveva ben capito in che senso. Poteva esser quella una prova? Era forse meglio non toccare più il cadavere e andare in cerca di aiuto? Doveva pregare per lei? Non gli veniva in mente alcuna preghiera. E comunque... se lei aveva già peccato, lui non poteva più aiutarla. Allora non era certo vietato guardarla meglio – non in viso, ma le mani. Giusto in caso portasse degli anelli. Così magari si sarebbe potuto scoprire chi fosse e informare la famiglia.

Poi fece uno sforzo. *Non farti illusioni, Alfie Clark. Tu non sei affatto preoccupato per la salvezza della sua anima. Vuoi solo sapere se c'è qualcosa che puoi prenderle.*

Rassicurato da tanta sincerità, si chinò sulla donna e le afferrò con cautela la mano sinistra. Le dita erano tutte integre. Il dorso della mano era escoriato, la pelle bianca, rugosa e gonfia era intatta. Nessun anello. Unghie corte.

La mano destra era simile all'altra.

Alfie aveva nuotato nel Tamigi più di una volta e sapeva quanta forza avesse la corrente. Probabilmente il cadavere era stato trascinato sul ruvido letto del fiume.

Con la mano sinistra coprì il volto della donna e poi ne osservò il corpo. Era ben vestita, da quel poco che poteva vedere. Dall'abito azzurro erano saltati alcuni bottoni, dalla stoffa spuntavano corsetto e camicia. Gli occhi di Alfie vagarono furtivi verso l'alto – e poi lo vide.

Un luccichio al collo, nella piccola cavità fra le clavicole. Mancava l'ultimo bottone del colletto, e dove si apriva la stoffa c'era una pietra verde incastonata nell'oro.

Allora sentì delle voci.

Alfie alzò lo sguardo e vide venirgli incontro due uomini con un grosso cane. Distavano ancora un centinaio di metri.

Fece una rapida riflessione, pensando a Dio e alla donna che giaceva morta lì davanti a lui sulla spiaggia e alla quale non poteva essere più di alcun aiuto. Poteva però aiutare se stesso.

Superò velocemente il suo disgusto e con entrambe le mani cercò a tastoni la chiusura sulla pelle fredda e umida. Sciolse la collana, la sfilò dal collo della donna e svelto la mise nel sacco.

Poi si alzò, si mise la bisaccia a tracolla e corse incontro ai due uomini agitando le braccia.

«Aiuto! Aiuto! Qui c'è una donna morta!»

6

«Finalmente ci rivediamo… Louisa, Gabriel, Valentine, Marcus, non fate il diavolo a quattro!» esclamò Georgia Osborne, ridendo però, tanto che il suo monito non trovò ascolto. «Perdoni, mia cara, qui sentiamo ancora la mancanza della sua mano ferma.»

«Non mi è mai sembrata particolarmente ferma» disse Charlotte sorridente.

«Oh, ma sì, lei possiede una fermezza mite, come una lama d'acciaio rivestita di velluto. Proprio quel che manca a me. Naturalmente ho una nuova istitutrice – la terza dopo di lei, a esser sincera – ma sono o troppo accomodanti o troppo dure con i miei figli. Non riesco a tollerare nessuno dei due modi.»

Charlotte aveva lavorato un anno e mezzo dagli Osborne dopo aver lasciato il suo primo impiego in Inghilterra. La sua ex allieva, la piccola Emily Clayworth, aveva intrapreso con il padre un lungo viaggio all'estero, dove lei non aveva potuto accompagnarli. Si era fatta prendere dalla disperazione, temendo di dover tornare in Germania e ammettere con sua madre che non era riuscita a crearsi una nuova vita in Inghilterra.

Ma poi Tom Ashdown l'aveva portata fuori a cena, e fissandola con quegli occhi scuri e uno sguardo impenetrabile, senza dire una parola, aveva fatto scivolare sul tavolo un biglietto da visita.

Mrs Georgia Osborne
51, Belgrave Square
Londra SW1

«Chi è?»

«Una vecchia conoscenza dei tempi in cui non era ancora Mrs Osborne.» Così dicendo, aveva sorriso con aria birichina.

Scoprì che Mrs Osborne si chiamava prima Georgia de Vere e che aveva calcato le scene con grande successo. La sua dimora era adorna di manifesti teatrali e in una vetrina c'erano fotografie di Mrs Osborne da giovane e di un gran numero di costumi storici ed esotici.

«La vedo molto distratta, mia cara Charlotte. È in pena per qualcosa?»

Lei alzò lo sguardo. «Mi è solo tornato in mente come ci siamo conosciute. Dopo che sono uscita da casa sua ho capito immediatamente che per me esisteva unicamente questo posto.»

Mrs Osborne la guardò fingendosi sdegnata.

«E tuttavia vi ha rinunciato così presto.»

«C'era un solo compito a Londra che mi attirava di più.»

«Ah, non arrossisca adesso. Tom è un uomo meraviglioso. È al secondo posto, per me, subito dopo il mio Geoffrey.» Si interruppe. «Be', ovviamente non è altrettanto ricco, ma in compenso è estremamente divertente.»

Charlotte sorrise. Se fosse stata un'altra donna a pronunciarle, quelle parole così schiette sarebbero risultate inopportune, ma Georgia Osborne era sotto ogni aspetto straordinaria ed estremamente affascinante. «Sì, lo è» replicò. «A essere sposata con lui non ci si annoia mai.»

«Lo credo bene. Tanto più che non avete ancora figli a scacciare la noia. Marcus, quante volte ti devo ripetere che le rose non sono un cavaliere nemico?» Sospirò. «Devo trovarmi una nuova istitutrice, la tata è fin troppo oberata.»

Chiacchierarono dell'ultima stagione teatrale, delle odiate tournée ormai definitivamente passate di moda. «Ho detto alla mia sarta di non esagerare con le maniche a sbuffo. Con l'ultimo abito che aveva confezionato sembravo un boxeur professionista.»

Charlotte annuì comprensiva. «Certe volte vorrei proprio che ci fossero abiti senza corsetto, che cadano semplicemente giù come una camicia da notte. Un po' come al tempo di Napoleone. Con quelli si poteva addirittura respirare.»

Georgia sogghignò in modo licenzioso. «E non lasciavano quasi nulla all'immaginazione degli uomini. Purtroppo si è poi escogitato di nuovo il modo per costringere le donne in delle armature. Ma le dico, anche fuor di metafora, che non resterà sempre così. Dall'anno scorso in Nuova Zelanda le donne possono votare. I tempi cambiano.» Poi smise di parlare e scrutò l'amica. «Spero di non averla ferita con il mio commento sui figli. Mi conosce ormai, parlo senza peli sulla lingua.»

«Non si preoccupi, non mi ha ferita. Ad alcune coppie serve più tempo. Tom e io siamo felici insieme.»

Non avrebbe potuto essere più seria.

Dopo mangiato, Tom andò nello studio.

«Posso sedermi con te?» domandò Charlotte. «Devo fare una lista di fiabe tedesche per Georgia. Sta cercando una nuova istitutrice, quella che aveva se l'è già data a gambe.»

Lui annuì, sebbene non così allegro come si sarebbe aspettata. Ebbe l'impressione che preferisse starsene da solo, ma che non volesse offenderla dicendoglielo apertamente.

Charlotte si appoggiò allo schienale e per un attimo chiuse

gli occhi. *Tom e io siamo felici insieme*, aveva detto a Georgia, e lo erano. Ma c'erano anche momenti in cui sentiva che qualcosa non andava fra loro, in cui Tom stava in silenzio e si chiudeva in se stesso, invece di confidarle cosa lo turbasse. Si ricordò di quello strano momento alla festa in cui l'aveva spedita con gli ospiti a fare il giro della casa ed era rimasto da solo in soggiorno. Non aveva mai spiegato cosa gli fosse successo allora.

«Ho i biglietti per sabato sera, la nuova commedia di Jones» disse Tom all'improvviso. «Ci andiamo insieme?»

«Oh sì, molto volentieri. È quella di cui Wilde ha detto: "Ci sono tre regole per scrivere commedie. La prima è non scrivere come Henry Arthur Jones e la seconda e la terza anche"?»

Tom si girò verso di lei ridendo. «Proprio quella.»

Charlotte si sentì rincuorata. La strana atmosfera che aveva percepito poco prima era svanita. «Georgia ha di nuovo una vita movimentata» disse divertita. «Mi chiedo come faccia a rimanere così calma con quattro bambini scatenati intorno. Presto cinque.»

Non avrebbe saputo dire cosa le fece alzare lo sguardo, nessun rumore, piuttosto un presentimento. Tom era seduto lì immobile, la schiena ben dritta, il portapenne fermo in mano, senza scrivere. Avrebbe voluto dire qualcosa, ma tutto il suo corpo sembrava opporgli resistenza. Quel fuoco interiore che prima l'aveva riscaldata si era spento, dunque Charlotte si alzò e uscì dalla stanza senza dire niente.

Tom si vergognò di aver respinto Charlotte invece di parlarle. Eppure non sapeva come formulare a parole ciò che gli si stava agitando dentro.

Si ricordò del discorso su re Lear che gli aveva procurato una strana inquietudine. Da allora quell'argomento sembrava perseguitarlo. Charlotte era tornata visibilmente turbata dal tè con la vicina, che con assoluta mancanza di tatto aveva accennato al fatto che non avessero figli. E poco prima aveva menzionato la vita allegra di Georgia Osborne, che aspettava il suo quinto figlio. Era un desiderio struggente quello che aveva colto nella sua voce o era solo frutto della sua fervida immaginazione?

Qualcosa gli toglieva il fiato, e preferì non pensare a quale potesse esserne la ragione. Perché c'erano paure e problemi ai quali, una volta innescati, non si poteva più porre un freno.

7

Sentendosi a disagio, Alfie scivolava avanti e indietro sulla liscia seduta in legno della sedia. Avrebbe dovuto fuggire di lì, invece di informare del suo ritrovamento i due uomini a spasso sul Tamigi. Avrebbe dovuto semplicemente fare dietrofront, di spalle non lo avrebbero riconosciuto. E il cadavere della donna li avrebbe distratti fin tanto che lui non fosse sparito. Ma lì in realtà c'era anche il cane. Non era al guinzaglio. Avrebbe potuto inseguirlo e morderlo, a quel punto sarebbe stato sospettato e ferito. No, era stato molto meglio così.

Tuttavia non gli piaceva esser seduto al comando di polizia. Il sergente aveva annotato il suo nome e voleva sapere quanti anni aveva e chi erano i suoi genitori.

«Dodici. E i miei genitori sono morti.»

«Non hai proprio nessuno al mondo?»

«Sì, ho un fratello più grande, fa il marinaio. Quando torna, mi porta con sé sulla sua nave. Me lo ha promesso.»

«E dove abiti?»

Quando menzionò la baracca, il sergente lo guardò perplesso. «Dovrei portarti all'orfanotrofio.» Ma vedendo lo sguardo atterrito di Alfie, aggiunse: «E va bene, vorrà dire che chiuderò un occhio. Fai dunque il pettinatore di spiagge?».

«Sì, signore. Mi mantengo da solo» replicò fiero.

«Allora dimmi cosa è successo. Dall'inizio. Voglio sapere esattamente cosa hai trovato e chi hai visto, intesi?»

Il ragazzo assentì. «Di solito scendo dalla gradinata di Queen's Head. Risalgo il fiume in direzione del birrificio, poi riscendo. Stavolta sono andato verso Barnes.»

«E hai notato qualcosa, strada facendo, prima di scoprire il cadavere?»

«Mmm, niente di particolare. Ho trovato un pezzo di rame. Ah sì, e delle candele, ma non valgono un gran che. Le ho tenute per me.»

«Quali candele?»

«Ma sì, c'erano cinque moccoli a riva infilati a terra. Due o tre erano ancora riutilizzabili.»

«Ti capita spesso di trovare candele?»

«No, mai. Chi è che si porta dietro delle candele al fiume? Lì tira sempre un gran vento, è ovvio che le spegne.»

«E non hai visto proprio nessuno che possa averle lasciate lì?»

Alfie non capiva cosa ci trovasse di interessante il sergente. La donna morta era certamente ben più importante.

«No. C'erano delle impronte, ma parecchio confuse. Lì intorno ci cammina sempre tanta di quella gente...»

«Allora dimmi come hai trovato la donna.»

Alfie descrisse tutto con la massima precisione. Solo la collana sarebbe rimasta un segreto. A casa l'aveva esaminata e si era accorto che era rotta. Una pietra si era staccata dall'incastonatura e l'oro in quel punto era graffiato, come se qualcuno l'avesse danneggiato intenzionalmente.

«... L'hai riconosciuta?»

Alfie guardò il sergente senza capire. Non aveva compreso l'ultima domanda.

Il sergente lo scrutò serio in volto. «Ragazzo, devi dirmi tutto quello che sai. Hai riconosciuto la donna?»

Alfie scosse energicamente il capo. «No. E come potevo... Cioè, non avrei potuto riconoscerla in nessun caso.»

«E perché no?»

Il ragazzo deglutì. «Perché non l'ho guardata in faccia.» Si aggrappò con le dita ai pantaloni. «Ho... Ho sentito una volta che i pesci e i granchi divorano chi annega. Per questo non ho avuto il coraggio di guardarla in faccia.»

«Portava degli orecchini di smeraldi. Sono pietre verdi. Pietre preziose» aggiunse il sergente.

«Come le dicevo, signore, non l'ho vista in faccia.»

«E va bene, Alfie. Abbiamo finito per ora. Sei stato bravo.»

Alfie fece un cenno di assenso col capo. «Grazie, signore!»

«Può darsi che la famiglia della donna voglia parlare con te. Resterai dunque nella tua baracca, intesi?»

E dove dovrei andare?, pensò Alfie, ma rispose soltanto: «Sì, signore». Non si diceva mai abbastanza spesso, quando si aveva a che fare con la polizia. Un'altra cosa che aveva imparato da suo fratello Jamie.

«Puoi andare, ragazzo.»

Alfie non se lo fece ripetere. Scese a balzi i gradini del comando di polizia e tornò di corsa al suo ricovero.

Conosceva bene le maree, e sapeva che presto sarebbe stata bassa marea.

Doveva rimettersi al lavoro.

8

Tom non ce la faceva più. Faticava a concentrarsi su ciò che stava scrivendo, preso com'era a vagare con la mente in un'unica direzione. Gli era venuta un'idea nei giorni scorsi, e sapeva che non si sarebbe dato pace fin tanto che non l'avesse realizzata. Così quel pomeriggio si recò ad Harley Street.

«Che ci fai tu qui?»

Sulla porta del suo studio, Stephen Carlisle guardò alquanto sorpreso l'ultimo paziente prima della pausa pranzo.

Tom si alzò dalla sedia senza dire niente.

«Oh, guarda guarda, adesso sai anche leggere nel pensiero? Vuoi invitarmi a pranzo, sapendo che oggi sono stato preso d'assalto da una marea di pazienti e non metto niente sotto i denti dalle sette di questa mattina?» Quando il medico notò il volto cupo dell'amico, di colpo si fece serio anche lui. «Vieni, entra.»

Stephen chiuse la porta e gli indicò la sedia davanti alla sua scrivania. «Siediti. Whisky?»

«In ambulatorio?»

Stephen si chinò ad aprire lo sportello di un mobiletto da dove prese una bottiglia. «Per ragioni mediche bisogna sempre tenere a portata di mano una bevanda corroborante.»

«Una prescrizione del General Medical Council?» domandò Tom accennando un sorriso.

Stephen riempì due bicchieri del liquido ambrato e ne passò uno a Tom.

«No, ma è diventata una gradita consuetudine fra colleghi medici. Alla salute.»

Bevvero. Tom posò il bicchiere e prese fiato. «Sono qui per un consulto.»

Stephen incrociò le mani sul piano del tavolo e lo guardò attentamente. «In realtà non sembri malato. Hai l'aspetto di uno che non ha chiuso occhio, piuttosto. Sei molto impegnato?»

«Sì, lo sono, ma non si tratta di questo.»

«E di cosa allora?»

«Non di una malattia nel vero senso della parola. Non so nemmeno se ho fatto bene a venire da te, ma tu sei mio amico.»

«Eppure si vede che ti riesce difficile parlarne.»

Tom annuì. Certo che gli riusciva difficile. Quando si parlava di certe cose fra uomini, per lo più degli aspetti piacevoli, lo si faceva con leggerezza, con fare da gradassi, spesso in tono volgare, benché questo non fosse da lui. «Deve rimanere tra noi, Stephen.»

«Mi offendi!»

Tom fece un cenno di diniego. «Mi dispiace, non volevo. Non ti accuserei mai di venir meno al segreto professionale.» Si interruppe. «Si tratta del mio matrimonio.»

Stephen alzò un sopracciglio, ma non disse niente.

«Io e Charlotte siamo sposati da due anni e non abbiamo ancora figli. Da quel che so, Charlotte non è mai rimasta incinta. Cioè, non ha mai avuto aborti, altrimenti l'avrei saputo di sicuro.» Si guardò le mani imbarazzato. Chiudeva le dita così forte contro le palme che le nocche erano diventate bianche.

«Charlotte si è consultata con un medico?»

«No.»

«E perché vieni da me?»

La luce del sole che penetrava dalla finestra a vetri colorati alle spalle di Stephen disegnava prismi sui mobili scuri. Danzando allegramente, quelle chiazze di colore sembravano prendersi gioco di Tom. «In genere si dà per scontato che sia colpa della donna, non è così? Colpa… Che concetto orribile. Ma tu sai cosa intendo.»

Stephen Carlisle annuì. «Certo che lo so. È opinione diffusa che la causa dell'infertilità sia da ricercarsi nella donna. A tal riguardo non è cambiato molto dai tempi di Enrico VIII.»

«Ma è anche corretto da un punto di vista medico?»

«No. Quando una coppia resta senza figli, può dipendere anche dall'uomo. Solo che si è preso l'abitudine di addosare la "colpa" alla donna, per dare all'uomo la possibilità di metter fine al matrimonio. Soprattutto quando c'è di mezzo un ingente patrimonio o un titolo nobiliare.»

Tom si accorse che gli tremavano le mani e così le nascose tra le gambe. «Quando però un uomo si risposa più volte e in tutti i matrimoni resta senza figli è evidente che…»

«Che dipende da lui» disse Stephen fermandosi bruscamente.

I loro sguardi si incontrarono.

«Adesso sai perché sono venuto da te.»

Tom era seduto nello studio, la testa appoggiata sulle mani, le dita fra i capelli. Davanti a lui alcuni fogli con più cancellature che cose da leggere, nel suo inutile tentativo di commentare la commedia di Jones. Semplicemente non riusciva a portare a termine una frase sensata, e questo perché vi si sovrapponevano insistentemente le parole di Stephen.

Hai mai avuto problemi durante i rapporti?

Hai mai avuto una malattia venerea?

Davvero Lucy non è mai rimasta incinta, o ha avuto magari un aborto?

Quali sono le condizioni di salute di Charlotte?

Hai parlato con lei di tutto questo?

Il fatto che conoscesse Stephen da tempo e che le sue domande suonassero fin troppo cliniche non aveva minimamente attenuato il doloroso imbarazzo di quel consulto. Tom si era sentito scoperto, come se fosse stato nudo davanti al suo amico, e avrebbe preferito di gran lunga battere in ritirata. Ma lo doveva a Charlotte, doveva sottoporsi a quell'interrogatorio per lei.

No.

No.

Non che io sappia.

Ottime, per quanto ne so.

No.

Aveva risposto a monosillabi senza mai guardare Stephen negli occhi. Dopo averlo visitato, il suo amico aveva messo via lo stetoscopio, si era seduto e aveva incrociato le mani sul tavolo. Tom aveva letto compassione nei suoi occhi, il che non gli aveva certo reso le cose più facili.

Fisicamente sei sano, da quel che ho potuto accertare. Certamente anche Charlotte potrebbe chiedere un consulto medico. Ma il fatto che in cinque anni di matrimonio Lucy non sia rimasta incinta lascerebbe presupporre – e sai quanto mi dispiace dirlo – che tu sia sterile. Posso raccomandarti uno specialista, ma voglio essere sincero: non ci sono cure mediche per questo.

Suonarono alla porta, e lui sentì Daisy aprire e subito dopo bussare alla porta della sua stanza.

«Sì?»

«Una lettera per lei, Mr Ashdown.»

Tom dette un'occhiata al mittente: Stephen Carlisle. Fu propenso a credere che si trattasse di telepatia. Aprì la busta e scorse le poche righe della lettera.

Caro Tom,
non riesco a togliermi dalla testa la tua visita, e mi è venuto in mente che, pur non potendoti aiutare concretamente, forse posso trovare una spiegazione per il tuo stato. Hai avuto gli orecchioni da piccolo? Non di rado la malattia nei bambini è accompagnata da un'infiammazione dei testicoli che nell'età adulta può portare alla sterilità. Possiamo parlarne di persona, se vuoi, solo che volevo intanto fartelo sapere.
Cordialmente
Stephen

Tom ricordò, anche se erano passati trent'anni da allora. Il dolore ogni volta che provava a muovere la testa, parlare o masticare. Il collo gonfio, la mano fredda di sua madre che gli accarezzava teneramente la fronte. Anche gli orecchi gli facevano male. E c'era stato qualcos'altro... Il medico aveva bisbigliato con sua madre perché lui non sentisse, e lei era arrossita e lo aveva guardato preoccupata. Delirante per la febbre, Tom aveva creduto per un momento di dover morire. Ma ora si domandava se non fosse stato un bisbiglio dettato dall'imbarazzo, perché non stava bene parlare di quelle parti del corpo dei propri figli.

A sua madre non poteva più chiedere, e suo padre... Tom gli voleva bene, ma non poteva figurarsi di parlargli di certe cose. E anche se avesse potuto, a che sarebbe servito?

Avrebbero dovuto abituarsi all'idea, lui e Charlotte, di non avere figli. Questo lo rattristava, ma c'era qualcosa di ben più grave della tristezza: la paura.

La paura di confessarlo a Charlotte, la paura di cosa avrebbe letto dopo nei suoi occhi. La maggior parte delle donne desiderava figli. Charlotte aveva scelto un lavoro in cui era circondata ogni giorno da bambini, e lui sapeva fin troppo bene quanto amorevolmente si fosse occupata di Emily Clayworth. Avrebbe perso sua moglie, se l'avesse informata del fatto che una famiglia tutta sua le sarebbe rimasta preclusa?

9

Henrietta mise il capo fuori e guardò in strada per controllare che non ci fossero vicini. Poi richiuse velocemente la porta. «Perché venite qui senza esservi prima annunciate? Eravamo d'accordo di incontrarci solamente al tempio.»

Le tre donne la fissarono. «È importante, Henrietta.»

Avevano espressioni così serie che lei indicò subito l'attaccapanni. «Toglietevi il cappotto.»

Quando tutte e quattro si furono accomodate, Henrietta si guardò intorno. Non aveva offerto loro il tè perché quella, evidentemente, non era una visita di cortesia. «La vostra presenza mi mette terribilmente a disagio. Cosa è successo? Perché non avete mandato un telegramma, se era così urgente? Rosalie? Anna? Gertrude?»

«Non avremmo affidato la notizia ad alcun ufficio del telegrafo» spiegò Rosalie. «Su questo eravamo tutte d'accordo.»

«Dite, allora!»

Rosalie indicò Gertrude, una donna di circa cinquantacinque anni, seduta accanto a lei con la schiena dritta come un fuso e le mani in grembo.

«Julia è scomparsa.»

«Che significa scomparsa?» domandò Henrietta angosciata.

«Non era al tempio ieri.»

«Nemmeno io, ero impossibilitata.»

«Certo,» replicò Gertrude distaccata «ma tu hai disdetto per iscritto, come si conviene. Julia invece voleva venire, lo ha detto espressamente.»

«E si è assentata senza una giustificazione?»

«Proprio così.» Gertrude si lisciò la gonna. I vistosi anelli con le pietre colorate erano l'unica concessione alle sue convinzioni. Per il resto aveva l'aspetto che si confaceva alla morigerata vedova di un avvocato.

«Avete provato a contattarla?»

Rosalie la guardò indignata. «È escluso, come sai fin troppo bene. Ha nascosto alla famiglia la sua appartenenza, come tutte noi, del resto. Queste sono le regole. Per quel che ne sanno i suoi genitori, Julia Danby frequenta ogni martedì un circolo letterario.»

Henrietta osservò le sue mani senza gioielli.

Anna, la più giovane fra loro, che ancora non aveva detto niente, si schiarì la voce. «Io… Io ho una strana sensazione.» Si morse il labbro inferiore. «Forse è frutto della mia immaginazione, ma agli ultimi incontri Julia sembrava cambiata. Voi non vi siete accorte di niente?»

Henrietta si sporse in avanti. «Cosa intendi di preciso?»

«Era silenziosa, chiusa in se stessa, eppure era piena di ardore. Potrà apparire insensato, ma ho avvertito come un fuoco che sembrava consumarla dentro. Una fiamma interiore.»

Rosalie aggrottò la fronte. «Io non ho notato niente del genere.»

«Io invece ho avuto proprio questa sensazione» protestò Anna. «È difficile spiegarlo a parole, e non avrei nemmeno detto niente, se non fosse sparita. Dopo averlo notato la prima volta – dev'esser stato circa un mese fa – finita la riunione, le ho chiesto se stesse bene. "Mai stata meglio" rispose, scrutandomi con occhi assenti.» Anna si interruppe per cercare le parole giuste. «Julia era davanti a me e parlava con me, ma era come se non percepisse la mia presenza. Era come se si guardasse dentro e osservasse qualcosa che appartenesse solo a lei.»

Nella stanza calò il silenzio. Si sentiva solo il ticchettio dell'orologio a pendolo.

Alla fine Rosalie chiese in tono brusco: «Stai dicendo che la dea le ha parlato?».

Anna rifletté così a lungo che Henrietta già pensava che non avrebbe risposto.

«Sto dicendo molto di più. La dea era dentro di lei. Lì, in quell'istante, in mezzo a tutte noi.»

10

L'invito del suo precedente mentore era giunto a sorpresa, ma non a sproposito, dal momento che servì a distrarre Tom dai suoi pensieri più cupi. Non aveva ancora avuto il coraggio di parlare con Charlotte dei sospetti di Stephen. Per questo era partito per Chelsea più che volentieri.

L'accoglienza fu calorosissima.

«Benvenuto di tutto cuore, Tom. Ha un bell'aspetto, forse è un po' pallido. Spero che non si stia affaticando troppo, si legge continuamente la sua firma sui grandi giornali.»

Sir Tristan Jellicoe tenne la mano di Tom più a lungo di quanto opportuno, ma avendo fama di persona eccentrica, tutto gli veniva scusato. Chi lo incontrava per la prima volta avrebbe sospettato che fosse uno di quegli uomini a cui piace lo stesso sesso, ma Tom sapeva di diverse signore dell'alta società con cui Jellicoe non si era limitato a parlare di letteratura.

«Sto bene, grazie» disse. Non essendo mai stato a casa di Jellicoe, si ritrovò catapultato in estremo Oriente, in un ambiente esotico lontano anni luce dall'Europa. C'erano un'ottomana rivestita di velluto rosso con poltrone e sedie imbottite abbinate, tavolini ottagonali simili a torrette fabbricati con legno dipinto a colori, cassepanche chiodate.

Tom si sedette sull'ottomana e guardò il suo ospite carico di aspettativa.

«Sono davvero curioso di sapere perché mi ha pregato di venire, Tristan.»

Questi batté le mani e subito arrivò un domestico apparentemente nordafricano, tutto vestito di bianco, che portò il tè. Dopo che se ne fu andato, Jellicoe lo servì a entrambi, mettendo nel proprio tè tanto zucchero da farlo diventare una sorta di sciroppo, poi prese in mano la tazza e si appoggiò allo schienale. «Potrei ritenermi gravemente offeso.»

«Offeso?» domandò Tom stupito.

«Dal tono si direbbe che l'abbia attirata qui con secondi fini e non perché mi faccia piacere rivederla.»

Tom lo scrutò a fondo. Le labbra di Jellicoe accennarono un sorriso. Il volto era più rugoso, ma gli occhi scuri sprizzavano vivacità come al solito. Nel frattempo i capelli all'altezza delle spalle erano completamente imbiancati e luccicavano alla luce della lampada, il che lasciò presupporre a Tom che Jellicoe li curasse molto. Il colore della veste orientale che portava sopra la camicia e i pantaloni si intonava con la stanza. Era una di quelle persone che l'età non scalfisce più di tanto.

Tom bevve il suo tè, e dopo aver posato la sua tazza gli rispose. «Se fosse stato un invito di semplice cortesia, presumibilmente avrebbe pregato anche mia moglie di venire. Conoscendola, penso sappia che due anni fa mi sono risposato.»

Jellicoe annuì. «Ma certo, mio caro Tom, e le auguro di cuore ogni bene. Mi fa piacere che abbia incontrato un'altra donna che la renda felice. Naturalmente mi piacerebbe anche conoscere la signora in questione, solo che...» Si picchiettò il labbro inferiore con l'indice. «Confesso che mi ha scoperto. Oggi, in effetti, l'ho fatta venire per motivi di lavoro. Vorrei farle un'offerta.»

Tom lo guardò sorpreso. Jellicoe lo aveva preso sotto la propria ala quando appena uscito dall'università voleva affermarsi a Londra come giornalista, un'impresa quasi priva di speranze. Nessuno lo conosceva all'epoca, nessuno credeva nelle sue capacità, non aveva ancora un nome. Fin quando non si imbatté in Tristan Jellicoe, editore al tempo del *London Herald*, il quale doveva sostituire con urgenza un reporter che si era ferito in un incidente in carrozza. Tom si era trovato al posto giusto nel momento giusto – ovvero nella redazione dello *Herald* a consegnare la sua candidatura – e poco dopo ebbe un impiego. Così era cominciato tutto.

Qualche anno dopo, Jellicoe, nominato nel frattempo cavaliere, si era ritirato dal giornale e aveva fondato una casa editrice che pubblicava edizioni per collezionisti, per lo più di arte e architettura. Ma c'erano anche strani libri che, si mormorava, fossero a loro modo "artistici" e celebrassero la bellezza del corpo umano.

«Sto progettando un libro e vorrei chiederle di contribuire ai testi. Delle illustrazioni mi occuperei io, sicuramente non è il suo campo.»

Tom alzò la mano. «Tristan, prima che vada avanti... La pornografia non è il mio mestiere.»

Jellicoe rovesciò la testa all'indietro e rise di gusto, com'era nel suo stile. «Non si tratta di questo, amico mio, sebbene sia un'arte che non si apprezza mai abbastanza.»

Adesso Tom era felice che Charlotte non lo avesse accompagnato.

«Ho tutt'altra intenzione, mi creda.» Jellicoe fece una pausa teatrale. «Occultismo, magia nera, stregoneria.»

Questo Tom non lo aveva proprio messo in conto. «Da quant'è che se ne interessa, se posso chiedere? Non ricordo che se ne sia mai occupato in passato.»

Jellicoe accarezzò quasi amorevolmente il bracciolo della

poltrona. «Ah, è una mia passione già da lungo tempo, in verità, da quando mi sono ritirato dal giornale. Inoltre è difficile oggigiorno sfuggire all'argomento, Londra è piena di visionari e circoli di magia.»

«La ringrazio per la fiducia» disse Tom sorpreso. «È vero, qualche anno fa mi sono occupato di fenomeni soprannaturali in un piccolo villaggio del Surrey. Ma da un punto di vista puramente scientifico. Ho frequentato alcuni eventi della Society of Psychical Research e ho fatto amicizia con qualcuno dei suoi membri. E questa esperienza mi ha incoraggiato a restare nell'universo del razionale. Ho il vago timore che il suo libro non voglia confutare presenze occulte, ma semmai destare interesse nei loro confronti, e questo non fa proprio per me.» Certo, il caso del Surrey gli aveva fatto conoscere Charlotte, ma all'epoca si erano avvicinati a forze oscure più di quanto fosse loro gradito. Da allora si era tenuto volutamente alla larga da tutto ciò che potesse anche solo sconfinare nel soprannaturale.

Jellicoe alzò la mano per tranquillizzarlo. «Tom, la prego, mi lasci spiegare. Qui non si tratta di indagare se qualcuno entri in contatto con l'Aldilà o se sia un impostore. Se i tavoli vengano spostati con qualche trucco o se davvero siano forze inspiegabili a muoverli.» Si sporse in avanti appoggiando le mani sulle ginocchia. Portava due grandi anelli con pietre verdi e rosse che scintillavano alla luce. «La scienza non c'entra, e di fatto non voglio provare né confutare niente. No, Tom, il mio progetto è una storia occulta di Londra. Dovrà recarsi nei luoghi che vengono messi in relazione con il soprannaturale, descrivere le sue impressioni e fornire ovviamente anche fatti storici. Dovrà diventare una sorta di atlante magico di questa città.»

Tom era scettico. L'idea in sé era affascinante, ma rischiava di perdere la reputazione, venendo scambiato per un seguace di certe sciocchezze esoteriche.

«Allora, cosa ne dice?»

«Devo pensarci.» C'era qualcosa dentro di lui che si opponeva all'idea di scrivere un libro del genere. Aveva sperimentato quanto dannose potessero essere certe pratiche occulte e quanto fosse pericoloso abbandonare il terreno della scienza.

D'altro canto doveva ammettere di sentire la mancanza di qualcosa, un vuoto dentro non meglio precisato che era desideroso di colmare in qualche misura. La proposta di quel libro lo avrebbe distratto, gli avrebbe dato modo di viaggiare parecchio, girando la città in lungo e in largo. Ma soprattutto poteva condividere il progetto con Charlotte. Tom si ricordò della loro avventura nella casa stregata di Dorking, dove si erano incontrati la prima volta. Immaginandosi di girovagare con lei per la città, perlustrando le zone dietro alle vecchie mura e inoltrandosi nei sotterranei – possibile che stesse già lavorando di fantasia, ma andava bene – venne colto da un improvviso calore.

«Sapevo che avrebbe abboccato.»

Tom sollevò lo sguardo sorpreso. Jellicoe sembrò leggergli nel pensiero, come fosse un libro aperto.

Lui annuì esitante. «Ammetto che ha il sapore di una sfida interessante.» Alzò la mano in segno di ammonizione quando Jellicoe ridacchiò compiaciuto. «Prenderò in considerazione l'offerta solo se avrò carta bianca. Se non posso essere scettico né sollevare interrogativi con spirito critico, allora sono purtroppo costretto a rifiutare.»

«Mio caro,» Jellicoe allargò le braccia «sarà liberissimo di farlo. Conosco il suo stile, nessuno meglio di lei sarebbe in grado di assolvere a questo compito. Se ha dei dubbi, chieda pure, non si faccia liquidare con delle favole. Non vogliamo indottrinare il pubblico, la gente non deve credere ciecamente a ciò che raccontiamo.»

Tom drizzò le orecchie. «Ma è già sicuro che *abbiamo* qualcosa da raccontare?»

Jellicoe sospirò in modo teatrale. «Lei è davvero diffidente, Tom. Dovrà pur ammettere che molti desiderano ardentemente ciò che esula dal quotidiano. Le basti pensare a quanto prosaico si è fatto il mondo negli ultimi tempi – acciaio e pietra ovunque si guardi. Macchine con le quali si passa sempre più veloce da un punto a un altro, che producono cose, le controllano e le trasportano. Darwin ha spogliato la creazione del suo fascino, Edison crede che con la corrente elettrica si possa salvare il mondo. Psiche e genetica, batteri e vaccini, ormai veniamo letteralmente sopraffatti dalla scienza e dalla tecnica, tanto che l'anima rimane tagliata fuori da tutto. Ecco perché molti sentono il desiderio di guardare al di là delle cose, individuando i nessi più profondi, invece di continuare a chiedersi solo meccanicamente il come. C'è anche un perché.»

Non avendo messo in conto una tale discussione filosofica, Tom aggrottò la fronte in cerca di una replica adeguata. «Il cristianesimo non le basta?»

Jellicoe rise. «Anche quello ha perso il suo fascino. E poi ha appena duemila anni. E l'epoca che lo ha preceduto? Penso ad altre dimensioni, amico mio. Abbiamo a disposizione un sapere antichissimo, le cui vestigia si sono protratte fino ai giorni nostri. Dobbiamo solo scalfire la superficie per rintracciarlo.»

Tom si alzò dall'ottomana. «Mi dispiace, Tristan, ma non credo che faccia per me. È un compito affascinante, ma io sono quantomeno agnostico. Ho dato uno sguardo dietro le quinte dello spiritismo e non ho trovato niente che mi abbia convinto dell'esistenza del soprannaturale.» *Con una sola eccezione,* pensò di sfuggita, scacciando subito quel ricordo. «È con grande rammarico che mi trovo dunque costretto a rifiutare la sua proposta.»

Jellicoe si alzò di scatto e gli tese la mano, al che Tom si fermò sorpreso. «Mi ascolti un altro momento. La prego.»

«E va bene.» Tom si rimise seduto.

«Se accetta, faccio redigere un contratto in cui mi impegno a sottoporle il manoscritto revisionato prima che il libro vada in stampa. Non verrà pubblicata nemmeno una parola che lei non abbia prima approvato. Tutte le modifiche verranno discusse con lei, niente verrà deciso alle sue spalle e senza il suo consenso.» Jellicoe si sporse in avanti. «Tom, spero si renda conto che io voglio lei e nessun altro per questo incarico. Il suo stile è inconfondibile, schietto e al tempo stesso ironico. Lei è unico in questo. E quanto accurate siano le sue ricerche lo so per esperienza.»

«Ci sa fare con le lusinghe, Tristan.»

«Non è una lusinga, e non agisco per puro altruismo. So che la sua firma attirerebbe lettori che altrimenti non mostrerebbero alcun interesse per la materia. L'onorario, del resto, non è trascurabile. Avevo pensato a cento sterline.»

Stavolta Tom non fece trapelare alcuna reazione. Era una somma considerevole, ma Jellicoe aveva giocato a carte scoperte. Lo voleva a tutti i costi, e sarebbe stato quindi disposto a pagare bene. «Con la solita partecipazione agli utili, nel caso in cui accetti.»

Jellicoe accennò un'alzata di spalle e poi assentì. «Certamente.»

«Bene. Mi dia qualche giorno per pensarci, poi avrà una risposta.» Tom voleva parlare con Charlotte prima di assumere l'incarico. Poteva sembrare inusuale far dipendere dalla moglie una scelta professionale, ma lui teneva in gran considerazione la sua opinione e voleva assicurarsi che fosse pronta ad appoggiarlo.

Jellicoe sembrò contrariato, ma poi si dominò.

«Capisco che devo rimettermi alle sue volontà, se voglio averla con me.»

«Sì, è così.»

Si dettero la mano per siglare l'accordo in via provvisoria.

«Be', ora che abbiamo sbrigato le questioni di lavoro, possiamo dedicarci al privato. Sarei felicissimo di conoscere sua moglie a cena prossimamente. E Iris...»

Si sentirono dei passi in corridoio. «Stavo giusto per dire: "Quando si parla del diavolo"...» osservò ridendo, mettendosi il dito sulle labbra quando bussarono alla porta. «Avanti.»

Una donna entrò nella stanza, Tom giudicò fosse sulla trentina. I capelli scuri e l'incarnato pallidissimo gli fecero pensare immediatamente a Biancaneve. Portava una crocchia austera in netto contrasto con lo scialle a fantasia orientale che si era appoggiata con disinvoltura sulla spalla come un pallio romano. Gli orecchini d'oro coperti di pietre colorate si rivelarono da vicino degli scarabei. *Un'ardita mescolanza di culture*, pensò Tom divertito. E tuttavia il suo portamento perfettamente eretto esprimeva un orgoglio che non concedeva spazio alcuno alla derisione.

«Mia figlia Iris» disse Tristan Jellicoe. «Il mio vecchio amico Thomas Ashdown.»

Tom sapeva che la moglie di Jellicoe era morta ormai diversi anni prima; non l'aveva mai conosciuta.

Iris Jellicoe gli dette la mano e disse con voce sorprendentemente profonda: «Molto piacere. Spero che mio padre sia riuscito a coinvolgerla nel suo progetto. Altrimenti dovrò sopportare il suo malumore per il resto della giornata».

Si accomodò in poltrona accavallando le gambe. Aveva un vestito semplicissimo e aderente, Tom non aveva mai visto nulla di simile. Era come se tutta l'attenzione dovesse essere catturata dal tessuto e dai gioielli, e così era, in effetti.

«Stai esagerando, tesoro mio. Mi ha chiesto tempo per riflettere, e io naturalmente gliel'ho concesso.»

Iris Jellicoe lo guardò. Solo in quell'istante Tom fece caso ai suoi notevoli occhi verdi. «Allora spero vivamente che accetti la proposta, Mr Ashdown. Ma perché rifletterci? Non è affascinato anche lei da ciò che generalmente va al di là della nostra percezione?»

Tom si prese del tempo prima di rispondere. Era indubbiamente una donna affascinante, ma sapeva anche risultare graffiante. Era come una lama affilata che arrivava prima all'osso che alla carne. «Affascinato forse, ma non credo a queste cose.»

«Oh.» Si finse scioccata. «Papà, ma cosa hai raccontato a Mr Ashdown? Ci avrà presi per dei creduloni che si lasciano abbindolare da ciarlatani qualunque apparentemente in grado di leggere nel pensiero e di evocare i morti.»

Sir Tristan rise. «Assolutamente no. Ho solo accennato al mondo che è diventato ormai eccessivamente prosaico, tanto che molti bramano ciò che va oltre il denaro e la tecnica nuda e cruda. Noi vogliamo saziare questa brama con il nostro libro. Tutto qui.» Lanciò un'occhiata di grande complicità alla figlia. Dovevano essere molto uniti.

«Adesso devo congedarmi. È stato un piacere.» Tom si alzò e accennò un inchino di fronte a Iris.

«La accompagno alla porta» disse Sir Tristan accennando un inchino verso Tom. «Se accetterà la mia offerta, cosa che mi auguro vivamente, le farò avere il contratto. E il mio invito. A presto, mio caro Tom.»

Strinse un attimo il braccio a Tom prima di aprirgli la porta di casa.

Tom fece un tratto a piedi perché voleva riflettere in pace. Quella visita lo aveva leggermente sconvolto. Entrando in casa di Jellicoe era come se avesse varcato la soglia di un altro mondo, che non era il suo ma che per certi versi lo attraeva. Era stato felice di rivedere Tristan, e certo si sentiva attratto dalla prospettiva di quell'incarico. Una considerevole somma di denaro dopo l'acquisto della casa sarebbe stata utile, ma ciò che in realtà lo stimolava era ben altro: una sete di avventura che non provava da tempo. Non vedeva l'ora di dirlo a Charlotte, e sperava che lei lo avrebbe consigliato per il meglio.

E poi, naturalmente, Iris Jellicoe, pensò. Dopo che si era unita a loro Tom aveva avvertito qualcosa che non era in grado di descrivere esattamente, una sorta di sgradevole tensione che si era diffusa nella stanza. Appariva misteriosa e schietta al tempo stesso, e si chiese cosa ne avrebbe pensato Charlotte. A lei piacevano le persone insolite, l'idea che facessero conoscenza lo stuzzicava.

Quando pensò a Charlotte gli si scaldò il cuore. Fu sollevato al pensiero che presto le avrebbe raccontato tutto e si sarebbe confrontato con lei.

Era andato da Jellicoe con un peso sullo stomaco, ma ora si sentiva ispirato. Allungò il passo godendosi il vento fra i capelli. In un negozio ad angolo, pieno fino al soffitto di barattoli, sacchi e lattine, comprò un sacchetto di caramelle alla menta che piacevano tanto a Charlotte. Mentre pagava sentì qualcosa strusciarsi alle sue gambe e subito vide un gatto grigio col pelo lucido argentato. Sembrò accorgersi di essere guardato e incrociò il suo sguardo.

Quegli occhi gli ricordarono Iris Jellicoe.

11

Il giorno prima Tom aveva ricevuto la lettera di un vecchio amico, come diceva lui. Non aveva raccontato a Charlotte cosa ci fosse scritto, aveva invece annunciato che in giornata avrebbe voluto far visita a quell'amico. Ecco un'altra cosa di cui non parlava con lei, e questo la rendeva inquieta.

Prima di uscire di casa si era fatta coraggio e gli aveva chiesto se ci fosse qualcosa che lo tormentasse, ma lui si era limitato a rispondere che era molto indaffarato, ma che non c'era motivo di preoccuparsi.

Charlotte non gli aveva creduto. Non poteva certo costringerlo a confidarsi con lei, doveva solo pazientare, il che non era affatto semplice. Allora provò a distrarsi mettendo in ordine delle cose, spedendo per posta a Georgia Osborne la lista di fiabe che le aveva chiesto, dandosi da fare in giardino e aprendo persino una lettera di sua madre piena di raccomandazioni per un matrimonio felice.

A quel punto capì che doveva fare qualcosa.

Charlotte dette conferma a Daisy che sarebbe tornata più tardi per pranzo e si incamminò per una lunga passeggiata. Non avendo una meta ben precisa, si lasciò trascinare verso sud in direzione del Tamigi. Amava quel fiume, sin da quando si era trasferita a Londra, e le sarebbe piaciuto abitare più in prossimità della riva. Ma da Clerkenwell distava poco più di un miglio, un percorso che poteva lasciarsi alle spalle senza troppa fatica con le scarpe robuste nascoste sotto la lunga gonna.

Dietro a St. Paul's Cathedral si infilò per le strette vie che portavano al corso d'acqua. Lì non ci viveva quasi nessuno, dietro ai muri di mattoni scuri erano in sosta merci provenienti da tutto l'Impero, che dall'imponente porto di Londra erano state scaricate a terra. I portuali erano gente sguaiata e rozza che non aveva alcun riguardo per le signore che si avventuravano sul loro territorio, ma Charlotte non se ne preoccupò.

Più si avvicinava al Tamigi, più cresceva l'attività. Casse pesanti venivano innalzate con le gru e depositate nei magazzini, c'erano poi uomini che faticosamente si mettevano in spalla i sacchi scaricati dai carri per trasportarli attraverso i cancelli o gettarli in degli scantinati. Nei vicoli angusti le loro risate e le loro grida finivano per confondersi in una roca melodia.

Charlotte allungò il passo con fare risoluto. Aveva imparato che le donne venivano molestate più raramente quando sembravano avere una meta precisa. Girato l'angolo, si sarebbe trovata sul Tamigi.

Non era esattamente la zona più bella del lungofiume, e i magazzini le impedivano la vista a destra e a sinistra del Tamigi, ma riusciva comunque a vedere l'acqua.

Attratta da qualcosa, proseguì per lo stretto passaggio fra i depositi e verso i gradini che scendevano a riva. C'era rumore ovunque, voci di uomini, navi che urtavano le banchine di legno, le grida dei gabbiani sopra di lei. C'era un odore tremendo di catrame, di pesce e di acqua putrida, ma la forza che la attirava verso l'acqua mascherava tutto.

Charlotte scese prudentemente i gradini bagnati e si immise sul percorso che sopra il fondo sabbioso, visibile con la bassa marea, portava al molo di St. Paul. La melma luccicava al sole.

All'improvviso si rese conto di essere sola a riva, e si voltò guardinga. Fu allora che si accorse di un uomo anziano inginocchiato nella fanghiglia che teneva in alto qualcosa per osservarlo meglio alla luce. Lo guardò incuriosita, domandandosi cosa potesse aver trovato. L'uomo si rialzò a fatica, e stava per andarsene quando Charlotte gli gridò spontaneamente: «Allora, ha avuto fortuna?».

Questi si voltò e lentamente le venne incontro. Era esile, le ciocche unte dei capelli grigi avevano ancora traccia del rosso rame naturale, e indossava un cappotto pieno di buchi che gli arrivava fino alle caviglie. Le scarpe erano rotte, da certi punti si vedeva la pelle nuda. Quando aprì la bocca, scoprì i denti mancanti.

Si pentì di averlo chiamato, ma adesso non poteva più tirarsi indietro. «Posso chiederle cosa ha trovato?»

L'uomo fece un ghigno con aria astuta. «Oh, qualcosa di bello. Lo vuole vedere? Una signora come lei non capita spesso da queste parti.» Le tese la mano sinistra infilata in un guanto senza dita con sopra una moneta corrente.

Charlotte si avvicinò e dette un'occhiata, poi lo guardò delusa. «Non dovrebbe valere granché.»

Lui sorrise, sputò sul suo golf logoro e ci strofinò la moneta prima di porgergliela di nuovo. «La guardi bene, Madam, è antica. Può prenderla tranquillamente in mano.»

Charlotte rimosse il pensiero dello sputo, prese la moneta argentata ora un po' più luccicante e ne ispezionò entrambi i lati. Le scritte e le immagini erano irriconoscibili, il metallo era troppo rovinato, ma sentì una leggera tensione mentre la soppesava in mano. Forse si trattava sul serio di una moneta antica.

«Le do sei penny» disse senza rifletterci a lungo.

«Due scellini dovrebbe valerli» replicò il vecchio sorprendentemente sfrontato.

Come istitutrice aveva una certa esperienza di autorevolezza e capiva subito quando qualcuno voleva abbindolarla. «È troppo. Facciamo otto penny.»

Il vecchio era più scaltro del previsto. Invece di prendere del denaro sicuro, con fare annoiato scalzò il terreno fangoso con la scarpa rotta e poi alzò lo sguardo. «Uno scellino e sei penny.»

Charlotte ci prese gusto a mercanteggiare, mise la moneta alla luce, esaminandola un'altra volta. Forse era davvero qualcosa di speciale.

«Trova spesso oggetti di valore?»

«A volte.» Alzò le spalle scarne. «Un mio amico una volta ha trovato una lampada, a olio, di epoca romana. Un collezionista gliel'ha pagata una sterlina.»

Charlotte non sapeva se credergli, ma non era da escludersi che il fango a riva nascondesse testimonianze del passato. Era attratta da quella moneta.

«Uno scellino» disse. «La mia ultima offerta.»

Tese verso di lei la mano sporca. «Affare fatto, Madam.»

E così si scambiarono lo scellino nuovo con la moneta annerita.

Lei stava per andarsene, quando l'uomo le rivolse di nuovo la parola.

«È stata fortunata a passare di qui, o altri l'avrebbero avuta al posto suo. Ma è il vecchio Ned a decidere chi la merita.»

Controvoglia Charlotte si voltò. «Che vuol dire? Chi sarebbero questi altri?»

Pensieroso l'uomo si posò l'indice sulle labbra. «Non sarà anche lei una di loro? Se è così, sa già di cosa parlo. In caso contrario, non dirò nient'altro.»

Charlotte si mise le mani sui fianchi. «Che significa?»

Il vecchio Ned fece spallucce e arretrò. «Vedo che non è una di loro. Sarebbe stato fin troppo bello. Prenda dunque la moneta e non mi tradisca, altrimenti si arrabbia. Ho dovuto prometterle che avrebbe avuto tutto quello che trovavo. Ma quando ho visto lei, Madam, la moneta mi si è scaldata in mano. Un segno.»

«Io non credo ai segni» precisò Charlotte, sempre più dubbiosa circa la sanità mentale del vecchio.

Si dette un contegno, come a scuotersi di dosso Ned e i suoi discorsi insensati. Voleva solo andarsene, quell'uomo la inquietava. Tuttavia era contenta di aver messo al sicuro la moneta nella tasca della gonna.

Camminò ad ampie falcate, le guance arrossate dal sole. La giornata era andata meglio del previsto, e nonostante la comparsa nauseante del vecchio Ned, era stata una passeggiata interessante.

Contrariamente all'andata, trovò il tempo per passare con calma davanti alla cattedrale, fermarsi sotto la cupola e guardare in alto trattenendo un attimo il fiato. Dopo di che Charlotte svoltò in Paternoster Row, un'antichissima viuzza poco illuminata anche nei giorni più soleggiati. Qui vi si erano insediate nel corso dei secoli numerose case editrici e tipografie, era il cuore del commercio librario londinese. Si respiravano letteralmente la carta e l'inchiostro da stampa, e come se i negozi non bastassero, le bancarelle si riversavano fin sopra gli stretti marciapiedi. Carte geografiche, libri, stampe artistiche, pamphlet, opuscoli, tutto in grande quantità e stipato in uno spazio estremamente ridotto.

Charlotte notò un negozietto con un'insegna nera scintillante su cui era raffigurata una grande moneta. In vetrina campeggiava la scritta a caratteri arcuati:

Henry Goldsmith, numismatico
Monete preziose
Compravendita e perizie

Che strana coincidenza, pensò Charlotte. Non aveva mai fatto caso a quel negozio prima. Si fermò un istante a guardare la merce esposta, quando le venne un'idea. A casa avrebbe pulito a fondo la moneta e, nel caso si fosse rivelata interessante, sarebbe tornata a farla esaminare.

Proprio lì accanto c'era un negozio di antiquariato dove qualche volta aveva curiosato in cerca di un regalino per Tom. Quando pensò a lui, le si strinse il cuore. Ecco di nuovo l'inquietudine di quella mattina. Distolse lo sguardo dalle vetrine, all'improvviso non poteva più resistere all'impulso di tornare a casa per vedere Tom.

12

Avvicinandosi a Clerkenwell Close, Charlotte si congedò a malincuore dalle ultime ore movimentate. Strada facendo, immaginò di raccontare a Tom del suo incontro con quell'anziano signore e di pulire la moneta in cucina, ma l'idea perse immediatamente il suo fascino quando pensò allo strano stato di abbattimento del marito.

Quando passò davanti alla chiesa di Saint James, si fermò a lanciare uno sguardo oltre il cimitero con gli alberi secolari.

«Buongiorno, Mrs Ashdown!» gridò una voce, e Charlotte vide venirle incontro sorridente il reverendo Hildean. Li aveva sposati due anni prima proprio in quella chiesa.

Dopo alcuni convenevoli sul tempo l'uomo disse che aveva appena fatto ritorno dall'ospedale dov'era stato in visita a un bambino della parrocchia.

«Spero niente di grave» disse Charlotte.

«No, ma è pur sempre una doppia frattura alla gamba» ribatté l'ecclesiastico con tono stranamente irritato. Indicò i tetti di un grande edificio oltre il cimitero. «Frequenta la nuova scuola Hugh-Myddelton inaugurata l'anno scorso.»

«Mi ricordo la festa di inaugurazione» disse Charlotte.

«E sicuramente saprà anche cosa c'era prima!» Il tono era ancora più indignato.

«Una prigione, da quel che so. Ma era chiusa già da tempo ed è stata demolita.» In una delle loro prime passeggiate insieme Tom le aveva fatto vedere l'area, spiegandole che lì c'erano detenuti da quasi trecento anni.

«Purtroppo i sotterranei non sono stati demoliti. Li hanno chiusi, ma i bambini avventurosi cercano continuamente di entrarci. Il piccolo Charlie è scivolato per le scale cadendo malamente. Spero che potrà tornare a camminare come prima.»

«Sembra una cosa grave» disse Charlotte, dispiaciuta.

«Adesso purtroppo devo congedarmi, Mrs Ashdown, il lavoro mi chiama. Mi saluti suo marito.»

«Ho fatto una passeggiata interessante» annunciò Charlotte, gettando distrattamente il cappello sul divano. Si sforzò di sembrare allegra, nella speranza di contagiare Tom. «Sono andata fino a St. Paul's Pier e ho comprato una moneta trovata da uno strano vecchio sul Tamigi. La pulirò, magari è qualcosa di speciale.»

Guardò Tom carica di aspettativa, notando solo dopo la bottiglia di vino e i due bicchieri sul tavolo.

«C'è qualcosa da festeggiare? Certamente non la mia moneta, per quanto preziosa possa essere.»

Tom si alzò e le porse con aria solenne un sacchetto di caramelle alla menta. *Evidentemente ha messo da parte il suo umore nero*, pensò Charlotte, sollevata.

«Che tesoro ad averci pensato, mi piacciono così tanto. Allora c'è proprio qualcosa da festeggiare.»

Tom si sedette e incrociò le braccia compiaciuto. «Penso di sì: la proposta di un libro con un onorario sicuro di cento sterline. Più i diritti d'autore.»

Charlotte batté le mani entusiasta. «Ma è straordinario! E di che libro si tratta? Di nuovo su Shakespeare? Racconta, voglio sapere tutto nei dettagli.» Bevve un sorso di vino.

Dopo che Tom le ebbe raccontato tutto, la guardò ansioso di conoscere la sua reazione.

«In realtà non volevi più occuparti di certi argomenti, sbaglio?» domandò Charlotte cautamente. Dopo i fatti di Chalk Hill erano entrambi diffidenti quando si parlava di soprannaturale. «Certo, hai amici alla Society of Psychical Research, ma sono scienziati con un approccio razionale. Qui invece si tratta di magia. Di occultismo.»

Si accorse che il volto di Tom si era adombrato e indugiò. Sembrava tenerci davvero molto a quell'offerta. Forse quel progetto lo avrebbe fatto pensare ad altro, dissipando le ombre che a volte sembravano opprimerlo. «Ti prego, perdonami, non volevo criticare. È un progetto promettente. Mi stupisce soltanto che Sir Tristan si sia rivolto proprio a te.»

Tom sorrise, e Charlotte fu sollevata, già temeva che la sua reazione lo avrebbe deluso. «Gliel'ho detto anch'io. Ma, a quanto pare, apprezza il mio lavoro e io gli devo molto. Senza Sir Tristan i miei esordi come critico sarebbero stati molto più ardui.»

«Intendi dunque accettare? Congratulazioni, allora, per questo eccitante progetto» disse Charlotte brindando con lui. «Ti auguro tanto successo… Almeno fin quando non ti metterai a disegnare pentacoli per terra o ad abbattere galli neri in giardino.»

Tom alzò un sopracciglio. «Te ne intendi straordinariamente bene di certe cose.»

Charlotte mise da parte il bicchiere e lo guardò con occhi maliziosi. «Sono una donna colta, e ti avverto, qui non intendo tollerare certi giochi di prestigio.»

Tom si mise una mano sulla fronte fingendosi scherzosamente

disperato. «Niente galli, promesso, mi sono già divertito abbastanza.» Esitò. «Stavo pensando... Forse potresti darmi una mano in questo progetto. Un po' come ai tempi di Chalk Hill, quando ti ho aiutata con le indagini. Ovviamente solo se lo desideri.» Tacque, d'un tratto evidentemente non più così sicuro di sé.

Charlotte voleva rispondere in fretta, per evitare che Tom ripiombasse nel suo umor nero, ma qualcosa la costrinse a prendere tempo. L'idea di vagare con lui in giro per la città a indagare su qualche mistero era accattivante. Ma c'era anche un impedimento.

«Tom, lo farei davvero volentieri. Solo che avevo sperato con Chalk Hill di essermi lasciata per sempre alle spalle il soprannaturale. Quello che abbiamo vissuto lì mi ha perseguitata a lungo.» Poi fece uno sforzo. «Se mi prometti che non daremo la caccia ai fantasmi né parteciperemo a sedute spiritiche, allora per me va bene.»

Tom sembrò sollevato. «Mi renderebbe felicissimo saperti al mio fianco. E ti prometto che ci dedicheremo solo alla storia. Niente fantasmi, niente occultismo, niente del genere. Ah, Sir Tristan ci vorrebbe invitare a cena prossimamente.»

«Mi farebbe piacere conoscerlo. Ha famiglia?»

«Una figlia. L'ho vista per poco.» Tom sorrise sommessamente. «Dovrebbe piacerti. È un tipo insolito. Non riesco a inquadrarla, e sono curioso di sapere cosa ne pensi.»

«La cosa si fa ancora più intrigante.»

Tom allungò il braccio e la tirò a sedere sul suo grembo. Si godette quei gesti intimi, in genere insoliti per le coppie, e si appoggiò alla sua spalla.

«Hai già pensato a dei luoghi da visitare? Mi viene in mente qualcosa che potrebbe tornarti utile.» Il suo entusiasmo si era risvegliato. «Miss Clovis lo ha nominato di recente.»

«Credevo che tu non volessi più pensare a lei.»

Charlotte rise. «Solo stavolta. Non so se potrebbe essere adatto al libro, ma sembra interessante.» Gli raccontò di St. Anne a Limehouse, della piramide nel cimitero. «Potrei andarci e farti un resoconto.»

Quando Tom parlava, la sua voce profonda la faceva vibrare tutta. «Sì, grazie. Magari puoi fare un disegno e una planimetria. Hawksmoor, quello che ha costruito la chiesa, è un tipo un po' tenebroso. La sua Christ Church a Spitalfields è stata costruita su una fossa comune; a St. Mary Woolnoth ci sono da duemila anni edifici sacri fra cui templi pagani e romani. Dunque perché non una piramide al cimitero?»

«Non vedo l'ora di iniziare quest'avventura.»

«Anch'io.» Tom premette la testa sui capelli di Charlotte. «Anch'io.»

13

Alfie uscì dalla sua baracca semibuia e strizzò gli occhi guardando la luce accecante del sole. Barcollò bruscamente all'indietro appoggiandosi alla ruvida parete di legno.

Il signore vestiva elegante, aveva con sé persino il bastone da passeggio, una frivolezza eccessiva più che un autentico sostegno. Dall'aspetto non si sarebbe detto che avesse difficoltà a camminare. La barba grigia era folta e curata, i capelli gli arrivavano fino alle spalle. Ad ogni modo era vestito interamente di grigio, e il panciotto era ornato dalla catenella d'oro dell'orologio alla quale Alfie lanciò un'occhiata di bramosia.

La donna al suo fianco era vestita di nero, un velo le copriva il volto. Era aggrappata al braccio dell'uomo e se ne stava completamente inerte.

«È questo il ragazzo» disse una voce stentorea, e fu solo allora che Alfie si accorse del sergente che di recente lo aveva interrogato. Il cuore gli batteva forte. Pensò alla collana che aveva nascosto in un angolo della baracca. Ancora non aveva osato offrirla a nessun commerciante; voleva aspettare che le acque si fossero calmate.

L'uomo elegante si sporse un po' in avanti. «Mi chiamo Gerald Danby, e questa è mia moglie Marguerite.» Deglutì, aveva gli occhi lucidi come se fossero pieni di lacrime. Sua moglie vacillò leggermente prima di stringersi a lui con presa più salda.

«Il cadavere che hai trovato sul Tamigi era... di nostra figlia Julia.» La donna emise un grido soffocato e si allontanò. Il sergente la accompagnò a una carrozza chiusa che aspettava a bordo strada e la aiutò a salire.

«Mi dispiace, Sir» disse Alfie, imbarazzato, strusciando il piede a terra sulla sabbia. Non sapeva cosa l'uomo si aspettasse da lui.

«Puoi dirmi esattamente cosa hai visto quel giorno al fiume? So che sei già stato alla polizia, ma mi piacerebbe sentirlo di persona.»

Fu un sollievo che non gli si chiedesse niente del gioiello, e dunque raccontò dal principio per filo e per segno cosa fosse successo. Quando menzionò le candele, Mr Danby fu attraversato da una scossa.

«Candele, dici?»

«Sì.»

«E dove le hai trovate di preciso? Vicino a... Julia?»

«No, vicino alla scala accanto al Queen's Head Pub. Erano infilate nella sabbia. Da lì ho camminato un po'. Avrò fatto duecento metri.»

«Non è molto, ragazzo mio.»

Alfie si domandò dove l'uomo volesse andare a parare. Credeva forse che fosse stata sua figlia a infilare lì le candele? Sentì un brivido lungo la schiena. I vestiti della donna morta erano pregiati, indossava gioielli. Aveva ipotizzato che fosse precipitata inavvertitamente da una barca oppure da un ponte. Erano cose che capitavano. Nel Tamigi annegavano persone di continuo. Alcune ci venivano anche gettate, dopo che erano state derubate, ma in tal caso lei non avrebbe più avuto la collana indosso. Sperò che l'uomo elegante non gli leggesse nel pensiero; lo avrebbe certamente trovato molto irrispettoso.

«Pensa che fossero sue le candele, Sir?» azzardò a chiedere, per quanto l'idea gli sembrasse abbastanza insensata.

L'uomo strinse con forza le mascelle, tanto da lasciar trasparire i muscoli delle guance. Il petto sotto l'elegante stoffa di lana si alzava e si abbassava energicamente. Poi mormorò qualcosa fra sé, come se parlasse da solo. «Il Tamigi è un fiume sacro, ha detto una volta.»

Alfie lo guardò sbalordito. Forse parlava così perché era in lutto. Un fiume sacro, che diavolo significava? Si potevano dire tante cose del Tamigi, ma mai e poi mai lo avrebbe definito sacro. Ci si trovavano tesori, lo si poteva attraversare con barche e navi. Ci si poteva annegare dentro e con la sua acqua farci la birra. C'era gente che ci nuotava per piacere o ci andava in barca e cantava canzoni. L'acqua del fiume era spesso scura, sporca e insidiosa, ma molti non potevano vivere senza. Nemmeno lui. Ma proprio per questo non era affatto sacra. Che sciocchezza.

«Vuole avere le candele, Sir? Le ho conservate» disse Alfie sul punto di andare a prenderle dentro la baracca.

«No, tienile pure. Fanno più comodo a te…» Mr Danby si schiarì la voce, aveva di nuovo gli occhi lucidi. «Devo chiederti un'altra cosa, ragazzo mio. La mia Julia portava degli orecchini quando l'hai trovata.»

«Non l'ho guardata, non in faccia, intendo» si affrettò a precisare Alfie.

«Capisco. Dev'esser stato uno spavento terribile per te. Ad ogni modo portava degli orecchini con delle pietre verdi, glieli avevamo regalati per il suo quindicesimo compleanno. Della parure faceva parte anche una collana che non è stata trovata.»

Alfie fece spallucce. Per un istante quell'uomo gli fece compassione, ma non poteva dire niente. Se avesse ammesso di aver preso la collana, lo avrebbero arrestato. Anche se uno era morto, non lo si poteva derubare, questo gli era chiaro. Il cuore gli batteva forte.

L'uomo fece un sospiro profondo e gli mise una mano sulla spalla. Con l'altra si frugò nella tasca e tirò fuori delle monete che dette ad Alfie. «Grazie.»

Non sapeva esattamente per cosa l'uomo lo stesse ringraziando, intascò comunque le monete e annuì. «Molte grazie, Sir, le mie condoglianze» aggiunse, avendo sentito spesso quella frase quando moriva qualcuno.

L'uomo lo guardò un po' sorpreso, come se non se lo aspettasse da un pettinatore di spiagge orfano, dette un altro buffetto sulla spalla di Alfie e si allontanò. Si congedò dal sergente che lo aveva aspettato accanto alla carrozza e salì a bordo con la moglie, dopodiché la vettura partì spedita.

Il ragazzo li seguì con lo sguardo, le mani in tasca, stringendo forte le monete. Stava per rientrare nella baracca quando il sergente gli venne di nuovo incontro.

«Questa è la fine della storia, Alfie. I Danby possono seppellire la figlia adesso.»

«Si è uccisa, Sir?» Alfie si compiacque di esser riuscito finalmente a formulare quella domanda.

Il sergente lo guardò con aria di disapprovazione. «Non si parla di certe cose.»

«Ma se fosse stato un delitto? Allora dovrebbe trovare l'assassino.»

Il sergente fece un sospiro. «Sei più in gamba di quanto pensassi. Non è stato un delitto, quindi le donne di Mortlake possono dormire sonni tranquilli.» Alzò il dito con fare minaccioso. «E tu terrai la bocca chiusa, intesi? La gente non deve farsi prendere dal panico.»

Alfie aggrottò la fronte. «Perché dovrebbero farsi prendere dal panico, se non c'è un criminale in giro?»

Il sergente diventò tutto rosso, e il ragazzo arretrò inavvertitamente per paura di prenderle. Ma non successe. Il sergente invece si accarezzò i baffi pensieroso, e chinandosi disse a bassa voce, come se qualcuno potesse ascoltarli: «Dunque non sai che qui in passato ha vissuto un mago? Che secondo la gente è un luogo stregato? Là dove si trova oggi il Queen's Head. In prossimità del punto in cui è stato portato a riva il cadavere».

Alfie scosse il capo.

«Meglio così. Se si sparge la voce che una donna ha acceso delle candele e poi è entrata in acqua dove c'era una volta la casa di John Dee, si potrebbero diffondere paura e terrore. Non che io mi beva certe fesserie soprannaturali, ma la gente è credulona. Anche ai giorni nostri. Quindi, non una parola sull'accaduto.»

Alfie alzò la mano con gesto solenne. «Lo giuro, Sir.»

Il sergente annuì ancora una volta, girò sui tacchi e marciò diretto verso High Street.

Alfie bighellonò verso il fiume alzando lo sguardo pensieroso verso il pub. Un luogo stregato? Stentava a credere a quanto aveva appena udito.

14

Proprio l'indomani Charlotte si recò a Limehouse. La stazione non era lontana dalla chiesa, e lei si era impressa nella mente la strada indicata sulla piantina della città. Di giorno quella zona malfamata non metteva i brividi, tuttavia rimase colpita da quanto le case fossero più piccole e più strette che a ovest della città. Alcune avevano addirittura le facciate rivestite in legno, cosa che non aveva mai visto a Londra. C'erano negozi e ristoranti con ideogrammi sulle insegne che contribuivano alla fama esotica del quartiere.

Percorse una strada con case a mattoni marroni fino a un pub a destra del quale si diramava un passaggio angusto con in fondo il cimitero. Il vicolo offriva una bella vista su St. Anne's, incorniciandola come in una foto.

L'erba folta ricopriva il cimitero, tappezzando di verde le antiche tombe che vi si ergevano isolate e a tratti oblique. Si riuscivano ancora a decifrare gli epitaffi, ma Charlotte dovette aguzzare la vista. Poi le cadde lo sguardo sulla piramide, e vi si fermò davanti per ammirarla. Miss Clovis non aveva esagerato, era notevole.

Charlotte calcolò che potesse essere alta sui nove, dieci piedi, e i suoi quattro lati erano suddivisi ciascuno in cinque segmenti, cosa che doveva avere un significato simbolico a lei tuttavia sconosciuto.

Girò lentamente intorno alla piramide e scoprì l'iscrizione di cui Miss Clovis le aveva parlato. Charlotte dovette stringere gli occhi per leggerne le lettere corrose: "La saggezza di Salomone". Sotto vi era inciso uno stemma che su un lato raffigurava un animale. Guardando meglio, riconobbe sul volto della creatura qualcosa di simile a un corno. Che fosse un unicorno?

Charlotte prese dalla borsa un taccuino e una matita. Non era particolarmente brava a disegnare, ma era sufficiente che Tom potesse farsene un'idea. Copiò accuratamente la scritta e ciò che rivelava lo stemma, aggiungendo poi una planimetria approssimativa del cimitero.

Stava per alzarsi quando notò qualcosa – un fazzoletto di terra nuda dove cresceva l'erba. Sembrava che qualcuno ci avesse scarabocchiato sopra con un bastone. Non si vedeva un disegno, solo delle linee irregolari. Forse di un bambino che si era spinto fin lì a giocare, pensò Charlotte mettendo via il taccuino.

Dopo di che fece un ampio giro intorno alla chiesa alzando lo sguardo sulle torri, domandandosi se la piramide fosse stata originariamente concepita come ornamento per una torre. Ma no, non si addiceva. Forse avrebbe trovato una risposta all'interno della chiesa.

Nello spazio interno, con le pareti bianche e la bella galleria di legno che si estendeva su ambo i lati, tutto volgeva al finestrone colorato del coro che mostrava la crocifissione. Charlotte si guardò attentamente intorno, ammirando il rosone in alto e procedendo poi verso l'uscita. Niente che spiegasse cosa ci facessero lì una piramide e uno stemma con un unicorno.

Fuori era raffrescato, le nuvole avevano oscurato il sole, e quando una folata di vento fra gli alberi gettò delle ombre sulle lapidi coperte di muschio, fu come se una mano fredda le afferrasse il cuore.

Si rimproverò per quella idea insensata, dette un ultimo sguardo alla piramide e si incamminò verso la stazione.

Charlotte aprì la porta di casa, appese la giacca, e proprio mentre con trepidazione stava raggiungendo Tom per informarlo delle sue scoperte, avvertì una fitta di dolore in basso alla schiena. Si irradiò fino alle gambe, tanto che faticò ad appoggiarsi al montante delle scale; abbassò la testa e fece dei respiri profondi. Al tempo stesso si sentì umida fra le gambe.

Il destino – o il suo corpo – sembrava mandarle un chiaro messaggio, ma Charlotte era determinata a non capitolare. Andò in cucina da Daisy e le chiese una borsa dell'acqua calda. Si sarebbe sdraiata un po' fin tanto che non si fosse sentita meglio, dopo di che avrebbe raccontato tutto a Tom.

Charlotte doveva essersi addormentata, e si svegliò di soprassalto quando Tom entrò nella stanza.

«Tesoro?» disse preoccupato avvicinandosi in punta di piedi. «Che ti succede?»

Charlotte si voltò cautamente su un fianco. «Niente di grave, scendo subito.»

Tom si sedette sul bordo del letto e le prese la mano.

«Non ti ho proprio sentita rientrare. Daisy mi ha detto di averti dato una borsa dell'acqua calda.»

«Sì, ma non ti preoccupare, non è niente di serio.»

Ma Tom non si era tranquillizzato. «Se ti senti male, posso avvisare Stephen.»

Vi era qualcosa di strano nel tono della sua voce, Charlotte non lo aveva mai sentito prima. Poi capì: Tom aveva perso la sua prima moglie per via di un cancro, scoperto tardi e dunque non più operabile. Sarah Hoskins aveva accennato una volta al fatto che Tom si fosse rimproverato di non aver chiamato prima il medico.

«Tesoro, ti prego, sono i soliti dolori di cui le donne soffrono regolarmente» spiegò lei leggermente in imbarazzo. «Passeranno con un po' di calore e di riposo.»

Sperò che Tom ne fosse sollevato e che scacciasse la tensione con una battuta di spirito. Invece increspò le labbra e si alzò di colpo. Si fermò per un attimo accanto al letto, le mani chiuse a pugno, in parte girato, tanto che lei non ne vide l'espressione. Fu scosso da un brivido.

«Rimettiti presto.»

Dopo di che uscì dalla stanza.

Charlotte non si ricordava quand'era stata l'ultima volta che aveva pianto. Ma ora le mancava l'aria, perché i singhiozzi che l'avevano sopraffatta le serravano la gola, facendole tremare il petto. I dolori fisici impallidivano rispetto a ciò che stava provando in quel momento.

Era sdraiata su un fianco, la testa immersa per metà nel cuscino, e si mordeva le nocche perché in casa non la sentissero. Persino lei non capiva cosa le stesse capitando, tanto era improvviso il dolore che l'aveva colpita. Allora dette libero sfogo alle lacrime, augurandosi di poter stare meglio dopo.

A un certo punto il singhiozzare convulso diminuì, il respiro si fece regolare, le lacrime si asciugarono bruciando come sale sulla pelle. A fatica si mise a sedere, si appoggiò alla testata del letto, mettendosi le mani in grembo.

Charlotte era sempre andata fiera di intuire il pensiero delle sue alunne e dei suoi alunni, di riuscire a capire cosa passasse loro per la testa. Ora doveva provare a fare un passo indietro e osservarsi dall'esterno per scoprire cosa le fosse successo.

Ovviamente aveva a che fare con Tom. Era così preoccupato per lei e poi, di punto in bianco…

Si era sentito improvvisamente imbarazzato a sentir parlare di quei disagi fisici? Fece dei respiri profondi ravviandosi all'indietro i capelli umidi, appiccicati alle tempie.

Era come se la nebbia nella sua testa si stesse diradando e potesse finalmente riprendere a ragionare con lucidità. In seguito le vennero in mente episodi delle settimane passate ai quali sul momento non aveva attribuito grande importanza e che ora riusciva invece a infilare l'uno dietro l'altro come a completare una collana di perle. Che strano comportamento aveva avuto Tom quando alla festa avevano parlato di famiglia. Com'era stato silenzioso quando gli aveva raccontato dell'indelicatezza di Miss Clovis nell'asserire che una coppia senza figli non era propriamente una famiglia. Come le aveva detto? "Che ne diresti stasera di andare a letto presto?", e avevano fatto l'amore. Com'era stato taciturno quando lei gli aveva raccontato della frotta di bambini di Georgia Osborne.

Ebbe come una fitta al cuore. Tom non aveva tirato un sospiro di sollievo sentendo che era solo indisposta, era rimasto deluso che non fosse in dolce attesa.

Tom dette istruzioni a Daisy di tenere in caldo il pranzo per Charlotte. Anche a lui era passato l'appetito, aveva lo stomaco chiuso. Si versò un bel bicchiere di whisky bevendolo fino a metà. Dopo di che si sedette alla scrivania e iniziò ad abbozzare il libro. Scriveva in modo addirittura febbrile, alzandosi solo per versarsi altro whisky, e ben presto aveva rimesso insieme una notevole lista di luoghi da cui voleva partire.

Il whisky non lo aveva solo riscaldato, sembrava anche aver messo le ali ai suoi pensieri. Ora la premessa, almeno i primi capoversi: si sentiva sempre meglio dopo aver scritto le prime frasi e trovato il giusto ritmo che dava scorrevolezza al testo.

Tuttavia non gli venivano le parole. Le cancellava, ricominciava daccapo, si perdeva in mezze frasi e formule che si avvicinavano molto a ciò che voleva dire pur non cogliendone la vera essenza.

Tom si lasciò persuadere che fosse tutta colpa del whisky, ne aveva bevuto davvero troppo per lavorare, tuttavia sapeva in cuor suo che non era questo il motivo.

Alla fine mise via i fogli in modo tanto brusco da urtare la scolorina e versarla sul tappeto, a quel punto si prese la testa fra le mani. Aveva bevuto per vergogna, doveva ammetterlo. Aveva lasciato sola Charlotte, voltandole le spalle come se la colpa fosse sua – di cosa? Di non aspettare un figlio? Ovviamente non era vero, ma magari era così che lei aveva recepito il suo comportamento. Le avrebbe parlato, sistemando tutto, spiegandole in qualche modo…

Ma poi una voce sommessa, insistente, si fece strada dentro di lui: non era doppiamente felice dell'incarico proprio perché poteva essere una distrazione per Charlotte? Perché così magari avrebbe evitato di chiedersi perché non avevano figli? Dopo ben due anni di matrimonio?

Non voleva essere egoista, questo certamente no.

Non era una consolazione.

Perché se venivano a *lui* certe idee, magari Charlotte pensava la stessa cosa. E Tom non poteva sopportarlo.

Si rese conto che non se la sentiva di salire su da lei a parlarle dei suoi timori, a confessarle di essersi fatto visitare da Stephen e a rivelarle le sue congetture in proposito.

E dunque decise di versarsi un altro whisky.

15

Marguerite Danby era come invasata, ossessionata da un unico pensiero. Doveva sapere cos'era successo a sua figlia. Era annegata, senz'ombra di dubbio, ma non era questa la faccenda che la tormentava, che non la lasciava più dormire e che la faceva vagare per casa come un fantasma. Mangiava a malapena. Gerald aveva minacciato di chiamare un medico che le avrebbe somministrato il laudano, prospettiva che le aveva fatto trangugiare qualche cucchiaiata di zuppa.

Non appena il marito fu uscito di casa, lei sgattaiolò in camera di Julia. Stavolta non si buttò sul letto, non affondò il viso nel cuscino di sua figlia, nonostante desiderasse ardentemente afferrarne un ultimo anelito. Marguerite sapeva che solo dopo aver scoperto cosa c'era sotto avrebbe potuto piangerla in pace. Perché doveva esserci un mistero.

Suo marito aveva passato ore e ore alla polizia di Mortlake e aveva bussato personalmente a tutte le case lungo il Tamigi. Aveva fatto domande persino agli operai del vicino birrificio e agli ospiti del pub nei pressi del punto in cui quel ragazzo aveva trovato i moccoli di candela. Ma era sempre tornato a casa a mani vuote, e le sue occhiaie si facevano sempre più profonde. Sembrava malato. Ma invece di parlare con lei si limitava a scuotere la testa trincerandosi nel suo studio con una bottiglia di whisky.

Marguerite sentiva, anzi no, *sapeva*, che Gerald non avrebbe trovato risposte al fiume. Il ragazzo aveva dato l'impressione di essere sincero. Niente lasciava pensare che avesse incontrato Julia quand'era ancora viva, per non parlare del fatto che avesse a che fare con la sua morte. La polizia aveva perquisito da cima a fondo la riva senza trovare indizi di un possibile crimine. Dalle impronte cancellate sulla sabbia non era stato possibile ricavare niente, avrebbero potuto essere di chiunque frequentasse quella riva, aveva detto la polizia.

Sul serio Julia era entrata in acqua di sua iniziativa? Se sì, era una morte volontaria? Era davvero sola sulla riva?

Marguerite si sedette sul letto nascondendo la testa fra le mani. Da giorni si lambiccava il cervello sempre con le stesse domande: "Perché Julia era morta?" "Non si era accorta, lei che era sua madre, delle sue difficoltà?" Oppure "Julia aveva finto così bene da ingannare tutti quelli che la conoscevano?" "Ma cosa poteva aver causato certe difficoltà?".

Di sicuro sua figlia era cambiata, si era fatta più taciturna e riservata, ma non aveva mai dato l'impressione di essere infelice. Inoltre le capitava di sorridere fra sé come fosse animata da una luce interiore. A Marguerite era già capitato di domandarsi se avesse conosciuto da qualche parte un giovane di cui si fosse invaghita.

Alzò di colpo la testa. Tormentarsi e biasimarsi non era di aiuto a nessuno, e certo non era il giusto modo di ricordare Julia. Non era entrata in quella stanza per starsene seduta con le mani in mano a rimuginare. Dunque si alzò, si inginocchiò davanti al cassettone e prese a rovistare in ogni singolo cassetto.

Camicie morbide, pantaloni e calze, in mezzo sacchetti di lavanda che diffondevano un lieve profumo estivo. Un secondo corsetto di modo che la mattina ce ne fosse sempre uno pulito.

Foulard, guanti, ventagli, borsette fatte con la stessa stoffa dei vestiti. Il cofanetto dei gioielli. Forcine per i capelli e pettini di tartaruga, le sue vecchie spazzole di quand'era bambina con le morbide setole di seta ormai ingiallite. Quando Marguerite le accarezzò, gli occhi le si riempirono ancora una volta di lacrime.

«No» mormorò rialzandosi e, appoggiandosi al cassettone, si guardò intorno nella stanza. A un certo punto le cadde l'occhio su un libro sopra al comodino. *Il mulino sulla Floss* di George Eliot. Aggrottando la fronte lo prese in mano, e sfogliandolo trovò un segnalibro a pagina 63. Marguerite richiuse il libro e lo rimise a posto, sentendo che un'idea si stava facendo strada nella sua mente. Il libro... Julia aveva detto qualcosa a proposito di quel libro. Si premette la fronte con la punta delle dita e chiuse gli occhi per far riaffiorare quel ricordo.

Ed eccolo lì.

Era successo qualche settimana addietro, a cena. Gerald aveva chiesto a Julia del suo circolo di lettura, e lei aveva risposto che in quel momento stavano leggendo *Il mulino sulla Floss*, che le piaceva molto pur non appassionandola come i romanzi delle Brontë.

Marguerite guardò di nuovo quel libro. Strano che fosse solo a pagina 63, se lo stavano leggendo da così tanto tempo. Ma di sicuro non significava nulla, poteva benissimo darsi che il segnalibro le fosse caduto e che lo avesse poi rimesso alla pagina sbagliata.

Poco dopo le venne in mente un'altra cosa. Avrebbe potuto chiedere ai membri del circolo di lettura se avessero notato qualcosa di insolito nel comportamento di Julia, se avesse dato l'impressione di essere abbattuta o cambiata. Ma poi ci ripensò, spaventata: ponendosi quelle domande, avrebbe finito con l'ammettere che sua figlia si era tolta la vita, che annegare nel Tamigi non era stato un incidente ma una scelta deliberata.

Dunque avrebbe continuato a cercare. Qualcosa in quella stanza *doveva* svelarle cos'era successo.

Marguerite andò davanti all'armadio e aprì entrambe le ante. Controllò ogni vestito, frugando le tasche e tastando i risvolti delle maniche e il cappuccio della mantella che Julia aveva portato all'opera. Niente.

Si mise in ginocchio gemendo lievemente quando le stecche del corsetto le si conficcarono nella carne. Il suo abbigliamento non era fatto per certi movimenti bruschi; in genere erano i domestici a sbrigare quelle faccende. Ma quello era un compito di cui doveva occuparsi di persona.

Infilò la mano nelle scarpe e negli stivaletti di Julia non trovandovi comunque niente. Stava quasi per desistere quando proprio in fondo all'armadio trovò una vecchia cappelliera malridotta con gli angoli sciupati di cui nemmeno si ricordava. Marguerite la tirò fuori e aprì il coperchio.

Per un attimo le mancò il respiro e il cuore sembrò andare in aritmia; ogni tanto le capitava da quando aveva superato i quaranta, ma stavolta l'alterazione del battito cardiaco era più forte, quasi dolorosa, in forte accelerazione.

Per prima cosa vide il pesante ciondolo di metallo che raffigurava una donna in ginocchio. Sulle braccia aperte uccelli che spiccavano il volo e sulla testa dei corni con al centro un disco dorato. Marguerite lo sollevò cautamente e lo appoggiò sul pavimento.

Trovò poi carte da gioco completamente diverse da quelle impiegate per il whist o il bridge: tutte immagini colorate di re, scheletri e donne nude, sole e luna, piuttosto scandalose. Non aveva mai visto niente del genere.

Poi vide tre fogli di pergamena arrotolati.

Uno mostrava tre colonne. In quella a sinistra si vedevano tre cerchi, in quella centrale quattro, in quella a destra altri tre cerchi tutti collegati fra loro con delle linee. I cerchi erano ricoperti di scritte a caratteri esotici.

Su un'altra pergamena c'era disegnato un triangolo bianco sul quale si librava una croce rossa.

Il terzo mostrava dei simboli a lei noti, fra questi uno che ricordava una donna seduta. L'aveva vista al British Museum – lettere egizie con un nome complicato.

Con la bocca completamente asciutta Marguerite riusciva a malapena a deglutire.

Nessun dubbio, Julia aveva dei segreti, e tutto ciò che avrebbe potuto tradirli era ben nascosto nel suo armadio. Voltandosi, Marguerite guardò di nuovo il libro appoggiato sul comodino.

Quindi ripose accuratamente ogni cosa nella scatola e si alzò da terra rassettando per bene il vestito. Subito dopo uscì dalla stanza con la scatola e il libro.

Aveva da fare.

16

Seguirono giorni tranquilli in cui Charlotte leggeva, lavorava in giardino o si faceva insegnare piatti locali da Daisy. Cucinare, in realtà, non era proprio il suo forte, ma la distraeva dalle preoccupazioni.

Quella mattina Tom era partito per Mortlake, era la prima escursione per il suo libro. Non le aveva chiesto se voleva andare con lui, e la cosa le aveva fatto più male del previsto.

Il giorno che era tornata da Limehouse gli aveva dato i disegni e lui aveva ringraziato con cortese distacco. Charlotte aveva sperato dentro di sé che il loro progetto comune li avrebbe avvicinati, e dunque era rimasta delusa. Anche la sera Tom se ne stava per lo più nel suo studio o andava a teatro, se c'era una rappresentazione da recensire.

Poco prima lo aveva osservato con silente disperazione mentre si metteva il leggero cappotto estivo e si infilava in tasca il taccuino stracolmo. Non riusciva a capire cosa stesse succedendo fra loro.

A voler essere sincera, doveva ammettere che la sera del suo malore, nel momento stesso in cui Tom era uscito dalla camera, qualcosa dentro di lei si era spezzato.

In quel momento era alla finestra a guardare il giardino riscaldato dal sole, ma il ghiaccio che aveva dentro non voleva sciogliersi. Appoggiò le mani al davanzale della finestra e abbassò la testa. Le bruciavano gli occhi per le lacrime.

Qualche istante dopo si raddrizzò. Una farfalla danzava da un fiore all'altro, completamente assorta nel suo balletto. Quel che a prima vista sembrava un movimento all'insegna del gioco spensierato era in realtà prosaico: la farfalla cercava nutrimento, seguiva un piano, un unico scopo.

All'improvviso la delicata risolutezza della farfalla sembrò contagiare anche Charlotte. Corse in camera da letto e aprì il cassetto del comodino. Avvolta in un fazzoletto pulito c'era la moneta che aveva comprato dal vecchio Ned. Distratta dal nuovo progetto di Tom l'aveva messa via e se n'era dimenticata.

Munita di lente d'ingrandimento, carta e penna, Charlotte portò la moneta in cucina dove Daisy stava lavando i piatti. Questa alzò lo sguardo sorpresa.

«Cosa posso fare per lei, Mrs Ashdown?»

«Devo pulire una moneta d'argento. È estremamente sporca e ossidata.»

Daisy si tolse i capelli dal viso con il braccio e indicò l'angolo dietro al frigorifero. «Lì c'è un secchio con del ranno, ma lasci fare a me.»

«No, grazie, lo faccio da sola.» Charlotte era felice di tenersi impegnata con qualcosa di sensato. Prese una scodella di porcellana e la riempì piano piano di ranno. Poi prese dalla dispensa un panno morbido e si sedette al tavolo di cucina con tutto l'occorrente.

Daisy si voltò verso di lei, le mani immerse nella risciacquatura dei piatti. «Anche mio nonno collezionava monete. Ne aveva alcune del Medioevo, ma non erano di grande valore. Anche lui le puliva con la saponata. La cosa migliore sarebbe lasciarla un po' a mollo, lo sporco dopo viene via più facilmente.»

Charlotte fissava la scodella, come se così facendo lo sporco si sciogliesse più in fretta, girò un dito nel ranno e alla fine estrasse la moneta con un cucchiaio. La asciugò accuratamente con un panno, la posò sul tavolo e prese in mano la lente.

«Oh» si limitò a dire.

Daisy aveva fatto scorrer via l'acqua, e dopo essersi asciugata le mani si avvicinò al tavolo. «Posso vedere?»

Charlotte le porse prontamente moneta e lente. «Guardala. E siediti pure.»

Daisy aveva lavorato dagli anticonvenzionali Ashdown abbastanza a lungo da non meravigliarsi di quella confidenza. Con il piede tirò a sé uno sgabello e ci si mise a sedere. Dopo di che tenne la lente sulla moneta, dapprima vicina, poi un po' più lontana e alzò lo sguardo.

«C'è sopra una donna... Insomma, la testa di una donna. E sul bordo c'è scritto qualcosa in una lingua straniera.»

Charlotte annuì. «È latino.» Scarabocchiò qualcosa su un pezzo di carta. «Qui c'è JULIA, un nome di donna.» Indicò la parola accanto. «Cosa ci leggi?»

Daisy strizzò un occhio guardando concentrata la moneta. «AU... AUGUSTA, direi.»

«Credo anch'io.»

«E che cosa significa?»

«Che questa qui è una moneta romana» disse Charlotte in tono reverenziale. «Augusta era un titolo onorifico che l'imperatore poteva conferire a una donna che poteva essere sua moglie, sua madre, sua figlia o sua sorella.»

Daisy la guardava a bocca aperta. «Intende dire che questa Julia era imparentata con l'imperatore?» Poi prese coscienza di ciò che era più evidente. «Oppure che è una moneta degli antichi Romani?»

Charlotte assentì. Il malumore di prima era svanito. «Gira la moneta e guarda il retro.»

«Oh. È difficile da decifrare. Sempre una donna, direi. È seduta su qualcosa… Una barca? Oppure una sedia?» Daisy strofinò la moneta facendo molta attenzione.

Charlotte indicò con la matita un punto preciso. «Sembra che abbia in braccio qualcosa, un bambino o un animale.»

«Potrebbe essere un uccello?»

Charlotte piegò la testa. «Non ne sono sicura. Ma qui a sinistra c'è un palo. Magari è un remo, allora avresti ragione sulla barca.»

«Riesce a leggere cosa c'è scritto sul bordo?» domandò Daisy guardando Charlotte carica di aspettativa.

«Vediamo. Mmm. Due lettere sono rovinate, ma direi che c'è scritto SAECULI FELICITAS. Ha a che fare con la felicità. Il mio latino è piuttosto arrugginito» ammise Charlotte scusandosi. Quando Daisy rise, lei alzò lo sguardo.

La domestica si tappò la bocca con la mano e arrossì. «Mi perdoni, non volevo essere scortese. Ma lei sa così tante cose, non fa niente se ha dimenticato un po' di latino.»

Charlotte rise con lei. «Lo controllerò.»

Daisy si alzò e prese una terrina. «Adesso faccio i biscotti, sono avanzate tante di quelle uova…»

«Buona idea, con le nocciole, per favore» disse Charlotte, ancora intenta a osservare la moneta. Stava per uscire dalla cucina quando Daisy prese un barattolo di farina e le chiese mentre era già di spalle: «Cosa farà con la moneta?».

«La farò vedere a qualcuno.»

17

Tom Ashdown era seduto sulla Metropolitan Railway diretta a Richmond. Guardava come di consueto dal finestrino vedendo a malapena quel che gli passava davanti agli occhi. Nella borsa accanto a lui sul sedile c'erano dei taccuini e una piantina disegnata a mano che aveva fatto da sé; c'era inoltre un libro in latino dal titolo *Vita Joannes Dee* che aveva letto alla bell'e meglio con quel che gli restava delle sue nozioni scolastiche.

In realtà avrebbe dovuto essere eccitato. Era sulle tracce di un mago, uno scienziato del Rinascimento che si intendeva di matematica, ingegneria e navigazione, ma che aveva anche creduto di parlare con gli angeli e che si era occupato con grande dedizione di alchimia e divinazione. Un uomo che aveva fatto personalmente visita a Elisabetta I e che era andato a Praga a mettere le sue doti magiche al servizio dell'imperatore Rodolfo II.

Ma Tom pensava solo a Charlotte. Negli ultimi giorni era rimasta silenziosa, e lui sapeva esattamente da quando. Si vergognava per come si era comportato, ma non se l'era sentita di parlarle. *Ti auguro di rimetterti presto.* Che idiota era stato, un idiota senza cuore! E vigliacco per giunta.

Si appoggiò allo schienale e chiuse gli occhi. Ma cosa era successo fra loro? Cosa ne era stato della leggerezza che li accomunava, delle vivaci conversazioni e delle risate che li avevano legati?

Nonostante tutte le tenebre che gravavano allora su Chalk Hill era nata fra loro un'amicizia spontanea che aveva sfidato tutte le difficoltà. Fin da subito, quando aveva incontrato Charlotte Pauly per la prima volta, Tom aveva capito che doveva rivederla, che quella donna doveva restare nella sua vita, e che per lei sarebbe stato disposto a rimettere in gioco i suoi sentimenti ancora una volta. E non se ne era mai pentito, nemmeno per un secondo.

E tuttavia, giorno dopo giorno si stavano allontanando sempre più. Vivevano nella stessa casa, dormivano nello stesso letto, ma era come se fra loro fosse stato eretto un muro invisibile. Che presumibilmente fosse *sua* la colpa non rendeva certo le cose più facili.

L'aveva lasciata sola in camera da letto, invece di domandarle che cosa le si agitasse dentro, invece di chiederle se fosse triste. Se poteva eventualmente rassegnarsi all'idea di non avere figli. Se in tal caso, essendone lui la causa, avrebbe continuato ad amarlo lo stesso.

Allora, a Chalk Hill, avevano guardato negli abissi delle tenebre, avevano condiviso cose che nessun altro avrebbe mai saputo, e questo li aveva avvicinati moltissimo. Dov'era finita quell'intimità?

Tom si morse il labbro perché gli bruciavano gli occhi, ma era impensabile mettersi a piangere in pieno giorno davanti a tutti gli altri passeggeri della Metropolitan Railway.

Dalla stazione della metropolitana di Richmond fino a Mortlake c'era una bella camminata di almeno venti minuti. Tom allungò il passo con piglio energico, come se, così facendo, potesse lasciarsi alle spalle quei pensieri cupi. Ora che era diretto verso la prima meta, poté concentrarsi nuovamente sul suo progetto, o meglio, si costrinse a farlo.

Aveva svolto delle ricerche approfondite, stabilendo i luoghi di cui intendeva scrivere nell'atlante magico di Sir Tristan. Mortlake era quello più a ovest, e dunque aveva deciso di cominciare da lì.

Tom aveva delle grandi aspettative circa la possibilità di scoprire molto di più che semplici tracce indistinte. Una parte della casa di John Dee era stata in seguito adibita alla tessitura di arazzi, attività che ormai, però, non esisteva più da quasi tre secoli. Alcuni di quei sontuosi arazzi erano rimasti intatti, gli edifici invece no. Là dove una volta si trovava l'abitazione di John Dee c'era oggi il Queen's Head pub.

Tom aveva scoperto tutto questo, ma suonava un po' prosaico, e così si era messo in cerca del vero spirito del posto. Non occorreva credere ai fenomeni soprannaturali per indagare sulle storie di cui quel luogo era stato teatro in passato. La chiesa di St. Mary era ancora lì dove si trovava al tempo di John Dee. Era da lì che Tom voleva avviare le sue ricerche.

La giornata era calda, e si maledisse per aver riempito la sua borsa di pelle così tanto da sentirsi tagliare la spalla dalla cinghia. Anche il cappotto era troppo pesante. Guardò con aria nostalgica l'imponente costruzione del birrificio che svettava sulla riva del fiume dandogli il benvenuto a Mortlake. Avrebbe proprio voluto una birra in quel momento, ma doveva aspettare. Prima la chiesa, poi il pub, dove avrebbe potuto dissetarsi e far conversazione con la gente del luogo. Sapeva per esperienza che non c'era posto migliore per raccogliere voci e storie dalle quali ogni tanto trapelava anche qualche briciolo di verità. Chissà che dopo secoli non fosse ancora vivo l'interesse per il mago che lì, un tempo, aveva parlato con gli angeli.

St. Mary the Virgin era una costruzione in pietra gialla, e a Tom venne spontaneo pensare che la torre non si addicesse affatto al resto dell'edificio. Divisa in tre parti e realizzata con la stessa pietra della chiesa fino a metà, spiccava armoniosa sopra l'edificio. Poi partivano dei mattoni più scuri coronati da una torretta bianca che assomigliava a un gazebo sopra al quale girava un segnavento. Ma lui non era lì per scrivere un saggio di architettura.

Tom superò il cimitero in stato di abbandono e spinse la massiccia porta di legno che si aprì in silenzio. Dentro sentì l'aria fresca impregnata di incenso, l'odore tipico di molte chiese. Non badò agli epitaffi in pietra sulle pareti, perché sapeva che lì non avrebbe trovato traccia di Dee. Il presbiterio era dominato da una finestra di vetro colorata quasi a tutta parete. La luce del sole danzava creando macchie di colore sul pavimento. Tom posò la borsa, incrociò le dita delle mani e si guardò intorno. Aveva letto che John Dee probabilmente era stato tumulato nel presbiterio, ma non c'erano epitaffi a testimonianza di ciò. Anche nella sua morte quell'uomo rimaneva avvolto nel mistero.

Tom faceva lentamente avanti e indietro tentando di immedesimarsi nell'epoca remota in cui John Dee aveva vissuto. Quell'uomo era stato consigliere austroungarico, uno studioso con un suo laboratorio, che cercava persone simili a lui, e il proprietario di una delle più grandi biblioteche d'Europa. E proprio lui si era trasformato in un individuo che credeva di trovare la saggezza autentica parlando con gli spiriti come l'arcangelo Michele. Uno che possedeva uno specchio magico azteco con il quale rievocava i demoni e una sfera di cristallo con cui leggeva il futuro.

Quanti trucchi e quanta superstizione vi si celassero, Tom non era in grado di dirlo, ma che in quella chiesa fosse sepolto un grande spirito era incontestabile.

«Sta cercando qualcosa?»

Voltandosi, Tom si trovò davanti un uomo basso con un completo scuro che teneva in mano un pacchetto di candele.

«Sono il sagrestano.»

«Thomas Ashdown. Sto facendo delle ricerche sul dottor Dee.»

«Ah.» Il volto scarno del sagrestano si contrasse in un sorriso. «Non troverà molto, le poche tracce che restano sono ben nascoste. Però io posso aiutarla. Sembra che sia stato tumulato qui, proprio davanti all'altare.» Indicò il pavimento. «Pare che un tempo ci fosse una targhetta di ottone che indicava la tomba, ma è sparita.» Fece segno a Tom di seguirlo accennando agli intarsi che decoravano il presbiterio. «Qui e qui – e anche laggiù – può vedere dei leoni intagliati. Rimandano allo stemma dei Dee, che venne conferito loro nel 1576 e che mostra su sfondo rosso un leone rampante verso destra.»

Tom si avvicinò a osservare le figure leonine. «La ringrazio.» Poi aggiunse pensieroso: «Non è strano che un mago venga sepolto in una chiesa cristiana?».

Il sagrestano rise. «Oh, no, nient'affatto. All'epoca non si distingueva così nettamente la fede dalla superstizione e dalla scienza. Un uomo come Dee poteva riunire in sé tutte e tre le cose. E inoltre,» si sporse in avanti annuendo con aria confidenziale «molto di quel che si racconta su di lui è esagerato. Un esponente della magia nera certamente non lo è mai stato. Io lo considero un figlio fedele della Chiesa.»

Tom prese appunti e fece qualche schizzo delle figure leonine. «Da quel che ho letto, non è rimasto niente della sua casa e del suo laboratorio.»

«È proprio così, Mr Ashdown. Ma dietro al muro che vede a ovest della chiesa una volta c'era il giardino del dottor Dee. Ammetto che il muro in sé non ha niente di speciale, ma a volte ci appoggio la mano e chiudo gli occhi. A quel punto mi sento trasportato nel passato. Come se servisse a qualcosa.» Detto ciò, il sagrestano raccolse le sue candele e si congedò.

Tom si fermò davanti al muro. Gli venne un'idea. Sarebbe stato sicuramente interessante confrontare rappresentazioni storiche e fotografie moderne, ne avrebbe parlato a Sir Tristan.

Dopo di che uscì dal cimitero e attraversò High Street. Un passaggio stretto fra le case portava giù al Tamigi, e lì c'era subito il pub. Era tempo di uno spuntino.

A quell'ora del giorno nel bar non c'era quasi nessuno, e Tom si sedette alla finestra con la sua pinta di birra. Nel riverbero dei raggi di sole che si rifrangevano sull'acqua il traghetto che collegava Chiswick con Mortlake stava ora risalendo la corrente del fiume. Lì dietro si vedeva il parapetto graticolato del ponte della ferrovia di Kew.

«È un pittore?»

Tom si voltò quando sentì la voce dell'oste dietro di sé.

«Lo dico per via della borsa e perché guarda sempre fuori. Qui capita spesso gente che dipinge il fiume, è una vista che piace.»

Tom voltò le spalle alla finestra e bevve un sorso di birra. «No, non sono un pittore. Sto scrivendo su John Dee.»

L'oste, un uomo robusto con la chierica rossa, lo guardò stupito. «E a chi interessa ancora di lui oggigiorno? Anche se... Dev'esserci gente ricca che celebra le messe nere e rievoca le anime dei parenti defunti.»

Tom si sforzò di reprimere una risatina. «A St. Mary the Virgin mi hanno detto che era un figlio fedele della Chiesa e che le storie riguardanti la sua magia sono a dir poco esagerate.»

L'oste tentennò la testa. «Be', Sir, posso solo dire che la mia povera nonna mi ha sempre minacciato con lo stregone quando non tornavo a casa per tempo. Viene a prenderti, mi diceva. Non sa quanto corressi veloce.»

Tom prese appunti sorridendo. «Serviva dunque a spaventare i bambini?»

«Be' sì, noi eravamo anche curiosi. Certe volte all'imbrunire sgattaiolavamo fin quaggiù a riva a cercare le sue tracce. Luci tremolanti, voci inquietanti e così via. All'improvviso qualcuno cominciava a urlare e tutti scappavano.»

«E non avete mai trovato nulla?»

L'uomo scosse la testa. «Se la casa ci fosse ancora oggi, probabilmente sarebbe diverso, o il suo laboratorio, dove faceva gli esperimenti, o la biblioteca con i libri di magia. Ma è tutto sparito.» Girò i palmi delle mani all'insù e fece spallucce.

«Che peccato. Oggi Mortlake è dunque un sobborgo come tanti altri.» Tom guardò l'oste in attesa che afferrasse l'amo che gli aveva lanciato. E ciò che udì subito dopo superò di gran lunga le sue aspettative.

L'uomo uscì da dietro il bancone, tirò a sé una sedia e si sedette davanti a Tom. Poi si sporse in avanti con fare confidenziale. «Di recente un pettinatore di spiagge ha trovato il cadavere di una donna. Proprio laggiù.» Indicò vagamente lungo il fiume.

«Doveva essere una signora elegante. E giovane. Pare sia annegata.»

Tom trattenne il respiro. «Si sa come è successo?»

«No.» Poi si guardò intorno e si protese di nuovo in avanti. «Potrebbe benissimo trattarsi di suicidio. La polizia ha interrogato tutti qui in zona, ma nessuno ha visto niente. Quindi niente di sospetto. A parte il fatto...» Fece una pausa teatrale. «Che c'erano delle candele.»

«Candele?» Tom aveva tirato fuori il taccuino e stava scrivendo.

«Sì. Quaggiù a riva, proprio davanti alle scale. Le ha trovate il giovane Alfie, ci ha detto.»

«Chi è il giovane Alfie?»

«È il pettinatore di spiagge. Non ha più i genitori. Vive di quel che trova sul fondo sabbioso della bassa marea.»

«E le ha trovate lui le candele?»

«Sì, infilate a terra. Insomma, chi fa certe cose? Proprio qui dove ha vissuto il mago! La sua casa era proprio qui, Sir, in questo punto!»

Tom alzò un sopracciglio. «E lei pensa che quella donna prima di morire abbia acceso le candele e sia entrata poi in acqua?»

L'oste sollevò la mano come per ammonirlo. «Io non penso proprio niente. Dico soltanto quel che ho sentito. Se vuole conoscere i dettagli, deve chiedere al giovane Alfie.»

«E dove lo trovo?»

L'oste lanciò un'occhiata giù al fiume. «Al fiume ora no di certo, è troppo presto. Vive in una baracca proprio dietro l'angolo.» Indicò a Tom la strada. «Fra il mio locale e il molo del carbone.»

Tom pagò lasciando anche una lauta mancia. «La ringrazio. Può darsi che ritorni.»

«Quando vuole, Sir.» Poi aggiunse, come se gli fosse appena venuto in mente qualcosa: «Ma tutto questo resta fra noi, vero?».

«Certo» lo rassicurò Tom un po' meravigliato.

L'oste si schiarì la voce. «No, perché corre voce che la donna morta fosse di buona famiglia. E il sergente Waters ha intimato a tutti di tenere la bocca chiusa. Spero di non aver commesso un errore.»

«Di me si può fidare.»

Tom era andato a Mortlake in cerca di indizi del passato. E invece si era imbattuto in un mistero che sembrava in tutto e per tutto presente.

18

Charlotte mise la moneta nella borsetta e uscì di casa. Stava andando verso il Green ed era già all'angolo quando sentì una voce dietro di sé.

«Buongiorno, Mrs Ashdown, non ci vedevamo da tempo. Spero che stia bene.»

Charlotte si voltò e si trovò dinnanzi Miss Clovis che la guardava con una certa impazienza. Charlotte avrebbe preferito proseguire per la sua strada, ma evitò di farlo per pura cortesia. «Sto benissimo, grazie. Soprattutto con questo tempo vale la pena andare un po' a spasso.» Sperò ardentemente che a Miss Clovis non saltasse in mente di volerla accompagnare.

«Oh, ha ragione, è una così bella giornata. Sarei felice di far presto un'altra chiacchierata con lei.»

Charlotte rimase impietrita. «Certo, solo che ora ho molto da fare.»

Miss Clovis annuì. «Capisco. Io vivo da sola, ma quando ci si deve prendere cura di un marito, tanto più di uno così impegnato come Mr Ashdown…»

«Mi scusi, ma adesso devo proprio andare. Buona giornata, Miss Clovis.» Dopo essersi congedata bruscamente, Charlotte si allontanò senza voltarsi, ma continuò a sentirsi addosso lo sguardo indiscreto di quella donna fin tanto che non ebbe girato l'angolo successivo.

Quando arrivò sulla Paternoster si era un po' calmata. In cima al vicolo si fermò a far finta di guardare una vetrina e chiuse gli occhi cercando di riprendersi. Nemmeno lei sapeva spiegarsi una reazione tanto forte nei confronti di Miss Clovis, forse perché in sua presenza si sentiva sempre osservata. Insinuare inoltre che la sua vita girasse unicamente intorno al fatto di mettere a proprio agio Tom la offese. Charlotte avvertì la stessa delusione della mattina minacciare di rovinarle quella piccola escursione. Si arrabbiò con se stessa per aver permesso a una singola frase – non importava se detta con intenzione o senza riflettere – di far vacillare la sua determinazione. Ebbe il presentimento che ciò avesse a che fare con l'estraniarsi di Tom – parola che le riusciva difficile anche solo concepire – come se il dolore che le procurava l'avesse resa particolarmente sensibile a certi timori.

Quando tornò a respirare con ritmo regolare, distolse lo sguardo dalla vetrina e andò al negozietto che aveva scoperto di recente. L'insegna con la moneta oscillava leggermente al vento, e quando entrò dentro riecheggiò il suono nitido di un campanello.

Il negoziante era un signore con dei baffetti antiquati, talmente basso che dal massiccio registratore di cassa spuntava appena la testa.

«Avanti, Madam. Come posso servirla? Mi chiamo Goldsmith, sono il proprietario.»

Il negozio era tanto piccolo quanto strapieno. Gli scaffali con gli innumerevoli cassettini che custodivano le monete arrivavano fino al soffitto, il che spiegava anche la scala a libretto in un angolo. Sul vetro del bancone, sopra un panno di velluto, erano adagiate monete dei più svariati tipi. Charlotte fu colpita da tutto quel luccichio dorato e argentato. C'era odore di polvere e metallo e di qualcosa di chimico: doveva essere il lucido.

Charlotte aprì la borsetta e tirò fuori la moneta che aveva avvolto in un fazzoletto pulito. Lo spiegò e lo fece scivolare sul bancone. «Vorrei sapere cosa può dirmi su questa moneta.»

Mr Goldsmith le dette un'occhiata. «Aha, è di epoca romana, questo è certo.» Inserì una piccola lente di ingrandimento negli occhiali e domandò «Posso?» prendendo in mano a un suo cenno di assenso il fazzoletto con dentro la moneta. Ne osservò accuratamente prima un lato poi l'altro, mormorando fra sé qualcosa di incomprensibile.

Charlotte stette a guardare pazientemente, ma non vedeva l'ora di sentire la sua opinione.

Alla fine l'uomo aprì il cassetto sotto il bancone e tirò fuori un grosso libro. Ne sfogliò le pagine sciupate con illustrazioni di numerose monete e indicò finalmente un esemplare. «Dovrebbe trattarsi di questo pezzo qui.»

La moneta raffigurata somigliava effettivamente alla sua, solo che brillava come nuova. La scritta e le immagini erano più facilmente riconoscibili.

«Ci sono delle abbreviazioni» disse Charlotte. «Può spiegarmele?»

Mr Goldsmith posò la moneta accanto all'illustrazione del libro. «Sono qui per questo, Madam. Si tratta di denaro romano. Su questo lato sta scritto JULIA AUGUSTA, come vede.»

Allora avevo letto giusto, pensò Charlotte.

«Questa moneta venne coniata fra il 196 e il 211 d.C. Risale ai tempi degli imperatori Settimio Severo e Caracalla, padre e figlio. Julia fu la moglie del primo imperatore e la madre del secondo. Uno dei due dovrebbe averle conferito il titolo onorifico di Augusta.»

Charlotte rimase un po' delusa. Non sapeva cosa avesse sperato, ma quella suonava vagamente come la lezione di storia impartita a scuola. «E che mi dice del retro?»

Goldsmith la guardò sorridente. «Be', questo è già più interessante. La figura femminile qui rappresentata è evidentemente la dea Iside. Porta in braccio il figlio, il dio Horus, per lo più rappresentato con le sembianze di un falco.»

Ovviamente erano divinità egizie, ma Charlotte sapeva che i Romani avevano spesso mutuato in larga parte gli dèi dei popoli conquistati. Non meravigliava, dunque, che Iside e Horus fossero raffigurati su una moneta romana.

«Che oggetto è quello su cui sta in piedi?»

«Una barca, direi. A sinistra c'è il remo.» Annuì come per darsi ragione. «Torna alla perfezione, perché Iside è la dea madre, ma anche la signora dei fiumi. Incarnava l'origine della fertilità, della morte e della rinascita. Il Nilo in Egitto è la fonte di ogni vita, solo sulle sue rive c'è terreno fertile» aggiunse il signor Goldsmith.

Charlotte sentì smuoversi qualcosa dentro di lei, non avrebbe saputo dire cosa, ma era una prima scintilla. «È sorprendente» osservò.

«Che cosa, mi scusi?» Goldsmith la guardò con aria interrogativa.

«Ciò che ha appena detto su Iside e sui fiumi. Ho comprato questa moneta da un uomo anziano che l'ha trovata in riva al Tamigi.»

Il signor Goldsmith rise facendo oscillare ritmicamente i baffi. «Curioso, in effetti. E oltremodo appropriato. Le do una sterlina per la moneta.»

«Non vale di più?» domandò Charlotte meravigliata.

L'uomo arrossì di fronte a quella schiettezza inattesa. «Be', io sono un commerciante. Inoltre non è poi così insolito che vengano ritrovate monete romane. E non solo sul terreno sabbioso durante la bassa marea, ma anche in cantieri di ogni tipo. A Londra non esistono scavi dove non venga rinvenuto qualche reperto antico. Diciamo una ghinea. Questa è la mia ultima offerta.»

Charlotte sorrise conciliante. «Mi scusi, non voglio affatto vendere la moneta. Mi interessava solo il suo parere da esperto. Ovviamente intendo pagare la sua valutazione.»

L'uomo si tolse la lente di ingrandimento dagli occhiali e scrutò Charlotte a fondo. «Non mi faccio pagare le perizie. Se un giorno dovesse cambiare idea, torni pure. Le pagherò un prezzo onesto, glielo prometto.»

«La ringrazio, magari un giorno o l'altro la venderò davvero» disse Charlotte uscendo dal negozio.

Per strada le tornò in mente cosa era venuta a sapere quando una volta erano andati a trovare gli amici di Tom, Sarah e John Hoskins a Oxford: lì il Tamigi prendeva il nome di Iside. Charlotte scosse leggermente la testa. A volte tutto sembrava collegato.

Avrebbe cercato di indagare più a fondo. Quella moneta poteva non essere preziosa dal punto di vista materiale, ma era come una calamita che la attraeva con la sua forza magnetica.

Solo quando fu di nuovo a casa le tornò in mente cosa le aveva detto il vecchio Ned: "Appena ho visto lei, Madam, la moneta mi si è scaldata in mano. Un segno".

Tom ebbe fortuna. Era effettivamente ancora troppo presto per la bassa marea. Quando bussò alla porta della piccola baracca, attaccata come una verruca al magazzino del molo di carbone, all'inizio non si smosse nulla. Bussò un'altra volta e alla fine sentì dei rumori all'interno.

Una chioma rossa arruffata su un viso lentigginoso si affacciò alla porta con gli occhi assonnati perplessi e preoccupati a un tempo. Il ragazzo lo squadrò. «Chi è lei, Sir?»

«Sei Alfie?»

Il ragazzo deglutì per poi annuire. «Sì.» Suonò più come una domanda.

«Posso entrare?» chiese Tom. «Mi chiamo Thomas Ashdown e sono un giornalista.»

Vide che il ragazzo, a cui non dava più di undici anni, sulle prime arretrò, poi fece un passo in avanti tirandosi dietro la porta di legno sgangherata. «Preferisco venire fuori, Sir.»

«L'oste del Queen's Head mi ha detto che abiti qui.» Lesse la paura negli occhi di Alfie. «Non preoccuparti, ho solo delle domande da farti. So che sei un pettinatore di spiagge e che hai trovato il cadavere di una donna al fiume. E anche delle candele infilate a terra. È così?»

Il ragazzo annuì di nuovo. «Sì, ma ho già raccontato tutto alla polizia e all'uomo ricco.»

Di che uomo ricco stava parlando?, pensò Tom, ma si guardò bene dal chiederlo. Voleva spingere Alfie a raccontare da sé invece di incalzarlo con troppe domande insistenti.

«Sono un giornalista. Scrivo per i giornali. Per questo sono sempre alla ricerca di storie interessanti.»

«Ma io non sono interessante» obiettò Alfie.

«Ognuno ha una storia da raccontare. E trovare il cadavere di una donna sulle rive del Tamigi non è cosa da tutti i giorni. Vuoi dirmi qualcosa di più in proposito?» Mentre parlava, Tom prese una moneta dalla tasca e cominciò a giocarci con le dita. Vide il ragazzo sgranare gli occhi.

«Vieni, facciamo due passi lungo il fiume.»

Alfie indugiò qualche istante prima di muoversi. «È troppo presto per raccogliere.»

«Conosci il fiume come le tue tasche, eh?»

«Mmm. Faccio questo lavoro da tanto di quel tempo.»

«Sei solo al mondo?» Tom lo guardava con la coda dell'occhio per non avvicinarglisi troppo. Un bambino con una famiglia non viveva certo da solo in una baracca.

«No!» disse Alfie quasi indignato. «Mio fratello maggiore è marinaio sulla *Elizabeth Doe*. Si chiama Jamie. E verrà a prendermi quando sarò grande abbastanza per seguirlo.»

Piano piano si avvicinarono insieme all'acqua dove in quel momento stavano scaricando una barca di carbone. Gli operai imprecavano e ridevano mentre portavano di peso i sacchi pesanti nel magazzino.

«Come te la cavi?» domandò Tom, fermandosi per accendere la pipa. Si alzò una folata di vento che gli scompigliò i lunghi capelli.

«Benissimo. Mi accontento di poco io,» disse Alfie, aggiungendo poi «cerco di mettere qualcosa da parte, per comprarmi dei vestiti; in futuro voglio assomigliare in tutto e per tutto a un vero marinaio.»

Mentre se ne stavano lì a guardare l'acqua, Tom percepì per la prima volta da giorni un senso di pace. Forse dipendeva dal fiume che scorreva davanti a loro, eterno e mutevole a un tempo.

«È una buona idea. Ma cosa fai d'inverno?» Si immaginò il ragazzo rannicchiato nella baracca a battere i denti dal freddo.

«Accendo il fuoco. L'oste del pub a volte mi regala la legna, e io ho una coperta pesante. Era di mia madre.» Tacque, e Tom si rese conto che non voleva parlare dei suoi genitori.

«Mi fai vedere dove hai trovato le candele? E il cadavere della donna?»

«Sì, Mr Ashdown.»

Quando arrivarono sul punto del ritrovamento, Alfie indicò a terra.

«Non si vede più niente. Ma erano infilate più o meno qui.» Si piegò e con un bastone fece cinque buchi in terra. «E c'erano anche delle impronte, ma confuse.»

Tom rimase interdetto. «Sei sicuro di averle trovate così le candele? A forma di pentagono?»

«Sì. Mi sono meravigliato anch'io. Sembrava fatto apposta. Penso fosse un disegno.»

«Hai già visto qualcosa del genere qui?»

«Mai. Chi piazza delle candele in riva al fiume?»

Ripresero lentamente a camminare fin quando Alfie non si fermò di colpo. «Era lì distesa.» Se ne stava lì con le mani incrociate dietro la schiena. «L'uomo ricco ha detto che era sua figlia. Si chiamava Julia Danby.»

Tom annotò il nome. «Sai anche il nome del padre?»

«Gerald Danby. Lo conosce?»

«No.» Ma era solo una questione di tempo. Tom era lì per cercare le tracce di un mago e si era invece imbattuto nel mistero di cinque candele e una donna morta.

«Com'era d'aspetto?» Aveva ponderato con scrupolo quella domanda. A un bambino cresciuto nella bambagia si sarebbe ben guardato dal chiederlo, ma Alfie tirava avanti da sé e certamente aveva visto molte più cose della maggior parte dei suoi coetanei.

Abbassò la testa. «Non l'ho guardata in faccia.»

«Capisco.» Tom tacque nella speranza di venirne a sapere di più.

«Aveva un vestito costoso. Anche le scarpe. Credo.»

Tom non sapeva cosa lo portasse a porre la domanda successiva, procedeva d'istinto. «Aveva nient'altro con sé?»

Il ragazzo alzò la testa di scatto. «Che cosa di preciso?»

«Non so, una lettera d'addio magari.»

«No. Si sarebbe bagnata, no?»

Tom annuì senza smettere tuttavia di guardare Alfie negli occhi. Sentiva che c'era qualcosa che il ragazzo non voleva svelare. Tom girò la testa e guardò in direzione del Tamigi.

«Il Tamigi è un fiume sacro, ha detto una volta.» Quelle parole furono pronunciate a bassa voce ma non tanto da risultare incomprensibili.

«Come, scusa?»

Alfie si infilò le mani nelle tasche dei pantaloni e alzò le spalle. «Me lo ha detto il padre della donna morta. Forse quelle candele appartenevano proprio a lei.»

Tom rifletté. Non era saggio far pressioni al ragazzo e distruggere il delicato clima di fiducia che si era appena instaurato, anche se era sicuro che gli nascondesse qualcosa.

Alfie continuò a guardarsi i piedi. «Scriverà di me?»

«Come ti viene in mente?» domandò Tom.

«Ha detto che scrive per i giornali. E se le dico qualcosa, lei lo scriverà. E poi io avrò...» Alfie tacque di colpo.

Tom gli mise una mano sulla spalla ossuta con fare protettivo. Il ragazzo era basso per la sua età. «Non è per un giornale. Sto scrivendo un libro su un mago che ha vissuto qui in passato. Quindi non devi preoccuparti.» Si interruppe un istante. «C'è qualche altra cosa che vorresti dirmi?»

Alfie scosse la testa.

«Bene, allora ti saluto. Grazie di aver risposto alle mie domande. Può darsi che mi venga in mente altro, in tal caso ripasserò di qui.»

«In caso scrivesse per il giornale... Può nominarmi tranquillamente» disse il ragazzo sorridendo imbarazzato. «Sarebbe eccitante.»

Tom gli porse la mano. «Affare fatto. Arrivederci, Alfie.»

Quando Tom si rimise in strada verso la stazione si sentì addosso gli occhi svegli sotto quella chioma rossa.

19

Charlotte aveva detto a Daisy di tenere in caldo il pranzo, perché Tom non era ancora rientrato. Stava per uscire dalla cucina quando le venne un'idea. Tirò fuori la moneta e la mise sul tavolo.

«Ha scoperto qualcosa?» domandò Daisy curiosa.

«Se fai un tè, ti racconto.»

Allora si sedettero in tranquillità e Charlotte raccontò della sua visita dal signor Goldsmith. Piena di timore reverenziale la domestica accarezzò con l'indice la moneta.

«Una dea egizia su una moneta romana? Incredibile che sia rimasta nel fango per duemila anni.» Poi aggrottò la fronte. «Oppure qualcuno l'ha trovata tanti anni fa e l'ha persa di nuovo. Chissà per quante mani è passata finora.»

«Su questo ti do ragione» disse Charlotte godendosi la conversazione con qualcuno che desiderava osservare in tutta calma il suo piccolo tesoro.

Un raggio di sole penetrò dalla finestra e Charlotte decise di fare una breve passeggiata. Camminò con passo rilassato fin oltre il cimitero e vide uno scoiattolo a cui qualcuno aveva gettato una noce. L'animaletto si avvicinò con cautela, afferrò la noce con le zampe anteriori e corse via su un ramo più alto dove subito iniziò a rosicchiarla.

Charlotte fece un giro intorno alla chiesa, uscì dal cimitero e andò al Green, dove c'era sempre un gran movimento. Bambini che correvano in ogni dove e bevevano alla fontana al centro della piazza. Un ragazzino saltò con entrambi i piedi nel trogolo dei cavalli, da dove la madre lo tirò fuori afferrandolo per la collottola, sgridandolo. All'angolo c'erano degli uomini che parlavano – forse erano impegnati in una discussione politica. Quel quartiere aveva sempre attirato estremisti, e Tom ci scherzava su, trovando loro due perfettamente in sintonia con quelle opinioni anticonvenzionali.

Will Travers, l'oste di Crown Tavern, in piedi lì fuori con il suo lungo grembiule la salutò educatamente con un cenno quando Charlotte gli passò accanto, e lei pensò di sfuggita a quanto le avrebbe fatto bene in quel momento una bella birra fresca.

Ma poi vide Tom venirle incontro. Lui alzò la testa e la guardò sorpreso prima di allungare il passo e fermarsi davanti a lei.

«Un comitato d'accoglienza tutto per me?» domandò alla sua vecchia maniera ironica, e per un attimo fu come se le settimane passate fossero svanite nel nulla.

Charlotte sorrise. «Mentirei, se dicessi di sì. Sono solo uscita a fare due passi.»

Tom sospirò. «Sei fin troppo sincera. Agli uomini piace venire un po' adulati, nessuno te lo ha mai detto?» Le rughe di espressione intorno agli occhi di Tom smentirono le sue parole. Aveva la barba scura di due giorni e l'aria stanca, ma era raggiante.

Poi lanciò un'occhiata al pub. «Mi andrebbe una birra.»

Charlotte non poté fare a meno di ridere, avendo pensato la stessa cosa. «Sai leggere nel pensiero.»

«Vedremo, se Will ci fa entrare nel suo bar.» Il bar vero e proprio era da sempre riservato agli uomini, ma c'era una sala attigua in cui le donne accompagnate potevano accedere. «Sta ristrutturando la saletta accanto al bar.»

Tom aprì la porta e gridò qualcosa, poi fece cenno a Charlotte di seguirlo. Si sedettero in mezzo a secchi di vernice e scale. Will Travers portò loro due bicchieri di birra che mise sul tavolo strizzando l'occhio. «Spero che questo odore non vi dia fastidio, ma era tempo di migliorare un po' questa stanza. Vengono sempre più donne, è giusto che trovino un ambiente gradevole.»

Charlotte alzò il suo bicchiere. «Apprezzo molto i suoi sforzi, Mr Travers.»

Una volta rimasti soli, Tom e Charlotte brindarono. Quella birra fresca fu un toccasana. Strano, pensò Charlotte, che lì, in un quartiere a loro estraneo, fossero l'un con l'altra più disinvolti che a casa.

«Sei stato fuori a lungo.»

«Sì, è stata una giornata intensa.»

«Pensa, oggi sono stata in un negozio specializzato in monete.»

«Vuoi iniziare una collezione?» domandò Tom meravigliato.

Charlotte si appoggiò allo schienale della sedia e lo guardò. «Allora non mi hai ascoltata.»

«Che vuoi dire?»

«Di recente ti ho raccontato del vecchio che mi ha venduto una moneta sul Tamigi. Mi ha detto che gli si è scaldata in mano nel momento in cui mi ha vista, e che quello era un segno.»

Tom guardò imbarazzato il piano del tavolo.

«Ad ogni modo questa mattina l'ho pulita alla meno peggio e ho scoperto che si tratta di una moneta romana. Così questo pomeriggio sono andata in Paternoster Row e l'ho fatta vedere a un numismatico di nome Goldsmith.»

Charlotte riferì ciò che aveva scoperto.

«La dea Iside su una moneta rinvenuta in riva al Tamigi? È affascinante. Ma anch'io ho novità interessanti.»

Tom raccontò delle sue ricerche a Mortlake e dell'incontro con il piccolo Alfie.

Quando ebbe terminato il resoconto, a Charlotte batteva forte il cuore. «Stai dicendo che c'è un collegamento fra la morte di quella povera donna, le candele e il fiume? E che lì dove è morta ci viveva in passato un mago?»

Tom sembrò un po' a disagio. «Sembra folle, lo ammetto, e io mi ero recato lì unicamente per cercare tracce di John Dee. Non avevo messo in conto un mistero. Ma per quanto riguarda le candele e la donna morta... Guarda qui.» Tirò fuori il suo taccuino e indicò un disegno che raffigurava solo cinque punti. «Secondo Alfie le candele erano disposte in quest'ordine. Ti fa venire in mente niente?»

Charlotte aggrottò la fronte pensosa. Dove voleva andare a parare Tom? «Se si uniscono tutti i punti, si ottiene un pentagono. È questo che intendi?»

Tom prese una matita e tracciò le linee in questione. «Infatti, un pentagono.» Poi unì i punti cardine dall'interno.

Quando stava ancora disegnando a Charlotte sfuggì un «Ah» di meraviglia. «Un pentacolo!»

Tom si appoggiò allo schienale a braccia conserte e la guardò incuriosito. «Tu sai che non do alcun peso a simili sciocchezze sull'occulto, ma non è questo il punto. Il punto è: e se a crederci fosse la persona che ha disposto lì quelle candele. E se questa fosse proprio Julia Danby.»

Il suo entusiasmo era contagioso, e Charlotte fu grata del fatto che le loro teste potessero unirsi per cercare di risolvere insieme un mistero. «Il pentacolo è molto più di un simbolo occulto. Ha anche un significato matematico, pensa solo alla sezione aurea. Si trova anche nelle chiese cristiane, come mosaico a pavimento o sulle finestre.»

«Le tue obiezioni sono giuste, e può darsi che io mi sia incaponito.»

Charlotte alzò la mano. «No, nient'affatto.» Aggrottò la fronte. «Anch'io sono scettica sui cosiddetti casi del destino, però è curioso che ti sia imbattuto nel ragazzo che ha trovato il cadavere di quella donna e un pentagono di candele mentre a me vendevano una moneta di Iside poche miglia più a sud. Mi piacerebbe saperne di più, soprattutto ora che ho visitato la piramide. "Saggezza di Salomone", Iside, un possibile pentacolo, materiale in abbondanza per un libro. Che emozione! Devo assolutamente bere.»

Tom guardò stupito Charlotte accostarsi il bicchiere alla bocca e mandar giù tutta d'un fiato la birra rimasta. Poi lo riappoggiò rumorosamente sul tavolo.

«Perché mi guardi in quel modo?» domandò lei ridendo.

«Non finisco mai di conoscerti.» Tom deglutì e si schiarì la voce. «Ultimamente mi sono comportato in modo meschino con te. Puoi… Puoi perdonarmi?»

Non che fosse una dichiarazione, ma erano pur sempre delle scuse. Era già un inizio.

«Certo.» Non aggiunse altro e cambiò rapidamente argomento. «Venendo alle tue considerazioni sulla donna morta… Non dovresti forse parlarne con la polizia?»

Tom scosse la testa. «Cosa c'è da dire? Sanno delle candele, e sembra che non le abbiano ritenute importanti. Cosa faccio, mi metto a disegnare un pentacolo?»

«Va bene. E cosa pensi del ragazzo?»

Tom accennò un sorriso. «Un tipo tosto. Può darsi che stia

nascondendo qualcosa, c'è stato un momento in cui… Comunque è dura alla sua età dover sbarcare il lunario da solo.»

Poco dopo si alzarono e si diressero verso la porta. Quando furono usciti Tom disse: «Inoltre Sir Tristan Jellicoe ci ha invitati dopodomani. Immagino che tu non veda l'ora di vedere lui e la sua dimora».

«Sono molto curiosa» ammise Charlotte.

Sulla via del ritorno verso casa Charlotte, dopo giorni, riuscì finalmente a respirare calma e serena.

20

Marguerite Danby varcò le imponenti colonne del British Museum tenendo stretta a sé la borsa. Non era mai andata lì da sola, e non aveva detto nulla a Gerald del suo proposito. Non sapeva spiegarsene la ragione; forse era per via della confidenza particolarmente intima fra madre e figlia, che andava ben al di là della morte e che non la lasciava in pace. Voleva scoprire per certo cosa fosse successo a Julia prima di parlarne col marito. Lui soffriva terribilmente, ma in silenzio, come spesso facevano gli uomini. Lei vedeva che il dolore era come un cancro che lo divorava da dentro, e non voleva agitarlo con vane congetture. Per quanto anche lei soffrisse, le era di aiuto tenersi occupata, benché le risposte che probabilmente avrebbe trovato non le avrebbero restituito sua figlia.

Si avvicinò al banco dell'accettazione dov'era seduto un uomo anziano con un paio di occhiali a stringinaso dorati. «Cosa posso fare per lei, Madam?» domandò cortesemente.

Marguerite si schiarì la voce. «Vorrei parlare con un esperto di egittologia.»

L'uomo alzò un sopracciglio. «Se vuole, può partecipare a una delle nostre visite guidate.»

Lei scosse energicamente la testa. «Molte grazie, ma non intendo visitare il museo. Ho delle domande molto precise e alcuni oggetti che vorrei mostrare a un esperto.»

Notò che l'uomo si guardava intorno contrariato, come se desiderasse liberarsi di lei. In altre circostanze avrebbe desistito, e scusandosi educatamente si sarebbe allontanata. Ma la morte di sua figlia le aveva dato una forza di cui lei stessa non si capacitava. Si era recata lì nella speranza di trovare aiuto, e quell'uomo, per quanto spazientito, non si sarebbe liberato di lei tanto facilmente.

«Senza un appuntamento è del tutto inusuale» disse lui in tono un po' più arrendevole.

«Anche la mia questione è tanto più importante per questo. Ne va della vita di una persona.»

Leggendogli la resa negli occhi, Marguerite riuscì a malapena a soffocare un moto di esultanza.

«Se vuole attendere laggiù, per favore.» Le indicò una panca rivestita in pelle. «Vedo cosa posso fare.»

Marguerite vide che fece cenno a un guardiano del museo di avvicinarsi e lo incaricò di sorvegliare in sua assenza il banco dell'accettazione. Dopo di che sparì nei meandri dell'enorme edificio.

Non aveva messo in conto di riuscire nel suo intento, e dunque dovette prepararsi un discorso adatto. Presto si sarebbe trovata al cospetto di un uomo dotato di grandi conoscenze in materia e a lui avrebbe presentato le sue poche prove di scarso valore. Magari l'avrebbe derisa, poiché, mentre lui custodiva mummie millenarie e altri preziosi oggetti, lei aveva trovato dei semplici oggetti in una cappelliera sciupata.

Poi pensò alla tomba di sua figlia, che minacciava di annegare tra i fiori freschi, alle notti insonni e alle lacrime asciugate in fretta e furia che aveva visto sul volto di Gerald ogni volta che gli era andata incontro inaspettatamente.

No, pensò Marguerite. Lì era nel posto giusto, e non si sarebbe lasciata intimidire da nessuno.

Quel signore comparve così all'improvviso da farla sobbalzare.

Portava occhiali senza montatura e baffi spuntati. Non particolarmente alto, era vestito in modo vistoso e appariva molto sicuro di sé. «Mi chiamo Ernest Wallis Budge. Sono il direttore del reparto di antichità egizie e assire. Cosa posso fare per lei, Madam?»

Marguerite si alzò e gli porse la mano, frastornata dal fatto che le avessero mandato il direttore in persona. «Mi chiamo Marguerite Danby.» Si interruppe un attimo per richiamare alla memoria le parole che si era preparata. «Ho degli oggetti che vorrei farle vedere.»

Sempre che il signor Wallis Budge ne fosse rimasto sorpreso, lo nascose molto bene. «Posso chiederle perché è venuta da me? Si tratta di antichità egizie o assire?»

«Non ne sono sicura» replicò lei apertamente. «A me sembrerebbe di sì. Ma vorrei il parere di un esperto. Se fosse così gentile da dedicarmi qualche minuto del suo tempo...»

«Venga con me.» L'uomo la accompagnò per un lungo corridoio le cui pareti erano adorne di foto incorniciate e disegni di gioielli stupendi, vasi preziosi, maschere mortuarie e sarcofagi. Poi aprì una porta e la fece entrare in una stanza piena di scaffali sopra ai quali erano adagiati i più svariati utensili. Al centro c'erano grandi tavoli da lavoro.

«È qui che i reperti vengono puliti e restaurati. Ma poiché ora siamo in pausa pranzo, abbiamo la stanza tutta per noi. Se posso vedere i manufatti...»

Marguerite era tremendamente nervosa. "Manufatti" suonava così scientifico. Che cosa avrebbe detto quell'uomo importante di quello che aveva trovato? Ma ormai era lì e doveva sfruttare la sua occasione. Prese dalla tasca la scatola e dopo averla posata sul tavolo la aprì.

«Posso?»

«La prego.»

Con la prudenza dello scienziato il signor Wallis Budge prese prima il ciondolo, poi le carte da gioco e infine i tre rotoli di pergamena e li ordinò sul tavolo l'uno accanto all'altro. In primo luogo osservò il ciondolo, lo soppesò nella mano, lo mise alla luce e lo riappoggiò sul tavolo.

«Mmm... è una collezione interessante. Dove ha preso questi oggetti?» La scrutò attentamente. «Mi hanno detto che ne va della vita di una persona.»

«Forse ho un po' esagerato per farmi ricevere da lei» ammise Marguerite provando un po' di vergogna. «Ma è davvero importante. Li ho ereditati.»

Non sapeva se si fosse accontentato di quella risposta, comunque lui indicò il ciondolo. «Questo pezzo rientra in un certo senso nel mio ambito, Mrs Danby. Dico in un certo senso perché non si tratta di un manufatto egizio, e come tale non ha alcun valore storico o materiale. Oggetti del genere si comprano per pochi spiccioli nei bazaar del Cairo e di Alessandria. Ma le spiego volentieri di cosa si tratta. Questa è una rappresentazione della dea Iside con ali di uccello spiegate. Indossa il consueto ornamento del capo con le corna che incorniciano un disco lunare. In questo assomiglia alla dea Hathor, raffigurata spesso con testa e corna bovine.»

Marguerite cercò su due piedi di memorizzare tutto, dopo di che venne alla domanda che più le stava a cuore.

«E qual è il significato?»

Il signor Wallis Budge si avvicinò a uno scaffale, sfilò un grosso libro rilegato in pelle e lo appoggiò sul tavolo. Lo sfogliò indicando poi una doppia pagina con numerosi disegni di dee diverse l'una dall'altra. Una aveva la testa di un uccello rapace, un'altra aveva in capo una specie di sedia spigolosa, una terza era in ginocchio, una quarta era in piedi con ali di uccello spiegate come sul ciondolo di Julia.

Marguerite guardò l'egittologo con aria interrogativa.

«Sono tutte rappresentazioni della dea Iside, Mrs Danby. Potrei tenerle una conferenza di qualche ora, ma le basterà sapere questo: Iside è la dea più importante dell'antichità, fu venerata non solo dagli Egizi ma anche in epoca greca e romana. Simboleggia la nascita e la morte, la magia e la rinascita, la maternità e la fertilità. Resuscitò dai morti il suo consorte Osiride, che era stato ucciso e fatto a pezzi.» Si interruppe lasciando trapelare un po' di imbarazzo. «È così pallida. Non era mia intenzione scioccarla.»

«La prego, continui pure» lo incalzò Marguerite in tono pressante.

«Trasformatasi in nibbio bruno – di qui la diffusa rappresentazione con la testa di uccello rapace – concepì il figlio Horus, per lo più raffigurato come falco.»

«Perché una giovane donna dovrebbe possedere un ciondolo simile?» si lasciò sfuggire Marguerite, al che Wallis Budge la guardò sorpreso. Aveva parlato di eredità, e per poco ora non svelava più di quanto si fosse ripromessa.

«Lo avrà trovato decorativo. Oppure interessante per via dei miti ad esso collegati.» Dette un'occhiata al resto degli oggetti. «Queste sono carte da gioco con le quali sembra si possa interpretare il futuro e prevedere il comportamento umano. Non è il mio ambito.»

Marguerite restò interdetta sentendo quelle parole. «Ho sentito parlare dei tarocchi. Ma è solo un gioco con cui si passa il tempo in società, giusto?»

Sul volto dell'uomo si dipinse un'espressione che svanì talmente in fretta da rendere impossibile decifrarla – era forse infastidito?

«Be', ognuno ha le sue convinzioni. Chi crede ai tarocchi dà molta importanza alle predizioni.»

Marguerite si sentì all'improvviso a disagio e cambiò subito argomento. «Anche i rotoli di pergamena mi sembrano molto misteriosi. Cosa ne pensa?»

Wallis Budge, che nel frattempo si era ridato un contegno, srotolò i tre fogli e li fermò sul tavolo con dei listelli di legno in modo che restassero aperti.

Poi con sorpresa di Marguerite fischiò fra i denti.

«È davvero interessante, Mrs Danby.» Indicò la pergamena a sinistra su cui erano raffigurate tre colonne con dei cerchi e dei simboli incomprensibili. «Questo è l'albero della vita della cabala, una dottrina esoterica ebraica.» Dette dei colpetti sui singoli cerchi. «*Kether. Binah, Chochmah, Gewurah, Tiphereth, Chesed, Hod, Jesod, Nezach, Malchuth.*»

Marguerite lo guardava affascinata. Quelle parole suonavano misteriose ed esotiche, ma lui le pronunciava con la massima disinvoltura. «Ma questo non è egiziano, vero?» domandò lei, sentendosi terribilmente ignorante.

Lui sorrise. «No, è ebraico, Mrs Danby. Spiegare la cabala richiederebbe molto più tempo di quanto ne abbiamo impiegato per Iside, dunque le basti questo: l'albero della vita rappresenta le dieci forze spirituali con le quali Dio nella sua onnipotenza esercita la propria influenza sull'essere umano. Quando si studiano le pratiche della cabala e si apprendono le sue forze, si può – questo è il fine ultimo – diventare uno col tutto.»

La dea Iside, tarocchi e una dottrina esoterica ebraica?

Era questo che si agitava nell'animo di Julia mentre viveva

sotto lo stesso tetto dei suoi ignari genitori? Marguerite era incredula.

«E qui abbiamo il triangolo bianco con la croce rossa, l'ordine dell'Alba dorata. Ne avrà sicuramente sentito parlare.»

Con suo sommo imbarazzo Marguerite dovette scuotere la testa.

«È un ordine segreto fondato alcuni anni fa qui in Inghilterra. Più di questo non posso dirle, non è il mio ambito.»

Era la sua immaginazione o Wallis Budge si era fatto di colpo reticente? Marguerite gli aveva rubato fin troppo tempo.

«E qui, per concludere, ancora qualcosa di egizio. Geroglifici.» Indicò la donna seduta. «Guarda a sinistra, è cioè l'inizio di una parola. Quindi partiamo da qui. Questo è il trono e questo è il pane. Insieme rimandano a lei: a Iside.»

Marguerite guardava affascinata quei simboli dimentica per un momento del suo lutto. «Riesce a leggere tutto come se fosse inglese?»

Wallis Budge annuì. «Qui c'è scritto, a senso: Iside, signora dell'acqua, prendici con te e trasformaci, così che diventiamo immortali.» Piegò la testa. «Non è un testo originale, o almeno io non lo conosco.»

«Che cosa significa?» domandò lei a corto di fiato.

«Che questo testo è di qualcuno che legge i geroglifici e che sa come scriverli. Ma non risale a tre o quattromila anni fa, è un testo della nostra epoca. L'artefice ha usato la pergamena, non il papiro, non sembrerebbe dunque trattarsi di un reperto antico.»

Marguerite si avvicinò al tavolo e con cura rimise nella scatola il ciondolo, le carte e le pergamene prima di guardare l'egittologo. «Posso chiederle che cosa ne pensa? Io non riesco a capirci niente.»

«Tutto questo lo ha ereditato? Apparteneva alla stessa persona?» domandò lui di rimando.

«Sì, esatto.»

«Mi direbbe chi era?»

Gli era grata, molto grata, ma quella domanda era troppo dolorosa. «Mi dispiace, ma non posso parlarne.»

La accompagnò alla porta e poi la trattenne ancora un istante. «Be', la risposta è facilissima, Mrs Danby. Questa collezione deve esser stata di una persona molto introdotta nel mondo della magia.»

21

La casa era bianchissima, come un fazzoletto fresco di bucato, aspetto degno di nota per l'aria di Londra. Chelsea come luogo di residenza ben si addiceva a tutto ciò che Tom le aveva raccontato di Sir Tristan Jellicoe. Elegante con un afflato di bohème. Charlotte era curiosa di conoscere l'uomo che aveva scelto Tom per il suo incarico inconsueto. Dalla conversazione al pub qualcosa era cambiato fra loro. Tom non aveva più menzionato la sera in cui l'aveva profondamente ferita, ma la tensione era diminuita. Si erano riavvicinati. Fin tanto che riuscivano a evitare domande dolorose parlando di maghi elisabettiani e monete romane sembravano intendersi alla perfezione.

Ad aprire loro la porta fu Jellicoe in persona. Tom glielo aveva descritto, ma Charlotte restò comunque sorpresa vedendo i suoi capelli bianchi lucenti ricadergli sulle spalle. Aveva scelto per l'occasione una finanziera scura convenzionale, e lei ne fu un po' delusa, aspettandosi un abbigliamento esotico.

«Mrs Ashdown, che piacere!» Li fece entrare. «Benvenuto anche a lei, Tom» aggiunse in tono scherzoso.

Un domestico dalla carnagione scura con indosso pantaloni bianchi e sopra una veste che gli arrivava fino alle ginocchia fece un inchino e prese i loro cappotti. Dall'atrio, dove Charlotte si sarebbe trattenuta volentieri ad ammirare le splendide decorazioni, Jellicoe li accompagnò in sala da pranzo. Si fermò inavvertitamente davanti a un grande specchio incorniciato da eleganti piastrelle con motivi sinuosi.

Jellicoe notò che lei ne era affascinata. «Le piastrelle sono del Marocco, proprio come Khalish» disse disinvolto.

Charlotte restò un attimo interdetta, perché sembrava che avesse comprato il domestico insieme alle piastrelle.

«Sono stupende. Un azzurro così intenso non lo avevo mai visto.»

«Sono dipinte a mano.»

Li condusse in sala da pranzo dove li attendeva la sorpresa successiva. Lampade con filigrane che diffondevano calda luce rossastra attraverso motivi punzonati, e anche qui Charlotte si sentì catapultata in Oriente. Sia i mobili che gli oggetti decorativi provenivano evidentemente dal Nordafrica. Notò su un tavolino una teiera cesellata in argento con bicchieri colorati; negli angoli c'erano cassepanche con raffinati giochi d'intarsio, un tavolo da pranzo presumibilmente dipinto a mano apparecchiato per quattro persone. I cuscini sulle sedie, le tende alle finestre, i tappeti variopinti – non c'era niente di provenienza europea. Solo la semplice porcellana bianca in tavola sembrava inglese.

«Qui è come nelle *Mille e una notte*» le venne spontaneo dire.

Sir Tristan sorrise. «Sono lusingato che le piaccia, Mrs Ashdown. Il buon Tom mi ha preso in giro una volta dicendo che mi porto in casa i Paesi lontani invece di andare a visitarli, ma lo conosce, fa dell'ironia.»

«Trovo che qui sia meraviglioso.»

Tom le accarezzò un braccio. «Lo dissi per scherzo, Sir Tristan lo sa fin troppo bene.»

Jellicoe prese tre dei quattro bicchieri di Madeira che erano sopra un cassettone con intarsi eburnei. Brindarono. «A una piacevole serata.» Si fermò a guardare la porta. «Vi prego di scusarmi, Iris di solito è puntualissima.»

Charlotte non vedeva l'ora di conoscere la figlia di Jellicoe dopo che Tom l'aveva così incuriosita.

Poi la porta si aprì ed entrò nella stanza una donna che altri non poteva essere se non Iris. Imbarazzata, con un'andatura a metà strada fra l'incedere e lo scivolare, maestosa e arrogante, disinvolta eppure regale. A differenza di suo padre aveva scelto una veste orientale che con il color porpora ne sottolineava il portamento altero. *Porpora, il colore dei re*, pensò Charlotte di sfuggita prima che la sua attenzione venisse attirata da qualcos'altro.

Iris Jellicoe portava al collo una sorta di amuleto con sopra raffigurato un occhio stilizzato. Al posto della catenina tre fili di fitte perle colorate. Notò lo sguardo di Charlotte e disse, dopo che erano state presentate: «Si interessa di arte egizia, Mrs Ashdown?».

«Sì, ma non ne so molto. Mi spiega il significato del suo ciondolo? Lo trovo affascinante.»

Si sedettero l'una davanti all'altra, mentre Sir Tristan, battendo le mani, chiamò Khalish, il quale arrivò con un grande vassoio d'argento e sopra diverse ciotoline con svariati antipasti. Li dispose accuratamente sul tavolo, seguendo quello che sembrava uno schema ben preciso.

«È l'occhio di Horus, un simbolo di protezione dell'antico Egitto» disse Iris Jellicoe. «Il dio veniva rappresentato come un falco, e questo simbolo è ispirato all'occhio di quell'uccello. Gli Egizi lo utilizzavano anche a scopi matematici. Ognuno di questi elementi sta per un fusto spezzato.»

«Potrebbe essere più precisa?» domandò Charlotte, che non

aveva ancora guardato gli antipasti appetitosi che aveva nel piatto.

Miss Jellicoe, sorridendo, si tolse il ciondolo e lo appoggiò fra i loro piatti. Poi prese il coltello del burro e indicò le parti dell'occhio. «Il bianco dell'occhio a sinistra – 1/2. La pupilla – 1/4. Il sopracciglio – 1/8. Il bianco dell'occhio a destra – 1/16. Il primo tratto sotto l'occhio – 1/32. Il secondo tratto sotto l'occhio – 1/64.»

Charlotte fece subito il conto a mente. «Ma così fa solo 63/64. La parte mancante dov'è?» Si accorse che Tom la guardava meravigliato mentre si serviva gli antipasti.

«Ah, questa è una storia curiosa» disse Miss Jellicoe. «La leggenda narra che Horus e Seth avessero lottato per il trono del dio Osiride. Seth strappò a Horus l'occhio sinistro, ma il dio Thot riuscì a salvarglielo tenendosene, sembra, 1/64. Voilà.» Girò in fuori i palmi delle mani. «Non è affascinante come una leggenda millenaria riesca a spiegare un problema matematico?»

Charlotte sfiorò il ciondolo con cautela. «È meraviglioso. E il fatto di nascondere una storia del genere lo rende ancora più bello.»

Miss Jellicoe si rimise la collana al collo e spostò lo sguardo da suo padre a Tom prima di dare un colpetto a Charlotte. «Credo che i signori non gradiscano che non si dia la dovuta attenzione né a loro né al cibo.»

Poi si servirono, e la cena era davvero squisita. Verdure sottaceto, una salsa cremosa fatta con olio di sesamo e ceci, come spiegò Sir Tristan, un piatto chiamato couscous, tutto amalgamato con spezie esotiche e un pizzico di menta.

Quando arrivò la portata della carne – spiedini al profumo di spezie serviti su un grande vassoio con verdure grigliate – Charlotte si rivolse di nuovo a Miss Jellicoe. «Di recente ho comprato una moneta trovata da un pettinatore di spiagge sul

Tamigi. Con mio grande stupore si è poi rivelata una moneta romana sulla quale è raffigurata la dea Iside. E, ci pensavo prima sentendo la storia dell'occhio, porta in braccio suo figlio Horus. Non è curioso?»

Iris Jellicoe avvertì come una scossa, si raddrizzò sulla sedia e con gesto quasi solenne posò coltello e forchetta. Charlotte non riuscì a decifrarne l'espressione del volto. Sembrava interessata, attenta, ma c'era anche dell'altro che non sapeva spiegarsi. «È davvero straordinario, Mrs Ashdown, un'incredibile coincidenza. Deve assolutamente farmi vedere la moneta. E il pettinatore di spiagge gliel'ha offerta così? Lo conosceva?»

Charlotte sorrise un po' imbarazzata. «No, è stato solo un caso fortuito. Oddio, non del tutto. Ha detto che gli si era scaldata in mano, e quello era segno che fosse destinata a me. Ovviamente sono tutte sciocchezze, non credo a queste cose, però...»

«Però cosa?» domandò Sir Tristan che, seduto accanto a lei, si era incuriosito.

«Non ho saputo resistere, l'ho comprata. È riuscito a convincermi. Chissà, magari è solo un abile commerciante.»

«Oppure ha intuito che lei ha interesse per il mistero» disse Sir Tristan. «C'è chi ha un sesto senso per certe cose. Noi ci siamo conosciuti oggi per la prima volta ma, per come conosco Thomas Ashdown, non avrebbe mai sposato una donna che non abbia la sua stessa brama di conoscenza.»

«Ci può giurare» intervenne Tom, nel tentativo di dare una svolta più leggera alla conversazione, ma Iris scrutava Charlotte con insistenza. «Io credo fermamente alle coincidenze. La scienza pretende di poter spiegare tutto, ma riesce solo a sfiorare le domande davvero fondamentali. Riesce a provare il come, ma raramente il perché, l'origine, il senso che sta dietro alle cose.»

«E lei dove cercherebbe le risposte a tali domande?» domandò Charlotte interessata. Con tutta la buona volontà stentava a credere che Iris Jellicoe fosse una cristiana devota che cercava la sua salvezza andando in chiesa la domenica.

Iris si prese del tempo prima di rispondere. «Glielo dirò un'altra volta. E adesso vorrei sentire da Mr Ashdown come procedono le sue ricerche.»

Essendo curiosa, Charlotte sperò di venire presto a sapere di più su Iris Jellicoe. Una donna interessante, senza alcun dubbio. Era felice che Tom avesse accettato l'incarico, approfondire quella conoscenza sarebbe stato senz'altro eccitante.

«Be', sono stato a Mortlake, dove ha vissuto il dottor John Dee» esordì Tom. «Purtroppo lì non ha lasciato traccia. Ma ho letto diverse cose sul suo conto per accendere la mia fantasia. Anche il sagrestano della chiesa del posto è stato molto collaborativo.»

Charlotte si domandò perché non parlasse di Alfie, della donna, delle candele in riva al fiume, e delle speculazioni che avevano fatto insieme sul pentacolo, ma doveva certamente avere buoni motivi se non menzionava niente di tutto ciò.

«Che peccato,» disse Sir Tristan «confido però nella sua fantasia, che non l'ha mai piantata in asso. Mi ricordo ancora oggi di quando ha recensito quello spettacolo teatrale elogiandone l'interprete principale pur non avendola mai vista.»

Tom alzò le mani per schermirsi. «Fu un'emergenza, la prego, non mi ci faccia ripensare.»

«Per quanto ne so l'emergenza fu data dai postumi di una bella sbornia con l'Ensemble del Drury-Lane-Theater.»

Charlotte non poté fare a meno di ridere quando Tom arrossì battendosi una mano sulla fronte con gesto drammatico. «Sir Tristan, mi ha definitivamente in pugno.»

Dopo il dessert i due uomini si ritirarono in biblioteca.

«Queste consuetudini d'altri tempi non mi piacciono» disse Iris Jellicoe facendo strada a Charlotte in una sala in netto contrasto con quello che finora aveva visto della casa: era tutta arredata nelle tenui tonalità della rosa inglese.

Si sedettero su delle comode poltrone mentre Khalish serviva loro caffè e un forte liquore verde alla menta.

«Non avete figli?» domandò Iris del tutto disinvolta.

Ormai quella domanda sembrava perseguitare Charlotte; stava per rispondere controvoglia, quando notò l'espressione di Iris. Colma di attesa, interessata e senza il ben che minimo biasimo. Non era il volto di una donna che potesse ritenere la maternità l'unico impegno di vita pensabile. Per la prima volta si domandò quanti anni potesse avere la figlia di Sir Tristan. La faceva poco più giovane di lei.

«Non ancora.»

«Posso?» Con sorpresa di Charlotte, Miss Jellicoe si accese una sigaretta dall'odore intenso. «Turca. Il mio punto debole.»

Nelle cerchie di Tom c'erano donne che fumavano, ma era pur sempre indice di dubbia fama, e difatti era proibito alle signore.

«Aspetti a fare figli» disse Miss Jellicoe impassibile, come se stesse a lei dare consigli a una donna sposata. «Senza si ha più libertà, non trova?»

Charlotte non sapeva cosa rispondere esattamente.

«Oh, l'ho turbata? Non pensavo. Ho sentito che lei e suo marito frequentate ambienti dove non si bada molto all'etichetta. E ho anche sentito che lei lavora.»

Charlotte si era ripresa. «È così. Sono solo un po' sensibile all'argomento, spesso legato a secondi fini, per esempio l'ammonizione ad adempiere al mio ruolo.»

Miss Jellicoe rise. «Ah già, la donna come angelo del focolare domestico, la Vergine con in braccio il bambin Gesù.» Assunse un tono di voce leggermente sprezzante.

«Mi piacciono molto i bambini, altrimenti non avrei lavorato per anni come istitutrice. Sono tuttavia dell'avviso che, come madre, si possa e si debba continuare a nutrire la propria mente e svolgere anche altre attività. Altrimenti il cervello si atrofizza.»

Ridendo, Miss Jellicoe scosse la sigaretta in un posacenere di quarzo rosa. «Speravo di trovarla così ribelle.» Alzò il bicchiere con il liquore di menta e brindò con Charlotte. «All'amicizia.»

«È stata una serata stimolante» commentò Charlotte, allegra, quando, in strada, si furono richiusi la porta alle spalle.

Tom offrì a Charlotte il braccio. «Facciamo un tratto a piedi.»

Quando svoltarono in Cheyne Walk, lui disse: «Sono felice che ti siano piaciuti. Sono entrambi un po' particolari ma di compagnia. Ti sei trovata bene con Miss Jellicoe?».

«Abbiamo avuto una piacevolissima conversazione. Conosce un sacco di cose interessanti e parla senza peli sulla lingua, dote di spicco per gli inglesi in generale e per le donne inglesi in particolare.»

«Mmm.» Tom sembrò riflettere. «E non è stata troppo risoluta con te? Oppure – come dire – aggressiva? Provocatoria?»

«Assolutamente no. Ho sempre pensato che ti piacessero le donne che dicono quello che pensano. Abbiamo parlato, per esempio, dei vantaggi del non avere figli, e io ho detto che la maternità e la formazione intellettuale dovrebbero sempre andare di pari passo.»

Tom irrigidì il braccio sotto quello di Charlotte. «*Di questo* avete parlato?»

«Ma sì. Dal momento che i Jellicoe dopo mangiato hanno

l'abitudine di ritirarsi in stanze separate per sesso, noi due abbiamo avuto modo di parlare di certi argomenti.»

Charlotte aveva risposto a cuor leggero, eppure Tom aveva visibilmente cambiato umore.

«Che c'è, tesoro? Sembri così…»

«Mi pare che tutti parlino delle nostre questioni private e che la cosa non ti tocchi.»

Lei deglutì senza comprendere appieno come l'atmosfera allegra di poco prima fosse rapidamente svanita nel nulla. Si ricordò di nuovo quella sera in cui Tom era uscito di colpo di camera e sentì montarle dentro una gran rabbia.

«Be', visto che *noi* non ne parliamo, ogni tanto sento la necessità di parlarne con *qualcun altro*.»

Tom si fermò bruscamente e fece cenno a una carrozza che passava di lì, dopo di che aiutò Charlotte a salire.

Per tutto il tragitto verso casa rimase in silenzio e lei, appoggiata al seggiolino imbottito, chiuse gli occhi. L'indomani avrebbe fatto finalmente qualcosa che doveva fare da tempo. Forse poi con Tom si sarebbe sistemato tutto.

22

Charlotte non avrebbe mai sospettato di trovare l'ambulatorio di un medico a Hatton Garden, un quartiere in cui pullulavano gioiellieri e commercianti di diamanti, ma Tom glielo aveva mostrato durante una passeggiata. Si ricordava ancora la battuta fatta da Tom in quell'occasione. *Bleeding Heart Yard – può esserci un indirizzo più adatto per un medico?* Tom aveva detto che il medico curava i poveri dietro compensi accessibili o gratuitamente, e che aveva la fama di essere competente. E proprio per questo motivo si era diretta in un luogo così fuori mano: alti palazzi a mattoni che andavano dal giallo al marrone circondavano un pezzetto di strada. C'era molto silenzio, le strade adiacenti non erano popolate come di consueto.

A Charlotte batteva forte il cuore quando suonò alla porta. Aprì una donna anziana con espressione arcigna. «Desidera?»

«Vorrei… Vorrei parlare con il dottor Smith» disse con qualche indugio.

La donna non sembrava propensa a farla entrare. «L'ambulatorio è al completo. Torni un'altra volta.» Ma il pensiero di andare a casa e continuare a rimuginare era per lei insopportabile. Aveva trovato il coraggio di suonare al dottor Smith una volta, dubitava fortemente di trovarlo una seconda.

«Per favore, è urgente.»

La donna emise un sospiro spazientito. «E va bene. Torni fra mezz'ora.»

Le richiuse la porta in faccia.

Charlotte fece qualche passo voltandosi a guardare la casa con la coda dell'occhio. Quella donna l'aveva squadrata e si era resa conto che non apparteneva alla solita cerchia dei pazienti del dottore. Non voleva imporre a Charlotte di dividere la sala d'attesa con gente povera? O con gente che poteva avere malattie infettive contagiose? O semplicemente non era desiderata? Sicuramente il dottor Smith era abituato a pazienti che potevano pagargli la visita. La beneficenza era possibile solo quando il denaro proveniva da altre fonti.

Quella passeggiata le sembrò infinita. Non faceva altro che controllare l'orologio da tasca che portava alla cintura. Charlotte si fermò davanti a un panificio, ma aveva lo stomaco chiuso e sapeva che non sarebbe riuscita a buttar giù niente. Allora se ne andò in giro per il quartiere vicino guardando i gioielli esposti nelle vetrine scintillanti che si succedevano l'una dopo l'altra. Era come se in quel luogo avessero rovesciato un'intera cassa del tesoro, ma nemmeno i gioielli più belli riuscirono a scacciare il suo nervosismo.

Charlotte si ammalava di rado, e dunque aveva poca esperienza di medici. Sua madre in passato l'aveva curata con rimedi naturali, solo due o tre volte erano stati costretti a chiamare il medico, era anche una questione di denaro. A casa Pauly si guardava al centesimo. Comunque adesso aveva dei risparmi da parte e poteva permettersi una visita dal medico senza chiedere soldi a Tom. Quest'ultima precisazione le si impose alla mente senza volerlo.

Il pensiero di nascondergli qualcosa la opprimeva. Avevano deciso di essere sempre sinceri l'uno con l'altra e ora, solo dopo due anni di matrimonio, Charlotte andava dal medico senza prima essersi consultata con Tom. Ma lui le aveva dato l'impressione di non voler affrontare con lei la questione figli. Dunque doveva farlo da sola.

E poi?, domandò una voce ostinata dentro di lei. Cosa sarebbe successo dopo? Non doveva pensarci, non ora, o avrebbe perso il coraggio.

Guardò di nuovo l'orologio. Era passata quasi mezz'ora, dunque, un po' più sollevata, si affrettò a tornare a Bleeding Heart Yard.

Stavolta la donna si fece da parte e lasciò entrare Charlotte. L'atrio era lucido come uno specchio, stessa cosa per la sala d'attesa che aveva la porta aperta. C'erano cartelloni alle pareti che illustravano le malattie più diffuse e i loro sintomi e che richiamavano all'igiene.

«Il dottore ora può riceverla.»

La donna indicò l'ambulatorio e si rimise seduta alla sua scrivania.

Il medico aveva più di sessant'anni, era grassoccio e aveva una folta barba grigia. Scrutò Charlotte da uno stringinaso dorato e le indicò la sedia davanti al tavolo.

«Dottor Smith. Cosa posso fare per lei?»

«Mi chiamo Pauly.» Charlotte stessa non avrebbe saputo spiegare perché stesse usando il proprio nome da ragazza.

«Miss?»

«No, sono sposata.»

Il medico si annotò il nome. «Bene, di che si tratta, Mrs Pauly?»

Parlare del suo problema le risultò più difficile di quanto temesse. Si ritrovò di colpo la bocca asciutta, tanto che dovette passarsi la lingua sulle labbra.

«Se per caso si tratta… Mmm… Di una qualche malattia degli organi femminili, parli pure apertamente. Io sono tenuto al segreto professionale.»

Charlotte si sentì avvampare, presagendo che il medico non si stesse riferendo alle solite malattie ma a quelle di cui – semmai – si parlava portandosi la mano alla bocca. Aveva sentito di uomini che, frequentando prostitute, contagiavano poi le loro mogli procurando loro dolori indicibili. Come osava supporre quel medico che lei…

«Mrs Pauly, mi deve scusare, ma io sono uno che parla fuori dai denti. La gente che viene qui da me per un consulto non bada molto alle questioni di tatto, e qualora io le risultassi troppo diretto, sarebbe opportuno che si rivolgesse a un collega che si occupa di un diverso tipo di pazienti.»

Charlotte alzò di colpo la testa e lo guardò con occhi sinceri. La sua schiettezza era di gran lunga preferibile alle smancerie impacciate. «No, non si tratta di malattie veneree. Non sono neppure malata. Tuttavia… Sono sposata da due anni e non sono mai rimasta incinta.»

«Ah.» Il medico si appoggiò allo schienale e si tolse gli occhiali a stringinaso, poi prese un fazzoletto e li pulì a fondo. «Allora devo farle delle domande. Una donna ha il mestruo solo in determinati giorni del mese. Ciò significa di conseguenza che i rapporti devono aver luogo con una certa regolarità per consentire un concepimento. Posso chiederle se è questo il suo caso?»

Charlotte fece dei respiri profondi per soffocare l'imbarazzo che minacciava di sopraffarla. Il dottor Smith era medico, ma le riusciva comunque difficile parlare di questioni così intime con un estraneo. «Sì, lo è.»

«Bene.» Si annotò qualcosa. «Come va il suo ciclo mensile?

È regolare, il flusso è estremamente debole oppure intenso, si presenta con forti dolori?»

«In quei giorni mi fanno male la pancia o la schiena, per il resto non ho notato niente di insolito.»

«Fa un lavoro fisico, alza dei pesi? Fa attività sportiva? L'esercizio fisico per le donne che vogliono avere figli può essere di ostacolo, nuocendo loro e impedendo in certi casi il concepimento.»

Charlotte scosse la testa. «No, il mio è un lavoro di concetto, e faccio solo delle passeggiate, niente che possa affaticarmi.»

«Casi di infertilità nella sua famiglia?»

Quella domanda la colpì come un pugno nello stomaco. Quella parola suonava così arida e irrevocabile. «Non che io sappia.»

Il medico abbassò la testa. «Mrs Pauly, oggi sappiamo ancora poco di quel che accade all'interno degli organi di riproduzione femminile. Adesso la visito. Può svestirsi dietro al paravento.»

Charlotte andò lì dietro, ma poi si fermò. Tremava tutta. Non si era mai sentita tanto a disagio. Quel medico non era antipatico, ma si sentì nuda pur non essendosi ancora tolta niente.

Ma forse il medico poteva fare una diagnosi e prescriverle dei medicinali, dopo di che ne avrebbe parlato con Tom.

Esitante si sfilò la biancheria intima, e stringendo le labbra uscì dal paravento.

Quando fu di nuovo seduta davanti al medico – non era stato poi così tremendo come aveva temuto, e lui le aveva parlato tranquillamente spiegandole in tono professionale ciò che stava facendo – lui la guardò con aria pensierosa.

«Mrs Pauly, mi sembra che lei sia perfettamente sana. Potrebbe trattarsi di una malformazione interna che io non posso appurare. Come potrebbe esserci un'altra causa inspiegabile. Purtroppo nemmeno la moderna medicina è in grado di dare una risposta a tutto.»

Charlotte abbassò le spalle delusa. Era come se avesse tentato il tutto per tutto venendo privata dell'ambita ricompensa. Il senso di vergogna in cambio di una risposta.

«La prego, non si abbatta così. Conosco coppie che hanno avuto figli solo dopo molti anni e senza che la medicina sia stata in grado di spiegare come la donna alla fine sia rimasta incinta.» Indugiò. «E ci sarebbe anche un'altra cosa.»

Il tono del medico le fece alzare lo sguardo.

«Non si è soliti parlarne, ma la causa non deve necessariamente essere la donna.»

«Come, scusi?»

«Un uomo può essere sterile, anche se... Mmm... È in grado di avere un rapporto sessuale. Prove a sostegno di questa tesi ancora non ce ne sono. Se non nell'unico modo che va contro gli interessi di coppia.»

Dovette cogliere l'espressione di dubbio sul volto di Charlotte, poiché aggiunse: «La questione è delicata, Mrs Pauly, per questo non volevo parlare così apertamente. Se un uomo non dovesse fare figli nemmeno con un'altra donna, questo potrebbe indurre ragionevolmente a pensare che sia sterile. Ma in tal caso dovrebbe tradire sua moglie. Quale moglie vorrebbe fare una prova tanto squallida da mettere così a repentaglio il futuro del proprio matrimonio?».

Charlotte arrossì di nuovo, ma annuì. Ciò che il medico sosteneva era perfettamente logico. Si lisciò la gonna prima di alzare lo sguardo. «Dunque potremmo non avere mai figli e non sapere da cosa è dipeso.»

«Sì, è così» disse il medico con schiettezza, più facile da sopportare della compassione. «Ma è davvero importante saperlo? Da chi dipende, intendo.»

Charlotte rifletté un attimo prima di rispondere. «Sì e no. Amo mio marito, e voglio stare con lui per sempre, con o senza figli. Tuttavia…» deglutì «Per una donna è difficile. Sguardi di compassione, domande continue: "A quando i figli, allora?". È quel che ci si aspetta da noi, giusto? È la nostra vocazione, e se non possiamo realizzarla, allora veniamo trattate come se fossimo… Difettate.»

«Lei è una donna intelligente, Mrs Pauly, ed è onesta con se stessa. Sono doti rare. Andrà avanti per la sua strada, di questo sono certo.»

Quando congedandosi chiese l'onorario dovuto, il dottor Smith disse una cifra che le sembrò estremamente irrisoria. Non appena fece per protestare, lui scosse la testa. «La mia assistente ha una cassetta delle offerte per chi non può permettersi di pagare le cure. Se lo desidera, può contribuire.»

Per strada Charlotte poté finalmente fare dei respiri profondi. Era un sollievo per lei essersi lasciata quella visita alle spalle. Certo, da un punto di vista medico il dottore non l'aveva aiutata, ma le aveva fatto bene parlarne apertamente con qualcuno. E le dette coraggio sapere che alcuni diventavano genitori solo dopo tanto tempo; dunque c'era ancora speranza.

I passi di Charlotte si fecero più leggeri man mano che tornava verso Clerkenwell Close.

Ma quando svoltò nella sua via le tornò in mente qualcos'altro che il medico le aveva detto poco prima, e il mondo si rabbuiò. Restò immobile, come se solo così potesse rievocare le parole esatte.

Se un uomo non dovesse fare figli nemmeno con un'altra

donna, questo potrebbe ragionevolmente indurre a pensare che sia sterile. Ma in tal caso dovrebbe tradire sua moglie.

Ma no, pensò un po' stupita e un po' turbata. Il medico non aveva considerato tutte le possibilità. E se un uomo era già stato sposato e non aveva avuto figli nemmeno con quella donna?

23

L'acqua si frangeva delicatamente sulla riva rocciosa. Per il resto, silenzio assoluto e buio, nonostante l'enorme città la circondasse da tutti i lati. O forse no?

Avrebbero potuto scivolare secoli indietro nel tempo, rapidamente, senza rumore e persino in sospeso. I punti luce sull'altra riva avrebbero potuto essere caminetti o fiaccole accese; i passi che prima erano risuonati avrebbero potuto annunciare la marcia di un soldato romano o i piedi delicati di una bambina di epoca ancora più antica.

Anna si inginocchiò sulle pietre lisce allargando la gonna intorno a sé, chinò la testa come se stesse pregando. Si mise in ascolto, ma tranne il respiro sommesso degli astanti e l'acqua non si sentiva altro. L'acqua che scorreva da tempo immemorabile, immutata e pur sempre nuova. L'acqua che era sacra già agli antichi. Alla quale si offrivano sacrifici, armi, gioielli e statue. E altre cose ancora. Cose divine.

Anche se fosse stata sola, non si sarebbe sentita tale. Perché lì c'era il fiume, e il fiume era tutto. Nascita e morte. Purezza e rinnovamento. Guarigione e forza. Così era in passato, e così era anche adesso, solo che i più lo avevano dimenticato. Avevano profanato il fiume, usandolo e assoggettandolo con navi stracariche e maleodoranti, inquinandolo con la loro immondizia, confinandolo in un letto esiguo, delimitato da legna e pietre. Avevano perso ogni timore reverenziale nei suoi confronti.

Sarebbe stato opportuno che gli uomini capissero che non dovevano più maltrattare il fiume. In esso dimorava la dea, e chi offendeva il fiume dissacrava anche lei. Ma le sue figlie avrebbero posto fine a tutto questo. Eseguendo gli antichi riti, conquistando nuove adepte e diventando sempre più numerose e potenti, avrebbero potuto restituire a Iside la sua dignità, il suo potere. Il fiume sarebbe tornato fertile e rigoglioso, una madre che donava la vita. Presto tutto sarebbe cambiato.

Si levò un vento che le scompigliò i capelli.

«E ora?» domandò Anna con voce impercettibile. «Se arriva qualcuno?»

La somma sacerdotessa tacque. In lontananza riecheggiò lo sferragliare di un treno che attraversava il Tamigi, altero, quasi volesse gridare al fiume di averlo sconfitto. Ma il suo trionfo non fu duraturo.

Ad Anna sembrò di udire voci dal passato che sussurravano in mezzo al mormorio delle acque.

La somma sacerdotessa cercò a tastoni la borsa accanto a lei, tirò fuori un gesso e con tratti rapidi ed esperti disegnò un motivo sulla pietra.

«Questo è il simbolo del fiume.»

Poi dispose le candele a terra davanti a sé, tenne un fiammifero acceso fin quando la cera non iniziò a sciogliersi sotto lo stoppino. Capovolse le candele una dopo l'altra, premendole sul selciato mentre Anna proteggeva con le mani la fiammella tremolante.

Davanti a loro prese forma un pentacolo di luce.

«Questo è il simbolo della vita.»

Anna sentì l'ombra su di sé, vide i tratti della sfinge che

sorvegliava il monumento. Per un attimo quello non fu più il Tamigi ma il Nilo, lei non era più circondata dalle mura grigie del XIX secolo ma dalla sabbia del deserto e dalle verdi rive. La donna al suo fianco non era più la somma sacerdotessa ma la dea Iside in persona.

Anna si inginocchiò nel bagliore delle candele pensando di sfuggita a Julia, ma fu un'eco del passato che risuonò solo in modo flebile.

24

Tom sapeva dove trovare la memoria storica, o meglio l'enciclopedia umana del giornalismo: in Robert Flatley, archivista nei locali del *Times*. Chi non conosceva non meritava di essere conosciuto, e quel che lui non conosceva del panorama della stampa di Londra non occorreva che nessun altro lo conoscesse.

Sebbene le macchine da scrivere fossero nell'edificio adiacente, le pareti tremavano anche lì, e quel movimento non tardava a coinvolgere persino il corpo, facendolo vibrare con la struttura. O almeno così gli pareva. Mentre percorreva il corridoio risuonavano le grida e le battute spinte provenienti dagli uffici, fischi acuti ed esortazioni a pagare un giro di bevute al pub più vicino.

«Sei in debito con me dal *Mikado* del 1889!»

«Non me ne ricordo, sai quanto detesto Gilbert e Sullivan» ribatté Tom passando.

C'era odore di caffè, inchiostro da stampa e fretta, e Tom pensò di sfuggita a quanto tangibile e reale fosse tutto ciò e quanto invece insondabili ed enigmatiche le cose di cui si occupava ultimamente. Sentì l'urgenza di sedersi da qualche parte, di bere del caffè e di rispolverare vecchi aneddoti.

Ma qualcosa lo trattenne. Non il contratto che aveva firmato con Jellicoe, né il denaro che il libro gli avrebbe fruttato, ma l'irresistibile impulso di buttarsi a capofitto in quell'impresa.

Dopo di che si trovò davanti alla porta con la scritta "ARCHIVIO" a caratteri dorati. Non bussò, nessuno lo faceva. Se Bob Flatley era lì – e c'era sempre dalle sette e mezza del mattino fino alle sette e mezza di sera –, in qualità di memoria storica del *Times*, era a disposizione di tutti.

«Tom Ashdown, amico mio!» Balzò in piedi e, come se non avesse sessantadue anni e non dovesse portarsi dietro una bella pancia, si alzò svelto dalla scrivania e gli andò incontro. «Quanto tempo! Ti vedo bene, ragazzo mio, un po' stanco magari. Ho saputo che ti sei risposato, mi fa piacere. Tua moglie deve tenerti molto impegnato!»

Flatley non era solo la memoria storica del giornale, era anche totalmente privo del rispetto per la vita privata altrui. Tom gli voleva bene come a un fratello.

«Siediti.» Flatley tirò via una sedia e prese una fiaschetta dal cassetto. «Ti va un bicchierino?»

Tom rifiutò con un cenno della mano. «A quest'ora no.»

Flatley bevve un bel sorso e rise. «Vedo che adesso fai il bravo.» Poi lo scrutò a fondo dai suoi occhiali a mezzaluna. «Cosa posso fare per te?»

Tom fu felice che Bob fosse venuto immediatamente al punto.

«Sto cercando un necrologio. Julia Danby, figlia di Gerald Danby. È morta circa un mese fa.»

«Noi non lo abbiamo pubblicato» disse prontamente Flatley. «Quanto ad altri giornali...» Chiuse un attimo gli occhi e poi guardò Tom sicuro di sé. «Così su due piedi non mi dice niente. Leggo tutti i giorni i necrologi, anche se... Il nome Danby non mi è del tutto sconosciuto. È un'antica famiglia dello Shropshire, Gerald è il figlio minore e vive a Londra da tanti anni. Un mecenate delle belle arti.»

«Dipenderà dal fatto che la giovane donna è annegata nel Tamigi» disse Tom, e a quel punto Flatley alzò le sopracciglia sorpreso.

«No!»

«Oh, sì. È stata trovata a Mortlake. Ho parlato con chi ha scoperto il cadavere.»

«Devo riprendermi...» Flatley bevve un altro sorso. «Il fatto è questo, Tom... Una notizia del genere l'avrei notata se fosse stata archiviata qui, puoi starne certo.» Con l'indice si premette la tempia ingrigita. Poi un sorriso gli illuminò il volto.

«Suicidio?»

Tom fece spallucce.

Flatley incrociò le mani dietro la testa. «Mi devi una spiegazione, amico mio. Perché uno dei più prominenti critici teatrali di Londra è interessato al presunto suicidio di una giovane donna? Non è il tuo campo.»

«Diciamo che mi ci sono imbattuto per caso e la storia mi ha incuriosito.»

«Non mi convinci.»

Tom gli raccontò nel modo più conciso possibile cosa lo avesse portato a Mortlake. Sir Tristan non aveva preteso che non ne parlasse con nessuno, ma voleva comunque svelare il meno possibile dei dettagli sul progetto del libro.

«Un libro per Jellicoe? Sulla Londra magica?»

Flatley non riuscì a tenere a freno la sua ilarità. «E io che ti consideravo un tipo intelligente.»

Tom non se la prese per quella battuta. «Lo so, suona strano, ma affronterò la questione da un punto di vista meramente storico. La storia della nostra città è affascinante. E il Tamigi nasconde molti segreti.»

Flatley alzò le mani per tranquillizzarlo. «Scusa, Tom, avevo dimenticato la tua sconfinata curiosità. E presumo che Jellicoe sia generoso.»

Tom si limitò a sogghignare.

Allora Flatley si sporse sul tavolo guardandolo con aria cospiratoria. «Spero che tu sappia in cosa ti stai cacciando.»

«Cosa vorresti dire?»

«Jellicoe fa parte dell'Alba dorata.»

Per Tom fu un pugno in pieno stomaco. Si era fidato ciecamente del suo vecchio mentore, senza informarsi in giro. Naturalmente si era domandato perché Sir Tristan avesse scelto proprio lui per quell'incarico, ma la proposta lo aveva lusingato, aveva solleticato la sua vanità. E ora veniva a sapere che quell'uomo si muoveva negli ambienti della magia. «Non ne ero al corrente» ammise. «Chi è membro di certe associazioni non va certo a spifferarlo in giro.»

«Io l'ho sentito dire da più parti» replicò il suo amico prendendo un altro sorso dalla fiaschetta. «C'è il massimo riserbo, se ne parla solo a denti stretti. Non perché sarebbe troppo losco – no, no, loro si ritengono molto seri –, ma perché i presunti misteri non vanno svelati. Si dice che vengano inflitte delle punizioni tremende a chi parla troppo.»

«E chi ne fa parte oltre a lui? Che si dice?»

Flatley si dette dei colpettini sui denti con la matita. «Arthur Conan Doyle. Bram Stoker. Ernest Wallis Budge. W.B. Yeats...»

Ma Tom stava ancora pensando a Sir Tristan, e sperò di non lasciar trapelare il suo turbamento interiore.

«Su, coraggio, vecchio mio» lo rassicurò Flatley. «In molti si sentono attratti dall'esoterismo. L'Alba dorata, le Figlie di Iside, i teosofici, le rivelazioni di Madame Blavatsky, che le giungono tramite il Mahatma indiano. Raramente ho sentito certe sciocchezze, e tuttavia anche dopo la loro morte ci sono molti seguaci di queste cosiddette dottrine occulte.»

Tom tese l'orecchio. «Figlie di Iside? Non ne ho mai sentito parlare.»

Il suo amico fece spallucce. «È un nome che ho sentito una volta. Nessuno sa se esistano veramente. Se sì, stanno ancora più nascoste di quelli dell'Alba dorata.»

«È tutto molto interessante, Bob. Dev'essere proprio divertente vestirsi con abiti esotici e marciare in cerchio in un tempio cantando. Come si fa, però, a credere sul serio che certe superstizioni e rituali possano influire sulla nostra vita?»

«Amico mio, non devi chiederlo a me. Io riferisco solo quel che ho sentito. Il fascino di una società segreta sta appunto nel fatto di essere segreta. Se fosse noto a tutti quello che fanno lì dentro, allora perderebbe in men che non si dica tutto il suo afflato magico.»

Tom annuì pensieroso. «Grazie per l'aiuto.»

«Be', sui Danby non ti ho detto molto.»

«Non fa niente. E se dovessi sentir qualcos'altro...»

«... ti spedirò un telegramma. Ti costerà una bottiglia di single malt di prima scelta.»

«Mi ricordo i tempi in cui ti accontentavi di un bicchiere» replicò Tom ridendo, poi ripose il suo taccuino e si avviò alla porta.

«Stai in guardia.»

Si girò un'altra volta guardando stupito l'archivista. «Credi forse che potrei attirarmi addosso qualche maledizione? Suscitare l'ira del mago per aver curiosato nei luoghi in cui era solito operare?»

Flatley, che aveva iniziato a riempire la sua pipa, gli fece l'occhiolino. «Non proprio. Ma faresti meglio a non parlare a Jellicoe dell'Alba dorata. Chi sa fino a che punto è disposta a spingersi una società segreta per custodire i suoi segreti.»

25

Charlotte non se l'era sentita di raccontare a Tom della sua visita dal dottor Smith. A letto, di notte, quando non riusciva a distrarsi dalle preoccupazioni, i pensieri che le si affollavano costantemente nella testa formavano parole che al risveglio non era più in grado di ricordare.

Tom era il suo migliore amico, il suo amante, con lui poteva parlare di tutto, confidargli ogni cosa, era quello che la consolava e che la faceva divertire, davanti a suo marito non aveva mai dovuto fingere. E adesso fra loro si era spalancata una voragine buia, che evidentemente non erano in grado di colmare.

Si distrasse dunque con il lavoro. Quel giorno aveva deciso di andare nella sala di lettura del British Museum per scoprire qualcosa di più sulla dea Iside. Nel frattempo, la moneta si era conquistata un posto d'onore sul suo secrétaire, e ogni volta che la guardava questa sembrava spronarla all'azione.

Stava per incamminarsi quando si ricordò di aver dimenticato il taccuino nello studio.

Entrando nella stanza, una folata di vento soffiò dalla finestra aperta facendo volar via dalla scrivania un pezzo di carta. Charlotte si chinò a raccoglierlo e si avviò per metterlo sotto la grande ammonite che Tom aveva ricevuto in regalo da un compagno di studi e che usava come fermacarte. Non era sua abitudine leggere la posta degli altri, e non lo avrebbe fatto nemmeno stavolta, non fosse stato per una parola che subito le saltò agli occhi: sterilità.

Charlotte fu presa dal mal di stomaco e si abbandonò sulla sedia della scrivania.

Poi lesse la lettera di Stephen.

Charlotte era seduta in soggiorno e fissava il camino spento. Non sarebbe andata al museo quel giorno, ormai le era passata la voglia. Non faceva altro che ripensare a quella lettera, le cui parole le si erano impresse nella memoria, indelebili.

Hai avuto gli orecchioni da bambino?

Tom si era confidato con Stephen Carlisle, lo aveva consultato come medico chiedendogli aiuto, mentre con lei non aveva mai sfiorato l'argomento. Di più: lo aveva proprio evitato ogni qual volta il discorso vi fosse finito. Durante il consulto Stephen doveva aver accennato alla possibilità che dipendesse da Tom, altrimenti non avrebbe scritto quella lettera.

A quando poteva risalire? Non c'era una data.

Charlotte era sconvolta. Non sapeva se essere furiosa o delusa, o se era tremendamente ingiusto che lei, in fondo, avesse fatto la stessa cosa a Tom.

E c'era dell'altro che lei ammetteva con se stessa solo nei momenti di silenzio: il suo amore per Tom era più grande del desiderio di un figlio. Se avesse dovuto scegliere fra suo marito e un figlio, la scelta sarebbe ricaduta sempre e comunque su Tom. Non doveva per forza diventare madre per essere felice, la felicità l'aveva già trovata al suo fianco. Ma lei viveva in un mondo che non tollerava certe opinioni, pretendendo invece che la donna trovasse nella maternità la sua piena realizzazione. E sebbene Tom in molte cose la pensasse diversamente dai più e le concedesse una libertà che ad altri appariva impensabile, la questione delicata di avere dei figli era come un vaso fragile in mezzo a loro, che entrambi temevano di toccare.

Poi la sfiorò un pensiero ancora più doloroso. Si ricordò di come Tom avesse parlato di Alfie, della preoccupazione e della compassione che gli aveva letto negli occhi. E se il desiderio di un figlio per Tom fosse stato più grande del suo? E se stesse soffrendo più di lei per il fatto di non poterne avere? Lei non avrebbe saputo come consolarlo, perché un figlio non lo si sostituiva in alcun modo.

Charlotte guardò l'orologio. Mancava poco alle sei. Iniziò a batterle forte il cuore al pensiero di Tom che si avvicinava a casa, la borsa in spalla piena zeppa di fogli, giornali e carte di cui si era servito per le sue ricerche. I lunghi capelli scompigliati dal vento, quel vento che prima aveva fatto volar via quel foglio...

Doveva parlargli. Continuare a tacere sarebbe stato intollerabile e li avrebbe allontanati sempre di più.

Quando udì girare la chiave nella toppa e la porta di casa si aprì sbattendo, Charlotte si sentì mancare il fiato, tanto le batteva forte il cuore. Restò seduta invece di andare incontro a Tom, combattuta fra il desiderio ardente di vederlo e la paura di chiedergli spiegazioni.

Poi eccolo nella stanza, le guance arrossate e gli occhi scintillanti, come sempre quando non vedeva l'ora di raccontarle qualcosa. E in qualsiasi altro giorno lo avrebbe ascoltato più che volentieri, si sarebbe seduta sul bracciolo della sua poltrona appoggiandosi a lui, ma non quel giorno.

Doveva farsi forza e affrontare la questione, altrimenti non avrebbero trovato pace.

«Dunque da bambino *hai avuto* gli orecchioni?»

Quella domanda gli arrivò come un sasso gettato nelle acque immobili di uno stagno.

Tom si fermò, impietrito davanti alla sua poltrona. Tenendo lo sguardo abbassato, Charlotte vide solo i piedi di Tom muoversi lentamente in direzione del camino. Sporgendosi in avanti, si appoggiò alla mensola e abbassò la testa sconsolato. Non disse una parola.

Charlotte sentì montarle dentro una forte rabbia. Lei aveva fatto il primo passo, ora stava a lui dire qualcosa, mostrare una qualche reazione.

Quando alla fine osò alzare la testa, gli vide tremare leggermente le spalle.

Lei serrò le labbra per trattenere le parole.

«Sì.» Poi tacque a lungo, tanto che lei cominciò a domandarsi se fosse tutto lì quel che aveva da dire. «Come… Come fai a saperlo?»

«Ho trovato la lettera di Stephen, il vento l'aveva fatta volare sul pavimento.»

Tom si voltò. Di colpo sembrava invecchiato di anni, persino il grigio dei capelli spiccava più di prima. Si appoggiò al camino e si infilò le mani in tasca, ma quella posa, in altre circostanze disinvolta, era solo il disperato tentativo di nascondere il tremore.

I secondi si dilatarono fino a coagularsi in minuti, e Charlotte perse la cognizione del tempo. Non sapeva giudicare quanto gli ci volesse ancora per riprendere a parlare.

«Avrei dovuto dirtelo subito.» Tom fece una pausa. «Solo che… Mi sono vergognato, e ho avuto paura che tu…» Alzò le spalle e chiuse gli occhi.

Charlotte restò seduta, non si fidava delle sue gambe, temeva che non l'avrebbero retta. «Hai avuto paura di cosa? Che io *cosa*?»

Lo vide lottare con se stesso alla ricerca delle parole giuste per pronunciare ciò che a lui appariva impronunciabile. «Che tu mi lasciassi.» Le voltò di nuovo le spalle e si mise a grattare con l'unghia del pollice la mensola di legno del camino. «Che smettessi di amarmi. O entrambe le cose.»

«Oh, Tom.» Di più Charlotte non riuscì a dire. Era mossa dalla compassione, ma questa non era abbastanza forte da superare la collera. Si sentiva ingannata. Tom non le aveva dato fiducia.

Si alzò in piedi e gli andò incontro, ma senza toccarlo. «Io ti amo. Amo il nostro matrimonio. E soprattutto la nostra amicizia. Però...»

Lui si voltò guardandola con aria interrogativa. «Però...?»

«Però non ti sei fidato di me. E questo mi fa male. Ad ogni modo anch'io ho fatto qualcosa a tua insaputa.» Fece un respiro profondo. «Non ce la facevo più a sopportarlo. Che ci fosse qualcosa a dividerci lo avevo capito già da tempo.»

E poi raccontò a Tom della sua visita dal dottor Smith, ma lo fece senza guardarlo negli occhi. Non voleva ferirlo nominando il suo primo matrimonio senza figli finito così tragicamente, ma sentì che era il momento di dar voce a tutto ciò che c'era da dire.

Subito dopo Tom si fece molto silenzioso.

«Di' qualcosa, ti prego. Il tuo silenzio mi innervosisce» sbottò Charlotte a un certo punto.

Tom sembrò come travolto da un'onda. Poi la tirò a sé, nascose il viso nel collo di Charlotte e mantenne il respiro più regolare possibile nel tentativo di calmarsi. Restarono così qualche istante, senza muoversi. Poi lui la lasciò e fece un passo indietro.

Le prese le mani, e quando Charlotte non lo respinse si inginocchiò e le baciò prima un palmo, poi l'altro. «Grazie di essere stata così sincera con me. Sono felice che non ci sia più alcun segreto fra noi. Ma abbiamo bisogno di tempo.»

«È vero. E ce lo prenderemo.»

Tom, però, sembrava avere ancora un peso sul cuore. «Devo scusarmi con te, e spero che tu possa perdonarmi.»

Charlotte lo guardò perplessa.

«Mi riferisco a quella sera in cui tu… Eri indisposta e io ti ho lasciata sola. Come ho potuto essere tanto stupido? Probabilmente avrai pensato di avermi deluso perché non eri incinta. Me ne sono pentito amaramente, ma ero troppo vigliacco per dirtelo.»

Ora fu lei ad afferrargli le mani. «Non parliamo di vigliaccheria. Non parliamone più. Per oggi può bastare.»

26

Durante la sua visita al British Museum, Marguerite Danby aveva trovato delle risposte, ma al tempo stesso erano sorte nuove domande. Adesso sapeva cosa fossero quegli strani oggetti recuperati nella stanza di Julia, ma non che cosa ci facessero lì.

Questa collezione deve esser stata di una persona molto inserita nel mondo della magia. Le parole dell'egittologo erano ormai scolpite nella sua memoria, e a stento riusciva a dormire, tanto ne era perseguitata. Gerald la guardava preoccupato – se mai la guardava – senza dire niente. Pensò che la sofferenza per la perdita della figlia fosse così lacerante da farlo desistere dal toccare quella nota dolente che minacciava di travolgere anche lui.

Tuttavia Marguerite aveva imparato che non c'era niente di più efficace contro il dolore che mantenersi attivi, piuttosto che starsene seduti a rimuginare.

Sfogliando fino in fondo l'edizione di Julia del *Mulino sulla Floss*, Marguerite vi aveva trovato un biglietto con l'indirizzo di un circolo di lettura. Si riunivano nella casa parrocchiale della vicina chiesa di St. Mary Abbots. Non era la chiesa frequentata dai Danby, ma quella parrocchia aveva una fama indubitabile, e dunque non avevano esitato a dare a Julia il permesso di andarci. Aveva parlato di nuove amiche, Edith, Laura e Jane, i cui padri erano commercianti e avvocati in vista.

Marguerite era ora in cammino verso quella chiesa per trovare finalmente delle risposte. La sua determinazione era più grande della vergogna di porre domande e ammettere di non essere stata poi così tanto vicina a sua figlia quanto invece aveva creduto. Doveva scoprire cosa avesse spinto Julia a compiere quel passo per lei inconcepibile, altrimenti non avrebbe mai trovato pace.

Quando bussò alla porta della casa parrocchiale, venne ad aprire un'anziana signora dai capelli grigi raccolti in una crocchia che la guardò con fare amichevole.

«È qui che si riunisce il circolo di lettura, vero?»

La donna annuì. «Le signore hanno appena iniziato, ma entri, la prego.» La donna bussò a una porta che poi tenne aperta per Marguerite. Dava su una bella sala con parquet scuro e finestre dai vetri colorati, al centro della quale sedevano in cerchio una quindicina di donne.

Tutte si voltarono verso di lei. Marguerite dovette combattere con l'istinto di girare immediatamente sui tacchi e andarsene, ma poi incrociò lo sguardo gioviale di una donna che poteva avere la sua età. Riprese coraggio.

«Perdonate il disturbo.»

Quella donna sembrò notare la sua agitazione e le offrì una sedia che lei rifiutò con un rapido cenno della mano. «Molte grazie, ma… Credo sia meglio che rimanga in piedi. Mi chiamo Marguerite Danby. Mia figlia Julia, che voi tutte conoscete, è morta.» Fu costretta a chiudere gli occhi un istante, di conseguenza non si accorse nell'immediato del modo strano in cui le donne la guardarono.

«Mrs Danby,» disse la donna gentile «farebbe meglio a sedersi».

Marguerite sentì il legno liscio sotto di sé e si accasciò.

«È morta in… In circostanze insolite, e io devo capire come è potuto succedere. Per questo voglio scoprire il più possibile sulle sue ultime settimane di vita.» Frugò nella borsa. «Non so perché ho portato dietro questo libro. È arrivata solo fino a pagina sessantatré.» La voce le venne meno.

All'improvviso percepì un movimento accanto a sé, poi una mano calda sulla spalla. La donna di prima la stava guardando con aria compassionevole. «Mrs Danby, è terribile, e le faccio le nostre più sentite condoglianze.»

Marguerite percepì una nota di esitazione nella sua voce. «Cosa c'è? Qualcosa non va?»

«Be'… Julia è stata qui solo due o tre volte. Non la vediamo da mesi.»

«Ma non può essere! Mi ha parlato di amiche che ha conosciuto qui, Edith, Laura e Jane.»

La donna si schiarì la voce. «Non ci sono, Mrs Danby. Abbiamo Mildred, Eva, Maud…»

Marguerite la interruppe. «Eppure mi ha fatto vedere i libri che ha letto, e questo qui…» Sollevò il volume di George Eliot come prova. «Lo state leggendo adesso.»

Una signora dai capelli grigi le si avvicinò porgendole un libro rilegato in blu. «*Nord e sud* di Mrs Gaskell. Questo è il libro che stiamo leggendo adesso.»

A un tratto Marguerite ebbe la sensazione che qualcosa le stesse togliendo il respiro. Balzò in piedi, rimise in borsa il volume della Eliot e corse fuori dalla sala. Fece in tempo a sentire qualcuno andarle dietro, ma a quel punto era già alla porta, corse alla cieca oltre il cimitero e sempre più avanti finché i passi alle sue spalle non si persero in lontananza.

27

«Tom, hai visto questo?»

Tom guardò Charlotte da sopra il giornale. «Di cosa parli?»

Gli mise sotto gli occhi una pagina indicandogli una breve notizia nell'angolino in fondo. Quando ebbe finito di leggere, Tom alzò un sopracciglio.

«Ma… Non può essere una coincidenza.»

«Che ne dici se vado a dare un'occhiata in giro?»

Tom non ebbe bisogno di riflettere a lungo. «Mi sembra una buona idea. Io vorrei lavorare al capitolo su Bloomsbury, la Swedenborg Society e i teosofici.» Spinse indietro la sedia e si alzò. «Questa sarà una giornata campale» disse in tono sarcastico. «Un mistico svedese e stasera ancora Ibsen per tirarmi su il morale.»

Il suo sguardo snervato fece ridere Charlotte, che si godette la leggerezza di quel momento.

Lui la baciò sulla fronte e sparì in corridoio salutandola con la mano.

Charlotte uscì dalla metropolitana a Westminster e scese le scale verso l'argine del fiume. Dietro di lei si ergevano le torri puntute del Parlamento, e il Big Ben la accompagnò con il fragore dei suoi rintocchi. Sulla passeggiata non c'era un gran movimento.

Era il primo pomeriggio, e la maggior parte della gente stava ancora lavorando negli uffici lì intorno. Andò alla balaustra a guardare il fiume che scorreva sotto di lei.

A valle, come una selva svettavano le gru da carico, dai motori di numerose navi fuoriusciva fumo nero, gli operai erano affaccendati come formiche nel formicaio, ognun per sé eppure un fronte compatto, animato dalla volontà di arricchirsi con merci provenienti da tutto il regno e mantenere dunque vivo il cuore pulsante della città.

Charlotte proseguì risoluta. La sua meta non era lontana, l'obelisco si ergeva in modo vistoso fra gli alberi della passeggiata.

A qualche metro di distanza si fermò a osservare il monumento che dal deserto egiziano sembrava essersi smarrito a Londra. Alto più di venti metri e ricoperto di fitti geroglifici, era affiancato da due possenti sfingi in bronzo che davano l'illusione di trovarsi a Tebe o ad Alessandria d'Egitto. Nonostante avessero sul petto targhe anch'esse con geroglifici, Charlotte sapeva bene che non erano né antiche né egizie. Paragonato ad altri monumenti londinesi, l'obelisco era un'opera nuova, trasferita in Inghilterra e lì collocata solo sedici anni prima. Aveva una storia lunga e complessa, ma c'era un numero che le era rimasto in testa: si supponeva che fosse vecchio di tremilacinquecento anni.

Charlotte puntò lo sguardo in alto, su quell'ago di pietra. Venne sopraffatta da un afflato di timore reverenziale, pensando a quanto successo in quei tre millenni e mezzo da quando gli scultori egizi avevano eretto il monumento decorandolo con quegli strani caratteri.

Si alzò il vento, l'aria si raffrescò, e un banco di nubi coprì il sole. L'autunno era alle porte. Charlotte salì i gradini che portavano alla piattaforma con vista sul Tamigi. *Era come una rete che collegava le varie parti della città*, pensò. *Prima la moneta con l'immagine della dea Iside, ora un obelisco molto più antico e strettamente correlato all'antico Egitto.*

Un signore con una borsa portadocumenti, passando le lanciò un'occhiata diffidente quando lei, leggermente chinata, si mise a scrutare il pavimento attorno a sé.

Nell'articolo di giornale che aveva mostrato prima a Tom si menzionavano segni di gesso ai piedi dell'obelisco. Non era piovuto, dunque non potevano esser stati lavati via, dovevano esser lì da qualche parte.

Poi la sua attenzione venne attratta da qualcos'altro. Dopo essersi rapidamente guardata intorno, si inginocchiò a grattare la pietra con le unghie. Cera di candele. Molte gocce. Non poteva essere un caso. Perlustrò in fretta e furia il pavimento e poi le vide.

Le tracce di gesso erano pallide, ma spiccavano ugualmente sulla pietra. Tre linee ondulate l'una sopra l'altra.

Le balenò un'idea. Conosceva quel motivo, o qualche suo tratto… E poi le tornò in mente. La piramide a Limehouse, linee incise a terra da qualcuno con un bastone, sbiadite ma straordinariamente somiglianti. Ricopiò le linee, aggiungendo la posizione delle macchie di cera e poi ripose il taccuino.

Quando si rialzò, sentì la prima goccia. Il cielo era di un grigio plumbeo, il vento più fresco. Si rifugiò sotto un albero, addossata al tronco a guardare la pioggia che scendendo obliqua sul Tamigi ne agitava le acque con gocce fini simili a punture di spillo. Charlotte aprì l'ombrello, ma dovette richiuderlo immediatamente per via del vento che si era fatto troppo forte. Guardò al di là della strada se ci fosse un caffè o un negozio in cui potesse trovare riparo, ma quello non era un quartiere per l'intrattenimento, lì si amministrava l'Impero.

Se non altro, era un bene che avesse trovato le tracce che cercava prima che venissero cancellate dalla pioggia.

Sul giornale si era parlato di uno "strano spettacolo" di persone scappate in direzione di Westminster senza che nessuno le avesse inseguite, dal momento che evidentemente non avevano arrecato danni di sorta. Charlotte aveva subito pensato alle candele di Mortlake, ma a un tratto quell'idea le sembrò alquanto assurda. La cera di candele non era una prova che qualcuno lì avesse disegnato un pentacolo. E le linee tratteggiate col gesso potevano benissimo essere opera di un bambino. Che avesse in testa il racconto di Tom e volesse per forza vedere quello che di fatto non c'era?

Guardò con un sospiro la chioma dell'albero dal quale filtrava ora la pioggia, bagnandole la tesa del cappello. Non poteva trattenersi oltre lì sotto, o si sarebbe presa un bel raffreddore.

Sedici anni prima il Victoria Embankment era stata la prima strada di Londra a beneficiare dell'illuminazione elettrica, fin quando nel 1884 l'elettricità venne giudicata "non concorrenziale", qualunque cosa significasse. Da allora sulla passeggiata erano stati rimessi i lampioni a gas, che però in quella stagione dell'anno e a quell'ora non erano accesi. Charlotte non si sentiva completamente a suo agio in quel crepuscolo improvviso, sola sotto un albero, davanti a sé l'obelisco e le sfingi a cui la pioggia inglese non si addiceva. Apparivano grigi e tristi, quasi anelassero nostalgicamente l'aria luminosa del Nord Africa. Charlotte stava ridendo fra sé delle sue fantasie ricercate quando riecheggiò alle sue spalle una voce roca dal forte accento cockney, e dovette sforzarsi per capire qualche parola.

«Maledetto tempaccio, ma il cielo fa presto a schiarirsi.»

Charlotte fece spallucce, non accorgendosi che qualcuno si era avvicinato.

A giudicare dall'aspetto, quell'uomo doveva passare le sue notti sull'Embankment, e per la precisione su una panchina avvolto in vecchi giornali. Puzzava terribilmente e, appiccicati alla barba ispida e arruffata, aveva i resti del suo ultimo pasto. Charlotte fece un passo indietro.

«Speriamo.» Charlotte si guardò intorno, ma non vide nessuno nei paraggi; chi era furbo si era messo al riparo da qualche parte. Non aveva alcuna voglia di far conversazione con quell'uomo, ma correre sotto l'acquazzone non era certo una prospettiva più allettante. Dunque poteva solo sperare che la pioggia allentasse, dandole finalmente la possibilità di prendere velocemente il largo.

«Nei giorni scorsi il tempo è stato bello» proseguì l'uomo. «Non pioveva da giovedì scorso.»

«Eh già.» Charlotte non voleva incoraggiarlo. Non che fosse necessario, comunque.

«Io abito qui.» Descrisse un arco con il braccio che poteva includere il Tamigi, il ponte, la passeggiata o anche tutto Westminster.

«Per strada?» domandò lei, costretta.

«Sotto i ponti, negli androni delle case, nei cortili interni, nelle baracche, nelle carbonaie, dovunque trovi un posticino tranquillo. Ma quando è asciutto il mio posto preferito è in riva al Tamigi.»

«Le piace l'acqua?»

«Sì. Il fiume è sempre stato la mia casa. Mio padre era operaio al porto, mia madre gestiva un locale a Wapping. Ma poi sono arrivati i tempi bui.»

E l'alcol, come tradiva il suo fiato. Charlotte continuava a respirare solo con la bocca, guardando speranzosa il cielo che però era ancora nero come la pece. E poi le si accese inaspettatamente una lampadina. Se proprio doveva star lì con quell'uomo, tanto valeva sfruttare il tempo in modo utile.

«Ha notato niente qualche sera fa? Laggiù?» Indicò l'obelisco.

A Charlotte non sfuggì il suo sguardo scaltro. «Che cosa dovrei aver notato?»

«Qualcosa di insolito.» Non doveva dargli alcun indizio, altrimenti, nella speranza di ottenere una ricompensa, si sarebbe potuto inventare una sciocchezza qualunque.

«Devo pensarci.» Dondolò la testa e poi si grattò un orecchio assumendo un'aria scettica.

«Se ha visto qualcosa e me ne vuol parlare, le darò uno scellino.»

«Due.»

«Uno.» Ed era già un'offerta generosa, come l'uomo sembrò capire.

«E va bene.»

«E se sa qualcosa che non è apparso sul giornale, questo mi interesserebbe molto» aggiunse Charlotte. Una prova ulteriore, perché di certo lui non aveva la più pallida idea di cosa scrivessero i giornali.

L'uomo si schiarì la voce, indietreggiò e mandò anche la testa all'indietro con gesto teatrale. «Erano laggiù.»

«Dall'inizio, per favore.»

«Sì, quelle donne erano laggiù. Molte di loro non le ho viste, era buio. Portavano dei mantelli col cappuccio. Le ho notate solo per via di una luce tremolante. Mi sono avvicinato di soppiatto, ed ecco che erano lì in ginocchio con le candele accese. E c'era qualcosa disegnato a terra. Io ero lì, sotto la balaustra. Mi sono detto che quelle candele potevano farmi comodo. Magari avrebbero lasciato i moccoli a terra, una volta che se ne fossero andate.»

«Cosa crede che stessero facendo lì quelle donne?»

Lui fece spallucce. «Che ne so io di quel che combina la gente. Sembrava una stregoneria, e non è certo un caso che se ne stessero sedute sotto quel coso egiziano. A un certo punto sento dei passi, poi un forte grido: "Cosa fate qui? Ferme!". Dopo di che sono corse via. Il poliziotto non le ha inseguite, perché non era successo nulla. Non hanno fatto del male a nessuno, c'erano solo degli scarabocchi e cinque candele. Ho aspettato che l'uomo se ne andasse e ho preso le candele. Le avevano appena accese.»

Charlotte lo aveva ascoltato trattenendo il respiro. A quel punto domandò: «Ed erano proprio cinque?».

Lui annuì. «Non le ho rubate.»

«Non si preoccupi, tenga pure le candele. Ma vorrei sapere se le donne hanno parlato fra loro.»

Lui fece una risata sguaiata. «No. Hanno cantato. Ma non come in chiesa o al Music Hall. E io non ho capito una parola.»

Sul giornale si leggeva soltanto che qualcuno si era permesso di fare uno scherzo accendendo delle candele sull'obelisco. *Probabilmente dei burloni brilli*, così si chiudeva la notizia.

Ma Charlotte capiva ora che non si era trattato di uno scherzo. «Le donne hanno dato per caso a vedere di volersi arrampicare sulla balaustra o di gettarsi in acqua?»

L'uomo scosse energicamente la testa. «No! Sarei intervenuto se mi fossi accorto che stavano per fare qualcosa di pericoloso. Qui ci si tuffa, ma se devo esser sincero, si gela. Quegli animali là» indicò le sfingi «mi mettono un po' i brividi, ma guardo altrove e faccio finta che siano leoni. Come quelli a Trafalgar Square.»

Aveva cessato di piovere. Charlotte tirò fuori lo scellino che aveva promesso e lo mise in mano all'uomo.

«Come si chiama?»

«Fludd» disse lui strofinandosi la moneta al cappotto logoro fin quando non diventò lucida.

«Grazie per la sua storia.»

«Prego, Ma'am.» Detto ciò, sparì fra gli alberi.

«Non ci andava più da così tanto tempo?» Gerald Danby guardò sua moglie sconcertato. Era impallidito. Poi indicò gli oggetti sul tavolo davanti a loro. «E che robaccia è questa?» chiese col respiro affannato.

Marguerite sentì martellarle una vena alla tempia. Il giorno prima aveva esitato a raccontare al marito cosa aveva scoperto – anche per risparmiarlo –, ma ora non poteva più tenersi tutto per sé. Non sapere perché Julia era morta la addolorava al punto da non lasciarla quasi respirare. Qualunque cosa avesse potuto fare anche solo per liberarsi da quella sensazione opprimente, non si sarebbe tirata indietro. E Gerald magari avrebbe dato il suo contributo.

«Credo che fosse entrata in un brutto giro» disse Marguerite. «E non sto parlando delle donne che chiedono il diritto di voto o di fumare in pubblico, bensì di... magia.»

Gerald stava per ribattere prontamente, quando Marguerite lo precedette alzando la mano. «Ti prego, ascoltami, Gerald. Se poi non vorrai credermi, ci dimenticheremo tutto quanto.» Dopo di che gli raccontò per filo e per segno del consulto avuto al British Museum e di quel che aveva scoperto al circolo di lettura.

«Il signor Wallis Budge conosceva ogni singolo oggetto. Mi ha saputo spiegare la loro provenienza originale e il loro significato. E mi ha detto che chi possiede certe cose ha profondi legami con il mondo della magia.»

Gerald si coprì il volto con le mani e restò un attimo seduto in quel modo. Poi mormorò fra sé a bassa voce qualcosa che Marguerite non capì.

«"Il Tamigi è un fiume sacro" mi ha detto.» Poi tacque, mentre Marguerite aspettava col fiato sospeso. Ma poiché non riprendeva la parola, gli chiese in tono dolce: «Quanto tempo fa?».

Gerald prese a strofinarsi le gambe con i palmi delle mani, lentamente, quasi fosse un gesto scaramantico, avanti e indietro. «Due mesi fa, forse? Avrei dovuto pensarci quando il ragazzo mi ha parlato delle candele. Allora non mi è venuto in mente.» Aveva il respiro affannato. «È stato un errore.»

Marguerite si inginocchiò accanto alla poltrona del marito e gli poggiò la testa sulle gambe. «Tu non hai fatto niente di sbagliato, Gerald. Non ci siamo accorti di nulla, e mi domando se siamo stati ciechi noi o se abbia finto così abilmente Julia. Piccoli capricci che io ho semplicemente liquidato come tipici di una giovane donna. Segreti dai quali mi sono tenuta alla larga per non assomigliare a certe madri esageratamente apprensive, che non fanno altro che controllare le proprie figlie. Volevo infatti che lei si fidasse di me.» Non ce la fece ad andare avanti.

Poi Gerald disse con voce roca: «Ma cosa facciamo adesso?».

A giudicare dalla voce, si sente più impotente di me, pensò Marguerite stupita, e all'improvviso capì di essere lei quella forte.

«Continuerò a indagare, e non mi arrenderò fino a quando non avrò trovato la verità.»

Fu sufficiente che Gerald non la contraddicesse per capire che aveva la sua piena approvazione. Era questo il suo compito. E lei lo avrebbe assolto.

28

In realtà Emanuel Swedenborg era andato a Londra nel 1771 solo per far ricerca, ma poi lì si era ammalato ed era morto, ragion per cui Tom aveva deciso di inserirlo nel suo libro. Finito il capitolo, ne aveva davvero abbastanza di quelli che sembrava avessero parlato con gli angeli, anche se gli aneddoti sulla chiaroveggenza di Swedenborg erano proprio divertenti. La storia della visione in cui aveva visto bruciare Stoccolma, nominando persino i punti delle strade in fiamme, mentre lui soggiornava a trecento miglia di distanza nella lontana Göteborg non era mai stata spiegata in modo razionale.

Di recente Tom aveva passeggiato per Seven Dials, che con la sua piazza a forma di stella e la meridiana attirava già da tempo alchimisti e astrologi. Durante le sue passeggiate in città notava cose che non gli erano mai saltate all'occhio prima. Magari un odore che gli arrivava al naso, un mattone annerito che testimoniava un incendio dimenticato da tempo, uno scavo con un osso che spuntava dal terreno, o un cortile interno che gli si apriva improvvisamente davanti e che sembrava immutato dai tempi di Shakespeare.

Poiché Tom voleva qualcosa di più che limitarsi a descrivere le sue impressioni sul quartiere, Sir Tristan gli aveva raccomandato un astrologo che non faceva l'oroscopo ma che conosceva a fondo il quartiere e la sua storia. Tuttavia il signor Martin Field viveva completamente ritirato e lo si poteva contattare solo per lettera.

«Su Seven Dials nessuno ne sa di più di Martin Field,» aveva scritto Sir Tristan «ma non si aspetti che la riceva di persona. Non è nemmeno sicuro che abiti effettivamente all'indirizzo dove dice di risiedere. Si mormora che gli ritiri la posta un domestico dal volto coperto. E precisamente dopo che si è fatto buio.»

Ovviamente Tom si era incuriosito e aveva preparato una lettera in cui aveva raccolto le domande che più gli stavano a cuore. Quella mattina arrivò la risposta, più completa e dettagliata di quanto avesse sperato.

Gentilissimo Mr Ashdown,
La ringrazio per la sua lettera e mi onora che Sir Tristan Jellicoe le abbia raccomandato le mie modeste competenze. Cercherò di rispondere alle Sue domande nel modo più esauriente possibile.
Seven Dials ha in effetti un'atmosfera particolare.
Già in passato vi si stabilirono astrologi ed erboristi. In cosa consista la sua attrattiva non saprei dirle; talvolta agiscono forze inspiegabili.
Lei è stato nella piazza con la meridiana da cui si diramano sei strade. In passato c'era un pub a ogni angolo, e secondo la leggenda questi erano tutti collegati fra loro da passaggi sotterranei. Mi sono sempre immaginato che la colonna della meridiana puntasse il dito in alto, verso il firmamento nel quale possiamo leggere il nostro destino e fare l'oroscopo.
Io stesso ho gestito una volta un negozio nella vicina Neal's Yard, ma anni fa mi sono ritirato e da allora faccio il mio oroscopo per corrispondenza. È un'arte che non necessita del contatto diretto.

Ho sentito parlare dell'Alba dorata e ne conto alcuni membri fra la mia clientela. Non posso farle i nomi, la discrezione è la prima regola della mia attività. Non conosco le Figlie di Iside, sebbene il nome non mi giunga nuovo. Ma non è niente di più di un mormorio che il vento porta via.
L'occhio di Horus, invece, è un simbolo antichissimo e quanto lei sa già in proposito è corretto. Veniva anche usato come protezione contro il cosiddetto "sguardo torvo". Gli Egizi lo portavano come amuleto e ci adornavano le loro tombe. Lo "sguardo torvo" è forse il più antico maleficio che in molte culture si scongiura in vario modo, anche con l'occhio di Horus.
Lo stesso dicasi per il sigillo di Salomone o per lo scudo di David, un potentissimo simbolo di protezione. Si trova presso gli ebrei, ma anche nel cristianesimo e nell'islam. Due triangoli equilateri messi l'uno sopra all'altro, uno con le punte all'insù e l'altro all'ingiù. Serve a scacciare i demoni e altri spiriti maligni. Racchiude i segni degli elementi fuoco, terra, aria e acqua, che si fondono, divenendo il sopra e il sotto una cosa sola.
Veniamo ora al disegno che mi ha mandato. Mostra cinque candele allineate a forma di pentacolo. Il pentacolo è uno dei simboli più antichi e più potenti. Trovo insolito che venga rappresentato con delle candele, ma non è da escludere.
La riva del Tamigi potrebbe essere un luogo perfetto per compiere un simile rituale. Nell'antichità lo si chiamava Tamesi, da cui il collegamento con la dea Iside.
Gli uomini hanno sempre venerato i fiumi e offerto loro sacrifici per placare le divinità o per chiedere fertilità e aiuto. Così i Druidi adoravano i fiumi che scorrevano da occidente a oriente, fra cui anche il Tamigi. Spesso vi sono stati rinvenuti dei teschi umani. E non scheletri interi, per la precisione, solo teschi.

Così come armi che venivano appositamente danneggiate prima di essere gettate in acqua.
Spero di esserle stato d'aiuto e la prego di rivolgersi a me in qualsiasi momento per consulti di astrologia.

Nell'attesa le porgo i miei più cordiali saluti
Martin Field, astrologo

Tom si appoggiò allo schienale e mise via la lettera. Non si era aspettato una risposta tanto esauriente, e ciò che aveva letto confermava quanto già presagiva, ovvero l'essersi imbattuto a Mortlake in un oscuro mistero che non aveva niente a che fare con il passato.

Una giovane donna era morta in circostanze misteriose, proprio nel luogo in cui il mago John Dee aveva compiuto i suoi riti segreti. Charlotte aveva scoperto ai piedi della piramide nel cimitero un disegno che forse rappresentava una linea ondulata. E poi due donne all'Embankment, dov'era l'obelisco, avevano acceso un pentacolo di candele e disegnato un simbolo che assomigliava a quello di Limehouse. E che ricordava un fiume. Stava succedendo qualcosa che sembrava oscuramente e minacciosamente connesso con la fede nel soprannaturale. Rilesse le parole di Field sulle offerte votive e si sentì pervaso da una strana sensazione.

Doveva rivolgersi alla polizia? Temeva che difficilmente lo avrebbero preso sul serio. Avevano chiuso le indagini sul caso Julia Danby catalogandolo come incidente, e certo non le avrebbero riaperte solo perché un giornalista farneticava di candele disposte a forma di pentacolo.

No, doveva procedere in altro modo.

L'indomani sarebbe tornato a Mortlake e avrebbe provato

a conquistarsi la fiducia di Alfie. Nel caso in cui il ragazzo avesse saputo qualcosa di più sulla morte di Julia Danby, qualcosa che non aveva ancora rivelato, Tom doveva assolutamente scoprirlo.

29

Quando Charlotte entrò nella sala di lettura circolare del cortile interno del British Museum restò a bocca aperta. Sopra di lei si inarcava la cupola di vetro che inondava la sala di luce, e i tavoli da lettura erano disposti al centro a forma di stella. Quella stanza ricordava una ruota gigante sopra la quale aleggiava odore di polvere e carta, in basso un tappeto di mormorii e fruscio di pagine. Le persone sembravano muoversi in punta di piedi, con atteggiamento riverente come in chiesa. Charlotte si fermò a guardarsi intorno con qualche incertezza, visto che tutti sembravano così risoluti e concentrati. Tom le aveva raccontato che anche Karl Marx aveva passato lì molto del suo tempo, e che Arthur Conan Doyle, autore di gialli di successo, ne era un utente.

Charlotte rimase interdetta quando notò un uomo alto e leggermente corpulento, dai capelli lunghi fino alle spalle, con indosso una vistosa giacca di velluto. Era seduto con le gambe accavallate e con aria disinvolta sfogliava un grosso volume. Di tanto in tanto si passava una mano inanellata fra i capelli.

Già si pregustava la faccia di Tom quando gli avrebbe raccontato di aver visto Oscar Wilde nella sala di lettura!

E chi altri poteva trovarsi in quella sala? Persone importanti che però lei non riconosceva perché non sapeva che aspetto avessero? Forse il signore con i baffi da tricheco laggiù, nell'angolo, con gli occhiali che seguitavano a scivolargli dal naso? O il giovane uomo con il mantello ampio che si dava arie da artista guardandosi in giro di continuo per vedere se qualcuno lo riconosceva?

Ma lei non si era recata lì per ammirare chi vi si trovava, per cui si diresse al centro della stanza dove gli scaffali circolari con i cataloghi formavano il mozzo della ruota. Lì si imbatté in un gentile e anziano signore seduto a un bancone con davanti una piccola targa metallica e sopra la scritta *Informazioni*.

Charlotte avanzò la sua richiesta e il bibliotecario la invitò a seguirlo. L'uomo si avvicinò a uno degli scaffali circolari in basso, dove erano sistemati i cataloghi, e le spiegò come consultarli. Lei vi prese subito confidenza e, prima di mettersi al lavoro, lo ringraziò cordialmente per le istruzioni ricevute.

Si trovò un posto libero, ci appoggiò sopra la borsa e iniziò a cercare opere sulla storia della città di Londra, sulle monete romane, sugli antichi simboli delle società segrete. Quando ebbe stilato una lista considerevole di titoli, ordinò i libri dal magazzino e tornò a sedersi mettendo sul tavolo l'occorrente per scrivere.

Non appena i libri arrivarono, Charlotte si mise al lavoro con la massima concentrazione. Il silenzio che regnava nella sala si impadronì anche di lei, che non si lasciò distrarre da qualche sedia che veniva spostata, da chi strusciava i piedi per terra o tossiva piano.

Cominciò dal volume sui simboli, sfogliando subito le pagine relative ai geroglifici. La Stele di Rosetta, con l'ausilio della quale il francese Champollion li aveva decifrati, non era molto distante da lì, e lei l'aveva spesso ammirata con devozione. Scorse con gli occhi le icone e il loro significato, e poi la vide:

la linea di un'onda frastagliata che stava per "acqua" e per la lettera "N". Fra parentesi l'indicazione che tre linee l'una sopra all'altra simboleggiavano l'acqua al plurale.

Il cuore iniziò a batterle più forte. Non poteva essere una coincidenza, non dopo aver trovato quel simbolo a Limehouse *e* all'Embankment! Egitto, sempre e solo Egitto. Prese appunti e si dedicò all'argomento successivo.

Sotto le fondamenta del vecchio Blackfriars Bridge erano state ritrovate ossa animali e umane. Un tempo vi venivano forse offerti sacrifici al fine di ingraziarsi gli dèi per la costruzione del ponte? Charlotte trovò la dichiarazione di un archeologo che, dopo aver esaminato attentamente le ossa, aveva accertato che avessero più di un secolo.

Presso Strand-on-the-Green erano stati rinvenuti nel Tamigi più di cento crani umani di epoca sconosciuta. Ma poiché si parlava di crani e non di scheletri, era estremamente difficile che si trattasse di vittime di una battaglia o di resti di un cimitero. Era plausibile che fossero offerte votive?

Poi si imbatté in qualcosa che la fece alzare di scatto e tornare di corsa dal bibliotecario.

«Dovrei consultare il catalogo del museo.»

«Di che si tratta, Madam? Non le sarà difficile immaginare che il catalogo è assai voluminoso. Se mi sa dire l'argomento in questione o l'anno dell'opera...»

Poco dopo Charlotte era di nuovo seduta davanti a un volume poderoso a osservare le foto di una testa di bronzo di quasi duemila anni. Era stata danneggiata, erano visibili degli squarci sul collo e sulla testa, ma ciononostante – o proprio per quello – appariva indomitamente fiera e maestosa. L'imperatore Adriano. Più grande del naturale.

La testa era stata tratta in salvo dal Tamigi nel 1848, vicino al punto in cui si trovava il vecchio London Bridge, insieme a pietre preziose, monete d'oro e statuette di bronzo. "La testa è stata barbaramente mozzata" riportava la nota del catalogo.

Pensierosa, Charlotte appoggiò la testa sulla mano. Ovviamente era plausibile che i cristiani avessero distrutto la statua pagana. Ma il fatto che fosse stato recuperato – e forse anche affondato – insieme a un tesoro faceva pensare a una possibile offerta votiva.

Continuò a leggere di teschi umani senza corpo, di armi e attrezzi danneggiati volutamente prima che finissero nel fiume. Poteva esserci un collegamento con Julia Danby? Era scettica.

Avessero trovato un resto danneggiato accanto a lei, come uno scheletro, la testa di Adriano o delle armi, si sarebbe insospettita. Ma le candele da sole non provavano nulla.

Da ultimo provò a scoprire qualcosa sull'Alba dorata, ma invano. Nelle opere da lei consultate si parlava di Illuminati, Rosacroce e Massoni, ma non della società segreta che sembrava propagarsi nella moderna Londra. Dunque Robert Flatley aveva ragione nel dire che il fascino della società segreta consisteva massimamente nel fatto di essere segreta. E quanto più recente era, tanto più aumentava la probabilità che solo in pochi ne fossero a conoscenza.

Un'ora dopo Charlotte alzò lo sguardo e notò una donna che doveva essere entrata nella sala dopo di lei. Indossava un cappotto grigio guarnito di pelliccia che si era stretta ben addosso come se tremasse, ed era seduta poco distante da lei. Qualcosa in quella signora colpì Charlotte. La donna, concentrata sulle righe che scorreva con il dito, sembrava risoluta e smarrita al tempo stesso. Poi si alzò e andò al bancone. Iniziò a parlare con il bibliotecario, e quando Charlotte fu sul punto di voltarsi dall'altra parte, sentì fare un nome che suscitò il suo interesse.

«Per chi è l'ordine?»

«Mi chiamo Danby.»

Charlotte trasalì. Guardò la donna più attentamente. Poteva essere… Sì, l'età combaciava. Si avvicinò cautamente al bancone senza perdere di vista la donna.

«Dove trovo gli oggetti?» domandò in quel momento al bibliotecario.

«Nella galleria dell'Illuminismo, Madam. Stanza 1, teca numero 20. Non può sbagliare.»

Charlotte restituì i libri presi in prestito, aspettò che la donna in pelliccia fosse uscita dalla sala e si affrettò con passo leggero a seguirla.

Nel cortile interno Charlotte si guardò intorno e vide la donna aprire una porta e sparire all'interno del museo. Charlotte la seguì trattenendo il fiato. Non era mai stata in quell'ala dell'edificio, e rimase incantata da quella stanza enorme che si estendeva in entrambe le direzioni. A metà altezza c'era una galleria dalle cui finestre penetrava la luce del giorno; le pareti erano tappezzate di scaffali di libri e di teche di vetro. In mezzo c'erano i busti di famosi scienziati e filosofi. Il soffitto era decorato e così alto che i visitatori parevano dei personaggi in miniatura.

Un po' più in là, la donna era ferma davanti a una vetrina e guardava dentro impassibile. Aveva le braccia cadenti lungo i fianchi, e sembrava completamente priva di forze.

Charlotte le si avvicinò piano piano e seguì il suo sguardo.

Una sfera di vetro e due lastre che sembravano di cera, ricoperte di strani segni. Sulle prime fu delusa. Quegli oggetti non sembravano particolarmente interessanti, erano forse ricordi di un illuminista che li aveva conservati sul suo scrittoio.

Poi però le cadde lo sguardo sulla targa fissata a un angolo della vetrina.

Sfera di cristallo, acquisita nel 1753, e due sigilli di cera, acquisiti nel 1838, tutti appartenuti al dottor John Dee di Mortlake.

Charlotte continuò a seguire la donna quando uscì dal museo, pur mantenendosi a distanza per non dare nell'occhio. Non aveva mai pedinato nessuno e tremava tutta per l'agitazione. Si trattava effettivamente della madre di Julia? Il nome Danby di per sé non era così raro, ma che quella donna mostrasse interesse per degli oggetti magici appartenuti a John Dee difficilmente poteva essere solo un caso. Non osò rivolgere la parola alla signora, d'altronde come avrebbe potuto spiegarle la sua situazione? Meglio seguirla con discrezione e cercare di scoprire il suo indirizzo.

Sperò che non prendesse una carrozza. Era difficile seguire qualcuno su quella strada; inoltre quell'impresa avrebbe potuto rivelarsi costosa in base alla distanza dell'abitazione. *Ma lì in zona non arrivava la metropolitana*, pensò Charlotte un po' scoraggiata mentre correva sul piazzale dietro alla donna in pelliccia, probabilmente benestante, cosa che aumentava le probabilità che prendesse una carrozza.

Eppure no, la donna non dava a vedere di voler salire da qualche parte su un mezzo, si allontanò anzi a passo svelto. Presto arrivarono all'ampia Russell Square, dove la donna si sedette qualche minuto su una panchina. Charlotte si mise dietro un albero facendo finta di godersi il sole. Poco dopo si rimisero in cammino in direzione nord. Studiando la donna più attentamente, Charlotte si accorse che la sua gonna strusciava a terra senza che lei vi badasse. Anche la punta dell'ombrello sfiorava a tratti il pavimento, ma lei non sembrava affatto preoccuparsene.

Era una donna che indossava i suoi abiti borghesi come una maschera, nascondendovi indifferenza per il suo ambiente e per l'opinione altrui. Quando un uomo la urtava, proseguiva semplicemente oltre senza nemmeno voltarsi. Era come se qualcuno la tirasse con un filo invisibile che non ammetteva sosta.

Charlotte si sentì sudata sulla nuca, da quanto camminava veloce, per non perderla di vista. Quel giorno di settembre era ancora caldo, aveva sete e respirava con affanno, ma fermarsi un attimo era fuori discussione. Poi spuntò la stazione di Gower Street dove si fermava il Metropolitan Railway. La donna comprò un biglietto e si diresse sul binario direzione ovest. Charlotte le andò dietro aspettando a debita distanza, mezza nascosta dietro al chiosco di un giornalaio. Dalle finestre ovali della stazione penetrava la luce del giorno, e i lampioni sferici contribuivano ad aumentare l'illuminazione. Era come se si volesse assolutamente impedire che qualcuno si dedicasse ad affari loschi.

Ma Charlotte non dovette preoccuparsene, perché la donna era talmente assorta nei suoi pensieri che probabilmente non si sarebbe nemmeno accorta se un orso ballerino le fosse passato accanto sui binari.

In carrozza Charlotte si sedette nelle vicinanze della donna per non perdersi la fermata dove sarebbe scesa, ovvero Bayswater. Charlotte aveva ripreso fiato nel frattempo, e riuscì a tenere il passo quando camminarono lungo il Queensway, poi girarono a sinistra e infine nel verde dei Kensington Square Gardens.

La casa era bianca, con colonne su ambo i lati della porta. Sul balcone soprastante con balaustra in ferro battuto verniciato di nero c'erano due palme in vaso. La donna bussò e venne ad aprirle una domestica col grembiule bianco.

Charlotte aspettò lì davanti sull'altro lato della strada, in parte nascosta dietro una siepe, riflettendo febbrilmente. Poi notò la vettura di una latteria ferma qualche casa più giù. Si affrettò a raggiungerla per parlare al lattaio prima che potesse passare al cliente successivo.

«Mi sa dire se i Danby abitano al numero 25?» domandò con voce leggermente esasperata. «Vorrei fare visita a una vecchia amica, ma ho dimenticato l'indirizzo. Pensavo fosse questo il numero, solo che...» Lo guardò con aria supplichevole. La storia non stava in piedi, ma l'uomo aveva fretta di proseguire il suo giro.

«Sì, è lì che stanno» brontolò.

30

Stavolta Tom andò diretto alla baracca in cui abitava il ragazzo. Aveva in mano un sacchetto di leccornie e una coperta pesante arrotolata sotto il braccio. Era un proposito dagli esiti incerti il suo, lo sapeva bene, perché un ragazzo abituato a contare solo su se stesso e temprato dalla vita difficilmente era disposto a fidarsi degli adulti.

Quando fu davanti alla baracca, bussò alla porta ma non sentì alcun rumore all'interno. Forse Alfie era fuori. Tom andò fino alla banchina del carbone dove sicuramente cadeva qualche briciola che veniva avidamente raccolta, ma anche lì non trovò traccia del ragazzo.

Si fermò, incerto sul da farsi, poi gli cadde l'occhio sul pub e subito vi si precipitò. L'oste lo riconobbe immediatamente.

«Allora, come se la passa il mago?»

Tom ridacchiò. «Le uniche storie interessanti che ho raccolto sul suo conto sono quelle che mi ha raccontato lei.»

L'oste rise. «Se vuole usarle per il suo libro, faccia pure. Gliele regalo.»

«Una domanda: ha visto Alfie da qualche parte?»

L'oste lo guardò stupito. «Quel monello ne ha combinata un'altra delle sue?»

«No, no, volevo solo chiedergli alcune cose.»

«Ora che me lo dice, non lo vedo dall'altro ieri. In genere passa di qui tutti i giorni con la bassa marea.»

Tom cominciò a preoccuparsi. «Speriamo che non gli sia successo niente. Ho bussato alla porta della baracca, ma sembra che non ci sia nessuno dentro.»

Adesso anche l'oste si fece inquieto. «Provi a vedere se la porta si apre. Non ha una serratura vera e propria. Se davvero non c'è, venga a dirmelo che chiedo in giro.»

«Grazie.»

Tom tornò alla baracca e spinse la porta. Questa si aprì lasciando uno spiraglio, ma poi rimase bloccata da qualcosa. «Alfie, ci sei?» gridò dall'apertura. «Sono Tom Ashdown, vorrei parlarti.»

All'inizio non successe niente, poi sentì un lieve gemito. Non sembrava che Alfie si stesse lamentando perché svegliato da un sonno profondo ma perché dolorante.

«Dannazione.» Toccando il battente trovò una catena di metallo con cui evidentemente Alfie proteggeva dai ladri i suoi pochi averi. Tom infilò una mano più in là che poté per togliere la catena, invano. Fece dunque un altro tentativo lanciandosi con tutta la sua forza contro la porta. Uno strattone, la catena cedette, e la porta si spalancò. Tom inciampò nella stanza buia.

Il ragazzo giaceva in un angolo, avvolto in una vecchia coperta logora e in degli stracci. Tom si inginocchiò al suo fianco e gli tastò la fronte. Bruciava e tremava.

Lo coprì con la coperta che gli aveva portato, accostò la porta e tornò al pub.

«È malato» disse all'oste. «Ha la febbre alta.»

«E ora?»

«Lo porto con me.»

Tom non sapeva da dove gli fossero uscite quelle parole. «Può aiutarmi a portarlo alla stazione di Richmond?»

«Non a piedi, però» ribatté l'oste. «Ci metterà un'ora, portandolo in braccio. Io ho un carro con cui trasporto le botti, possiamo prendere quello. Vada a prendere il ragazzo, io attacco la mia vecchia Betty.»

Alfie non si era mosso di un millimetro. Tom lasciò la porta spalancata per far entrare la luce nella baracca e si inginocchiò di nuovo accanto a lui. «Ti porto con me, non puoi restare qui. Sei malato. Ci prenderemo cura di te finché non starai meglio.»

Prendendolo da sotto le ascelle lo aiutò a sedersi. Il ragazzo aveva la testa penzoloni sul petto, ma Tom riuscì faticosamente a tirarlo su in piedi. Lo stava accompagnando alla porta quando Alfie si svincolò con forza sorprendente e si spostò barcollando nell'angolo più remoto della baracca. Tom credette lì per lì che non volesse andare via con lui, poi vide invece che il ragazzo stava spostando febbrilmente una pila di stracci fino a quando non spuntò un'asse. Infilò un dito sotto il bordo e la alzò.

Tom si avvicinò per vedere cosa stesse facendo. Sotto l'asse si nascondeva un piccolo buco. Guardò sbalordito Alfie tirare fuori qualcosa avvolto in un pezzo di stoffa e nasconderlo nella sua camicia. Poi rimise l'asse al suo posto, la premette con forza e ci posò sopra uno straccio.

Quando fece per rialzarsi, si accasciò. Tom lo avvolse nella coperta, e sollevandolo – era sorprendentemente leggero – lo portò in strada fino al pub dove l'oste stava già aspettando con il suo carro.

Si sedette dietro, sul piano di carico, allungò le gambe e adagiò la testa di Alfie sul suo grembo. Poi fece un cenno all'oste e con uno scossone la vecchia giumenta si mise in movimento. Ben presto si avviarono per la High Street in direzione di Richmond.

Il ragazzo aveva chiuso gli occhi allungando le braccia inerti lungo i fianchi. All'improvviso presero una buca, vacillarono leggermente prima su un lato e poi all'indietro.

Fu in quel momento che Tom la vide. Era scivolata fuori dalla camicia di Alfie.

Era una collana in filigrana d'oro con incastonate pietre verdi quadrate, forse smeraldi.

Tom la raccolse con cautela e subito iniziò a riflettere. Decise che la cosa migliore era prenderla in custodia e chiedere poi spiegazioni ad Alfie non appena si fosse ripreso. Il tremore del ragazzo era aumentato, batteva forte i denti. Tom si tolse la giacca e lo coprì anche con quella.

Poi osservò la collana più attentamente: di ottima fattura, mancava una pietra, però. La montatura era danneggiata; era come se qualcuno ci avesse armeggiato con forza. Tom tirò fuori un fazzoletto e ci avvolse delicatamente il gioiello prima di infilarlo nella borsa a tracolla.

Dove poteva aver preso, il ragazzo, un oggetto apparentemente così prezioso?

Tom conosceva appena Alfie, ci aveva parlato giusto una volta. E se l'avesse rubata e non si fosse fidato a raccontarglielo?

Di colpo pensò a Charlotte. Troppo tardi, fu costretto ad ammettere, davvero troppo tardi. Che cosa avrebbe detto vedendosi portare a casa un pettinatore di spiagge malato, che presumibilmente era anche un ladro? Le avrebbe accollato così, come niente fosse, un ragazzino estraneo che abitava in una baracca. Si erano chiariti solo di recente, la tregua era ancora precaria, e ora lui la stava mettendo nuovamente a rischio.

Tom si morse un labbro e guardò il ragazzo in preda a un sonno agitato. Fece un respiro profondo.

Charlotte avrebbe capito. Certo, le avrebbe chiesto scusa per quella iniziativa imprevista, ma lei non si sarebbe mai rifiutata di accogliere in casa un bambino ammalato. E non appena Alfie fosse guarito, Tom gli avrebbe parlato per scoprire la verità sulla collana.

Quando Charlotte gli aprì la porta, fece un passo indietro guardandolo sbigottita. «Chi hai portato?»

Tom era lì davanti a lei, sudato e col fiato corto, con in braccio il ragazzino avvolto in una coperta logora.

«Questo è Alfie.»

«*Quell'*Alfie?» domandò subito Charlotte.

«Sì, è malato. Ha la febbre alta. Penso sia un'influenza.»

«Devo mandare Daisy dal dottor Smith?» chiese Charlotte allarmata mentre Tom saliva le scale per portarlo nella stanza degli ospiti.

«Sì, grazie. Puoi prendere delle lenzuola pulite? E anche qualcosa da bere, ha bisogno di liquidi.»

Dopo che ebbero messo a letto Alfie e che il dottor Smith ebbe diagnosticato una tonsillite da curarsi con impacchi al collo, gargarismi con infuso di salvia, bevande calde e riposo, Tom e Charlotte si trovarono in soggiorno.

Lui la guardò con aria colpevole e poi cominciò a fissarsi i piedi. «Mi… mi dispiace di averti colta alla sprovvista. Non ho scuse, l'unica cosa che posso dire è che stava davvero molto male. E che se fosse rimasto lì, abbandonato in una baracca fredda, sarebbe morto.»

Charlotte accennò un sorriso. «Certo che dovevi aiutarlo. Solo che…»

«Cosa?»

«Siediti.» Aveva atteso con impazienza l'arrivo di Tom per raccontargli di Mrs Danby e adesso aveva un ragazzino malato di cui occuparsi che nemmeno conosceva. Tuttavia non poté fare a meno di riversargli addosso le ultime novità.

Gli riferì delle ricerche svolte alla biblioteca del British Museum e della donna che aveva chiesto di vedere gli oggetti di John Dee.

«Mrs Danby?» chiese Tom agitato.

«Sì. L'ho seguita fino a casa. È stato piuttosto faticoso, non avevo mai fatto niente del genere. A un certo punto ho pensato che non saremmo mai arrivate a destinazione. Alla fine mi sono nascosta dietro a un albero.»

Tom sorrise sollevato. Quando poi sentì cosa aveva detto il lattaio sobbalzò sulla poltrona. «Ma è davvero la madre di Julia Danby!»

Charlotte annuì. «Torna tutto. Ma cosa significa? Perché Mrs Danby è andata a vedere gli strumenti di magia di John Dee?»

«Perché è vissuto a Mortlake dove la figlia è morta?» fu la speculazione di Tom. D'un tratto si dette un colpetto sulla fronte. «Ora mi viene in mente.» Corse nell'ingresso e rovistò nella tracolla che prima aveva gettato sbadatamente sulla sedia. Tornò poi con un fazzoletto che posò sul tavolo orientandoci sopra la luce della lampada.

Charlotte si chinò e aprì il fazzoletto. «Che collana è?» chiese stupita.

Tom si sottrasse al suo sguardo. «Alfie l'aveva nascosta nella sua baracca. Non voleva assolutamente lasciarla lì. Per strada gli è scivolata dalla camicia e l'ho presa io.»

«L'ha rubata?» domandò Charlotte, sopraffatta di nuovo dal malumore.

Tom fece spallucce. «Non lo so. Dubito che l'abbia ereditata, sembra una collana preziosa. Stento a credere che fosse di sua madre.»

«Mmm.» Charlotte alzò lo sguardo verso il piano di sopra, dove il ragazzo stava dormendo, e fece uno sforzo per calmarsi. «Lo sapremo presto.» Poi osservò di nuovo la collana indicando il punto dell'incastonatura dove mancava la pietra. «Guarda qui, l'oro è graffiato e piegato. Che anche questo abbia un significato?»

31

Charlotte dovette ammettere a se stessa che non le andava a genio avere un malato in casa, sebbene quel pensiero la facesse vergognare. Alfie era solo e aveva bisogno di aiuto, e lei non glielo avrebbe certo negato. In qualità di istitutrice si era già occupata in passato di bambini che non conosceva, ma quel ragazzino era diverso: abituato a contare sulle sue forze, forse era un piccolo selvaggio che lei non sapeva bene come prendere. A questo si aggiungeva l'equilibrio ancora molto delicato del suo rapporto di coppia con Tom. Il loro legame era appeso a un filo che rischiava di spezzarsi da un momento all'altro. E ora all'improvviso si ritrovavano in tre.

Naturalmente non si sarebbe sentita irritata se Alfie fosse stato suo figlio, rifletté, ma poi interruppe il corso dei suoi pensieri. Lei avrebbe amato suo figlio, se ne sarebbe presa cura, lo avrebbe seguito come un'ombra. Non poteva essere altrimenti, le madri erano fatte così, era risaputo. Eppure c'era una vocina dentro di lei che la perseguitava insistentemente, senza darle pace.

Era sempre stata una donna indipendente alla quale premeva la propria libertà. Le sarebbe bastato occuparsi solo dei suoi figli nella vita? O avrebbe sofferto la mancanza di ciò che aveva in quel momento? Le lunghe passeggiate in città e lungo il Tamigi? Le gite alla piramide di Limehouse e al British Museum?

La libertà di uscire di casa ogni volta che le andava di farlo? L'indipendenza, per quanto paradossale potesse apparire, di cui godeva in quanto donna sposata senza figli?

Si distrasse con la collana che Tom le aveva dato, appoggiata ora sul tavolo. Cosa poteva nascondere? Avrebbe voluto chiederlo ad Alfie, ma le sue condizioni di salute finora non glielo avevano consentito. Charlotte si mise in tasca il gioiello, si alzò con un sospiro, e preso dalla cucina l'infuso di salvia andò di sopra.

Durante la notte Alfie aveva gridato ripetutamente come se avesse degli incubi, e Tom era andato da lui a calmarlo. Con sua sorpresa, in quel momento Charlotte lo trovò sveglio, e per la prima volta dopo due giorni sembrava finalmente percepire la sua presenza. Fece per tirarsi su a sedere, ma Charlotte lo spinse delicatamente indietro sul cuscino.

«Come ti senti?»

Lui deglutì e fece una smorfia. «Un po' meglio.»

«Ti ho portato dell'infuso di salvia per fare i gargarismi.» Gli tastò la fronte, la febbre era indubbiamente scesa. «Mi pare che tu ti stia rimettendo.»

«Cosa sono i gargarismi?» domandò il ragazzino in tono diffidente.

Charlotte lo aiutò a tirarsi su seduto, gli dette il bicchiere e gli porse una scodella per risputare l'acqua. «Devi prenderne un sorso e fare così» disse con un'imitazione del gesto che lo fece ridacchiare «e poi risputi. Capito?»

Alfie annuì e fece il gargarismo. Dopo aver risputato l'acqua guardò Charlotte disgustato. «Ma questa roba fa schifo.»

«Fa bene, però. I gargarismi li facevo anch'io da bambina, quando avevo la gola infiammata.»

Charlotte si sedette sulla sedia accanto al letto. A un tratto si rese conto che Alfie non sapeva nemmeno come si chiamava. «Io sono Mrs Ashdown, la moglie di Tom Ashdown. Ti ha portato lui qui, da Mortlake.»

Quando lei nominò quel posto, il ragazzo si fece inquieto. Cominciò a guardarsi intorno, poi addosso, tastandosi il busto. Col respiro sempre più affannato la guardò in preda al panico.

Charlotte era preparata. Estrasse la collana dalla tasca della gonna e la sollevò. «Cercavi questa?»

Alfie chiuse gli occhi rassegnato, annuendo a malapena.

«Ti è scivolata fuori dalla camicia quando l'oste del Queen's Head vi ha portati alla stazione. Te ne ricordi?»

«No. Non so come ci sono arrivato qui.»

Ovviamente, per via della febbre. «L'avevi nascosta nella tua baracca e volevi portartela dietro a ogni costo. Mi dici dove l'hai presa?»

«Aveva gli orecchini!» disse Alfie di getto, come se si aspettasse già quella domanda. «Non li ho visti perché ho avuto paura di guardarla in faccia. Me l'ha detto suo padre, però.»

Charlotte lo guardò aggrottando la fronte. Gli era di nuovo salita la febbre? Sembrava stesse farneticando. «Chi è che aveva gli orecchini?»

«La donna morta che ho trovato» disse il ragazzo con un fil di voce.

Charlotte trattenne il fiato. Possibile che…?

Alfie strizzò gli occhi come se volesse rievocare un'immagine. «Suo padre ha detto che portava ancora gli orecchini quando è morta. E che c'era una collana abbinata. Una collana con pietre verdi.»

«È questa qui?»

Invece di rispondere il ragazzo disse con voce roca: «Lo sogno anche la notte».

E loro che pensavano che delirasse per la febbre.

«E cosa sogni esattamente?» provò a chiedere Charlotte.

«Il momento in cui le ho tolto la collana. Il collo era freddo e morbido, praticamente morto. Ma l'ho presa lo stesso. Volevo rivenderla ma poi non mi sono fidato. E non posso nemmeno restituirla, perché altrimenti mi mettono dentro.» Girò la testa dall'altra parte, forse per nascondere le lacrime.

«Dunque questa collana era della donna che è morta. Hai preso la collana ma non gli orecchini. Perché? Perché non volevi guardarla in faccia?»

Il ragazzo annuì.

«Lo hai nascosto alla polizia e anche a mio marito quando è venuto a trovarti.»

Alfie si voltò verso di lei asciugandosi gli occhi. «Sono… sono stato male per questo. Ma avevo paura che mi rinchiudessero.»

Non aveva bisogno di spiegarsi ulteriormente. Un orfano che viveva in una baracca e sbarcava il lunario facendo il pettinatore di spiagge era attaccabile e vulnerabile.

«Rubi spesso?»

Scosse la testa in modo così energico da far sollevare i suoi capelli rossi, poi si prese la gola dolorante fra le mani. «No, mai! Prendo solo quel che trovo a riva. Non ho mai avuto a che fare con la polizia.»

«Alfie, guardami, ti prego.»

Aveva lo sguardo atterrito. «Rubare è sbagliato, lo sai. Ma secondo me c'è una cosa ben peggiore del furto.»

«Cosa?» chiese lui a voce bassa e roca.

«I Danby hanno perso la loro figlia in modo orribile. Non hanno avuto la possibilità di congedarsi da lei. E tu hai sottratto loro qualcosa che gli avrebbe ricordato la figlia.»

Quelle parole gli avevano fatto male, Charlotte lo capì dalla sua espressione. Ma erano necessarie: Charlotte infatti stava seguendo un piano ben preciso.

«Pensa se gli restituissimo la collana...»

Alfie si tirò su spaventato, il petto scarno cominciò a sollevarsi e ad abbassarsi ansimante. «No, per favore no! Non voglio finire in riformatorio!»

Charlotte gli posò la mano sul braccio e lui non si sottrasse al contatto. «Niente paura, Alfie, questo non significa che andrò alla polizia. I Danby devono solo riavere indietro la collana della figlia.»

«Ma... ma poi sapranno che ce l'avevo io!» Fu un grido soffocato, dovette infatti riafferrarsi la gola. Charlotte gli allungò un bicchiere d'acqua.

«Io e mio marito garantiremo per te, daremo loro una spiegazione. Ma è l'unica strada. Magari poi smetterai anche di fare incubi la notte. E loro riavranno un ricordo della figlia morta.»

Vedeva quanto Alfie fosse combattuto fra la prudenza e la fiducia, la diffidenza e la speranza. Poi deglutì e disse a bassa voce: «Bene. Se proprio devo. Ma non intendo andare in riformatorio. Mai e poi mai».

Ma Charlotte non aveva ancora finito. Lo fissò con sguardo penetrante. «Sei dispiaciuto per aver rubato la collana? Posso organizzare un incontro con i Danby?»

Alfie annuì con decisione. «Sì. Non succederà più. In realtà non so nemmeno perché l'ho fatto.»

Charlotte si alzò. «Bene. Daisy ti porterà subito da mangiare. Minestra e composta, spero che riuscirai a buttarle giù.» Sulla porta si voltò di nuovo. «Pensi che possa lasciarti qualche ora da solo?»

«Sì, Mrs Ashdown.»

«Daisy ti porterà un libro. Sai leggere?»

«Sì, so leggere.»

«Bene. A più tardi, Alfie.»

«Mrs Ashdown?» La voce era timida.

«Cosa c'è?»

«Sta andando dai Danby?»

«Sì, è ciò che avevo in mente.»

Aspettò, ma Alfie aveva già distolto lo sguardo rimanendo in silenzio.

Quando Charlotte arrivò davanti a casa dei Danby non era più così fiduciosa. Si fermò sul lato opposto della strada cercando di ritrovare il coraggio che l'aveva animata a spingersi fin lì. Solo ora si rese conto che la sua visita poteva venir recepita come indelicata e inopportuna. Molto probabilmente la famiglia non gradiva essere disturbata nel suo lutto. E lei non era nemmeno sicura al cento per cento che quelli fossero davvero i genitori di Julia. L'istinto di tornare alla stazione e quindi a casa era forte, ma poi le venne in mente una cosa.

Rivide la scena della donna immobile davanti alla vetrina del museo che contemplava assorta quegli oggetti rimasti intatti nei secoli. La donna apparentemente fragile ma dal passo energico che Charlotte aveva seguito per Bloomsbury.

Guardò di nuovo la casa e sentì crescere un sentimento dentro di lei: la speranza di poter aiutare con quella visita sia quei genitori sia Alfie.

Non appena fu davanti alla porta bussò. Risuonarono dei passi all'interno e poco dopo una domestica dalla divisa impeccabile le aprì. «Buongiorno. Desidera, Madam?»

«Mi chiamo Charlotte Ashdown. Vorrei parlare con Mrs Danby.»

«La stanno aspettando?»

«No, ma è importante.»

La domestica l'accompagnò nell'atrio e poi sparì dietro una porta.

A Charlotte batteva forte il cuore. Che cosa avrebbe fatto se si fosse trovata davanti una donna del tutto estranea? E se si fosse sbagliata?

Quella preoccupazione svanì all'istante quando le venne incontro la donna che aveva visto al museo. Poteva avere poco più di quarant'anni, era di carnagione pallida e delicata come la porcellana, e aveva i capelli ricci scuri con qualche ciocca argentata. Indossava un vestito nero accollatissimo che sottolineava il suo pallore. Guardò Charlotte con aria gentile ma interrogativa.

«Buongiorno, sono Marguerite Danby. Voleva parlarmi?»

«Mrs Charlotte Ashdown. Grazie di avermi ricevuta. Si tratta... Si tratta di sua figlia.»

Mrs Danby si premette la mano sul petto e fece un passo indietro. «Come fa a sapere... Noi non ci conosciamo.»

«Vorrei spiegarle, se me lo permette.»

Mrs Danby aprì la porta del salotto con un grande bovindo che dava sulla strada. Poi si sedette di fronte a Charlotte e giunse le mani sul grembo. «Prego.»

Charlotte aveva pensato molto a come poter iniziare il discorso e aveva deciso di andare dritta al punto. Prese dalla tasca il fazzoletto in cui a casa aveva avvolto con cura la collana e lo aprì.

Mrs Danby alzò lo sguardo di scatto. Charlotte le lesse negli occhi dolore e diffidenza.

«Che cosa significa, Mrs Ashdown? Chi è lei e cosa vuole da me?»

«Mi ascolti, la prego.» Dopo di che le raccontò la sua storia senza tralasciare nulla, parlando in tono calmo e pacato e ammettendo candidamente di averla seguita fino a casa. «La capirei se non si fidasse di me, ma le garantisco che io e mio marito stiamo agendo con le migliori intenzioni. Crediamo entrambi che le tragiche circostanze in cui è morta sua figlia non siano state del tutto chiarite.» Si fermò. «Forse le sarebbe d'aiuto riuscire a svelare il mistero del Tamigi.»

Poi successe qualcosa che Charlotte non si sarebbe aspettata. Mrs Danby prese la collana, se la premette delicatamente addosso e rise. Era stata triste fino a quel momento e ora rideva.

«Mia cara Mrs Ashdown, lei mi fa bene.» Charlotte doveva averla guardata con espressione sbalordita, perché proseguì: «Dico sul serio, e non è vero che non mi fido di lei. Mi scusi un attimo».

Poco dopo rientrò nella stanza con una cappelliera rosa che aveva visto giorni migliori. La mise sul tavolo e tornò a sedersi mentre Charlotte guardava la scatola incuriosita.

«Dopo il primo momento di shock terrificante,» iniziò Marguerite Danby «sono arrivati gli interrogativi. Ci sono piovuti addosso come chicchi di grandine, in modo doloroso e incessante. Che cosa ci faceva Julia a Mortlake? Era lì da sola? Davvero la sua morte è stata un incidente? All'inizio entravo nella sua stanza solo per piangere, ma quando non ho più sopportato quelle domande che mi tormentavano ho frugato ovunque. E ho trovato questa.» Spinse verso Charlotte la cappelliera.

Ora gli oggetti erano ordinati sul tavolo. Charlotte era rimasta affascinata dal racconto di Mrs Danby, e anche colpita dal fatto che avesse consultato di persona il famoso egittologo Wallis Budge.

Charlotte si ricordò che Tom le aveva parlato della sua conversazione con l'archivista. Flatley aveva menzionato Wallis Budge parlando dei membri dell'Alba dorata. «Le sembrerà strano, ma io credo che dovremmo mantenerci in contatto, Mrs Danby. È come un segno del destino. Tutto sembra essere collegato.»

Raccontò del vecchio Ned che le aveva venduto la moneta di Iside e delle candele che Fludd aveva trovato ai piedi dell'obelisco. «Prima mi è tornata in mente un'altra cosa. Ho letto che varie volte sono stati rinvenuti nel Tamigi armi danneggiate e teschi, con ogni probabilità offerte votive. Sembra che armi e altri oggetti siano stati distrutti intenzionalmente prima di venir gettati nel fiume. E che i teschi siano stati separati dagli scheletri.» Charlotte si schiarì la voce dal suono flebile e indicò di nuovo la collana. «Mi chiedo se possa valere anche per la collana. Le scalfitture dell'oro nella montatura non sembrano tanto il risultato dell'acqua quanto di un danno arrecato deliberatamente da qualcuno.»

Mrs Danby deglutì. «Un simile rituale potrebbe combaciare con gli argomenti di cui sembra essersi occupata Julia, giusto? Mia figlia si era lasciata coinvolgere in qualcosa di cui noi non sospettavamo niente.»

«Mi diceva prima che Julia avrebbe usato quel circolo di lettura solo come pretesto. Ha scoperto dove passava invece quel tempo?»

Mrs Danby sospirò. «Non ho più avuto la possibilità di occuparmene. Mio marito non sta bene, soffre da giorni di problemi cardiaci. Quindi devo rimanere al suo fianco.» Si fermò. «Vede, Mrs Ashdown, per me è un dilemma. Voglio assolutamente scoprire che cosa è successo a Julia, ma ho anche paura di perdere mio marito. La sua salute viene prima, lui è ancora vivo.» Per la prima volta Charlotte vide i suoi occhi riempirsi di lacrime.

«Mrs Danby,» replicò con cautela «ci siamo conosciute solo oggi, tuttavia mi sembra che possiamo fidarci l'una dell'altra. A quanto pare la storia di sua figlia e le ricerche che stiamo conducendo io e mio marito sono strettamente collegate. Per questo le chiedo il permesso, se lei e suo marito siete d'accordo, di approfondire le questioni che vi stanno così a cuore. Ovviamente con la massima discrezione» si affrettò ad aggiungere aspettando tesa la replica di Mrs Danby.

Due mani fredde strinsero le sue.

«Lo farebbe per noi, Mrs Ashdown?»

«Certo che sì. Le prometto di procedere con cautela. E non appena scopriremo qualcosa avrete nostre notizie. Questo è il mio biglietto da visita, nel caso avesse urgente bisogno di trovarmi.»

Mrs Danby fece un sorriso triste. «La ringrazio. La ringrazio così tanto di avermi riportato la collana. È come se mi avesse restituito un pezzetto della mia Julia.»

«Mi premeva molto. E un'altra cosa: il ragazzino che ha preso la collana le chiede perdono. È terribilmente dispiaciuto.»

32

«Sono molto entusiasta, Tom, davvero molto entusiasta» disse Sir Tristan Jellicoe tamburellando con le dita sul fascio di fogli davanti a loro sul tavolo. Tom gli aveva inviato il manoscritto che aveva redatto fino a quel momento e in seguito era stato invitato presso il club di Sir Tristan.

«Però…?»

Sir Tristan si schiarì la voce. «Sa leggere nel pensiero?»

«No, questo no.» Tom rigirava la bottiglia di whisky sul tavolo da una parte e dall'altra. «Mi intendo di linguaggio del corpo e so interpretare le sfumature dell'intonazione. Fa parte del mio lavoro.»

«Devo ammettere che mi ha scoperto. Tutto ciò» Sir Tristan indicò le pagine del manoscritto «è interessante e istruttivo, non lo metto in dubbio. Scritto in modo elegante, più fioretto che spada. E tuttavia manca qualcosa. Suona a volte distaccato, come se non ci avesse messo l'anima. Come se osservasse i luoghi di cui parla al microscopio, come se sezionasse il passato dal punto di vista dello scienziato. Vorrei un po' più di cuore, Tom, di passione. In fin dei conti lei è un uomo passionale!»

In genere Tom aveva sempre la risposta pronta, ma in quel momento non gli venne in mente proprio niente. Non era una critica ingiustificata. Rileggendo, si era accorto anche lui che mancava qualcosa, qualcosa che aveva contraddistinto il suo libro su Shakespeare e che naturalmente era anche nelle sue recensioni, ma non avrebbe saputo dire esattamente cosa. E adesso Sir Tristan gli aveva parlato senza mezzi termini.

Troppo poco cuore. Troppa poca passione.

Tom non voleva difendere il suo lavoro, voleva semplicemente spiegarsi. Intuiva le possibili ragioni di insoddisfazione di Jellicoe rispetto a quello che aveva scritto: ciò che veramente lo affascinava e lo teneva occupato non era dentro al manoscritto. In quelle pagine non c'era niente a proposito di Alfie, delle candele, della collana e della moneta, né del cadavere di Julia Danby, per la quale il Tamigi era sacro. Lì dentro non vi era traccia del presunto rituale celebrato all'obelisco. O della scintilla che scoccava fra lui e Charlotte quando parlavano di quelle cose. Con quel libro assolveva a un incarico ma non vi metteva tutto quello che era in grado di dare. Non faceva mistero di ciò che lo animava, e Sir Tristan lo aveva notato.

«Be',» disse Tom guardandolo «mi dispiace di aver deluso le sue aspettative. Per fortuna mi ha detto a chiare lettere cosa manca, e io ne terrò conto. Mi aveva parlato di un atlante magico, e quello mi richiede un po' di fantasia.» Fu un discorso ingessato, non si sentiva affatto a proprio agio.

«Se posso aiutarla, me lo dica. Conosco bene il suo stile brillante, e mi auguro vivamente di ritrovarlo anche in questo libro. Su, sputi l'osso.»

Tom pensò un attimo. In realtà avrebbe voluto concordare con Charlotte se raccontare a Sir Tristan di Alfie e della donna morta in riva al Tamigi, ma ora che era seduto lì doveva decidersi.

«Durante le mie ricerche ho scoperto una cosa. Sembra che da tempo immemorabile il Tamigi eserciti un fascino magico sulle persone. Sulle sue rive sono stati costruiti templi, si è seppellito morti, si è pregato per vincere le guerre e per rendere fertili i terreni. I Celti, i Romani, gli Anglosassoni, tutti hanno lasciato traccia di loro sul fiume. Quando sono andato a Mortlake per svolgere delle ricerche sul dottor Dee ho fatto un'esperienza sorprendente.»

Sir Tristan ascoltava incantato mentre lui raccontava concludendo con la domanda: «È plausibile che esistano ancora oggi persone che venerano il Tamigi come un fiume sacro? Che svolgano rituali lungo le sue rive?».

Sir Tristan aggrottò la fronte. «Mio caro Tom, vedo che l'ho sottovalutata. Dietro al suo manoscritto fin troppo freddo si celano in realtà idee appassionate e una fantasia senza freni.»

Tom lì per lì non avrebbe saputo giudicare il tenore di quella risposta.

«Tuttavia temo che stia fantasticando in modo eccessivo. Mi riesce difficile credere che esista qualcosa di simile a Londra, e di fatto non ne ho mai sentito parlare.»

«Be', esiste per esempio l'Alba dorata, e anche altre società segrete.» Tom notò che Sir Tristan non lasciava trapelare nulla dalla sua espressione. «Gli uomini hanno sempre venerato l'acqua, perché può donare la vita e la può togliere, perché possiede una forza che loro non possono avere. Dunque la considerano una divinità da ingraziarsi. Ma ha ragione lei, ho lasciato correre fin troppo la mia fantasia. Siamo pur sempre alle soglie del XX secolo.»

«È così» disse Sir Tristan in modo conciso.

«D'ora in poi tornerò a dedicarmi al mio mago e concentrerò tutta la mia passione nel seguire le sue orme. Sto pensando a Lambeth.»

«Buona idea, Tom. Lambeth gode di una discreta fama,»

replicò Sir Tristan. «Sembra che in certi quartieri prediligano di gran lunga persone del genere.»

Tom annuì. «Seven Dials. Bloomsbury. Wapping con gli omicidi di Ratcliff Highway. Il presunto assassino venne sepolto con un palo conficcato nel cuore come un vampiro. La Temple Church.»

Sir Tristan allargò le braccia. «Capisce, amico mio, il materiale è pressoché inesauribile. Potremmo ricavarne tranquillamente due libri. Riceverà presto la prossima rata del suo compenso. Non vedo l'ora di leggere altre sue pagine.»

Tom stava per alzarsi quando Sir Tristan lo trattenne. «Un'altra cosa. Mia figlia Iris si è raccomandata tanto di salutare lei e sua moglie. Sarebbe lieta di avervi ancora come ospiti qui da noi, presto.»

Quando Tom fu in strada fece dei respiri profondi. Sperò di non aver commesso un errore a menzionare l'episodio di Mortlake.

«È un bene che tu non abbia fatto il nome di Julia Danby» disse Charlotte dopo che Tom le ebbe raccontato del suo incontro con Sir Tristan. «Sua madre mi ha davvero commossa, le sta molto a cuore che non si venga a sapere niente di questa storia. Ma mi sembra pertinente che tu ne abbia parlato, in fin dei conti Mortlake è un luogo importante per il libro.»

Tom la guardò pensieroso. «Mi fa piacere che tu sia d'accordo con me. Ed è anche un sollievo che Mrs Danby abbia accettato senza problemi le scuse del ladro della collana. Sembra essere una donna straordinariamente generosa.»

«Hai ragione. Alfie mi ha detto che sogna quella donna morta, per questo urla la notte. Ha paura sul serio, non è solo per via della coscienza sporca. Ma spero che col tempo gli incubi svaniscano. Trovare un cadavere nell'acqua penso sia stato un trauma anche per un ragazzo ben temprato come lui.»

«Andrò a leggergli qualcosa, se lo desidera» disse Tom. «Pensi che Sherlock Holmes potrebbe piacergli?»

«Certamente.» Il ragazzo era in realtà fin troppo grande per farsi leggere dei libri, ma poteva trovarci quel senso di protezione che gli mancava. «Ti piace, vero?» Charlotte l'aveva chiesto senza pensarci, ma poi notò l'espressione dura sul volto di Tom e capì che si stava ancora muovendo su un terreno scivoloso.

«È un ragazzo perbene, a parte la storia della collana. Penso a cosa ne sarebbe stato di lui, se avesse ricevuto un'istruzione come si deve. Il mondo è così ingiusto quando il destino di un bambino può essere influenzato dalle circostanze.»

«Be', non sembra insoddisfatto della sua vita» azzardò Charlotte. «Se c'è qualcosa che gli manca, è l'affetto dei genitori. Ma anche nelle migliori famiglie – o magari proprio in quelle – non è affatto scontato che un bambino lo riceva. A maggior ragione se maschio. Parlo per esperienza.»

«Con noi sarebbe diverso» disse Tom e uscì. Charlotte lo seguì con lo sguardo senza dire una parola, non avrebbe saputo cosa ribattere. Ma non le sembrò neanche che Tom si aspettasse una replica.

Ad Alfie dovevano esser piaciuti i romanzi polizieschi che Tom si era offerto di leggergli, perché non si sentì più volare una mosca in casa. Charlotte si era appena messa a riordinare i suoi appunti sistemandoli insieme alla moneta in una scatola apposita quando suonarono alla porta.

Sentì Daisy andare ad aprire, scambiare poche parole con qualcuno e poi bussare.

«Mrs Ashdown, questa è arrivata per lei con la posta della sera.»

Con stupore Charlotte prese in mano la busta. Elegante carta fatta a mano color grigio chiaro, calligrafia con lettere tondeggianti ma nessun mittente. La aprì e ne estrasse un biglietto dello stesso colore su cui era scritto un messaggio con l'inchiostro viola.

Mia cara Mrs Ashdown,
è già passato del tempo dal nostro primo incontro, cosa di cui mi rammarico molto. Mi farebbe piacere riaverLa qui da me per un tè domani pomeriggio.
Cordiali saluti
Iris Jellicoe

Sorridente, Charlotte si sedette in poltrona sventolandosi con il biglietto. Miss Jellicoe l'aveva affascinata ed era felice di quell'invito.

Stava per tornare ai suoi documenti quando suonarono di nuovo alla porta. Stavolta si alzò e andò lei stessa ad aprire.

Il suo sorriso si eclissò.

Si trovò davanti Miss Clovis con in mano un piatto coperto che emanava un dolce odore di torta.

«Buonasera, Mrs Ashdown. Mi scusi se ultimamente non mi sono fatta più sentire, ma ho avuto da fare. Vede, ho saputo per caso che ha un ospite. E visto che i bambini amano i dolci, gli ho messo da parte mezza torta al burro.» Porse il piatto a Charlotte, mettendo anche un piede sulla soglia, come se il dono che stava offrendo gliene desse immancabilmente il diritto.

Charlotte prese in mano il piatto. «Tante grazie.» Si augurava ardentemente che Tom scendesse da un momento all'altro. Come avrebbe dovuto spiegare a quella donna la presenza di Alfie in casa loro? Notò che Miss Clovis aveva seguito il suo sguardo in direzione delle scale e la fissava ora con aria interrogativa.

«È molto gentile da parte sua.» Charlotte tacque, ben consapevole che avrebbe dovuto invitare l'ospite in soggiorno e offrirle qualcosa, tuttavia non lo fece.

Quei pochi secondi si dilatarono in un'eternità, poi sentì delle voci, risate e la porta di una camera che si chiudeva. I gradini della scala scricchiolarono sotto i passi di Tom, e quando Charlotte si voltò lo vide fermo a metà percorso che guardava Miss Clovis meravigliato.

«Miss Clovis è stata così cortese da portarci un dolce. Per il nostro ospite» puntualizzò Charlotte.

Tom si dette subito un contegno, scese gli ultimi gradini e dette la mano alla donna. «Molto gentile da parte sua. Mio nipote Jamie è venuto a trovarci. Si è preso purtroppo un brutto raffreddore, cosa assai spiacevole soprattutto d'estate. Ma venga in soggiorno. Possiamo offrirle qualcosa?»

«Solo un momento, non vorrei disturbare.»

Con enorme sollievo Charlotte osservò Tom sfoggiare tutto il suo fascino per cambiare discorso spostando così l'attenzione da Alfie.

Miss Clovis si lasciò persuadere a bere un bicchierino di cherry e non riprese più la parola. Se Tom decideva di chiacchierare, allora niente e nessuno poteva fermarlo.

«Sì, alcuni spettacoli sono sensazionali, come darle torto? Tuttavia non posso negare alla nudità un valore artistico, se funzionale alla verità. Oscar Wilde una volta ha scritto: "Siamo tutti nati nel fango, ma alcuni di noi guardano alle stelle". Anch'io vedo le stelle, là dove altri percepiscono forse solo sporcizia.»

Charlotte ascoltò divertita Tom che intontiva di chiacchiere

Miss Clovis, la quale alla fine si alzò, le guance leggermente arrossate, ringraziando per la calorosa accoglienza. «Spero che la torta piaccia al piccoletto. Che bello che abbiate un nipote che viene a farvi visita.»

Quando la porta si richiuse dietro di lei, Tom guardò Charlotte con la fronte aggrottata. «Una cosa è certa: quella donna vede tutto.»

«Grazie per avermi salvata. Non sapevo proprio cosa dire.» Charlotte gli dette per gioco una pacca sulla spalla. «Ma dopo le tue osservazioni sulla nudità e sull'arte non oserà rifarsi viva tanto presto.»

«Vorrei ben sperare» disse Tom.

33

Mentre si recava da Iris Jellicoe Charlotte ripensò alla visita che avevano ricevuto quella sera. Miss Clovis aveva visto che Charlotte non aveva risposto al suo invito e che non si era affatto sforzata di approfondire la loro conoscenza, ma ciononostante si era presentata a casa loro a tarda ora e senza preavviso.

Ovviamente la torta era solo una scusa. Miss Clovis voleva scoprire chi fosse e cosa ci facesse dagli Ashdown quel ragazzino che di recente era andato ad abitare da loro.

Ma come era venuta a saperlo? Alfie non era mai uscito di casa, era ancora troppo malato per farlo. Miss Clovis poteva averlo visto solo nel momento in cui Tom era arrivato dal Green portandolo in braccio. Abitava due case più in là rispetto a loro e doveva essersi sporta dalla finestra o aver aperto addirittura la porta per vedere rincasare Tom.

Evidentemente apparteneva a quella categoria di persone la cui vita era talmente vuota da doverla riempire con ciò che succedeva agli altri, per questo stavano continuamente a spiare dietro alle tende delle finestre. Charlotte non poté reprimere un lieve brivido.

Poi ricacciò quei pensieri con fermezza. Quando fu davanti alla porta dei Jellicoe avvertì un leggero formicolio, già si pregustava la gioia di quell'incontro. Teneva in tasca, accuratamente avvolta in un fazzoletto, la moneta di Iside che voleva mostrare a Miss Jellicoe. Non vedeva l'ora di riprendere la conversazione dell'ultima volta.

Quando la porta si aprì si ritrovò davanti Iris Jellicoe in persona. «Che bello che sia venuta, Mrs Ashdown, ma la prego, entri! Papà ha mandato Khalish a fare una commissione che non poteva essere rimandata, quindi devo ricevere gli ospiti da sola. Le altre sono già arrivate.»

Charlotte venne travolta da un moto di delusione. Aveva contato sul fatto che sarebbero state sole.

«Oh, spero non le dispiaccia, forse avrei dovuto essere più esplicita nel mio invito» disse Iris, che sembrò percepire il suo imbarazzo. «Siamo solo un gruppo ristretto, tre donne intelligenti e piene di interessi che penso le piaceranno.»

«Sono solo sorpresa, Miss Jellicoe, tutto qui. La ringrazio molto per il suo invito.»

Dopo aver posato giacca e cappello, Charlotte venne accompagnata dalla sua ospite su per le scale e dentro casa.

«Nel caso in cui si stia meravigliando… ho il mio giro di amicizie. Io e mio padre siamo molto legati, ma preferiamo mantenere una certa distanza.»

Quella distanza era riscontrabile anche nell'arredamento. Non c'era nulla dell'opulenza orientale che contraddistingueva le stanze di Sir Tristan. Miss Jellicoe preferiva i toni freddi e chiari, il rosa e il grigio in tutte le loro sfumature con punte d'oro e argento.

Anche il suo aspetto si intonava all'ambiente. Niente fantasie elaborate, niente colori sgargianti. Portava una veste morbida di seta cangiante viola pallido, e i capelli scuri, che le oscillavano a ogni passo come una tenda luccicante che le ricadeva liberamente sulle spalle e sulla schiena.

Si fermò davanti a una porta che tenne aperta per Charlotte. «Prego, mia cara Mrs Ashdown, questo è il mio rifugio.»

Grigio perla scuro, grigio argento, grigio ghiaia, antracite – i colori della nebbia, del fresco novembre e della pietra, a cui si aggiungevano i mobili imbottiti color vinaccia. I quadri alle pareti riprendevano quei colori contribuendo all'impressione d'insieme, invece di distinguersi singolarmente.

Tutto ciò venne recepito da Charlotte in modo fulmineo che solo dopo notò le donne che si erano alzate.

La prima cosa di cui si accorse fu che erano diverse l'una dall'altra: una sui cinquantacinque anni, un'altra forse vent'anni più giovane, l'ultima giovanissima, quasi una ragazzina.

«Posso presentarvi? Mrs Hartley-James, Mrs Wilkins und Miss Carhill. Mie care, questa è Mrs Ashdown, la persona di cui vi ho parlato oggi.»

Si dettero la mano, poi Charlotte si accomodò al tavolo del tè. Finissima porcellana grigia Wedgwood, tovaglioli con anelli argentati decorati con una sorta di stemma. Vi era poi un'alzata con bignè dall'aspetto delizioso, meringhe alla nocciola ripiene e dolcetti al cioccolato che sembravano fin troppo elaborate per essere inglesi. A dare un tocco nostrano c'erano gli Scones con la panna rappresa e la confettura di fragole e sandwich scrupolosamente privati della crosta, tagliati a triangoli e farciti con insalata di uova e crescione.

Miss Jellicoe versò il tè a tutte e si sedette di fronte a Charlotte.

«Di nuovo un cordiale benvenuto, Mrs Ashdown. Ho pensato spesso alla nostra avvincente conversazione, dunque a maggior ragione sono felice di riaverla qui oggi. Ci incontriamo spesso in questo gruppo ristretto con interessi in comune, e mi piacerebbe che anche lei si unisse a noi.»

Dopo che tutte si furono servite al rinfresco, seguì una conversazione informale. Charlotte raccontò della sua giovinezza in Germania e del suo lavoro di istitutrice. Quando Mrs Hartley-James sentì chi aveva sposato, si lanciò in una serie di lodi sperticate delle recensioni teatrali di Tom.

«È la mia guida più importante, mia cara Mrs Ashdown. Non mi sognerei mai di vedere uno spettacolo che lui ha stroncato né di perdermene uno da lui raccomandato.»

«Glielo dirò, ne sarà felice.»

«Posso chiedere di cosa avete parlato durante la vostra avvincente conversazione?» chiese Mrs Wilkins all'improvviso. «Mi riferisco al vostro primo incontro, Iris.»

«Ah, quello. Di tutto e di niente» rispose Miss Jellicoe con la massima disinvoltura.

Charlotte sorrise. «Anche di matematica, se la memoria non mi inganna. L'occhio di Horus e le frazioni.»

«Fammi indovinare, avevi indosso il tuo ciondolo» disse Miss Carhill. «È un'attrazione, non è vero, Mrs Ashdown?»

«Oh, sì, mi ha subito colpita.» La cordialità di quelle signore tolse a Charlotte la sua timidezza iniziale. «L'antico Egitto è straordinariamente affascinante. A proposito, ho portato qualcosa che forse vi interesserà.»

Tirò fuori dalla tasca della gonna la moneta avvolta nel fazzoletto che spiegò mostrandola a tutte. «Questa è la moneta di cui le ho parlato, Miss Jellicoe. Nel frattempo sono stata da un numismatico. È romana, probabilmente coniata a cavallo fra il secondo e il terzo secolo dopo Cristo. Questa donna potrebbe essere Giulia Augusta, moglie e madre di due imperatori. E ora giratela, per favore.»

Le donne confabularono osservando l'altra faccia della medaglia. Trattennero tutte il fiato per qualche istante.

Poi Iris Jellicoe alzò lo sguardo, le brillavano gli occhi. «Iside con Horus in braccio!»

«È così.»

«E una barca come simbolo del Nilo, che dà la vita e la toglie. Dove ha trovato questa moneta meravigliosa, Mrs Ashdown?» domandò Mrs Wilkins.

Charlotte raccontò ancora una volta come aveva incontrato il vecchio Ned. «Mi è sembrato un po' inquietante, soprattutto perché sosteneva che questa moneta fosse destinata a me. È spuntato dal nulla mentre andavo a spasso lungo il Tamigi.»

«Crede alla Provvidenza?» domandò Miss Carhill un po' ansimante.

«In verità no. Sono una persona razionale.» Eppure c'erano stati periodi in cui la sua razionalità era stata messa a dura prova. «Tuttavia a volte succedono cose che sembrano stranamente connesse tra loro.»

Miss Jellicoe teneva la moneta fra il pollice e l'indice, osservandola con un'espressione che poteva ben dirsi di cupidigia. «Sarebbe pronta a separarsene?»

Charlotte non aveva mai preso in considerazione l'idea.

«Starebbe bene nella mia piccola collezione.»

«Mi dispiace, ma non ho intenzione di vendere questa moneta.»

Iris Jellicoe fece una smorfia e per un attimo sembrò un bambino a cui ci si rifiuti di esaudire un capriccio. «Che peccato. Ci tengo molto alla mia collezione, e questa moneta andrebbe a colmare un vuoto.» A Charlotte non sfuggì una nota di durezza nella sua voce, non l'aveva mai notata fino a quel momento.

«Mi dispiace, ma intendo tenerla. Ho come la sensazione che fosse davvero destinata a me.»

Sulle labbra di Iris Jellicoe, che poco prima si era adombrata, tornò il consueto sorriso accattivante. «Capisco. Non la darei via nemmeno io.» Porse a Charlotte la moneta con mano esitante.

«Dell'altro tè?» domandò Mrs Hartley-James per scacciare l'imbarazzo che si era creato, e tutte risposero prontamente di sì, come se non aspettassero altro.

Miss Carhill si schiarì la voce. Era minuta e bionda, e i suoi occhi azzurri lasciavano trapelare una certa ingenuità. «Se posso tornare alla mia domanda, Mrs Ashdown… A volte penso a Shakespeare, alle cose fra il cielo e la terra. Di recente sono andata a passeggiare lungo il Tamigi e a un tratto ho avuto l'impressione, anzi no, la certezza assoluta di esserci già stata. Solo che si trattava di un luogo a cui non avevo mai fatto caso prima, nonostante io abiti con mia zia non lontano da lì. Mi sono fermata perché il cuore ha cominciato a battermi forte. Ho guardato il fiume e i salici piangenti con i rami che sporgono sull'acqua e in quel momento ho avuto la netta sensazione di esserci già stata. Mi sono vista con una veste rossa che mi ricadeva giù…»

«E che cosa ha a che fare questo con la provvidenza, mia cara?» la interruppe Mrs Wilkins in modo affabile.

Miss Carhill alzò la mano. «Questo è il punto. Mi sono trattenuta lì più del previsto e così ho perso l'autobus. In seguito ho saputo che era incappato in un grave incidente.» Si guardò intorno. «Capite? Se non mi fosse capitato quest'episodio al fiume, sarei salita su quel mezzo e magari mi sarei ferita. La mia visione mi ha salvata.»

Charlotte avrebbe voluto afferrarle il braccio e riportarla alla realtà, ma non stava a lei giudicare quel che la giovane donna credeva nel profondo. Per di più le altre l'avevano ascoltata a bocca aperta e sembravano essere particolarmente sensibili a certi argomenti.

«Non è stupefacente che il Tamigi sembri oggi perseguitarci?» domandò Iris Jellicoe guardandosi intorno. «Prima la moneta di Mrs Ashdown, che evidentemente è sopravvissuta più di mille anni nel fango della riva prima di tornare alla luce del sole, e poi l'incontro di Anna con... se stessa? In una vita precedente?»

«Qualsiasi cosa abbia vissuto laggiù, Miss Carhill, sono felice che non le sia capitato niente» disse Charlotte in tono distaccato, cogliendo qualche sguardo deluso.

Dopo di che tornarono a parlare della realtà contingente, a chiacchierare di moda e dell'imminente stagione teatrale, e fu come se quegli istanti così singolari non ci fossero mai stati.

34

Charlotte aveva scritto a Mrs Danby, la quale caldeggiò la sua proposta. *Mi sembra sensato che ci vada Lei, dal momento che nessuno La conosce,* aveva scritto. *In quell'occasione mi sono comportata da stupida. Essendo Lei un'estranea, magari riuscirà a scoprire qualcosa di più.*

«Vai a Kensington?»

«Sì, augurami buona fortuna.»

«Come sempre, a maggior ragione ora che collabori con me» disse un po' contrito. «Dopo il velato rimprovero del mio committente devo dedicarmi alla scrittura in modo più appassionato.»

Charlotte sentì che quella critica lo aveva colpito più di quanto fosse disposto ad ammettere. «Di me ti puoi fidare, Tom.»

«Lo so.» Sorrise e poi aggiunse: «Ho portato qualche altro libro ad Alfie, comincia ad annoiarsi. È uno scandalo che un ragazzino intelligente come lui non vada a scuola, dopo tutto sa leggere e scrivere. Non so tuttavia come porvi rimedio».

Prima di mettersi in cammino Charlotte bussò alla camera di Alfie. Il letto era vuoto. Poi vide il ragazzo in piedi su uno sgabello che si sporgeva dalla finestra.

«Cosa stai facendo?» domandò spaventata.

Alfie si voltò con calma, reclinando la testa all'indietro.

Charlotte lo tirò indietro facendolo balzare giù dallo sgabello e lo guardò con aria severa. «Ma che ti salta in mente? Potevi cadere dalla finestra!»

L'espressione del ragazzo era eloquente. Erano anni che nessuno gli diceva cosa doveva o non doveva fare. E in confronto ai pericoli che la vita da pettinatore di spiagge gli riservava, una finestra al primo piano era del tutto innocua.

«Volevo guardare il cielo.»

Le si strinse il cuore. Dopo appena tre giorni Alfie si sentiva in prigione, Charlotte se ne rendeva conto solo ora. «Domani potrai andare in giardino.»

Si morse il labbro e guardò il letto, sopra c'era un volume illustrato sugli uccelli della Gran Bretagna.

«Ti piace il libro?»

La sua espressione lasciò trapelare il tentennamento fra la necessità di risultare educato e il desiderio di essere sincero. «No. È noioso.»

Non c'era da stupirsi. «E cosa preferiresti leggere invece?»

«Mmm. Mi piacerebbe un libro sulle navi» disse con un'alzata di spalle, sedendosi sul letto a gambe incrociate.

«Non so se abbiamo qualcosa sui viaggi per mare nella nostra biblioteca, ma vado a dare un'occhiata.» Un quarto d'ora dopo tornò con un volume illustrato sui velieri, *L'isola del tesoro* e *Moby Dick*, e li appoggiò sul comodino.

«In questo si narra di una caccia alla balena, ma è un testo difficile. Il mio inglese ormai è davvero molto buono, nonostante ciò ho mollato dopo cinque capitoli. Questo qui, invece, è un racconto di pirati, dovrebbe piacerti.»

Raggiante in volto Alfie prese in mano il libro sui velieri. «Prima guardo questo, così poi riesco meglio a immaginarmi le navi dei pirati.»

La chiesa di St. Mary Abbots, con il campanile che svettava nel cielo estivo, era stata costruita solo venti anni prima, ma in quel punto c'era una chiesa sin dal XIII secolo. Charlotte bussò alla porta della parrocchia.

Venne ad aprire una signora anziana.

«Buongiorno, sono qui per il circolo di lettura. Mi chiamo Charlotte Ashdown.»

La donna la accompagnò in una sala che, con i pannelli scuri in legno e le finestre dai vetri colorati, assomigliava già di per sé a una chiesa. Era arrivata un po' troppo presto e a parte loro due c'era solo un'altra giovane donna che aveva già preso posto.

«È nuova in questa parrocchia?» domandò l'anziana signora. «Io sono la presidentessa del circolo di lettura. Il mio nome è Wellesley, purtroppo non ho parenti.»

Vedendo Charlotte interdetta, aggiunse: «Il duca di Wellington, per esempio».

«Ah, certo. "Datemi Blücher oppure datemi la notte".»

Il volto di Mrs Wellesley si illuminò. «Pronuncia impeccabile. È tedesca?»

Charlotte rise. «Di origini, sì. Mi fa piacere che se ne sia accorta solo quando ho pronunciato "Blücher".»

«Lei parla un ottimo inglese, Mrs Ashdown. Che bello che ci abbia trovate. Questa è Miss Maud Rennie, il membro più giovane del nostro circolo.»

Indicò una delle sedie disposte in cerchio. «Si accomodi. Arriva al momento giusto, stiamo finendo il romanzo di Mrs Gaskell. Oggi decideremo cosa leggere in seguito. La nostra cara Maud ha proposto la novella intitolata *La carta da parati gialla*, ma non mi sembra un testo adatto. È fin troppo cupo e tratta di turbamenti dello spirito che potrebbero risultare inquietanti. Non mi sembra appropriato per un circolo di lettura che si ritrova nei locali della chiesa.»

Miss Rennie stava per contraddirla quando si aprì la porta ed entrarono altre signore che si presentarono a Charlotte e che iniziarono a tempestare Mrs Wellesley di proposte letterarie. Maud Rennie si sedette accanto a lei, un po’ abbattuta perché il suo suggerimento era stato respinto.

«Sembra una novella interessante» disse Charlotte, suscitando un moto di speranza nella giovane donna.

«Ammetto che i miei genitori non sanno che l’ho letta. Ma penso che come lettrici si debba osare, porsi degli obiettivi magari scomodi ma stimolanti.»

«Be’, comprendo, ma non tutto si presta a una cerchia allargata. Forse avrà un’amica con cui poterne parlare in confidenza.»

Charlotte non aveva pensato a niente in particolare, ma vide spuntare un sorriso amaro sulle labbra di Miss Rennie. Indugiò per poi dire a bassa voce: «Tempo fa qui c’è stata una donna carina della mia età. Con lei un libro del genere avrei potuto leggerlo, una volta ha persino chiesto di *Iside svelata* di Madame Blavatsky. Mrs Wellesley per poco non è svenuta.»

«E che fine ha fatto questa giovane donna?» domandò Charlotte, che drizzò immediatamente le orecchie sentendo nominare Iside.

«Non lo so. Non è più venuta.»

«Si ricorda il nome?»

«Julia. Julia Danby, mi sembra.»

A Charlotte aumentò il battito. Doveva procedere con cautela per non destare sospetti.

Ma prima che potesse fare qualche altra domanda la porta si aprì di nuovo.

«Mrs. Hartley-James» disse Miss Rennie. «Lei è sempre l'ultima. Ora siamo tutte.»

Tom aveva preso il treno fino a Vauxhall Station, un buon punto di partenza per la sua escursione a Lambeth. Si era attrezzato con una macchina fotografica Kodak e una cartina della città su cui aveva accuratamente contrassegnato i luoghi che intendeva fotografare. Sir Tristan aveva specificato che si sarebbe occupato personalmente delle illustrazioni del libro, ma Tom si era accorto che scrivendo gli sorgevano spesso interrogativi, e che visitare da capo i luoghi in cui avrebbe trovato delle risposte si sarebbe rivelata una spossante perdita di tempo. Dunque aveva preso in prestito da un amico fotografo la macchina fotografica e si era fatto spiegare come usarla.

Gli era infatti venuto in mente di confrontare vecchie incisioni o disegni dei luoghi visitati con fotografie moderne. Aveva capito cosa non gli andasse a genio di quell'incarico: seguire le idee di un altro invece delle proprie, che fosse Sir Tristan a decidere quali immagini dovevano accompagnare i suoi testi. Le illustrazioni erano la prima cosa che i lettori avrebbero visto, e dunque dovevano corrispondere alle *sue* idee. Il libro doveva essere un tutt'uno. Dopo aver preso questa decisione si sentì infinitamente libero.

Per fortuna le mete che aveva scelto non erano troppo distanti le une dalle altre, perché la borsa con la Kodak n. 1, infilata in una scatola di cuoio piuttosto ingombrante, pesava. Il percorso previsto era di un miglio e mezzo circa, dopo di che avrebbe ripreso il treno a Waterloo Station.

Proprio dalla stazione partiva la South Lambeth Road, dov'era situata la sua prima meta. Lì avevano abitato nel XVII secolo i botanici John Tradescant, Vecchio e Giovane. La casa dall'ampio giardino era stata all'epoca un enorme gabinetto delle curiosità comunemente chiamato in modo chiaro e semplice "Arca Tradescant". Pagando un biglietto d'ingresso tutti gli interessati potevano accedere.

Un visitatore aveva raccontato di aver impiegato un'intera giornata per vedere tutte le attrazioni, e di queste ce ne erano molte: piante esotiche che venivano coltivate anche in giardini ampi, attrezzi, oggetti di uso domestico, abbigliamento, armi, opere d'arte rare, monete e medaglie, cammei e gemme, strumenti medici, antichità egizie e romane, calligrafie orientali, piume ornamentali e oggetti appartenuti a popoli stranieri. C'erano animali imbalsamati come il Dodo e lombrichi essiccati, ma anche due penne della coda della fenice e gli artigli dell'uccello Roc. Doveva esser stato un affascinante insieme di sapere e di sensazionalismo. Per quanto ne sapeva lui, i Tradescant non erano mai stati interessati alla magia, contrariamente al loro futuro vicino Elias Ashmole.

I talenti e le inclinazioni di questo Elias Ashmole furono molteplici: era stato antiquario e politico, ufficiale, astrologo e alchimista. Sembrava che il padre adottivo lo avesse iniziato al mistero della pietra filosofale che Ashmole non volle impiegare per produrre oro e argento ma per trasformare lo spirito. Aveva anche tradotto un libro di magia di Arthur Dee, il figlio di John Dee, con cui Tom avrebbe potuto fare un bel giro a Mortlake.

Tom si immaginò di sfuggita come sarebbe stato il suo atlante magico – così gli piaceva chiamarlo fra sé – rilegato in cuoio bordeaux o nero e impreziosito da illustrazioni e simboli stampati in oro. Magari Sir Tristan lo avrebbe realizzato somigliante a una delle antiche opere della biblioteca di John Dee.

Una volta giunto alla meta, ebbe una grossa delusione. Dove una volta si ergeva il maestoso edificio con il cancello in ferro battuto e l'enorme giardino che lui aveva visto in vecchie incisioni, sorgevano ora villette a schiera nuove di zecca con porte verniciate lucide e gradini puliti. Una stradina laterale si chiamava ora Tradescant Road, un ultimo omaggio all'Arca, all'astrologo e all'alchimia.

Tom si fermò, lasciando vagare lo sguardo avvilito sui nuovi edifici. A un tratto si rese conto di essere stato perseguitato dagli spiriti per settimane: case che non c'erano più; persone morte da lungo tempo; strade ormai inesistenti; nomi cancellati. Aveva sempre trovato affascinante vivere in una città in continua evoluzione e capace di rinnovarsi, ma era anche scoraggiante vedere quanto poco rispetto si portasse al passato.

Risoluto tirò fuori la macchina fotografica per immortalare almeno il punto dove si trovava la casa in origine. Non fu possibile cogliere alcunché della sua passata essenza. Dovette considerare un dono unico quello di essersi imbattuto a Mortlake in un vero e proprio mistero.

La macchina fotografica Kodak era effettivamente maneggevole come l'amico gliel'aveva descritta. «È una pellicola da cento foto. Fai attenzione, per favore. Si potranno dire tante cose di questo oggetto, ma per sviluppare le foto devo comunque spedire tutta la macchina alla ditta, e nel frattempo devo riutilizzare il mio vecchio apparecchio fotografico a lastre.»

Tom alzò la macchina fotografica e guardò nell'obiettivo, girandolo piano piano a destra e a sinistra fin quando non ebbe trovato la giusta inquadratura. A quel punto scattò, mandò avanti la pellicola con la manovella per preparare la macchina alla foto successiva e poi la rimise nella borsa. Andò in giro per l'antica proprietà senza trovare tuttavia alcuna traccia di chi ci aveva vissuto tre secoli prima. Solo un nome su un'insegna stradale e nient'altro.

35

Con sua irritazione il cuore le batteva sempre più forte. Charlotte non aveva calcolato di incontrare un volto noto e fu felice di potersene stare tranquillamente seduta durante la successiva discussione di *Nord e Sud*, libro che non aveva letto e che non poteva dunque commentare.

Al termine vennero tutte sollecitate ad avanzare proposte per il prossimo testo da leggere. Charlotte, in quanto nuova arrivata, sperava di venirne esclusa, ma poco dopo Mrs Wellesley si rivolse proprio a lei: «Mia cara Mrs Ashdown, immagino che vorrà contribuire anche lei con una sua proposta. Non si preoccupi, se si tratta di un libro che abbiamo già letto, passeremo oltre». Si fermò. «Potrebbe essere anche un libro tedesco, purché tradotto in inglese.»

Charlotte rifletté rapidamente. «Mi verrebbe in mente *Vita di un perdigiorno* di Eichendorff, l'ho già visto in Inghilterra. Tuttavia il romanzo non è il genere prediletto nella letteratura tedesca, in questo i britannici e gli americani sono di gran lunga superiori a noi.»

«Che ne direbbe di E.T.A. Hoffmann?» domandò Miss Rennie, più incline al perturbante. «Ho visto *I racconti* di Hoffmann a teatro e mi sono spaventata molto.»

Da Hoffmann il discorso si spostò su Poe, e a un tratto venne fuori il nome di Mary Shelley.

«*Frankenstein*!» gridò Miss Rennie. «Non preferivamo leggere opere di donne? Credo che sarebbe molto interessante.» Alzò la mano, e Charlotte dietro di lei. Mrs Wellesley si mostrò meno entusiasta, si piegò tuttavia al volere della maggioranza e chiese alle altre di procurarsi il libro per il loro prossimo incontro e di leggerne il primo capitolo.

Charlotte si alzò ed era già diretta verso la porta quando si sentì una mano sulla spalla.

«Che piacevole coincidenza incontrarci due volte in così breve tempo» disse Mrs Hartley-James.

«Oh, mi perdoni, ero sovrappensiero. Sì, mi ha fatto molto piacere fare la sua conoscenza da Miss Jellicoe.»

«I pomeriggi a casa di Iris sono straordinariamente stimolanti, non trova?»

«Certamente, è stata una conversazione interessante.»

Si avviarono fianco a fianco all'uscita. «Non aveva detto di abitare a Clerkenwell?» domandò Mrs Hartley-James. «Ha fatto un bel po' di strada per unirsi al nostro circolo di lettura.»

Charlotte avvertì uno sgradevole formicolio sulla nuca e si infuriò con se stessa. Perché non si era preparata una buona spiegazione? Avrebbe dovuto prevedere una domanda del genere. «Ah, sono stata spesso da queste parti, e per caso ho sentito parlare del circolo di lettura. Ha una buona fama. Volendo conoscere meglio la letteratura inglese, questa mi è sembrata un'ottima opportunità.»

«Spero allora di poter discutere prossimamente con lei di *Frankenstein*, Mrs. Ashdown. Le auguro buon rientro a casa.»

Tom stava camminando sulla Lambeth High Street che costeggiava inizialmente il Tamigi per poi allontanarsi dal corso d'acqua. In una stradina che da tempo era stata inghiottita da una fabbrica di ceramica aveva vissuto il medico e astrologo Francis Moore. Aveva pubblicato *La voce delle stelle*, un almanacco astrologico che veniva ancora venduto dopo tre secoli e con il quale sembrava possibile prevedere avvenimenti mondiali e risultati sportivi. Nemmeno di Moore era rimasta traccia, quindi Tom fotografò l'edificio in mattoni rossi della fabbrica di ceramica. Dopo aver riposto la macchina fotografica guardò il cielo immaginandosi Moore a osservare le stelle, leggendovi il destino degli uomini.

Tom si fece coraggio. Stava scrivendo quel libro per gente che poteva incantare con le sue parole, parole che avrebbero lasciato trapelare l'anima di quei luoghi, accendendo una scintilla per loro dove lui stesso aveva visto solo cenere.

Cominciò gradualmente a sudare, la borsa con la macchina fotografica gli pesava sulla spalla. Bevve una pinta di birra in un pub e riprese il cammino, corroborato. Poi, in una strada poco appariscente dal nome mitico di "Hercules Road" trovò quel che cercava.

Le case in mattoni erano scure perché vecchie e fuligginose, tuttavia notò subito la targhetta blu sulla porta coperta di edera del civico 13. Si ricordò di William Blake – poeta, disegnatore, mistico e spirito libero – che una volta aveva vissuto lì. Finalmente un luogo tangibile fra le cui mura aleggiava ancora l'afflato di quella grande anima che vi aveva abitato.

Dalla parte opposta della strada, Tom, felice, tirò fuori la macchina fotografica e fotografò il numero 13 due volte, da angolature diverse. Era straordinariamente soddisfatto di sé, perché quella casa era ancora lì, e in poco meno di un secolo da quando Blake ci aveva abitato non era cambiata quasi per niente.

«Tiger, Tiger, ardendo lucente
Nella foresta della notte,
Quale immortale mano e occhio
Poté forgiare la tua spaventosa simmetria?»

Quella voce era antica e incrinata, ma le parole si capivano distintamente. Voltandosi Tom si trovò davanti un uomo anziano appoggiato a un bastone. Era vestito bene, la giacca era rammendata ad arte sui gomiti, le scarpe lacere ma meticolosamente pulite.

«Blake ha scritto qui» disse l'uomo. «Mio padre lo ha conosciuto.»

A Tom per poco non cadde la borsa con la macchina fotografica. «Suo padre ha conosciuto William Blake?»

«Aveva dieci anni quando Blake si trasferì qui. A volte gli regalava dei fichi, aveva un albero.» Il vecchio fece una risata sguaiata. «Una volta vide Blake e sua moglie seduti nudi in giardino a leggere poesie ad alta voce. Si adattava bene ai fichi.»

«Continui a raccontare, la prego, è così affascinante.»

L'uomo si grattò la testa. «Sono tante le cose che ho dimenticato. Ho ottantadue anni. Ma i fichi e il giardino… E correva voce che fosse un mago. Pare che facesse riti magici. Be' ecco, io ho visto i suoi quadri, la cosa non mi meraviglierebbe. Draghi e creature con le corna e i denti lunghi, e angeli e orchi – che fosse solo fantasia? O una qualche forma di magia? Chissà.»

Tom annotava entusiasta ciò che l'uomo raccontava.

«A che le servono le foto?» domandò quello.

Tom spiegò brevemente cosa lo aveva portato a Lambeth, al che l'uomo lo guardò con espressione scaltra. «Manca qualcun altro, ma non lo troverà.»

«Che intende?» domandò Tom.

«Intendo l'uomo che ha predetto la sua stessa morte. Simon Forman non può mancare, se scrive di queste cose.» L'uomo puntò il bastone in direzione del Tamigi. «Forman era un astrologo. Lo ha menzionato una volta mio padre, era interessato agli strumenti che al nostro parroco non piacevano. Probabilmente Blake gli aveva fatto un incantesimo.» Altra risata sguaiata.

«E che mi dice di questo Forman?»

«Be', ecco, faceva l'oroscopo alla gente e prediceva il futuro.»

«Mi riferivo alla sua morte. Come è andata esattamente?»

L'uomo si mise a sedere su un muretto e appoggiò entrambe le mani sul bastone. «Non so che storia sia, me l'ha raccontata mio padre. Una domenica sera di settembre, nel 1611, Forman disse a sua moglie che il giovedì della settimana successiva sarebbe morto. Noti bene, non era malato. Venne il lunedì, e lui stava bene. Venne il martedì, e lui stava bene. Venne il mercoledì, e lui stava bene.»

Pausa drammatica. Tom concesse al vecchio quel piacere.

«Il giovedì dopo cena stava ancora bene. Sua moglie, come si racconta, perse la pazienza. Probabilmente non era affatto una brava moglie. Così Forman scese giù al Tamigi e volle remare fino a Puddle Dock dove aveva un impegno. In mezzo al fiume affondò, pronunciò alcune parole misteriose e morì, dopo di che si alzò un vento forte.»

Tom smise di scrivere e guardò l'uomo sconcertato. «Mi scusi, ma sta dicendo sul serio?»

L'uomo fece spallucce. «Così raccontò mio padre. Quando si fermò in quel punto e con quel vento a noi bambini vennero i brividi.»

«La ringrazio molto. È un miracolo che ci siamo incontrati.»

«Mmm, dipenderà da questo luogo.» L'uomo fece una risatina. «Forse il vecchio Blake ha lasciato traccia di sé.»

Poco più tardi Tom era sul Lambeth Bridge a guardare il Tamigi. Puddle Dock era molto più a valle. Non avrebbe mai saputo in quale punto Simon Forman fosse deceduto quasi tre secoli prima, ma la cosa non lo riguardava. Gli bastava la sua fantasia per immaginarsi la barca a remi che procedeva controcorrente, con a bordo l'uomo che andava incontro alla morte. Davvero sapeva in quale giorno sarebbe morto? E anche di cosa? Con quali pensieri nella mente era salito a bordo della barca? Si era congedato da sua moglie, oppure se n'era andato via senza dire una parola, come in qualsiasi altro giorno quando rientrava a casa? E soprattutto... Di cosa era morto Forman? Aveva avuto un ictus? Gli era ceduto il cuore? Se l'era portato via il Tamigi?

Fece una risata sommessa. Si era lasciato contagiare dalla storia di quell'anziano signore, dalle ricerche per il libro, che lo avevano spronato a sondare la fitta rete di misteri che avvolgeva Londra fin dal suo passato. E ora la sua fervida immaginazione era di nuovo al lavoro.

Si voltò a guardare in direzione di Mortlake, poi giù a valle dove Forman aveva trovato la morte in acqua. Tutti gli uomini di cui stava seguendo le tracce avevano vissuto non lontano dal Tamigi. Era come se il fiume esercitasse una forza magnetica su tutto ciò che aveva a che fare con la magia e la mistica.

E dovette ammettere che nemmeno lui aveva resistito a quel fascino.

36

La chiamavano camera interna. Era una stanzetta laterale del tempio riservata esclusivamente alla cerchia più ristretta della somma sacerdotessa. Lì si incontravano per colloqui segreti di cui persino le altre adepte dovevano restare all'oscuro. L'arredamento era ancora più sobrio di quello del tempio, ma la sedia dorata con l'alta spalliera conferiva all'ambiente un aspetto solenne.

La somma sacerdotessa guardò Gertrude. «Cosa mi sai dire di Anna?»

Tutte la guardarono speranzose.

Gertrude si schiarì la voce. «Ha accennato a qualcosa che mi ha allarmata.»

«A cosa?» Il tono era incalzante.

«Sta meditando di andare dai genitori di Julia a chiedere di lei.»

«Oh, no!» Rosalie si portò la mano alla bocca per aver parlato senza essere stata interpellata. «Chiedo scusa.»

La somma sacerdotessa annuì con fare tranquillizzante. «Hai ragione, non possiamo permetterlo. Anna è giovane e piena di passione e talvolta va dritta per la sua strada. Se va dai genitori di Julia, potrebbe infrangere la regola di segretezza e attirare l'attenzione su di noi.» Si portò la mano al petto. «Una dottrina segreta può essere appresa solo da coloro che vi si dedicano col cuore e con la mente lucida. Chi non lo fa, la interpreta in modo errato, associandola al male. Dobbiamo assolutamente impedirlo.»

«Ma anch'io vorrei sapere come sta Julia» disse Rosalie. «È scomparsa così all'improvviso.»

La somma sacerdotessa si alzò: calò il silenzio nella stanza. «Non vorrei che vi si speculasse sopra. Julia ha deciso di non venire più al tempio, e noi dobbiamo rispettare questa sua scelta. Ma non dobbiamo destare il benché minimo sospetto riguardo al fatto che la conosciamo e che è stata in questo tempio. Mi occuperò io di Anna. Ora potete andare.»

37

Charlotte e Tom erano seduti davanti al camino acceso: quelle sere di settembre annunciavano già l'autunno. Avevano molto da raccontarsi e per poco non litigarono per avere la precedenza l'uno sull'altra. Alla fine fu Tom a iniziare. «Per aumentare la tensione, dal momento che la mia storia è semplicemente funzionale alla ricerca, mentre tu stai indagando come una detective.»

Charlotte ascoltò rapita il racconto delle passeggiate di Tom per Lambeth, ridendo forte quando sentì dei Blake che avevano creato nel giardino di casa una sorta di paradiso terrestre.

«A noi non deve succedere. Pensa un po' se Miss Clovis ci vedesse!»

A quel punto neanche Tom fu in grado di trattenersi; dovettero calmarsi e bere un sorso di vino prima di poter riprendere il discorso. A quel punto Charlotte lo guardò pensierosa.

«Ne hai avvertito la presenza, vero? Là sul ponte.»

«A cosa ti riferisci?»

«Alla magia del Tamigi.»

«Suona bene, e sì, qualcosa nell'aria c'era. Ho respirato una strana atmosfera dopo aver sentito la storia di quel Forman annegato nel Tamigi. Senza una causa apparente e dopo averlo predetto lui stesso. Ovviamente è probabile che sia solo una leggenda. Risale a tanto tempo fa, ed è passata di bocca in bocca, tuttavia…»

«… Hai percepito qualcosa che non riesci a spiegarti. Così come la morte di Julia Danby» disse Charlotte a bassa voce.

Charlotte capì che era combattuto, che si opponeva con tutte le sue forze alla tentazione di attribuire al soprannaturale un senso che non meritava.

«Vuoi che racconti io adesso?» Il suo resoconto avrebbe distratto Tom, perché quel che aveva da dire era tutt'altro che mistico. «Bene, sono stata in quella chiesa di Kensington…»

Quando ebbe finito, Tom la guardò stupito. «Un'amica di Iris Jellicoe partecipa allo stesso circolo di lettura frequentato da Julia Danby?»

«Sì, è così. Ho dovuto in qualche modo spiegarle perché sono andata proprio a Kensington invece di trovarmi un altro circolo di lettura qui nei paraggi.»

«Hai fatto il nome di Julia Danby?»

Charlotte negò scuotendo la testa. «Ovvio che no. Solo i parenti stretti sanno che Julia non c'è più, e nessuno, a parte noi, che la sua morte potrebbe essere sospetta.» Si morse il labbro. «Mrs Danby spera che riusciremo a scoprire perché sua figlia è morta. Mi sento responsabile, e non sono affatto sicura che la cosa mi piaccia.» Scelse le parole con cura. «Stanno succedendo cose strane che non riesco a capire. Le candele sul Tamigi, a Mortlake e all'obelisco. La collana danneggiata. Il vecchio Ned e le sue chiacchiere sui segni e sulla gente che dovrebbe andare su tutte le furie perché mi ha venduto la moneta.»

Tom si accarezzò il mento pensoso. «Credi che sia tutto collegato?»

Charlotte sospirò. «Sembra addirittura folle, vero?»

Tom unì i palmi delle mani portandoli alla bocca. «Non lo

so, è così strano. Tutto questo ha due punti in comune: l'Egitto e il Tamigi.»

«E Iside.»

Tom aggrottò la fronte. «Mi viene in mente una cosa. Bob Flatley ha menzionato non solo l'Alba dorata ma anche un'altra società segreta chiamata Figlie di Iside. Ne conosceva solo il nome. Ho chiesto informazioni anche a quell'astrologo, e mi ha risposto in modo molto poetico che sono solo mormorii che il vento porta via.»

«Figlie di Iside? Sembra affascinante» disse Charlotte. «Forse dovrei chiedere a Miss Jellicoe.»

«Lascia stare, è meglio» disse Tom. «Probabilmente sono davvero tutte chiacchiere vuote. Tuttavia mi viene da pensare un'altra cosa: il vecchio con cui hai parlato all'obelisco ha menzionato espressamente due donne che avevano acceso le candele, giusto?»

«Sì, esatto.» Poi Charlotte capì. «Ti stai domandando se Julia fosse sola quando è morta.»

Tom assentì. «Alfie ha parlato di impronte cancellate. Possiamo supporre che ci fossero più persone in riva al fiume.»

«Questo vorrebbe dire che l'altra persona l'ha lasciata annegare. Che non l'ha aiutata né ha chiamato i soccorsi. E ora tace.»

Tom annuì abbattuto senza guardare Charlotte negli occhi. Lei aggrottò la fronte. Quello che si era subito palesato come un mistero stava assumendo tinte sempre più fosche. Semplicemente non si trattava più di candele disposte a formare un simbolo occulto. O di due donne che si erano intrattenute con giochi di magia ai piedi dell'obelisco.

Alla fine fu Tom a dar voce a ciò che anche lei stava pensando. «È un affar serio. E forse noi ci siamo già dentro fino al collo.»

«Hai ragione. Ma ormai non possiamo più tornare indietro, giusto?»

Tom fece spallucce. Poi si raddrizzò sulla poltrona e batté energicamente le mani sui braccioli. «Ma ci sono anche altre cose importanti. Domani andrò a parlare con il direttore della scuola Hugh Myddelton e mi informerò sulla possibilità che accolgano Alfie. Con la dovuta istruzione e le attenzioni necessarie sono certo che farà strada nella vita.»

Charlotte restò un attimo interdetta, poi disse di getto: «Vuoi tenerlo qui e mandarlo a scuola?».

Tom la guardò meravigliato. «Perché no? Possiamo permettercelo. Quel ragazzo ha dovuto cavarsela da solo così a lungo, si merita un futuro dignitoso. Ma per averlo deve studiare.»

Tom sembrava del tutto ignaro di averla presa completamente alla sprovvista con quella proposta. «Tom, non puoi decidere così su due piedi di tenerlo con noi senza prima discuterne con me. Riguarda tutti e due.»

«Tu non hai visto la baracca dove abita» replicò scosso. «Che ne sarà di lui d'inverno?»

«Ha superato anche gli inverni scorsi senza alcun aiuto.» Quelle parole le erano uscite di bocca senza pensarci, solo dopo, dallo sguardo di Tom, capì quanto fosse risultata insensibile. Ma ormai non poteva più ritirarle.

«Immagina se non fossi capitato lì per caso e non lo avessi trovato. Probabilmente sarebbe morto a quest'ora. E siamo in estate!» Tacque e increspò le labbra.

A quel punto Charlotte percepì il dolore che lui spesso rimuoveva ma che tuttora li divideva. La sua sofferenza per la probabile impossibilità di diventare padre. Da quella sera non ne avevano più riparlato, perché nessuno dei due aveva una soluzione. Si erano soltanto trovati d'accordo sul fatto che restare senza figli non li avrebbe allontanati l'uno dall'altra e che avrebbero lottato per il loro amore.

Ma a quanto pareva Tom si era concesso di sperare che Alfie restasse da loro e che diventasse per lui come un figlio.

Charlotte non sapeva se era pronta per un passo del genere, se – per quanto egoistico potesse sembrare – voleva dividere Tom con quel ragazzino estraneo.

«Perché non dici niente?» domandò lui.

Charlotte fece dei respiri profondi. «Mi dispiace, non volevo essere crudele.» Indugiò perché non sapeva bene come esprimersi per non ferire Tom. «Il modo di vivere di Alfie potrà apparirti insostenibile. Senza sicurezze, senza una famiglia che si occupi di lui, sempre ai margini della società, sempre in pericolo di morire di fame o di venire aggredito. Tuttavia… Non mi sembra affatto infelice. Se ha gli incubi, non è per la vita che conduce ma per il cadavere che ha trovato. Sarebbe potuto succedere anche al figlio di una famiglia benestante a spasso con il cane sul Tamigi.»

Ma Charlotte non riuscì a far breccia nel cuore di Tom, come fu chiaro da ciò che lui disse subito dopo. «Ha rubato la collana perché è povero. Pensa se qualcuno se ne fosse accorto, lo avesse derubato a sua volta e gli avesse fatto del male! Alfie è solo e indifeso.» Il petto di Tom si alzava e si abbassava affannosamente. «Ma ovviamente non lo terrò qui con noi contro la tua volontà.»

«Dovremmo andare a dormire» disse Charlotte. Doveva porre fine a quella conversazione prima che le scappasse detto qualcosa che non avrebbe più potuto ritrattare.

Tom scosse la testa e si mise a fissare le fiamme nel camino.

Charlotte dormì male quella notte. Si svegliò più volte credendo di aver sentito qualcosa. Sognò Julia Danby che spuntava da dietro una piramide con in mano un grumo di alghe su cui brillava la collana d'oro luccicante.

Ebbe la sensazione che nemmeno Tom facesse sonni tranquilli.

Tante di quelle cose erano rimaste taciute, e le sembrò addirittura di avvertire la presenza di una terza persona fra loro sul materasso.

Verso le sei non riusciva più a rimanere nel letto. Si alzò e, indossata la vestaglia, andò in camera di Alfie. In seguito non avrebbe saputo dire che cosa l'avesse spinta – l'istinto o la porta accostata.

Sul guanciale c'era un biglietto scritto con calligrafia goffa, accanto ai libri che aveva letto.

Grazie, Mister e Missus Ashedown,
Siete stati molto buoni con me. Sono guarito e vado a casa. La scuola è bella, ma voglio andare per mare come mio fratello. Voglio fare il marinaio. Grazie ancora.
Alfie

38

Charlotte dovette voltarsi dall'altra parte mentre Tom leggeva il messaggio. Quando lo guardò, vide che aveva indossato una sorta di maschera e si sentì travolgere dall'impulso di strappargliela. Tom, in realtà, era una persona che dava sempre a vedere i propri sentimenti, questo era un aspetto di lui che l'aveva attratta fin dall'inizio. Non fingeva, non si mostrava forte quando era debole, e nemmeno distaccato quando qualcosa gli stava veramente a cuore. Ma in quel momento aveva un'espressione impassibile.

Mise via il biglietto e andò alla finestra. Non disse nulla, ma aveva le spalle tese che si sollevavano e si abbassavano con il respiro. Charlotte si augurava che dicesse qualcosa invece di darle la schiena taciturno, ma evidentemente non era in grado di mostrare ciò che provava.

Charlotte non aveva colpa se Alfie era sparito, eppure le sembrava di aver sbagliato. Non poteva sapere quanto avesse sentito della loro conversazione e se era scappato perché non voleva andare a scuola o perché non si era sentito accolto da lei. Dentro di sé non aveva forse sperato di essere nuovamente sola con Tom? Si costrinse ad aspettare che Tom dicesse qualcosa, perché tutto ciò che le veniva in mente in quel momento sarebbe stato recepito come fuori luogo.

Restava fermamente convinta che un ragazzino abituato da sempre a contare solo su se stesso e soddisfatto della propria vita, per quanto pericolosa e solitaria potesse apparire, difficilmente avrebbe potuto inserirsi di buon grado in una famiglia e andare a scuola. Forse Alfie si era sentito ingannato perché Tom aveva fatto progetti per lui senza interpellarlo. Ovviamente voleva il meglio per quel ragazzo, aveva visto con i propri occhi le sue misere condizioni di vita a Mortlake, ma Alfie aveva recepito quel sostegno come una minaccia. O almeno questo era quel che credeva lei.

«Non so se lì è al sicuro.»

Charlotte si avvicinò a Tom e gli posò una mano sulla schiena. «Che vuoi dire?»

Tom si voltò. Non aveva gli occhi lucidi, ma si capiva dal suo sguardo quanto fosse addolorato, inoltre deglutiva a fatica. «Qualcuno potrebbe sapere della collana e aspettare soltanto che faccia ritorno alla baracca.»

«Se è per questo, avrebbero dovuto aggredirlo molto tempo fa. Ha tenuto con sé il gioiello per settimane.»

Tom si passò una mano fra i capelli. «Ah, non lo so... Forse me lo sono messo in testa solo perché vorrei che avesse una vita migliore qui con noi.»

A Charlotte batteva così forte il cuore da farle male. Con quella frase Tom si era messo a nudo con lei, mostrandosi vulnerabile. Tirò a sé Tom senza dire nulla, sentì la sua titubanza sulle prime, ma poi le appoggiò la testa sulla spalla.

Alfie si era alzato nel cuore della notte, si era vestito e aveva scritto la lettera a lume di candela. Era stata dura per lui, sicuramente non aveva scelto le parole giuste, ma sperava che gli Ashdown avrebbero capito. Era un po' triste quando aveva posato ordinatamente la lettera e i libri sul letto. La stanza aveva un buon odore floreale, la biancheria era fresca e pulita. E il cibo che gli avevano dato era il più buono che avesse mai mangiato.

Sarebbe stato bene lì con loro.

Aveva sentito quel che Mr Ashdown aveva detto – che voleva mandarlo a scuola affinché potesse far strada nella vita. Che cosa intendesse di preciso Alfie non lo aveva ben capito, forse aveva in mente qualcuno seduto a una scrivania piena di fogli o in piedi dietro al bancone di un negozio. Qualcuno in camicia e gilet con la catenella dell'orologio che spuntava dalla tasca. Alfie conosceva certa gente solo di vista, ma non poteva immaginarsi di diventare uno di loro.

Guadagnavano di sicuro dei bei soldi, ma anche facendo il marinaio non se la sarebbe passata poi così male. E mentre era rimasto sdraiato o seduto sul letto, riposandosi o sfogliando i libri, aveva capito che gli mancava qualcosa. Lì era al caldo, in un ambiente confortevole e pulito, gli Ashdown erano gentili, ciononostante…

Quando di notte era sdraiato nella sua baracca immerso nel silenzio poteva sentire il Tamigi. Lo sciabordio dell'acqua a riva. Barche dal motore scoppiettante. Grida di marinai che si scambiavano l'un l'altro istruzioni e saluti. E poi c'era qualcos'altro che non poteva sentire ma che avvertiva dentro di sé, un canticchiare sommesso, un mormorio, come se il fiume gli parlasse.

Dagli Ashdown non sentiva tutto questo. Un cane che abbaiava, il campanile della chiesa accanto che batteva l'ora, ma il Tamigi era troppo lontano. A Clerkenwell il fiume per lui era muto.

Ecco come aveva capito che lì non poteva restare. Non voleva essere rinchiuso in un ufficio o in un negozio. E men che meno in una classe, perché prima di lavorare avrebbe dovuto andare a scuola, dove si doveva stare sempre in silenzio e dove si veniva puniti quando non si faceva ciò che diceva l'insegnante.

No, pensò, così non avrebbe voluto vivere. Gli Ashdown erano stati buoni con lui, gli avevano salvato la vita quando si era ammalato, ma non sarebbero mai stati i suoi genitori. Lui non voleva dei nuovi genitori. Voleva fare il marinaio.

Il primo ostacolo fu la porta di casa che era stata chiusa a chiave per la notte. Non aveva idea di dove trovare la chiave. Allora sgattaiolò di nuovo di sopra nella sua stanza, si richiuse piano piano la porta alle spalle e aprì la finestra. Non scorreva bene, e già temeva che avrebbe fatto troppo rumore, ma alla fine ce la fece a sollevarla.

Nei giorni passati aveva guardato spesso fuori dalla finestra e sapeva che lì sotto c'era un alberello dal fitto fogliame. Si accovacciò per spiccare il salto, tese tutti i muscoli e si lanciò dritto sulla chioma. I rami gli graffiarono il viso, ma riuscì ad afferrarne uno e vi rimase penzoloni prima di atterrare sull'erba facendo meno rumore possibile.

Guardò in alto verso la camera da letto degli Ashdown. La luce era spenta. Bene.

Corse al muro che delimitava il giardino a destra, trovò un appiglio e si tirò su. Era così concentrato sulla sua fuga da non preoccuparsi che qualcuno potesse vederlo.

Per arrivare a Mortlake da Clerkenwell avrebbe quasi certamente impiegato l'intera giornata. Una piantina della città ovviamente non ce l'aveva. Chiese dunque a un venditore ambulante quale fosse la via più veloce per il Tamigi. Doveva esserci una scorciatoia, ma se avesse risalito il fiume fino al ponte successivo, lo avesse attraversato e proseguito sull'altra sponda, senz'ombra di dubbio sarebbe arrivato a Mortlake.

Quell'uomo gentile gli indicò la strada e di nascosto gli dette anche una mela.

Di tanto in tanto Alfie avvertiva una leggera pressione, come se qualcuno lo strattonasse per la spalla per riportarlo alla stanza pulita con la biancheria profumata, i libri e il cibo delizioso e abbondante.

Ma quando giunse al Blackfriars Bridge e vide il fiume, divenne raggiante di gioia. Il Tamigi gli era mancato – ampio, pericoloso e sporco come sempre. Alfie considerò da quale lato proseguire. Sulla riva opposta vide pettinatori di spiagge perlustrare a capo chino il fondo emerso del fiume, una scena che conosceva bene. Dalla parte dove si trovava lui un'ampia strada costeggiava il Tamigi: percorrendola avrebbe fatto prima. Sapeva che la riva nord era più ricca e vivace di quella sud, cosa che gli facilitò la lunga camminata.

Per fortuna aveva indosso i vestiti nuovi che gli avevano comprato gli Ashdown. Gli mancavano le sue vecchie cose, ma con quell'abbigliamento dava meno nell'occhio. Nessuno lo avrebbe scambiato per un mendicante. E non così di fretta, si ammonì, non stava scappando. Non proprio, almeno.

Waterloo Bridge, Hungerford Bridge. Nel mezzo una strana costruzione di sabbia che indicava il cielo come un dito. Accanto due statue, leoni con teste umane. Alfie non capiva cosa fossero.

Poi gli spuntò davanti il Parlamento che dava sul fiume con le sue torrette.

Salì le scale fino al Westminster Bridge. Lì avrebbe attraversato il fiume e proseguito sull'altra sponda. Cominciò gradualmente a sentire caldo, ma non aveva soldi dietro per comprarsi da bere.

Per fortuna c'era la bassa marea, e dunque poté camminare

lungo la riva. Non badò ai pettinatori di spiagge, sebbene ne conoscesse qualcuno di vista. Voleva andare a casa e riflettere in pace su come riprendere la sua vecchia vita, quella prima delle candele e del cadavere della donna annegata e del gentile Mr Ashdown che aveva voluto aiutarlo. Solo che lui voleva restare Alfie, quello che era.

«Tom.» Charlotte era sulla porta dello studio. Si era buttato a capofitto nelle sue carte, ma quando alzò la testa non sembrava più avvilito come prima.

«Sì?»

«Vado a cercare il vecchio Ned. Per me è iniziato tutto con lui.»

Lui la guardò con aria interrogativa.

«Ricordi il curioso modo in cui si è espresso quando mi ha dato la moneta: "O altri l'avrebbero avuta al posto suo. Ma è il vecchio Ned a decidere chi la merita". Mi è sembrato strano.»

«Gli hai chiesto a chi si riferiva, vero?»

Lei annuì. «Non ci ho ricavato niente di sensato. "O è una di loro?" ha chiesto. Cosa intendesse di preciso non me lo ha detto. E poi ha aggiunto: "Vedo che non è una di loro. Sarebbe stato troppo bello. Prenda la moneta e non mi tradisca, altrimenti poi sarà il mio turno".»

Tom la scrutò a fondo. «Vale la pena fare un tentativo. Ma non metterti nei guai. Sembra un tipo losco. Non sappiamo che gente frequenti. Verrei con te, solo che...» Non terminò la frase, ma Charlotte sapeva a cosa stesse pensando.

Alfie non sarebbe tornato.

«Non ti preoccupare, so badare a me stessa. Chissà se lo troverò. Ma se ci riesco, magari può rispondere a domande importanti. Chi siano i misteriosi "altri", e perché si sia sentito in pericolo a vendermi quella moneta.»

«Ti auguro buona fortuna.» Si alzò e le dette un bacio sulla guancia. «Io mi terrò occupato col lavoro.»

Verso mezzogiorno l'ambiente si era fatto più familiare. Alfie stava sudando, gli si erano formate delle vesciche ai piedi con le scarpe nuove, e sentiva un gran male camminando. Quindi se le tolse e se le mise in spalla per le stringhe.

Strada facendo si era dissetato a fontane e ruscelli e aveva rubato un pezzetto di pane dal carro di un panaio. Nel frattempo si era lasciato alle spalle gli impianti del gas e la banchina di carbone, le fabbriche e i depositi delle ferrovie. Adesso l'ambiente appariva più verde e paesano. Si imbatté nelle case di Barnes e poi vide finalmente i muri a lui familiari del birrificio e il Queen's Head che sembrava salutarlo.

Con le ultime forze rimaste camminò barcollante fino alla baracca e pregò tra sé che gli avessero lasciato quel poco che possedeva.

Maledizione, la coperta non c'era più, Mr Ashdown ce lo aveva avvolto quando lo aveva portato via di lì. C'era ancora il piatto di latta e il cucchiaio storto. I suoi pochi vestiti. La scatola di sigari con i ricordi dei suoi genitori. Era ancora tutto lì.

Voleva soltanto abbandonarsi sul nudo pavimento e dormire. Gli sembrava di aver corso per tutta l'Inghilterra, e invece non aveva attraversato nemmeno tutta Londra.

Si stava inginocchiando quando notò un bagliore. Alfie tese la mano meravigliato.

Era una lamina di metallo. Aveva delle ammaccature come se qualcuno l'avesse colpita con un martello. La portò fuori alla luce per poterla osservare meglio. Era piegata nel mezzo. La aprì con la massima cautela.

Ci avevano inciso qualcosa con un oggetto acuminato: una

stella a cinque punte e sotto una frase con strane lettere spigolose. Probabilmente era difficile scrivere sul metallo, motivo per cui quel messaggio appariva tanto strano.

Stai zitto, o lei verrà a prenderti.

Alfie guardò subito in tutte le direzioni. Non c'era nessuno. Ma quell'oggetto poteva essere lì da giorni.

Qualcuno ce lo aveva messo mentre era dagli Ashdown. All'improvviso gli prese freddo, come se quel piccolo pezzo di metallo avesse assorbito tutto il calore del corpo.

Un avvertimento, pensò, e tuttavia non ne capì il significato. A proposito di cosa doveva stare zitto? E chi sarebbe venuto a prenderlo, qualora non avesse tenuto la bocca chiusa? Non aveva alcun senso.

Si rigirò quella specie di disco fra le mani esaminandolo. Il bordo era irregolare, come se non avesse alcuna importanza la forma ma solo quello che c'era scritto sopra.

E che significava quella stella? Guardandola si grattò la testa sconcertato.

Poi gli tornarono in mente le candele nella sabbia. Anche lì ce n'erano cinque che formavano un disegno. Scavò cinque buchi nel terreno argilloso e li unì fra loro con delle linee. Un pentagono. Poi collegò tutti gli angoli e ottenne una stella grossolana. Assomigliava a quella incisa sul metallo.

Gli si serrò la gola.

Stai zitto, o lei verrà a prenderti.

Alfie non credeva agli spiriti e a sciocchezze simili, eppure era come se la donna morta gli stesse tendendo la mano dal Tamigi.

Balzò in piedi, raccolse le sue cose, prese le monete dal nascondiglio e si precipitò fuori dalla baracca.

39

Charlotte iniziò le sue ricerche dal luogo dove aveva incontrato il vecchio Ned l'ultima volta: il St. Paul's Pier. Il cielo era coperto, i magazzini cupi impedivano la vista del fiume e le gru svettano in alto come animali preistorici. Passò di fretta fra i muri di mattoni neri e rossi fermandosi di colpo quando raggiunse la scaletta.

I gradini portavano direttamente giù all'acqua.

Che stupida, pensò, era venuta all'ora sbagliata. Con l'alta marea non c'erano pettinatori di spiagge, avrebbe dovuto informarsi prima su quando l'acqua bassa si sarebbe ritirata anche nel punto più profondo.

Rimase ferma, indecisa, guardando a destra e a sinistra verso le banchine affaccendate. Vi erano ancorate navi grandi e piccole, da lì riecheggiavano le grida degli operai, le gru issavano i carichi più pesanti, gli uomini quelli più leggeri. Vide i portuali, piegati sotto quel peso, opporre resistenza al vento che soffiava dal fiume. Vide casse e sacchi di cui poteva solo intuire il contenuto e la provenienza.

Era un luogo inospitale persino lì dove cominciava il porto, che poi si trasformava a valle in una città vera e propria, le cui banchine, darsene e magazzini sembravano estendersi all'infinito. Non c'era spazio né per il padre Tamigi né per la dea Iside, quello era il regno del denaro e del profitto. Non avrebbe potuto scegliere un luogo più prosaico per trovare delle risposte.

Il vecchio Ned magari era a letto – ammesso ne avesse uno e non dormisse come Alfie su un mucchio di stracci – o magari era seduto in un pub ad attendere la bassa marea. O magari stava offrendo a un commerciante le ultime cose che aveva trovato. A un commerciante o a quelle persone menzionate durante il loro primo incontro senza che ne facesse i nomi. Aveva scarse probabilità di trovarlo lì, tanto più che Charlotte non sapeva se la zona intorno a St. Paul's Pier fosse il suo territorio abituale o se quel giorno si fosse trovato lì solo per caso.

Charlotte guardò il fiume e si ricordò di Simon Forman, morto nel Tamigi non lontano da lì, fedele alla sua stessa profezia. Era diretto a Puddle Dock che, come lei sapeva, era un bel po' più avanti risalendo il fiume. Tornò indietro e svoltò a sinistra nella Upper Thames Street, senza una meta ben precisa, unicamente spinta dal desiderio di non tornare a casa a mani vuote.

La Upper Thames Street era stretta, le case erano alte e scure. Là in mezzo balenavano piccoli corsi d'acqua fiancheggiati dal molo dove le navi più piccole attraccavano per scaricare.

C'erano zone del porto dove Charlotte non si sarebbe mai avventurata da sola – dove nessuna signora si sarebbe dovuta avventurare da sola –, ma lì era più tranquillo. Sentì i rumori delle merci che venivano scaricate, le grida degli uomini, quelle dei gabbiani, niente che potesse spaventarla.

All'angolo di Puddle Dock notò un gruppo di uomini seduti su una panchina che mangiavano panini e tenevano fra i piedi bottiglie di birra. Avevano con loro borse a tracolla e, a giudicare dall'aspetto, non sembravano portuali. C'erano anche due o tre ragazzi fra loro, questo le dette da pensare.

Charlotte si fermò davanti al gruppo. «Scusate, siete dei pettinatori di spiagge?»

Tutti gli occhi erano ora puntati su di lei. Un uomo anziano si grattò la testa pelata squadrandola – non in modo impudente ma palesemente curioso. «Cosa vuole sapere?»

Charlotte si sentì avvampare, e di colpo si trovò piuttosto a disagio. A parte lei non si vedeva in circolazione nessuna donna, ma non poteva rinunciare senza aver fatto almeno un tentativo.

«Tempo fa, qui in zona, ho comprato una moneta romana da un pettinatore di spiagge che si fa chiamare "vecchio Ned". Poiché mio marito è un collezionista di monete, volevo chiedere a Ned se ne ha altre da mostrarmi.»

«Sciocchezze!» sbottò un ragazzo. «Il vecchio Ned non vende niente per strada.»

«Allora lo conosci?»

«Non ho detto questo.»

A quel punto Charlotte abbandonò il nervosismo iniziale e si preparò a contraddirlo risoluta. «Sì invece, lo hai appena ammesso. E sì che mi ha venduto la moneta.»

Un giovane uomo dai capelli rossi con la schiena curva la guardò girando leggermente la testa. «Si è sempre dato delle arie. Con la sua clientela.»

«Quale clientela?»

«Non lo ha detto. Ha sempre fatto il misterioso. Pagavano bene. Ho provato a cavarglielo di bocca, ma ci ho solo rimesso una bottiglia di Gin. Non si è lasciato sfuggire nulla.»

O altri l'avrebbero avuta.

«Sa dirmi dove lo trovo?»

L'uomo pelato bevve un gran sorso dalla sua bottiglia, ruttò e si asciugò la bocca con la manica. «Non lo vedo da giorni.»

«Da una settimana intera» precisò quello con i capelli rossi. «Qualcuno di voi lo ha visto?»

Tutti scossero la testa.

Charlotte si sforzò di mantenere la calma. «Di solito lo vedete spesso?»

«Quasi tutti i giorni» disse un altro ragazzo. «Ned mi ha insegnato un sacco di cose. È il suo territorio...» Indicò vagamente in direzione del Tamigi e di St. Paul's.

«Siete preoccupati?»

Gli uomini la guardarono meravigliati, come se quella sensazione fosse loro del tutto sconosciuta.

«È vecchio, potrebbe essergli capitato qualcosa» aggiunse Charlotte. «Sapete dove abita?»

«Le faccio vedere, Madam.» Il ragazzo fece un chiaro gesto con la mano, al che Charlotte tirò fuori dalla tasca una moneta. Stava per afferrarla, quando lei la chiuse fra le dita.

«Te la darò quando mi avrai accompagnata lì.»

Charlotte fece fatica a seguire il ragazzo. Sfiorava a malapena terra, tanto si affrettava davanti a lei desideroso di ottenere la moneta che gli era stata promessa. Inaspettatamente il sole aveva penetrato le nubi, e cominciò a sentirsi sudata sotto il corsetto. Il ragazzo la condusse sotto il grande ponte della ferrovia che portava alla St. Paul's Station, e oltre la New Bridge Street che a sinistra confluiva nel Blackfriars Bridge. Si mossero a zig-zag fra carri trainati da cavalli e carrozze, e a Charlotte per poco non prese un infarto quando scansarono all'ultimo momento un autobus svoltato nella strada all'improvviso.

Cosa avrebbe fatto non appena si fosse trovata davanti il vecchio Ned? Si sarebbe ricordato cosa le aveva detto l'ultima volta che si erano incontrati? E in tal caso le avrebbe spiegato il significato delle sue parole vaghe?

Be', lo avrebbe scoperto non appena...

Il ragazzo svoltò così rapidamente in una strada laterale che per poco non lo perse di vista. Era stretta, vi si scambiavano a stento due vetture. C'erano alti edifici scuri con insegne di fabbriche, non sembrava abitarci qualcuno. Si chiese dove potesse vivere il vecchio Ned.

Per poco non si scontrò con il ragazzo quando si fermò di colpo tendendole la mano.

«Dov'è?»

Indicò con il pollice un passaggio stretto che immetteva in un cortile.

«Là dentro.»

«Fammi vedere.»

Nel cortile filtrava poca luce, nelle fughe dell'acciottolato si era raccolta la sporcizia di diversi anni. Attaccato a un muro c'era un piccolo fabbricato in legno con un'unica finestra sporca.

«Eccoci.»

Charlotte non poté privarlo oltre della moneta, e prima ancora di rendersene conto si ritrovò da sola nel cortile abbandonato. Le sembrò che occhi invisibili la stessero osservando dalle finestre fitte lì intorno, ma ovviamente era solo frutto della sua immaginazione. Dietro a quei vetri sedevano diligenti impiegati d'ufficio e commercianti che non avevano alcun interesse per il vecchio Ned e la sua ospite a sorpresa.

Provò a guardar dentro alla finestra del fabbricato, ma era buio all'interno. Bussò alla porta. Niente. Provò a spingerla e questa cedette con un cigolio. Venne travolta dall'odore di vestiti sporchi e grappa.

Aprì la porta più che poté per far entrare un po' di luce. C'era dentro un materasso da cui fuoriuscivano crini di cavallo, un cuscino appallottolato e una vecchia coperta. Uno scaffale, una sedia, un tavolo con sopra pane ammuffito e avanzi di salsiccia.

Di Ned nessuna traccia.

Guardò in tutti gli angoli, controllò dietro al materasso. Nel frattempo stava allerta, attenta che nessuno si avvicinasse scambiandola per un'intrusa. Non c'era niente lì dentro che potesse svelarle qualcosa del suo inquilino.

Stava giusto per andarsene quando le venne in mente una cosa. Alzò un angolo del materasso – a casa avrebbe dovuto assolutamente lavarsi bene le mani col sapone da bucato – e tastò sotto.

Fogli, piegati.

Li tirò fuori e andò alla porta scostandosi i capelli dal volto madido di sudore.

Due pagine con sopra tre colonne riempite con una calligrafia incerta.

A sinistra c'erano date, quelle riusciva a decifrarle. Nel mezzo strane combinazioni di lettere, probabilmente abbreviazioni. A destra parole.

Moneta. Collana. Specchio.

Pensierosa, Charlotte si tamburellò la bocca con le dita.

Sembrava una lista. Erano le cose che aveva trovato? Quelle preziose? Non c'erano somme di denaro, ma se non le aveva lì nel suo ricovero, allora Ned doveva averle vendute.

Magari proprio agli *altri* di cui le aveva parlato?

Agitata, si mise i fogli in tasca. Qualcosa non tornava. Gli altri pettinatori di spiagge non vedevano Ned da giorni. Cosa gli era successo?

«Posso aiutarla?»

Charlotte trasalì, ma guardandosi intorno non vide nessuno.

«Quassù.»

Al secondo piano si era aperta una finestra e un giovane uomo stava guardando fuori con le braccia appoggiate al davanzale. Dalle soprammaniche capì che era un impiegato d'ufficio.

«Sto cercando l'uomo che abita qui.» Indicò la baracca.

«Il vecchio Ned, il pettinatore di spiagge? Se ne è andato.»

«Sa dirmi dove? E perché?»

Il giovane uomo le fece cenno di aspettare e chiuse la finestra. Poco dopo uscì da una porta che dava sul cortile. La guardò incuriosito, domandandosi cosa potesse volere dal vecchio Ned una signora ben vestita come lei.

Ma la sua risposta lasciò Charlotte esterrefatta.

«Sembra essere molto richiesto. Una settimana fa ho visto una signora entrare nel cortile e far scivolare qualcosa sotto la sua porta. Ho la scrivania alla finestra, da lì si vede bene fuori. In seguito è arrivato Ned ed è entrato dentro. Poco dopo si è precipitato fuori correndo via dal cortile. Da allora non l'ho più rivisto.»

Charlotte si sentì il cuore in gola. «Crede che sia scappato a causa di quella donna?»

L'uomo fece spallucce. «Non lo so, ma sembrerebbe di sì. Aveva anche un sacco in spalla, come se avesse raccolto i suoi pochi averi.»

«Che aspetto aveva quella donna?»

«Non saprei. Indossava un mantello con un cappuccio. Quando è entrata nel cortile l'ho vista solo da dietro. E quando si è voltata per andarsene il volto era nascosto dal cappuccio.» Rifletté. «Era piuttosto alta, più o meno come lei. Di più non saprei dirle, mi dispiace.»

«Conosceva bene il vecchio Ned?»

L'uomo rise. «No, il mio capo non ha una buona opinione di lui. Ma di tanto in tanto gli davo un penny.»

«La ringrazio, Mr…»

«Reynolds, Timothy Reynolds.» Fece un leggero inchino e sparì di nuovo all'interno dell'edificio.

Charlotte dette un'ultima occhiata al ricovero di Ned prima di uscire dal cortile.

Non si sentiva per niente a suo agio in quel posto.

40

«Una giovane donna è scomparsa» lesse Tom sul giornale la mattina dopo.

Charlotte ascoltava sovrappensiero, lambiccandosi ancora il cervello su dove potesse trovare il vecchio Ned. Si stava chiedendo cosa quella donna misteriosa avesse fatto scivolare sotto la sua porta. Con tutta probabilità un biglietto, dato che, per passarci, doveva esser stato molto sottile. Ovviamente era anche plausibile che il vecchio pettinatore di spiagge avesse trovato un alloggio migliore, ma era assai improbabile, e soprattutto non spiegava la fretta con cui era uscito dal cortile.

«Charlotte, mi stai ascoltando?»

Lei sussultò per poi alzare lo sguardo. «Scusa, ero distratta.»

Tom le porse la pagina di giornale indicandole col dito la notizia in questione. «Una giovane donna è sparita.»

Quando Charlotte ne lesse il nome rabbrividì.

> Miss Anna Carhill è sparita di notte dalla casa della zia a Strand-on-the-Green, dove vive dalla morte dei suoi genitori. La zia, Miss Wilbraham, è molto preoccupata e chiede se qualcuno abbia visto Miss Carhill.
>
> Ha ventidue anni, occhi azzurri e capelli biondi, è di costituzione gracile ed è alta poco più di un metro e sessanta. Il

giorno prima aveva un vestito celeste con mantello abbinato e un cappello di paglia con fiori bianchi. Chiunque abbia sue notizie è pregato di rivolgersi alla più vicina stazione di polizia.

Charlotte aveva la bocca asciutta. «Tom, quella donna era al tè di Iris Jellicoe!»

«Sul serio? Magari si tratta di un caso di omonimia.»

«Ma la descrizione calza a pennello. E nell'articolo si dice che abiti nei pressi del Tamigi.»

Tom alzò un sopracciglio. «Curioso. Spero che non le sia successo niente di grave.»

«Come può essere sparita così, nel cuore della notte?»

«Che tipo è questa Miss Carhill?»

Quando Tom sentì cosa aveva raccontato la giovane donna al tè di Iris Jellicoe, guardò Charlotte con aria scettica. «Sembra dotata di una fervida immaginazione, per usare un eufemismo.»

«L'ho pensato anch'io, solo che... Sua zia dev'essere davvero preoccupata per essersi rivolta alla polizia e aver chiesto aiuto sul giornale. Andrò a trovare Miss Jellicoe e a chiederle notizie.»

Tom annuì. «Sì, magari lei sa qualcosa. Con l'occasione potresti farmi un favore. Ho delle bozze per Sir Tristan.»

Charlotte ebbe fortuna, trovò Iris Jellicoe a casa. Sembrò entusiasta della visita non annunciata, tanto da liquidare le scuse di Charlotte con un gesto impaziente della mano.

«Non si preoccupi, Mrs Ashdown, mi fa molto piacere vederla. Posso offrirle un tè? Ho un eccellente Oolong che mi ha portato un amico dalla Cina.»

Accompagnò Charlotte nella "stanza della nebbia", che si chiamava così per via dei colori, e la invitò ad accomodarsi. «Avverto Khalish.»

Charlotte era un po' nervosa. Era forse irragionevole informarsi su Anna Carhill? Tuttavia si erano conosciute proprio lì, dunque era comprensibile che Charlotte si preoccupasse per Miss Carhill.

Iris Jellicoe tornò nella stanza e si sedette leggiadra su una poltrona. Indossava un vestito dal taglio tradizionale, ma la fantasia Paisley colorata si adattava perfettamente alla cornice orientale della casa. «A cosa devo la sua visita, mia cara Mrs Ashdown?»

Charlotte decise di andare dritta al punto. «L'ultima volta che abbiamo preso il tè qui da lei ho avuto il piacere di conoscere Miss Carhill, una giovane donna molto amabile. Si chiama Anna di nome?»

Iris Jellicoe restò impassibile. «Oh sì. Sono lieta che le sia simpatica. Io la adoro. Trovo affascinante quel suo miscuglio di ingenuità e capacità di entusiasmarsi.»

A Charlotte non andava a genio l'idea di esser lei a darle la cattiva notizia, ma non poteva fare altrimenti. «Ha visto l'annuncio sul Times? La zia di Miss Carhill ne ha denunciato la scomparsa.»

Iris Jellicoe si raddrizzò bruscamente con la schiena, portandosi una mano alla gola inorridita. «Come è possibile? Cosa è successo?»

«È sparita di notte dalla casa di sua zia a Strand-on-the-Green. La donna è molto preoccupata. Ha avuto più notizie di Miss Carhill dall'ultima volta che è stata qui per il tè?»

«No, quella è stata l'ultima volta che ci siamo viste» disse Iris Jellicoe quasi assente mentre si stirava sulle gambe il vestito in realtà già liscio. «Che notizia terribile. Ha fatto bene la zia a rivolgersi alla polizia. Londra è un moloc che divora gli uomini. Spero che la ritrovino sana e salva.»

A quel punto Khalish portò il vassoio del tè. L'aroma pregnante si diffuse in tutta la stanza. Miss Jellicoe ne versò una tazza a Charlotte, facendo tintinnare il piattino quando gliela porse. Era evidente che quella notizia l'aveva molto scossa.

Sorseggiando il suo tè dallo squisito aroma di latte, Charlotte guardava la tazza meditabonda. Un pensiero le sfiorò la mente, ma non fu in grado di afferrarlo.

«La ringrazio molto per avermi informata. Non sono molto interessata ai quotidiani, li leggo solo di rado. Chissà quando l'avrei saputo senza di lei!» osservò infine Miss Jellicoe.

«Conosce la zia di Miss Carhill?»

«No. Non conosco la sua famiglia.»

A Charlotte non sfuggì il tono scostante di quella risposta: era come se Miss Jellicoe volesse troncare sul nascere eventuali domande di approfondimento. Guardò verso la porta. A esser sincera, avrebbe preferito di gran lunga congedarsi immediatamente e proseguire le sue ricerche, ma sarebbe stato scortese, dal momento che il tè era stato appena servito.

«Ad ogni modo spero che la ritrovino presto. Magari è tutto un equivoco.» Charlotte si vergognò di quelle parole vuote. Cosa c'era da equivocare, quando una giovane donna spariva di notte senza che la famiglia ne fosse al corrente?

Ora che Charlotte aveva smesso con le domande, Miss Jellicoe si mostrò più mite, e anche più loquace. «Be', magari ha conosciuto… Insomma, un ragazzo. Sono cose che succedono, e sarebbe plausibile supporre che volesse tenerlo nascosto alla zia. Come le dicevo poco fa, Anna è molto ingenua e si lascia facilmente attrarre dalla gentilezza e dal fascino.»

Charlotte si stupì di quella teoria. Anche se Anna Carhill si fosse innamorata, sarebbe stato un passo fin troppo azzardato restare per giorni fuori casa con un ragazzo, facendo preoccupare terribilmente la zia. «Non riesco a crederci, ma d'altro canto sarebbe una consolazione se non le fosse successo niente di male.»

«La pensiamo esattamente allo stesso modo, Mrs Ashdown.» Così dicendo fu come se Miss Jellicoe volesse chiudere lì l'argomento.

Ma Charlotte non aveva intenzione di farsi liquidare tanto facilmente. «Terrò d'occhio i giornali. Ne daranno notizia, dovessero esserci delle novità.» Poi le venne in mente una cosa. «Miss Carhill raccontò di quella volta che era sfuggita all'incidente dell'autobus.»

«Ah, sì, la visione sul Tamigi, quando si è vista con la veste rossa.» Iris Jellicoe sorrise con indulgenza. «Torno a dire, Anna ha una fervida immaginazione ed è facilmente impressionabile. Speriamo che anche stavolta abbia avuto la stessa fortuna e che stia bene.»

Charlotte annuì, ma quel pensiero era come un sassolino nella scarpa, per quanto insignificante non sembrava darle pace. Forse sarebbe riuscita a far chiarezza nella sua mente non appena fosse rimasta sola. Per educazione prese un'altra tazza di tè.

«Come sta il suo affascinante marito, Mrs Ashdown?» domandò Iris Jellicoe. «Da quel che ho sentito, il suo libro procede a gonfie vele.»

«Ah, adesso che me lo ricorda...» Charlotte frugò nella borsa e porse a Iris la cartellina che le aveva dato Tom. «Questi documenti sono per suo padre.»

Lei dette uno sguardo interessato alla cartella. «Grazie, gliela farò avere senz'altro.»

«Di recente Tom ha scoperto un aneddoto curioso a Lambeth» disse Charlotte, sollevata che la tensione iniziale si fosse ormai dileguata. «Pensi, William Blake e sua moglie erano soliti leggere nudi in giardino.»

Iris Jellicoe mandò la testa all'indietro e rise senza freni. «Sono curiosa di vedere come farà illustrare la scena mio padre. Non vogliamo che quest'opera si venda solo sottobanco!»

Continuarono a fare battute divertite sull'argomento, e quando Charlotte ebbe finito di bere il suo tè si alzò per congedarsi. Iris Jellicoe le dette la mano, che si rivelò piacevolmente fresca al tatto, e chinò leggermente la testa.

«Grazie ancora per avermi detto di Anna. D'ora in avanti anch'io leggerò i giornali. È una così cara ragazza, merita solo il meglio dalla vita.»

Fuori, Charlotte allungò il passo nella speranza di schiarirsi le idee. All'angolo della strada si fermò di colpo, ecco che cosa le era ostinatamente sfuggito fino a quel momento.

Anna e sua zia abitavano a Strand-on-the-Green. Il quartiere sul Tamigi nelle vicinanze del quale erano stati rinvenuti centinaia di teschi umani.

41

Sceso dal treno a Mortlake, Tom non avvertiva ormai più niente di quello spirito di avventura che lo aveva animato quando era giunto lì la prima volta. Era preoccupato per Alfie e si sentiva la coscienza sporca per non aver detto niente a Charlotte del suo proposito.

Essendoci la bassa marea, scese subito giù al fiume e guardò in entrambe le direzioni. Nessuna traccia del ragazzo. Be', quello non voleva dire niente.

Allora corse fino alla baracca e bussò. Silenzio. Spinse la porta che si aprì sbattendo. Non c'era più nulla, i pochi averi di Alfie erano spariti. Sembrava in completo stato di abbandono, come se non ci avesse mai abitato nessuno. Maledizione, avrebbe dovuto prevederlo.

Tom si richiuse la porta alle spalle e corse al Queen's Head, dove venne accolto amichevolmente dall'oste.

«Sta diventando un cliente abituale! Spero che il ragazzo stia meglio.»

Tom sentì come una mano invisibile intorno alla gola e fece fatica a pronunciare le parole successive.

«Lo avevo portato a casa mia. Non appena si è rimesso, è scappato di notte.» Indugiò. «Volevo... Volevo mandarlo a scuola. Forse ho commesso un errore. Così l'ho costretto ad andarsene.»

L'oste lo guardò con aria compassionevole. «Ha agito per

il suo bene, Sir. Ma i bambini come lui» fece spallucce «sono abituati a essere liberi. Che nessuno si azzardi a dir loro quello che devono e non devono fare.»

Tom assentì. «Ha ragione. Dunque non lo ha visto nei giorni scorsi? La sua baracca sembra abbandonata.»

«No, purtroppo.» Poi si voltò e gridò in cucina: «Mary, hai visto il giovane Alfie?».

Venne fuori una donna anziana con la crocchia grigia e le guance arrossate che si pulì le mani al grembiule. «Sì, l'ho visto.»

«Quando è stato?» domandò Tom speranzoso.

«Ieri» disse subito la donna. «L'ho visto camminare lungo il fiume. Mi sono meravigliata, perché c'era l'alta marea.»

«Si ricorda l'ora?»

La donna rifletté un istante. «Era tardo pomeriggio. Stavo rigovernando in cucina, cuciniamo tutti i giorni per gli operai della banchina del carbone. È stato allora che l'ho visto.»

«Se dovesse rivederlo o sentirlo, la prego di scrivermi. Oppure mi mandi un telegramma a carico mio.» Dette all'oste il suo biglietto da visita.

«Sì, Mr Ashdown, sarà fatto» rispose l'uomo. Poi gli si illuminò il viso. «Ora che mi ci fa pensare, Alfie ha detto una volta che andava a cercare sulle rive di Wapping, prima. È là che ha iniziato.»

Tom tese l'orecchio. «Wapping?»

«Sì, lì c'è molto da prendere, ma la concorrenza è spietata. Me lo ha detto lui. Se mai avesse avuto un motivo per sparire da qui, potrebbe esser tornato laggiù. È solo un'ipotesi. Dove c'è più movimento ci si nasconde meglio.»

«La ringrazio» disse Tom con fermezza. «Sul serio. Quando si cerca qualcuno in una grande città come Londra, ogni più piccolo indizio può far comodo.»

L'oste gli augurò di nuovo buona fortuna, ma Tom era già con un piede fuori dalla porta.

Charlotte non sapeva cosa avrebbe trovato a Strand-on-the-Green, tuttavia ne era attratta in modo irresistibile. L'esperienza di cui aveva parlato Miss Carhill al tè di Iris Jellicoe era fin troppo singolare per non approfondire la questione. Cos'era che aveva detto?

Di recente sono andata a passeggiare lungo il Tamigi e a un tratto ho avuto l'impressione, anzi no, la certezza assoluta di esserci già stata. Solo che si trattava di un luogo a cui non avevo mai fatto caso prima, nonostante io abiti con mia zia non lontano da lì...

Dato che la zia, secondo l'annuncio sul giornale, abitava a Strand-on-the-Green, era evidente che Miss Carhill si riferisse a quel posto. Charlotte non avrebbe saputo giudicare quanto avesse influito la fervida immaginazione della giovane donna, ma quel suo essere assorta l'aveva trattenuta dal montare sulla vettura che poco dopo aveva avuto un grave incidente.

Anche a Charlotte erano capitate cose che fino a un attimo prima aveva sempre ritenuto impossibili e che tuttora non avevano alcuna spiegazione razionale. Non sapeva se quello che era successo a Miss Carhill fosse in qualche modo collegato alla sua scomparsa, anzi, era altamente improbabile... Eppure c'era qualcosa che aveva fatto vibrare una corda dentro di lei.

Sembrava infatti che Anna Carhill avesse un'inclinazione particolare per quel fiume, proprio come Julia Danby e le donne sconosciute che Fludd aveva visto all'obelisco.

A Kew Bridge Charlotte scese e camminò fino al centro del ponte per osservare il fiume. Lì non c'erano fabbriche né strutture portuali, nessuna gru né rotaie di ferro, solo case pittoresche del secolo precedente disposte a schiera sulla riva le une accanto alle altre e davanti alberi dai rami sporgenti che si riflettevano nell'acqua. In quel punto il Tamigi era diviso da un'isoletta ricoperta da un fitto bosco.

Osservando quegli alberi a Charlotte tornò in mente un'altra cosa detta da Miss Carhill. *Ho guardato il fiume e i salici piangenti con i rami che sporgono sull'acqua...* Lei era proprio lì – un gruppo di tre o quattro salici non lontani dal ponte sulla riva.

C'era solo un sentiero acciottolato che divideva le case dal fiume. Charlotte pensò a come dovesse essere con l'alta marea, quando l'acqua arrivava fino al sentiero che in alcuni punti non era protetto né da una balaustra né da un muro. Come sarebbe stato camminarvi al buio, laddove un passo avventato avrebbe potuto significare anche la morte?

Ma ora era giorno e il sole splendeva facendo luccicare come diamanti i pezzi di vetro sul terreno emerso dalle acque. C'erano in giro i pettinatori di spiagge che camminavano a fatica nella melma a capo chino. Qualcuno si inginocchiava per terra, raccoglieva qualcosa che puliva alla camicia e che poi infilava in un sacco.

Charlotte tirò fuori dalla borsa la cartina della città, la aprì e cercò il punto in cui si trovava in quel preciso istante. Di lì a Mortlake erano poco meno di due miglia.

Quando Charlotte ebbe raggiunto la radura con gli alberi si fermò. Le piante crescevano rigogliose sul sentiero, le loro radici arrivavano in profondità fino alla riva fangosa. Guardò in quella direzione, ma non riscontrò traccia di candele o altro. Chiuse gli occhi e si ascoltò. Si domandò perché Anna Carhill avesse avuto quell'esperienza proprio lì. E poi capì. C'era uno strano silenzio. Quello era un luogo abitato, c'erano navi che solcavano le acque del fiume, e tuttavia il tempo moderno sembrava remoto.

Nei paraggi erano stati ritrovati quasi cento teschi umani

nel fiume. Dovevano essere antichi, prima dell'epoca in cui i Romani erano giunti in Gran Bretagna. Alcuni credevano che si trattasse di una tragedia, altri che ci sorgesse un cimitero, e Charlotte si interrogava sulla possibilità che quello fosse stato un luogo in cui si offrivano sacrifici al fiume e ai suoi dèi.

Nonostante avesse riaperto gli occhi, quel posto continuava a preservare un afflato magico.

Tuttavia non le svelò nulla di quel che potesse essere successo ad Anna Carhill. I fili che tenevano unite fra loro tutte quelle persone, quei luoghi e quegli avvenimenti erano sottili come ragnatele che rischiavano di spezzarsi al più piccolo movimento.

Poi le cadde lo sguardo su un uomo anziano, non lontano da lei, seduto su uno sgabello a pescare. Venne di nuovo sopraffatta da quel senso di pace che aveva percepito prima. Charlotte lo osservò tenere immobile la canna da pesca senza curarsi di quello che accadeva intorno a lui. Aveva un secchio accanto a sé per i pesci, dall'altra parte un panino iniziato e una bottiglia di birra. Non volendolo disturbare dal suo raccoglimento, Charlotte esitò qualche istante.

Poi fece qualche passo in avanti e si arrestò di sbieco, alle spalle dell'uomo.

Il pescatore non si mosse.

Charlotte si schiarì la voce. «Ottima pesca, oggi?»

Nessuna risposta. O aveva problemi di udito o non aveva intenzione di attaccar discorso con lei.

Era quasi sul punto di andarsene quando il pescatore infilò la canna nel terreno, dette lentamente un morso al suo panino, si accostò la bottiglia alla bocca e, dopo aver bevuto, finalmente si voltò. Dalle narici gli spuntavano peli bianchi che gli arrivavano fin quasi al labbro superiore.

«Così così. Perché me lo chiede? Pesca anche lei?»

Charlotte avvertì un pizzico di ironia nelle sue parole e sorrise. «Ammetto che era solo un modo per parlare con lei.»

«Ma non di pesca, suppongo.»

«No. Vorrei chiederle una cosa. Viene spesso qui? Sto cercando una mia amica. È scomparsa. Sua zia vive da queste parti, quindi potrebbe esser passata di qui nei giorni scorsi.»

L'uomo fece spallucce. «Di qui passa tanta di quella gente... Nella maggior parte dei casi li sento soltanto, non posso voltarmi ogni volta» disse laconico.

Ma Charlotte non si faceva scoraggiare tanto facilmente. «Pensavo che potesse aver notato o sentito qualcosa di insolito.»

Vide il pescatore cambiare espressione, evidentemente aveva colto nel segno. «Mmm, sì, qualcosa sì.» Si grattò accuratamente la testa. «Io abito laggiù» indicò vagamente un punto risalendo il fiume «e di recente mi sono svegliato di notte. Non molto tempo fa. Una donna ha urlato. Io ho guardato dalla finestra. Lì ci sono solo attracchi, la mia casa è isolata. Quindi ho guardato fuori, ma non ho visto praticamente nulla. Allora mi sono messo in ascolto, ho ancora un udito eccellente. Si sentivano delle voci. Niente più grida ma voci. Non c'erano lampioni, solo una debole luce tremolante mossa dal vento. Come di candele.»

«E poi?» A Charlotte ora batteva forte il cuore.

«Ho aspettato, nel caso qualcuno riprendesse a urlare. Poteva trattarsi di un crimine. Ma poi più niente. In seguito le luci si sono spente. Ho sentito dei passi. Poi silenzio. Il giorno dopo ho chiesto in giro, ma nessuno tranne me si era accorto di niente. Forse perché lì c'è solo casa mia.»

Charlotte annuì. «La ringrazio, mi è stato di grande aiuto. Un'ultima domanda: dove ha visto di preciso quelle luci?»

L'uomo si grattò la nuca e indicò nella direzione da dove Charlotte era arrivata. «Vicino ai salici piangenti.»

42

Dovendo attraversare la città da ovest a est, Tom riuscì ad arrivare a Wapping solo nel pomeriggio. Proseguì fino a Leman Street Station e lì scese. In realtà non era un luogo frequentato, o almeno non ci abitava quasi nessuno. C'erano magazzini giganteschi assiepati l'uno dopo l'altro e i grandi bacini dei Western Docks, laghi artificiali dai contorni geometrici che testimoniavano l'intervento umano. Erano collegati al Tamigi con dei canali e Tom ebbe l'impressione di ritrovarsi in una Venezia di mattoni rossi e fuliggine.

Era di nuovo caldo, il sole picchiava insolitamente forte per essere una giornata di settembre. Le probabilità di trovare Alfie erano estremamente ridotte. Poteva essere dappertutto in quella metropoli, e solo perché una volta era stato lì non significava che dovesse tornarci. Ma Tom si aggrappava anche a quella flebile speranza. Era tipico degli uomini rifugiarsi in luoghi familiari in situazioni di emergenza. Magari in quel posto aveva ancora degli amici.

La strada era più lunga di quanto avesse pensato; dovette fermarsi a una fontanella a bere, tanto aveva la gola secca. Si spruzzò dell'acqua in viso e sul collo e poi si passò le mani fra i capelli umidi che gli si erano appiccicati alle tempie.

Non essendo pratico del posto, cominciò a chiedere in giro agli operai del porto.

«Pettinatori di spiagge? Provi a Wapping Old Stairs, laggiù ci sono sempre. Vicino al Town of Ramsgate.»

Pensò che si trattasse di un pub, che era sempre utile quando si era in cerca di informazioni. Era anche plausibile che i pettinatori di spiagge vi si fermassero per una sosta, in tal caso avrebbero potuto dirgli qualcosa su Alfie.

Wapping Basin era un bacino del porto a forma di bicchiere di vino: lo stelo era costituito da un canale stretto che univa la darsena al Tamigi. Era circondato da magazzini e sopra vi svettavano le gru d'acciaio. Nessuno in quel luogo era simile a Tom nell'aspetto, nessuno indossava un gilet colorato e una giacca elegante, per questo, aggirandosi per le strade, si attirò qualche sguardo di stupore o anche di disprezzo. Alcuni uomini si dettero delle gomitate indicandolo con il dito. Era un mondo inospitale a lui del tutto estraneo, ma fin tanto che gli permetteva di proseguire per la sua strada andava tutto bene.

Attraversato un ponticino, rispuntò nel groviglio di mura rosse che spesso si ergevano sopra di lui per quattro o cinque piani. Era un'intera città dedita solo al commercio, dove tè e spezie, cereali, tabacco, frutta e verdura, ma anche merci preziose come seta e cherry venivano consegnate e stoccate in grandissime quantità.

Poi, ecco finalmente il pub davanti a lui. Proprio lì accanto un passaggio stretto portava al Tamigi. Tom vide angosciato che la superficie emersa a riva con la bassa marea era quasi scomparsa e che stava rimontando l'alta marea. Scese i gradini in pietra consumati. L'acqua arrivava quasi alla fine della scala, sulla banchina ora erano attraccate delle navi. L'odore che si levava dal fiume era insopportabile, di gran lunga peggiore di quello sentito a Mortlake risalendo la riva. C'era dell'immondizia che galleggiava in superficie, e Tom preferì evitare di guardare meglio, perché dalla puzza si capiva chiaramente che si trattasse di rifiuti ed escrementi vari. Col braccio premuto sul naso guardò in tutte le direzioni, ma non c'era nessuno che somigliasse anche solo vagamente a un pettinatore di spiagge.

O era arrivato al momento sbagliato o si trovava nel luogo sbagliato.

A un tratto si sentì ridicolo ai piedi di quella scala con l'acqua che saliva alle sue spalle, la camicia fradicia di sudore. Aveva perlustrato la città a caccia di un ragazzo fra milioni, che può darsi non si trovasse nemmeno in pericolo. Era come se non si fidasse più della ragione che lo aveva sempre guidato.

Risalì lentamente i gradini domandandosi se gli stesse capitando qualcosa che non era in grado di spiegare. Era come se quel libro lo avesse stregato. A questo pensiero proruppe in una risata sonora. Ma in effetti la sua vita aveva preso una strana piega da quando si era fatto coinvolgere nel progetto di Sir Tristan. Non c'era niente di soprannaturale, di quello se ne era occupato a sufficienza, e se si fossero verificati fenomeni di quel tipo, li avrebbe certamente saputi riconoscere. Non si trattava di bicchieri che scrivevano messaggi sul tavolo o di sensitivi che riferivano le risposte dei defunti, no... Era come se improvvisamente vedesse Londra con altri occhi. Trovava dei collegamenti dove in realtà non potevano essercene, e stava inseguendo un ragazzo che, a quanto pareva, non necessitava del suo aiuto.

Forse quest'ultima era la causa di tutto e non il libro che stava scrivendo. Non la giovane donna che aveva acceso le candele ed era poi annegata nel Tamigi. Possibile che la scoperta di non poter avere figli lo avesse deviato così tanto dalla sua strada?

In cima alle scale si fermò e dopo qualche esitazione entrò nel pub. Il bancone era affollato di portuali che si stavano rinfrescando con una birra e che lo guardavano ora incuriositi.

«Bel gilet» disse uno con un ghigno, mostrando grandi finestre tra i denti. «Altre braccia ci fanno comodo. Ma dovresti toglierti quel gilet.»

Tutt'intorno si levarono grasse risate.

Tom non si lasciò fuorviare. Aveva fatto così tanta strada e a quel punto poteva fare anche l'ultimo passo sgradito. «Conoscete i pettinatori di spiagge della zona?»

Come prima risposta ebbe delle alzate di spalle. Uno si infilò in bocca uno stuzzicadenti con fare ostentato. «E perché vuole saperlo?» farfugliò.

«Conosco uno di loro, un ragazzo. È in pericolo. Può darsi che si nasconda qui.»

Un uomo coi capelli color rosso fiammante lo guardò. «Come si chiama?»

«Alfie. Dev'esser venuto qui a cercare e poi deve aver risalito il fiume.» Descrisse loro il ragazzo: non solo il suo aspetto ma anche il modo di parlare e il suo atteggiamento.

Un uomo anziano si fece avanti grattandosi la testa. «È stato qui. Si arrampicava come una scimmietta, l'ho spinto più volte giù dalla nave.»

«L'ha visto di recente?»

L'uomo scosse la testa. «È passato ormai diverso tempo dall'ultima volta che l'ho visto.»

Gli altri non riuscivano a ricordarsi di lui.

Tom ringraziò, uscì dal pub e con le spalle cadenti e i piedi che gli facevano male si rimise in cammino verso la stazione. Prima il caldo era stato sopportabile perché aveva una meta davanti agli occhi ed era spronato dalla speranza. Invece adesso, scoraggiato com'era, il percorso gli sembrò ancora più lungo e accidentato.

Quella era la sua unica possibilità, e ora si ritrovava a mani vuote. Sembrava pressoché impossibile rintracciare Alfie.

Mentre Charlotte era sulla via del ritorno, sopra la città si erano addensate fitte nubi, evidentemente quella giornata così calda sarebbe terminata con un temporale. Riuscì in ogni caso a raggiungere la porta di casa prima della pioggia, ancora asciutta. Tom era sempre fuori, auspicabilmente non all'aperto, poiché nel frattempo aveva cominciato a diluviare e la tempesta si abbatteva ora sui cespugli in giardino piegandone i rami quasi fino a terra.

Prese una tazza di tè da Daisy in cucina e con quella andò a sedersi in soggiorno. La sola idea di potersene stare lì seduta mentre la pioggia scrosciava sui vetri delle finestre era piacevole e consolante. Poi però le tornò in mente Alfie e l'atmosfera gradevole svanì. Dove poteva essere con quel brutto tempo? Si era preoccupata poco di lui, abbandonandolo a cuor leggero al suo destino? Ma non c'era niente che potesse fare ormai. Per distrarsi e liberarsi dai rimorsi, tirò fuori il taccuino.

Si era appuntata tutto ciò che aveva visto e sentito, trascrivendo quasi alla lettera i discorsi con Iris Jellicoe e con il vecchio pescatore. Qualcosa la esortava a procedere nel modo più meticoloso possibile. Voleva essere preparata, nel caso fosse emerso che Julia Danby, Anna Carhill e il vecchio Ned fossero stati effettivamente vittime di un crimine. La certezza che tutte quelle persone fossero accomunate da un fitto mistero che le riguardava era persino cresciuta, dopo le sue ultime ricognizioni.

Non sembrava affatto una coincidenza che in ben tre punti sulla riva del Tamigi fossero state accese delle candele e che fossero state viste o sentite delle donne. Era stata Anna Carhill a gridare a Strand-on-the-Green? Era tornata nel cuore della notte nel luogo che le era sembrato così magico?

Charlotte appoggiò la testa alla mano guardando pensierosa il camino spento. A lei quei collegamenti apparivano logici e ovvi, ma cosa ne avrebbe pensato la polizia? Oppure la zia di Miss Carhill? Osservando attentamente quei misteri – così come lei e Tom avevano fatto – i nessi risultavano chiari come linee su una carta geografica. Ma come li avrebbe giudicati qualcuno che non si fosse mai occupato degli aspetti mistici del Tamigi e che non sapesse niente dei rituali che vi si praticavano in passato?

Pura follia, avrebbero detto, liquidando il tutto come assurdità partorite da due menti stravaganti che già in passato si erano occupate di fenomeni paranormali e che ora si erano lasciate coinvolgere in misteri apparentemente irrisolti, eppur privi di qualsiasi legame con il presente. Chi mai nell'era delle macchine, l'epoca in cui l'uomo aveva ormai esplorato quasi ogni angolo del pianeta, non fermandosi neppure di fronte alla decifrazione del creato, si sarebbe interessato a offerte votive per propiziarsi gli dèi pagani?

E tuttavia c'era anche l'altra faccia della medaglia, senz'altro significativa. C'era l'Ordine dell'Alba dorata e c'erano i teosofi, gli astrologi, i cartomanti e gli spiritisti, i quali promettevano tutti quanti qualcosa che non poteva essere provato sul piano scientifico, e che per questo veniva riservato solo agli iniziati. Placavano il desiderio ardente di qualcosa che andava oltre la religione tradizionale, che innalzava l'uomo dal quotidiano promettendogli l'iniziazione a segreti che lo avrebbero reso sovrumano. Doveva assolutamente scoprire di più su quelle società segrete.

Charlotte era così assorta nelle sue riflessioni che trasalì quando Daisy bussò alla porta. «Desidera dell'altro tè, Mrs Ashdown?»

«No, grazie. Quando è uscito di casa mio marito?»

«Verso le undici. Ah, a proposito, è passata la sua vicina. È venuta a riprendere il piatto.»

Qualcosa nel tono di voce di Daisy la portò a voltarsi completamente.

«Miss Clovis è stata qui?»

«Sì. Suo marito era già uscito. Ho preso il piatto dalla cucina e stavo per richiudere la porta, quando lei…»

Daisy si fermò come se non fosse certa del rapporto che intercorreva fra la sua padrona e la vicina di casa.

«Puoi parlare apertamente.»

Daisy proseguì: «Miss Clovis ha raccontato di aver visto qualcuno nel nostro giardino due notti or sono. Ha chiesto se fosse un ladro. Ho detto che non c'è stato nessun ladro».

Charlotte capì. «Deve aver visto Alfie scappare.»

«Può essere un bene.» Daisy si schiarì la voce. «Di recente ho appeso la biancheria in giardino. Era alla finestra anche allora. Per caso ho alzato lo sguardo e l'ho vista. Ha subito tirato giù la tendina, come se non volesse farsi notare, ma era già troppo tardi.» Daisy guardò Charlotte imbarazzata. «Lì per lì non ho pensato niente.»

«Non preoccuparti, è semplicemente curiosa.»

«Sì, Mrs Ashdown. Ma d'ora in poi ci starò attenta.» Detto ciò, sparì in cucina.

Charlotte sprofondò nella poltrona fissando pensierosa il tappeto.

Nessun dubbio, la loro casa veniva spiata. Ebbe all'improvviso un cattivo presentimento pensando ad Alfie.

E Tom dov'era finito?

Due ore dopo Tom non era ancora rientrato a casa e Charlotte faceva su e giù per la stanza, agitata. La pioggia batteva contro le finestre facendo tremare i vetri, la strada si era trasformata in un ruscello impetuoso. Tom quella mattina non aveva detto dove fosse diretto, l'articolo di giornale li aveva distratti entrambi. Ma quale ricerca era così importante da non poter essere interrotta con un tempo simile? O gli era capitato qualcosa? Magari si era avventurato in qualche vicolo buio perché lì un tempo qualcuno aveva evocato gli angeli, ed era stato aggredito.

Charlotte andò in cucina e domandò a Daisy se Mr Ashdown avesse lasciato detto dove avesse intenzione di andare, ma la ragazza scosse la testa. «No, aveva la sua borsa con sé, come sempre. Non ha detto niente.»

Charlotte tornò in soggiorno e si versò uno cherry. Non beveva mai da sola, ma la speranza era quella di calmarsi almeno un po'. Non aiutò neanche quello. Quindi ricominciò a fare avanti e dietro.

A un certo punto suonarono alla porta.

«Non credevo fosse possibile infradiciarsi così» si lamentò Tom entrando nell'atrio e scuotendosi di dosso le gocce di pioggia che gli cadevano dai capelli. Charlotte gli prese un asciugamano per strofinarsi la testa e lo guardò sollevata. «Stavo già temendo che ti fosse successo qualcosa. Dov'eri?»

«Adesso vorrei un tè con del brandy» rispose evasivo.

Poi si sedette in calzini davanti al camino con il bicchiere in mano. I capelli ricci erano tutti arruffati, ma non riuscì a riderne perché sentiva che Tom le stava nascondendo qualcosa.

«Vuoi dirmi dove sei stato tutto questo tempo?»

Evitando lo sguardo della moglie, Tom iniziò a raccontare senza alzare gli occhi neanche per un secondo.

Charlotte fece dei respiri profondi. «Perché stamattina non me lo hai detto?»

Lui fece spallucce e finalmente la guardò negli occhi. «Perché non volevo litigare con te.»

Le venne in mente una cosa che non le piacque. «Me lo avresti detto se non fossi rincasato così tardi? Se non mi fossi preoccupata?»

Lui indugiò un istante ma poi annuì. «Sì, te lo avrei detto. Non sono poi così vigliacco.»

Si ricordò che anche lei aveva pensato ad Alfie poco prima e a come se la cavasse con quel tempaccio, ma quel che aveva fatto Tom era ben diverso. Non si era fidato abbastanza da annunciare il suo proposito. «Cosa ci sta capitando? Che fine ha fatto la fiducia tra di noi?»

Gli occhi scuri di Tom erano lucidi. «È quel che mi domando anch'io. Ma… ho quasi avuto l'impressione che tu fossi felice che Alfie se ne fosse andato.»

Quell'allusione la colpì come un pugno nello stomaco. Non era forse un pensiero che in effetti l'aveva sfiorata per poi venir subito accantonato? Si schiarì la voce. «Tom, mi dispiace se ti ho dato questa impressione. Ammetto di non essermi sentita a mio agio al pensiero di farlo restare qui con noi. Perché lo conosco appena, perché fa una vita così diversa dalla nostra e all'inizio non sapevo se potevamo dargli fiducia.» Si sporse in avanti. «Ma devi credermi… Non gli augurerei mai del male. Vorrei che tu l'avessi trovato. E che non gli fosse capitato niente di brutto.» Parlò di getto, senza però pentirsi di una sola parola.

Tom alzò le spalle come se volesse proteggersi da qualcosa. «Non so dove altro cercarlo.»

Charlotte fece una breve riflessione. Forse in quel momento non dovevano per forza trovarsi d'accordo sull'argomento ma essere di nuovo uniti. «Anch'io ho qualcosa da raccontarti» si decise quindi a dire.

Tom strinse la tazza e annuì.

Sulle prime lui sembrava ancora distratto, ma quando sentì di Strand-on-the-Green e della donna che sembrava avesse urlato vicino ai salici piangenti, cominciò a prestare sempre più attenzione. Quando arrivò all'incontro di Daisy con Miss Clovis, Tom cambiò espressione. Increspò le labbra e posò la tazza sul tavolo con un gesto così brusco da farla tintinnare. «Ma che diavolo vuole da noi quella donna? Perché deve sempre immischiarsi nella nostra vita?»

Charlotte fece spallucce. «Non lo so. Quello che più mi fa arrabbiare è il modo abile in cui lo fa. Che cosa potremmo mai rimproverarle? Il fatto di guardare fuori dalla finestra o di portarci un dolce?»

Il petto di Tom si sollevava e si abbassava a scatti. «L'interesse che mostra nei nostri riguardi va ben oltre le semplici cortesie tra vicini di casa! E mi va ancor meno a genio il fatto che sembri tener d'occhio Alfie.»

Balzò in piedi all'improvviso, e infilandosi le mani nelle tasche si appoggiò al camino. Il suo volto adombrato rivelò che quell'ultima distrazione non aveva allontanato la sua preoccupazione.

43

Quella notte dormirono male entrambi. Charlotte sentì Tom rigirarsi nel letto di continuo e scendere a un certo punto di sotto, dove si trattenne per un po'. Verso le quattro si riassopì, e più tardi non avrebbe saputo dire a che ora fosse tornato in camera.

Quando suonarono alla porta, Charlotte trasalì e guardò l'orologio. Erano appena passate le sei. Daisy sarebbe arrivata solo mezz'ora dopo. Si sedette sul letto assonnata e prese la vestaglia.

«Chi può essere a quest'ora?» domandò Tom ancora mezzo addormentato.

«Vado a vedere.»

Charlotte scese le scale stringendosi la vestaglia addosso per via del fresco ormai autunnale che c'era anche in casa. Aprì la porta e si ritrovò davanti Alfie.

Sembrava imbarazzato, continuò infatti a concentrarsi sulle scarpe prima di decidersi ad alzare cautamente la testa. «Ho dormito due notti sotto un ponte. Ma non ho resistito. Devo farle vedere una cosa.»

Charlotte sentì i passi per le scale, poi ecco arrivare Tom dietro di lei.

«Su, entra» disse lei. Un attimo dopo Alfie era nell'atrio che li guardava con senso di vergogna e aria di sfida insieme.

Charlotte gli tolse la giacca umida e lo mandò in soggiorno. «Preparo il tè» disse facendo poi un cenno con la testa a Tom: «Tu pensa a farlo riscaldare. Sembra congelato».

Quando tornò con il tè e dei panini, Tom aveva acceso il camino e avvolto il ragazzo in una coperta. Alfie si avventò sul cibo riempiendosi velocemente la bocca come se temesse che qualcuno glielo portasse via. Bevve anche il tè zuccherato che Charlotte aveva abbondantemente macchiato con del latte. Poi si infilò la mano nella camicia ed estrasse qualcosa che porse loro sul palmo della mano.

«L'ho trovata nella mia baracca.»

Tom prese prudentemente la targhetta tenendola in modo che anche Charlotte potesse vederla.

«È piegata, la deve allargare. C'è scritto qualcosa sopra.»

Col fiato sospeso lessero il messaggio e Charlotte notò Tom scurirsi in volto. «Ho visto qualcosa del genere svolgendo le mie ricerche.» Indugiò prima di aggiungere una spiegazione. «È una lamina con inciso un testo di maledizione.»

Alfie lo guardò atterrito. «Una maledizione?»

Charlotte gli mise una mano sulla spalla. «Che cosa significa?»

«Queste lamine esistevano già al tempo degli antichi Greci e dei Romani. Venivano sepolte o abbandonate in luoghi considerati sacri. Servivano a invocare i rispettivi dèi per arrecare danno alla persona nominata sulla targhetta. Venivano anche avvolte intorno a piccole figure divine, erano molto flessibili.» Sfiorò con le dita il pezzo di metallo da una parte e dall'altra. «Mmm, potrebbe essere piombo oppure anche stagno, o una lega. Deve sembrare vecchia. Ma ovviamente non lo è.»

«Perché darsi tanto da fare?» chiese il ragazzo interessato. «Potevano anche scrivere su un pezzo di carta.»

Tom alzò un sopracciglio. «Ti saresti spaventato allo stesso modo, trovando un foglietto di carta?»

«Io non mi sono spaventato.» Poi Alfie alzò le spalle e aggiunse: «Be' sì, un po'. Ma ero anche curioso. Un semplice pezzo di carta non mi avrebbe incuriosito così tanto.»

Charlotte sorrise. La trasparenza del ragazzo era disarmante. «Hai una vaga idea di chi possa essere questo avvertimento? Davvero non hai visto nessuno quando hai trovato il cadavere di quella donna?»

Alfie indugiò, sembrava si stesse ricordando qualcosa.

«Di noi ti puoi fidare» lo rassicurò Charlotte.

«Il poliziotto allora mi ha detto di non parlarne.»

«Di cosa?»

«Be'... sì. Dove ho trovato le candele c'erano anche delle impronte per terra. Erano molto confuse. Non so se fossero solo di quella donna o se ci fosse stato qualcun altro con lei. Allora ho chiesto al poliziotto se le avesse fatte da sola. Lui ha risposto che non ne dovevo parlare. E allora gli ho detto che se si trattava di un crimine doveva trovare l'assassino.» Alfie si fermò e guardò Charlotte e Tom incerto. «Poi ha parlato del mago, si chiamava John qualcosa, e della gente che si sarebbe spaventata se avesse detto che c'erano candele e una donna morta. Perché molti» aggrottò la fronte «credono al soprannaturale.»

Tom alzò la mano. «Aspetta un attimo, Alfie. Il poliziotto ha detto che non dovevi dire a nessuno che lì c'erano delle candele e delle impronte?»

Il ragazzo annuì energicamente.

«Allora potrebbero esserci state più persone» disse Charlotte. «Proprio come all'obelisco.»

«Crede che qualcuno abbia paura che io mi sia accorto di lui quando la donna è annegata? E che non dovrei parlarne?»

domandò Alfie sgranando gli occhi. «Ho giurato di non aver visto niente.»

«Sarebbe plausibile» replicò Tom.

Ma il ragazzo aveva ancora un peso sul cuore. «O ha a che fare con la collana?»

Charlotte si affrettò a rispondere: «No, non credo. Sono stata da Mrs Danby, e lei ti perdona. Escludo che ti abbia messo una lamina di maledizione nella baracca invece che andare semplicemente alla polizia. Forse qualcuno è davvero persuaso che tu abbia visto qualcosa e vuole intimidirti».

«Ma di chi si tratta?» domandò Alfie dubbioso, e Tom e Charlotte si scambiarono uno sguardo interrogativo.

Nessuno dei due aveva una risposta a quella domanda. Non ancora.

Dopo un'altra lauta colazione spedirono Alfie nella sua vecchia camera. Avrebbe voluto brontolare, ma Charlotte lo ammonì con uno sguardo severo. «È per la tua sicurezza. Hai già dimenticato la minaccia?»

A quel punto il ragazzo se ne andò mogio.

Tom la guardò sorridente. «Sei brava.»

«Ho una certa esperienza» disse lei abbandonandosi sulla poltrona. «Non immagini neanche quante cose sappia dire con uno sguardo. Non ho mai picchiato un bambino, non rientra nei miei metodi educativi. Ma bisogna mantenere una discreta autorità.»

Tom indicò la piccola lamina di maledizione appoggiata sul tavolino basso davanti a loro. «Cosa ne pensi?»

«Da quanto ci ha raccontato poco fa Alfie non dobbiamo per nessuna ragione rivolgerci alla polizia di Mortlake. Per loro era giusto mettere agli atti la morte di Julia come incidente. No, dobbiamo muoverci in altra direzione. Se manteniamo la promessa che ho fatto a Mrs Danby e scopriamo le vere circostanze della morte della figlia, allora troveremo anche la risposta a tutte le altre domande.»

«Sembri molto sicura di te.»

«E lo sono infatti. È tutto collegato. Ne sei convinto anche tu, no?»

Tom annuì lentamente. «Sì.»

Charlotte fissava il tappeto riflettendo sui prossimi passi da fare. Poi le cadde lo sguardo sul calendario. «Domani si riunisce il circolo di lettura. Proverò a fare la posta a Miss Rennie.»

«È la giovane donna che si ricorda di Julia Danby?»

«Sì. Aspetterò fuori che arrivi. Magari nel frattempo le è tornato in mente qualcosa che non mi ha ancora detto.»

«Buona idea.» Tom guardò il soffitto. «Cosa facciamo con Alfie quando siamo fuori casa tutti e due?»

«È grande abbastanza da tenersi occupato da solo. Gli daremo ancora qualcosa da leggere. Non gli farebbe male neanche esercitarsi un po' con l'ortografia. O credi...?»

Tom la guardò titubante. «Non credo che corra alcun pericolo qui in casa. Nessuno sa che è tornato.»

«E nessuno lo dovrà sapere» replicò Charlotte.

«Miss Clovis non deve assolutamente vederlo, non mi fido di lei. Alfie resterà in casa finché non sarà tutto finito, lo chiuderò a chiave nella sua stanza se devo. Darò poi a Daisy tutte le istruzioni del caso.»

«Non ne sarà entusiasta, ma non c'è altro da fare.»

Charlotte si alzò bruscamente. «Mi viene giusto in mente una cosa. Devo parlare con Alfie.»

Il ragazzo era seduto in ginocchio sul letto con davanti a sé un libro sulle barche a vela. Lo chiuse non appena entrò in camera Charlotte e si mise a sedere con la schiena dritta.

«Adesso avrai tutto il tempo per leggere *L'isola del tesoro*» disse Charlotte avvicinandosi uno sgabello.

«Mmm, sì.» Alfie indugiò. «Ma non mi piace star sempre a leggere.»

Non c'era da stupirsene, non si era avvicinato ai libri per anni. Poi le venne un'idea. «Potresti imparare a fare i nodi da marinaio. Ti serviranno, se vuoi andare per mare. Provo a procurarti l'occorrente.»

Lui annuì energicamente.

Poi Charlotte si sporse in avanti. «Ascoltami bene, Alfie. Devi rimanere qui in casa finché la storia della minaccia non sarà chiarita. Lo capisci? Niente più gite passando dalla finestra.»

Alfie si lasciò sfuggire una smorfia, allora Charlotte aggiunse con insistenza: «Nessuno deve sapere che sei qui».

Alfie non riuscì a nascondere del tutto quanto fosse spaventato. «Crede davvero che io sia in pericolo? Quella cosa lì non è un gioco di prestigio?»

«Non voglio spaventarti, e forse è una sorta di gioco di prestigio, ma ritengo che quella minaccia sia autentica. Io e mio marito stiamo cercando di scoprire chi si nasconde dietro tutta questa vicenda, solo che non è semplice.»

«Come dei detective?» chiese zelante e lei assentì.

«Più o meno. Mi prometti di non scappare? E di non farti vedere per strada o in giardino?»

Dopo un respiro sonoro Alfie annuì. «Sì, Mrs Ashdown. Ma posso aiutarla? Se riesco» aggiunse.

Lei sorrise. «Oh sì. Ho proprio bisogno del tuo aiuto.» Gli tese la mano. «Ma prima facciamo un patto. Tu rimani in casa, leggi e ti eserciti a scrivere. Noi ti procuriamo libri sulle navi e sui detective e ci darai un aiuto.»

Alfie le strinse la mano veloce come un fulmine.

«Bene. Fai il pettinatore di spiagge da anni, vero?»

Lui annuì.

«E non hai sempre battuto le rive di Mortlake, vero?»

«No, sono lì da due anni. Prima ero a Wapping. E a Rotherhithe. Ma preferisco i luoghi tranquilli. Lì ci sono meno liti.»

«Hai mai incontrato un uomo che si fa chiamare vecchio Ned?»

Quando vide l'espressione di Alfie si sentì percorrere da un brivido. Il ragazzo lo conosceva.

«Sì, ma mi sono sempre tenuto alla larga da lui. Era strano.»

Charlotte insistette. «In che senso?»

Alfie alzò una spalla e sembrò intento a riflettere. «Ha sempre detto che doveva trovare cose particolari. E che *loro* le volevano.»

Si è sempre dato delle arie. Con i suoi clienti. Ha sempre fatto il misterioso. Pagavano bene.

Charlotte ripensò al ricovero abbandonato e al biglietto che vi aveva trovato. *Moneta. Collana. Specchio.*

«Ho sentito dire che si vantava dei suoi clienti che pagavano bene. È plausibile che della gente lo abbia incaricato di trovare determinate cose che poi doveva vendere solo a loro?»

Alfie fece spallucce. «Può darsi. Io non ho mai fatto niente del genere, ma c'è gente ricca che colleziona di tutto e che è disposta a pagare molto.»

Charlotte gli raccontò la storia della moneta.

«"È stata fortunata a passare di qui, o altri l'avrebbero avuta. Ma è il vecchio Ned a decidere chi la merita." Mi ha detto.»

«È sicuramente la gente di cui ha sempre parlato!» gridò Alfie agitato.

«Credo anch'io. Ma quando sono andata a cercarlo per chiederglielo, era sparito.»

Alfie alzò un sopracciglio. «E se avesse ricevuto anche lui un messaggio come il mio? Magari ce l'avevano con lui perché ha venduto la moneta a lei invece che a loro.»

Charlotte si guardò le mani e avvertì un peso sullo stomaco. Il ragazzo l'aveva fatta ripensare a una cosa: si ricordò di ciò che l'impiegato d'ufficio aveva visto dalla finestra.

E se quella donna avesse lasciato anche al vecchio Ned una lamina di maledizione?

44

L'indomani mattina Tom andò alla prova generale del Lyric Theatre. «Non posso trascurare il mio lavoro di critico. Non si può sapere se il libro venderà, ma a teatro si continuerà a recitare sempre e comunque» aveva detto a Charlotte prima di partire.

Lei e Alfie stavano ancora facendo colazione. Il ragazzo raccontava di tutte le cose curiose che nel corso degli anni aveva trovato sul terreno emerso dalla bassa marea e lei lo ascoltava incantata. Spesso si era trattato di oggetti quotidiani, seppur con una loro storia. Il vetro sembrava particolarmente bello, anche se non valeva granché. Aveva trovato frammenti di mattonelle colorate e manici di brocche, steli di fischietti di terracotta «di quelli se ne trovano tanti quanti i sassi» aveva detto un po' sprezzante; teste di bambole, suole di scarpe in cuoio e colli di bottiglia rotti, di tanto in tanto anche monete o biglie di vetro.

«Mai niente di veramente prezioso, insomma. Niente che mi avrebbe fruttato chissà quale guadagno. Ma dev'esserci gente che raccoglie certe cianfrusaglie.» Aveva un tono molto maturo e giudizioso, tanto che Charlotte non poté trattenersi dal sorridere.

Suonarono alla porta, forse era il postino. Ma poi sentì una donna parlare con Daisy. Quando riconobbe la voce, il cuore prese a batterle più forte, balzò in piedi e aprì la porta che dava sul corridoio.

«Alfie, vai di sopra, per favore.»

Lui si alzò di malavoglia e trascinando il passo si avviò verso la scala.

Dopo di che Charlotte si ritrovò davanti Marguerite Danby. «Entri, la prego. Posso offrirle un tè?»

Daisy guardò Charlotte con aria interrogativa. «Devo prepararne ancora?»

«No, grazie. Questo è ancora caldo.»

Era un po' a disagio nel farsi trovare a colazione dopo che la sua ospite aveva già attraversato mezza città. Mrs Danby si sedette al tavolo e accettò il tè con gratitudine. Si era vestita e acconciata i capelli con la massima cura, ma le rughe intorno alla bocca e le occhiaie erano piuttosto marcate. Ripensando al marito malato di cuore Charlotte si augurò che il destino non le avesse giocato un altro brutto tiro. Ma in tal caso non sarebbe venuta a trovarla.

«Perdoni il disturbo.» Marguerite Danby guardava la sua tazza come a cercarvi dentro le parole giuste. «Avrei anche potuto scriverle, ma per certe cose è più facile parlare a quattr'occhi.»

«Mi fa piacere vederla. Mi scusi se non mi sono fatta sentire prima, ma ho avuto degli imprevisti in famiglia.»

«Spero niente di grave.»

«Oh no, grazie per l'interessamento. Cosa posso fare per lei?»

Invece di rispondere, Mrs Danby prese dalla borsetta una lettera e la porse a Charlotte. «Mi è arrivata qualche giorno fa. Non ne ho ancora parlato con mio marito, volevo prima aspettare di saperne qualcosa di più. La legga, per favore.»

Gentilissima Mrs Danby,
noi non ci conosciamo di persona. Mi chiamo Anna Carhill, e sono un'amica di sua figlia. Non avendo più visto Julia da tempo, né avendo più avuto sue notizie, sono in pensiero per lei. Le vorrei fare una breve visita di cortesia per sapere come sta. Spero di trovarla a casa domani alle undici.
Cordiali saluti
Anna Carhill

Charlotte alzò la testa di colpo, incontrando lo sguardo dell'altra donna. «Miss Carhill è poi venuta da lei?»

«No, è questo il punto!» disse Mrs Danby di getto. «Ovviamente può aver avuto un impedimento o può aver cambiato idea. Ero così agitata quando ho ricevuto il messaggio, non vedevo l'ora di incontrare quella donna. A proposito, non avevo mai sentito il suo nome. E se potesse dirci qualcosa di Julia? Mia figlia mi ha nascosto talmente tante cose…»

Charlotte si alzò e andò al tavolino dove c'era la caraffa dello cherry, ne versò un bicchiere e lo mise davanti a Mrs Danby, che la guardò sorpresa. «Che succede? Perché mi dà da bere?»

Charlotte si sedette e incrociò le mani. «Perché ho da dirle qualcosa che potrebbe sconvolgerla.» Le raccontò di come avesse conosciuto Anna Carhill da Iris Jellicoe.

«Conosce Miss Carhill?»

«Ci siamo incontrate solo quella volta. Ovviamente non sapevo che conoscesse sua figlia.» Si fermò un momento. «Purtroppo devo metterla al corrente del fatto che Miss Carhill è scomparsa. Era sul giornale. Sua zia si è rivolta alla polizia, la stanno cercando.»

«Oh mio Dio! Pensa che sia la stessa…»

A Marguerite Danby venne meno la voce.

Charlotte le posò delicatamente la mano sul braccio. «Non pensiamo subito al peggio, ma sono preoccupata.» Indugiò perché non era del tutto sicura di poter dar voce ai suoi pensieri. Ma chi meglio di una donna avrebbe potuto capirla? «Mi sono informata un po' in giro e mi son fatta l'idea che Miss Carhill possa essere scomparsa sul Tamigi. Anche lei era affascinata dal fiume, proprio come sua figlia. Tutto lascia pensare che ci sia un nesso fra i vari eventi. Se troveremo Anna Carhill, magari riusciremo anche a risolvere il mistero della morte di Julia.»

«Alfie, pensa al nostro patto» disse Charlotte mettendogli sul letto un libriccino sui nodi da marinaio e un pezzo di cordino. «Non appena avrai fatto i compiti, potrai esercitarti con i nodi. E se hai bisogno di qualcosa, rivolgiti a Daisy.»

«E non andrò in giardino né uscirò di casa» disse il ragazzo gettando uno sguardo di cupidigia al libriccino.

«Esatto.»

«Sta andando a indagare?» domandò mentre era già piegato sui compiti.

Charlotte strabuzzò gli occhi, ma poi non poté fare a meno di ridere. «Se vogliamo metterla in questi termini, sì.»

«Allora in bocca al lupo, Mrs Ashdown.»

Charlotte e Mrs Danby si recarono al più vicino ufficio postale dove si fecero dare gli elenchi degli indirizzi più recenti e subito si misero al lavoro controllando le voci di Strand-on-the-Green.

«Avrei dovuto pensarci già ieri» disse Charlotte.

«In due si vede meglio.»

Accanto all'elenco degli indirizzi c'era una cartina della città da cui Charlotte leggeva i nomi delle vie. Anna e sua zia abitavano nei pressi della radura con i salici piangenti, ma era un'informazione troppo vaga per ricavarne un indirizzo. Dovettero dunque scorrere tutti i nomi. Grazie all'appello sul giornale conoscevano perlomeno il cognome, Wilbraham.

«Ecco qui» disse Marguerite Danby dopo circa dieci minuti indicando la colonna in questione. «Elizabeth Wilbraham, 13 Hearne Road. Controlliamo che sia l'unica con questo nome?»

Charlotte rifletté un istante. «No. Se contro ogni aspettativa dovesse rivelarsi quella sbagliata, potrebbe comunque aiutarci a proseguire nelle nostre ricerche. Strand-on-the-Green è un piccolo quartiere.»

Mrs Danby annuì e prese la sua borsa. «Che cosa aspettiamo?»

Arrivarono poco dopo mezzogiorno. Kew Bridge Station non distava molto da Hearne Road, e Charlotte si godette il sole e il vento fresco che aveva spazzato via le nubi mattutine. Mrs Danby era taciturna, ma non sembrava troppo abbattuta, e dunque procedettero l'una di fianco all'altra in un silenzio complice.

Era bello essere in giro con una donna, pensò Charlotte all'improvviso, un'esperienza per lei del tutto nuova. Da quando era arrivata in Inghilterra aveva sempre passato il suo tempo o con i bambini o con Tom, mai con un'amica. Certamente era prematuro definire così Mrs Danby, e probabilmente il loro legame sarebbe durato solo fino a quando non avessero scoperto cos'era successo a Julia, ma in quel momento le sembrava meraviglioso perseguire un piano comune.

«Sono felice di averla conosciuta» disse Mrs Danby, come se le avesse letto nel pensiero.

«Anch'io.» Esitò. «Anche se, in circostanze normali, non si inizia una conoscenza inseguendo una persona fin sotto casa.»

Marguerite rise. «Anche questo è vero. Ah… Sa che questa

è la prima volta dalla morte di Julia che faccio una risata spontanea?»

«Oh. È buon segno?»

«Sì, lo è» replicò la donna prontamente. «Indietro non si torna. D'ora in poi dovrò convivere con la consapevolezza che non rivedrò più mia figlia. Tuttavia mi scalda il cuore conoscere persone disposte a tutto pur di aiutare il prossimo. Per trovare delle risposte. La ringrazio molto per questo.»

«Certamente si ricorderà del ragazzo a cui suo marito ha fatto delle domande. Quello che ha trovato la collana di Julia.»

«Naturalmente.»

Charlotte le raccontò cosa era successo in seguito ad Alfie.

«Pensa che sia in pericolo?»

«Temo di sì.»

«A maggior ragione, allora, dobbiamo andare fino in fondo. Non avremo pace finché non scopriremo cosa c'è sotto.»

In poco tempo raggiunsero Hearne Road, e si fermarono davanti alla casetta intonacata di bianco. C'erano rose rampicanti intorno alla porta, la targhetta di ottone con il nome *Wilbraham* era tirata a lustro.

Charlotte suonò il campanello. Sentì dei passi all'interno, poi una limpida voce femminile.

«Io esco, zia Betty.»

La porta si spalancò – e davanti a loro si ritrovarono Anna Carhill.

45

La giovane donna le guardò meravigliata. «Mrs Ashdown, giusto?» Si fece da parte per far entrare le due signore. «Non pensavo di incontrarla, ma è bello vederla.»

Charlotte vide Marguerite Danby spostare lo sguardo confusa da lei ad Anna Carhill e poi fare spallucce.

Entrarono in un salotto pieno di soprammobili. Ogni spazio libero era riempito da cani di porcellana delle razze più svariate, in mezzo a questi sedeva un'anziana signora grassoccia con gli occhiali dalla montatura dorata che alzò lo sguardo su di loro leggermente a disagio.

«Zia Betty, queste sono Mrs Ashdown e...» Guardò Mrs Danby con aria interrogativa.

«Marguerite Danby.»

Charlotte vide arrossire Miss Carhill, che guardò a terra imbarazzata. Poi fece dei respiri profondi e disse: «Mia zia, Miss Elizabeth Wilbraham».

Dopo essersi presentate tutte e dopo essersi accomodate, Charlotte si schiarì la voce. «Mi fa piacere vedere che sta bene, Miss Carhill. Ero preoccupata dopo aver letto l'articolo sul giornale.»

Anna Carhill si lisciò il vestito a disagio. «Sì, mia zia è stata, come dire, un po' precipitosa.»

Miss Wilbraham voleva contraddirla, ma chiuse la bocca come se avesse improvvisamente cambiato idea, e si guardò le mani.

«Posso chiederle cosa è successo? Evidentemente è stata fuori casa abbastanza a lungo.»

A Charlotte sembrava di esser finita in una commedia. Zia e nipote si comportavano come se avessero imparato una parte da recitare a memoria.

«Sì, è vero. Ho incontrato una vecchia compagna di scuola che mi ha invitata da lei. A casa dei suoi genitori, nel Surrey. Ero talmente felice di rivederla che ho completamente dimenticato di avvisare zia Betty.» Anna si chinò ad accarezzare amorevolmente il braccio della zia. «Mi sono già scusata con spirito di contrizione. Non si ripeterà più, lo giuro.»

Ma Charlotte non si accontentò di quella spiegazione poco credibile. «Strano, sul giornale c'era scritto che era sparita di notte.»

Anna Carhill fece una risata un po' troppo stridula. «No, sono uscita di casa la mattina presto. Zia Betty deve aver fatto confusione, poveretta, era talmente fuori di sé.»

Charlotte teneva d'occhio l'anziana signora, visibilmente a disagio. Annuì alle parole della nipote e disse: «E a ragione, mia cara. Non è facile crescere una ragazza quando non si hanno figli propri. Ma dopo la morte di mia sorella e di mio cognato non ho potuto sottrarmi. La mia Anna a volte è impulsiva, ed esce senza avvisare».

«È vero» confermò Miss Carhill zelante. «Ovviamente non potevo immaginare che la zia Betty sarebbe andata subito alla polizia...»

«Londra è una città pericolosa» intervenne Mrs Danby, che fino a quel momento aveva seguito la conversazione in silenzio. «So di cosa parlo.»

Charlotte sussultò. Il tono era duro, benché vellutato, e lei già presagiva cosa sarebbe arrivato dopo.

«Voleva farmi una visita di cortesia, Miss Carhill. Visto che siamo qui, può parlarmi ora.»

Anna Carhill sembrò di nuovo imbarazzata, come se si fosse completamente dimenticata della sua lettera. «Ah sì, certo. Mi scusi. Volevo informarmi su come sta Julia, non ho più avuto sue notizie.»

Mrs Danby la guardò sprezzante, gli occhi leggermente chiusi a fessura. «Dove ha conosciuto Julia? Al circolo di lettura di Kensington?»

Miss Carhill sembrava in cerca di una risposta, il suo stato confusionale era quasi tangibile. «Sì, esatto, ci siamo conosciute lì. Amiamo entrambe leggere.»

Charlotte non avrebbe mai pensato che la voce di Mrs Danby potesse farsi ancora più dura. «Diciamo che Julia *amava* leggere. È morta due mesi fa. È annegata nel Tamigi, e ancor oggi non so come sia potuto succedere. Mia figlia era una giovane donna allegra ed espansiva, e ora è morta.»

Anna Carhill fu tradita dalle mani, che strinsero forte i braccioli della poltrona affondando poi nell'imbottitura. «Ma è... È...» Si morse le labbra lottando con le lacrime. «Sono terribilmente dispiaciuta, Mrs Danby. Che perdita spaventosa. Il fiume ha molte facce...» Ammutolì, sopraffatta dai sentimenti.

Mrs Danby si alzò. «Be', non vogliamo trattenervi oltre, signore mie. Sono felice che sia tornata a casa sana e salva, Miss Carhill. Grazie per l'ospitalità, Miss Wilbraham. La saluto.»

Anche Charlotte si congedò. Entrambe uscirono dalla casa andando istintivamente verso il fiume. Si fermarono sulla riva, il vento tra i capelli, gli occhi incollati sul Tamigi.

«Che strano commento» disse Mrs Danby a bassa voce.

«“Il fiume ha molte facce”?»

La donna annuì. «Avrei voluto chiederle spiegazioni, ma dovevo assolutamente uscire da quella stanza. Altrimenti avrei perso le staffe.»

«Capisco bene. Quelle due hanno messo su un bel teatrino. Tutto quello che è uscito dalle loro bocche era una menzogna.»

«Ma perché?»

Marguerite Danby si voltò verso Charlotte, la mano appoggiata sulla balaustra. «Anna Carhill ha fatto qualcosa di cui la zia non sa niente o di cui non può parlare.»

Charlotte guardò pensierosa lo specchio dell'acqua in cerca delle parole giuste. «Ho come l'impressione che abbiano ricevuto istruzioni su come comportarsi e cosa dire. O meglio, cosa *non* dire. Le sembra un'ipotesi folle?»

Marguerite Danby fece una risata sprezzante. «Nella maniera più assoluta. Se non altro, abbiamo spaventato Miss Carhill. Perché su una cosa Anna Carhill non ha mentito... Non sapeva che Julia fosse morta. Ha visto il suo sguardo atterrito? Non era finzione.»

«Mi domando se la polizia abbia creduto alla sua storia.»

«Ne dubito. Ma laddove non c'è un querelante non c'è nemmeno un giudice.» Charlotte chiuse la mano a pugno e dette un colpo sulla balaustra. «Ha anche lei la sensazione che ci stiano costruendo dei muri intorno? O che stiamo sprofondando nel vuoto qualunque sia la direzione che prendiamo?»

Mrs Danby deglutì. «Ho promesso a mio marito che avrei scoperto perché Julia è morta, ma mi sento così impotente! Come potrei rivolgermi alla polizia?» Accennò alla casa da cui erano appena uscite. «Fin quando Anna Carhill sosterrà la sua versione – e che se la sia inventata di sana pianta non ho dubitato nemmeno mezzo secondo – non abbiamo nulla in mano.»

Una lacrima le scese lungo la guancia. «Non è mostruoso? Mi sono quasi augurata che fosse capitato qualcosa a quella ragazza perché la polizia si decidesse finalmente a occuparsi anche della mia Julia.»

Charlotte le mise premurosamente una mano sul braccio. «La capisco bene. Mi sento come lei. Ho quasi auspicato di trovare una zia disperata e una casa vuota.» Si fermò. «Ma d'altra parte nulla è perduto. Ha mentito, questo lo sappiamo entrambe. E Miss Wilbraham sembra spaventata… Ma da cosa, o da chi?»

46

Dopo che il regista ebbe fatto recitare la scena per la tredicesima volta, erano tutti esausti. La protagonista era scoppiata in lacrime, il protagonista, snervato, si era finalmente precipitato fuori a fumarsi la tanto sospirata sigaretta, Tom scribacchiava invece con fare convulso. Se lo spettacolo non si fosse rivelato migliore della prova generale, la sua recensione sarebbe stata già pronta.

> *Si dice che questa tragedia porti sfortuna, e a giudicare dalla chimica fra Macbeth e la sua lady, non posso che trovarmi d'accordo. Sally Beacon sarebbe una splendida Ofelia, in un'altra tragedia, almeno da morta nel torrente, circondata dai fiori, ma come istigatrice dell'assassinio del re non è adatta. David Lester si presenta invece così brutale nel ruolo di Macbeth che si ravvisa in lui l'assassino fin da subito. Nessun Duncan ancora in possesso delle sue piene facoltà mentali accetterebbe un invito a cena da questa coppia, figuriamoci alloggiare nella loro dimora.*

Oddio, pensò; purtroppo non gli restava che scrivere una stroncatura. Le prove generali non procedevano bene, e c'era trepidazione per la prima, ma i punti deboli erano talmente tanti che Tom escludeva a priori un successo.

Richiuso il taccuino, stava per andarsene quando il regista si rivolse a lui. «Tom, sia clemente con noi.»

Lui si girò sogghignando. «Henry, sa benissimo che sono incorruttibile.»

Il regista gesticolò con fare teatrale. «Ma cosa dovrei fare? Sally ha paura di David, e lo si vede in ogni istante.»

«Che ne direbbe di invertire i loro ruoli? Non sarebbe una novità per Shakespeare, e desterebbe scalpore. Pagherei per vedere David Lester nel ruolo di lady Macbeth.»

«Fuori!»

Ridendo, Tom si avviò con estrema calma verso il foyer, dove si imbatté in Sally Beacon che, tutta tremante, veniva consolata dalla guardarobiera. Notò che non faceva altro che rigirarsi fra le dita un oggetto rosso.

«Su con la vita, Miss Beacon. Ho sentito che prossimamente al Royal daranno l'*Amleto.* La parte di Ofelia non è ancora stata assegnata.»

La donna lo guardò con espressione di gratitudine. «Sarebbe meraviglioso. Il ruolo di lady Macbeth proprio non è nelle mie corde.»

«Capita. Mai arrendersi, però. Posso chiederle che cos'ha in mano?»

Gli porse il palmo della mano con sopra una pietra rossa. «È il mio nuovo portafortuna, un amuleto egizio. Conosce gli attori, siamo tutti superstiziosi.»

«Egizio? Interessante.»

«È il nodo di Iside. Dovrebbe avere poteri magici e proteggere chi lo indossa. E poiché ho un gran bisogno di fortuna…»

Tom la guardò sorpreso. «Dove lo ha trovato? Lo chiedo solo perché un amuleto del genere potrebbe piacere anche a mia moglie.»

Sally Beacon iniziò a strizzare gli occhi come se avesse un tic nervoso, e indugiò qualche istante prima di rispondere. «Ecco... Me lo hanno regalato. Mi hanno detto che è un pezzo autentico, dell'antico Egitto. Ne troverà di commercianti che vendono oggetti simili.»

Tom decise di insistere un po'. «Sapeva che la dea Iside viene messa in relazione anche col Tamigi? Curioso, però...» Vide l'attrice sbiancare in volto e girarsi immediatamente verso la guardarobiera che aveva iniziato a sistemarle l'acconciatura. «Grazie, devo tornare nella tana del lupo.» Andandosene, gettò un ultimo sguardo in direzione di Tom con la coda dell'occhio. «Mi faccia gli auguri.»

«In bocca al lupo.»

Dopo di che la donna sparì nella sala del teatro.

«Io e Mrs Danby siamo certe che Anna Carhill abbia mentito. Dovevi vederle quelle due!» disse Charlotte agitata. «Le abbiamo prese del tutto alla sprovvista. Non erano preparate al fatto che qualcuno leggesse sul giornale della scomparsa di Anna e che addirittura si presentasse a casa loro.»

«Nel suo piccolo è un evento sensazionale!» Tom si accese la pipa e appoggiatosi allo schienale emise una nuvola di fumo che salì verso il soffitto. «Credi che la sua scomparsa abbia a che vedere con la lettera che aveva spedito a Mrs Danby?»

Charlotte ci aveva già riflettuto tornando a casa. «Il sospetto è legittimo, non trovi?» Scivolò sul bordo della poltrona in preda a un'agitazione di cui doveva in qualche modo liberarsi. «Stavo pensando di tornare al circolo di lettura.»

«Perché?»

«Voglio scoprire se davvero Anna Carhill e Julia Danby si sono conosciute lì.»

«Oh sì, certo. Hai perfettamente ragione. Devi andarci.» Tom la indicò con il manico della pipa e sorrise. «Anch'io ho qualcosa da raccontarti. Mi ci sono imbattuto a teatro in maniera del tutto casuale.»

Dopo che ebbe riferito di Sally Beacon e del suo amuleto, Charlotte balzò in piedi e iniziò a fare su e giù per la stanza. «E si è comportata in modo strano? Ne sei proprio sicuro?»

«Ma sì, ti dico. Non vedeva l'ora di tornare a fare le prove, nonostante fossero state un disastro vero e proprio. Evidentemente voleva impedirmi di continuare a farle domande su Iside e sul Tamigi.»

Charlotte sprofondò di nuovo sul divano e guardò Tom con aria trionfante. «Dovrò fare anche una puntatina al teatro a dare un'occhiata all'amuleto, ormai mi sto definitivamente appassionando all'arte egizia.»

Tom rifletté un momento. «Allora, domani sera andremo insieme alla prima. Dopo lo spettacolo potresti andare a trovare Sally per consolarla o congratularti con lei. Temo tuttavia che avrà più bisogno di conforto.»

Il giorno dopo Charlotte partì di buonora per Kensington e si appostò nei pressi della casa parrocchiale.

Come da lei sperato Miss Rennie girò l'angolo per prima. Quando si accorse di Charlotte, andò da lei porgendole la mano. «Che bello che sia tornata, Mrs Ashdown. Sono stata così felice che l'altro giorno abbia votato per *Frankenstein*. Alcune delle signore più anziane erano scettiche, ritenendolo un libro sconveniente, ma io vorrei assolutamente leggerlo e...»

Charlotte la interruppe con delicatezza. «Mi fa davvero piacere. Ma oggi purtroppo sono di fretta, non posso fermarmi, vorrei solo farle una domanda: conosce Miss Anna Carhill?»

Miss Rennie la guardò titubante. «No, il nome non mi dice niente.»

«Dunque non frequentava il circolo di lettura?»

«Di sicuro non da quando ho iniziato a venirci io.»

«Da quant'è che viene al circolo?»

«Tre anni,» rispose Miss Rennie solerte «sono stata una delle prime.» Scrutò Charlotte incuriosita. «Posso chiederle di che si tratta?»

«Purtroppo è una questione personale, devo essere discreta. Ma lei mi è stata di grande aiuto. Le auguro una buona lettura di *Frankenstein.*»

Detto ciò, andò via di fretta per non farsi vedere dalle altre signore. Men che meno da Mrs Hartley-James.

A casa Charlotte si mise a sedere e scrisse un breve messaggio a Mrs Danby.

Gentilissima Mrs Danby,
le scrivo brevemente perché di fretta: sua figlia non ha conosciuto Anna Carhill al circolo di lettura. Miss Carhill non l'hanno mai vista lì negli ultimi tre anni. Prossimamente saprò dirle di più.
Un caro saluto,
Charlotte Ashdown

Scrisse l'indirizzo sulla busta e chiese a Daisy di imbucarla mentre tornava a casa. Poi salì di sopra a cambiarsi per il teatro. Quando fece per entrare in camera, si accorse che Alfie stava spiando di nascosto dalla porta.

«Salve, Alfie. Stasera andiamo a vedere uno spettacolo a teatro. Mi aspetto che tu non faccia entrare nessuno e che non ti faccia vedere alla finestra.»

Il ragazzo annuì. «Ma con la luce spenta posso guardare fuori, no?»

«Per me va bene.»

«Voglio… voglio solo sorvegliare la casa, non si preoccupi, Mrs Ashdown.» Charlotte sarebbe stata indubbiamente indotta a sorridere, non fosse stato per il tono grave e solenne delle sue parole.

«Come ti viene in mente che sia necessario farlo?» domandò.

Lui si guardò i piedi a disagio. «Be', ecco, se sono minacciato e voi mi tenete nascosto, potreste essere in pericolo anche voi.»

Commossa dal fatto che Alfie si preoccupasse della loro incolumità, Charlotte gli si avvicinò. Non lo toccò, perché non sapeva come avrebbe reagito, ma allungò lentamente la mano. «Spero di no, ma ti ringrazio ugualmente per il pensiero. È coraggioso da parte tua. Lo apprezzerei molto, se tu badassi alla casa.»

Le sue dita strinsero fugacemente quelle di Charlotte. «Va bene. Ha un'arma?»

Charlotte trasalì. Non aveva pensato a niente del genere. «Alfie, niente armi, niente zuffe.»

Lui non si fece intimidire. «Ma se viene qualcuno e cerca di entrare dentro, cosa faccio?»

«Ti chiudi a chiave.»

Gli si leggeva in faccia una profonda delusione.

«E va bene. Abbiamo un grosso bastone da passeggio appeso giù all'attaccapanni. Puoi prenderlo. Ma solo in caso di emergenza, intesi?»

«Sì, Mrs Ashdown.»

Si voltò per andare in camera, ma il ragazzo non aveva ancora finito. «Un'altra cosa…»

Lei sospirò. «Dimmi.»

«Posso prendere un libro da leggere di sotto? E una fetta della torta di Daisy?»

47

«Devo rivedere la recensione» annunciò Tom divertito mentre si godevano un calice di Champagne durante la pausa.

Charlotte brindò con lui. «Nessuna stroncatura dunque?»

Lui fece spallucce e salutò qualche conoscente prima di guardarla pensieroso. «Non so spiegarmelo. Avresti dovuto vedere Sally alla prova generale, un fiasco totale. Mi sarei augurato per lei che un terremoto improvviso inghiottisse l'intero teatro, pur di risparmiarle quella pena.»

Charlotte sapeva fin troppo bene quanto a Tom piacesse esagerare parlando delle sue recensioni, ma il suo fiuto per il successo o l'insuccesso era infallibile. Ciononostante la rappresentazione che aveva appena visto sul palco del Lyric Theatre non era affatto disdicevole. «Non mi è sembrata poi così male. Proprio il suo essere mite ha fatto apparire i delitti tanto più mostruosi.»

«È quel che penso anch'io. Salve, Fleur, è incantevole. Truccatrice a Covent Garden» aggiunse per Charlotte. «Ad ogni modo Sally sembra un'altra.»

«Ci sono!» esclamò Charlotte ridendo. «È per via dell'amuleto. Evidentemente è vero che ha dei poteri magici.»

Tom si scolò lo Champagne come se stesse morendo di sete. «È probabile. Ma lo indossava anche durante le prove, e in quel caso i suoi poteri hanno miseramente fallito. Non importa, vediamo come se la cava nella scena della macchia di sangue.»

«"Via, macchia insanguinata! Via, ho detto!"» citò Charlotte a memoria mentre rientravano in sala. «Scommetto che reciterà brillantemente anche quella.»

«Non ti contraddico» disse Tom in tono di rammarico. «Avrei potuto trovare un attacco migliore, ma dopo i primi atti non posso rischiare.»

Sally Beacon se la cavò egregiamente. Non fu la più grande lady Macbeth di tutti i tempi, ma di sicuro neanche la peggiore. Si sarebbe dovuto mettere alla scrivania a rielaborare pesantemente la sua recensione, pensò Tom quasi rassegnato. L'applauso fu lungo e sentito, e Charlotte sgattaiolò fuori per fare la posta all'attrice protagonista. Dopo quel successo non c'era neanche più ragione di indagare sull'amuleto.

Durante la pausa Tom le aveva mostrato come arrivare ai camerini, dunque non ebbe che da incamminarsi sul tappeto del corridoio che ne smorzò i passi concitati. Al camerino con la scritta *Miss Beacon* si fermò e bussò. Nessuno venne ad aprire.

Nel giro di dieci minuti il corridoio si riempì di voci. Carica di fiori Miss Beacon arrivò da una porta tenuta aperta dal buttafuori, dietro di lei il resto degli attori. Parlavano tutti insieme, ebbri del successo insperato.

Quando Miss Beacon fu sul punto di entrare nel suo camerino, Charlotte le rivolse la parola. «Congratulazioni, che trionfo! Avrebbe un momento da dedicarmi? Sono la moglie di Tom Ashdown.»

«Oh!» Sally era raggiante. «La sua visita ieri mi ha portato fortuna, libera di crederci oppure no. Ma entri, la prego.» Richiuse la porta alle loro spalle e vi si appoggiò. «Ho bisogno di fare dei respiri profondi.» Sally posò i fiori su una vecchia poltrona e poi rise. «Mi dispiace, Mrs Ashdown, c'è solo una poltrona qui. Dovrà stare in piedi.»

«Non è mia intenzione trattenerla a lungo, ma mio marito mi ha raccontato del suo amuleto egizio. Le dispiacerebbe mostrarmelo?»

«Glielo faccio vedere volentieri.» Sally Beacon si tolse la parrucca, scoprendo i capelli biondi. Poi si frugò dentro il costume e tirò fuori un oggetto rosso. «La prenda pure in mano. Io...»

Qualcuno bussò alla porta. «Arrivo subito! Mi devo rinfrescare un attimo.» Sally Beacon si spruzzò in viso dell'acqua al profumo di lavanda e si passò le dita inumidite tra i capelli.

«Carino» disse Charlotte soppesando in mano l'oggetto color rosso acceso. «Sembra una figura con le braccia pendenti.»

«Lo so. Ma è un nodo di Iside, un simbolo antichissimo chiamato anche sangue di Iside.»

«Sangue di Iside? Ma è affascinante» commentò Charlotte, drizzando subito le orecchie. «Sa dirmi qualcosa di più in proposito?»

L'attrice sorrise lusingata e si mise in posa davanti allo specchio.

«Il tuo sangue appartiene a te, Iside,
il tuo potere magico appartiene a te, Iside,
L'amuleto è la protezione del grande
E lo protegge da colui che
Commette crimini ai suoi danni.»

Charlotte si sentì gelare il sangue. Pronunciati dalla bocca di un'attrice quei versi suonavano come una potente supplica. «Dove l'ha imparata? È una preghiera?»

Il rumore in corridoio andava aumentando, probabilmente lì fuori si stavano assiepando persone desiderose di congratularsi con lei o giornalisti pronti a intervistarla, ma Sally Beacon non perse la calma, divenne anzi ancora più loquace. «È un antico incantesimo egizio che protegge le persone. L'ho imparato a memoria, e l'ho recitato tenendo in mano l'amuleto prima dello spettacolo. In effetti ha funzionato.»

Charlotte le restituì la pietra. «Mi ricorda Shakespeare, le cose fra cielo e terra...»

«Oh sì» disse Miss Beacon entusiasta. «Lo penso sempre anch'io.»

«Posso chiederle dove ha trovato l'amuleto? Anch'io ho iniziato a occuparmi di mitologia egizia.»

Sally Beacon si voltò e posò l'indice sulle labbra. «È un regalo. Di una donna molto potente. C'è una cerchia...» Poi tacque di colpo. «Di più non posso dirle.»

In quel momento la porta si spalancò e una donna entrò nella stanza a braccia aperte. «Sally, cara, sei stata meravigliosa!»

Subito dopo si accorse di Charlotte.

«Mrs Ashdown!»

«Miss Jellicoe!»

Rimasero impietrite mentre Miss Beacon guardò stupita prima l'una poi l'altra.

«Che sorpresa... Anche suo marito è...»

«Vi conoscete?» chiese l'attrice.

«Tom Ashdown sta scrivendo un libro per papà, sulla magia nell'antica Londra. È un argomento molto eccitante» disse Iris Jellicoe. Poi la sua voce si fece fredda. «Che bello trovarla qui, Mrs Ashdown.»

Charlotte sentì all'improvviso l'impulso di lasciare il camerino. Qualcosa nel tono di Miss Jellicoe l'aveva disturbata.

«Volevo solo congratularmi. Vi auguro una piacevole serata.»

«Che peccato che se ne debba già andare, Mrs. Ashdown. Dovremmo fare un'altra chiacchierata, le scrivo presto» disse Miss Jellicoe, eppure anche stavolta il tono di voce non si accordò con le parole gentili appena pronunciate.

Charlotte aprì la porta, ma prima di entrare in corridoio sentì Sally Beacon dire alla sua ospite: «Mrs Ashdown ha mostrato interesse per il mio amuleto, non è affascinante? Allora le ho recitato l'incantesimo».

Poi la porta venne chiusa e Charlotte non fu in grado di udire più niente.

Quando vide Tom nella calca del bar Charlotte lo raggiunse facendosi strada a fatica e lo tirò per un braccio. «Vieni con me.»

Lui si congedò in fretta e furia da un conoscente e la seguì in un angolo appartato accanto al guardaroba dove c'era meno confusione.

«Ma che succede?»

Charlotte si premette la fronte con le dita per concentrarsi e ripeté a senso i versi che l'attrice aveva appena recitato in sua presenza. Tom la fissò a bocca aperta.

«E questi versi da chi li hai sentiti?»

«Da Sally Beacon. E non sono tratti da una scena teatrale ma da un incantesimo di protezione egizio.» Charlotte si compiacque della faccia sorpresa del marito. «Ma c'è di più. A un tratto è entrata nel suo camerino Iris Jellicoe, a quanto pare loro due si conoscono. Non è curioso?»

Tom rise. «Sì, si è convinti di vivere in una metropoli con milioni di abitanti, ma in fin dei conti Londra è solo un paese.»

«D'altra parte ci sono molte persone che si interessano di magia, ne abbiamo parlato spesso. E non mi stupisce affatto che Iris Jellicoe frequenti gli ambienti teatrali.»

Presero i cappotti e uscirono nella Shaftesbury Avenue.

La strada era ancora nuova, le case erano state costruite solo di recente, dopo che avevano disboscato e abbattuto la vecchia baraccopoli costringendo i poveri ad andarsene. In compenso la povertà si annidava ora nelle strade laterali. «Le strade da sole non creano benessere» aveva detto Tom sprezzante la prima volta che erano passati di lì.

Ma quella sera Charlotte non era in vena di critiche sociali. «Tuttavia mi piacerebbe sapere dove abbia preso Miss Beacon quell'amuleto.»

Tom guardava dritto davanti a sé, ma lei intuì che gli stava frullando in testa qualcosa.

«Che succede, Tom?»

Lui fece spallucce. «Ah, non saprei. Ho come l'impressione che tutti questi casi apparentemente fortuiti debbano ricomporsi in un quadro d'insieme, mi sfugge però il nesso. Basti pensare alla morte di Julia Danby. La lamina di maledizione nella baracca di Alfie. Il vecchio Ned che ti ha venduto la moneta e che è scomparso. Anche Anna Carhill, che riappare così, come niente fosse. I rituali sul fiume.»

«E ora anche l'amuleto di Sally.»

«Esatto.» Tom la guardò con gli occhi scuri penetranti. «Ci siamo invischiati in qualcosa che ci sta sfuggendo di mano.» Charlotte avvertì nella sua voce un sentimento che non gli apparteneva: la paura.

«Credi sia il caso di smettere? Di lasciar perdere tutto?»

«Non possiamo!» replicò Tom risoluto. «Alfie è in pericolo, e tu hai fatto una promessa ai Danby. Ma la cosa non mi piace, devo essere sincero. E al momento non so neppure quale debba essere la nostra prossima mossa.»

Proseguirono in silenzio, assorti nei loro pensieri.

L'indomani mattina arrivò un invito con la posta.

«Una festa dai Jellicoe?» Charlotte era sorpresa.

Tom accavallò le gambe e si accese la pipa. «Festeggia il suo sessantesimo compleanno. Con l'occasione vorrebbe anche brindare al mio manoscritto. Evidentemente la versione rivista e corretta supera di gran lunga le sue aspettative... E questo dopo le critiche sottili che mi ha mosso di recente.»

«Mi fa piacere.» Charlotte rise. «Ci saranno sicuramente persone interessanti. Magari dell'Alba dorata? O persino le Figlie di Iside?»

«Quelle forse non ci saranno.»

Charlotte lo guardò pensierosa. «Siamo sicuri che non sia solo una voce?»

Tom dondolò la testa e dette una tirata alla pipa. «Qui ti do ragione, e mi intriga l'idea di metterci sulle loro tracce. Ma potremmo trovarci di fronte ad avversarie pericolose.»

Charlotte avvertì un leggero brivido pensando a Julia Danby e ai suoi genitori. Ad Alfie e ad Anna Carhill, e al vecchio Ned.

48

Anna sentì che la stavano chiamando. Non sapeva se fosse stato un sogno o una sensazione latente, ad ogni modo non riuscì più ad addormentarsi. Si scostò la coperta di dosso e andò a posare una mano sulla finestra come se volesse accertarsi di essere sveglia e di sentire il vetro a contatto con la pelle.

Le venne istintivamente di aprirla. Si sporse in fuori, immergendo il viso nell'aria fredda della notte. Un alito di vento portò fino a lei l'odore del fiume, e allora capì che era stato il Tamigi a chiamarla. Avrebbe voluto correre fuori, ma non osò farlo, tanto era vivido il ricordo di quello che le era successo l'ultima volta.

Chiuse gli occhi e si lasciò accarezzare la pelle dall'aria. Da quando era tornata a essere libera dormiva male, si svegliava di soprassalto in preda a brutti incubi nei quali una voce le parlava con tono suadente e minaccioso. Da sveglia sapeva da dove arrivavano quegli incubi, ma di notte era vulnerabile e non riusciva a opporre resistenza.

Dentro di lei si era aperto un abisso, e non sapeva più a chi appartenesse.

Era stata prescelta per il rituale, e questo la rendeva orgogliosa, non c'erano dubbi. La somma sacerdotessa le aveva detto che era l'eletta, che era speciale, e che per questo sarebbe stata sottoposta prima di tutte le altre alla prova di Iside, con la quale sarebbe stata poi elevata al grado successivo. Anna aveva domandato perché fosse stata scelta proprio lei, che si era concessa un passo falso, ma la risposta l'aveva tranquillizzata, sulle prime almeno.

Perché questo rinsalderà le altre nella loro fede. Se anche un'adepta come te, che ha perso per un attimo la via, va avanti risoluta per la sua strada, possono farlo anche le altre. E più strenuamente si opporranno a coloro che mettono in pericolo il nostro ordine. Perché credimi, ci sono persone che vogliono nuocerci.

Lei lo aveva capito, ed era stata lieta di potersi rivelare utile alla somma sacerdotessa.

Ma nel silenzio delle ore notturne erano affiorati i dubbi, e con loro il ricordo delle due donne che si erano presentate alla porta di casa senza preavviso. Mrs Ashdown e… la madre di Julia.

Anna si rivide davanti la somma sacerdotessa, e nel suo sguardo non c'era niente della bontà da cui di solito appariva animata.

Perché credimi, ci sono persone che vogliono nuocerci. E noi dobbiamo annientarle.

49

Charlotte si guardò allo specchio. Il vestito di seta grigio argentato le metteva in risalto i capelli biondi. Se lo lisciò sui fianchi, messi in rilievo dal tessuto aderente. Lo stava indossando per la prima volta, l'invito dai Jellicoe le era sembrato l'occasione ideale per rinnovarlo.

Poi si mise la collana d'argento con gli orecchini abbinati che Tom le aveva regalato per il matrimonio, girò una volta su se stessa e stava giusto per scendere di sotto quando Alfie uscì dalla sua stanza con un libro sotto braccio. Si fermò di colpo quando la vide.

«Oh, Mrs Ashdown. Accipicchia, lei è... È davvero magnifica.»

Charlotte dovette trattenere un sorriso. «Grazie, Alfie, è molto gentile da parte tua. Stasera usciamo.»

Il ragazzo si irrigidì. «Perfetto. Non aprire la porta, non andare alla finestra, il bastone è appeso giù all'attaccapanni.»

«Ottimo! Ma Daisy resterà qui fino al nostro ritorno.»

Alfie fece la faccia delusa. «Non è necessario, so cavarmela anche da solo.»

«Ha ancora delle faccende da sbrigare per me» mentì Charlotte. «In caso di necessità, sarai tu a proteggere *lei*.»

Alfie sembrava combattuto, ma poi decise di credere alle parole di Charlotte. «Sarà fatto, Mrs Ashdown.»

Scesero insieme al piano di sotto. «Vieni con me.» Gli fece cenno di seguirla nello studio, dove gli dette un libro con la copertina colorata che era appoggiato sul tavolo. «I cavalieri della tavola rotonda. Niente navi e marinai stavolta, ma dovrebbe piacerti lo stesso.»

Alfie ne fu contento. Era tornato da quasi una settimana, non sarebbe riuscita a tenerlo di buonumore ancora a lungo. Quel ragazzo le ricordava un puledro desideroso di galoppare e rinchiuso invece nella stalla. Lui non si lamentava mai, ma si vedeva che gli mancava la libertà di cui godeva vivendo da solo sul Tamigi, anche se lì era indubbiamente più al sicuro.

Charlotte sentiva il peso della pressione che gravava su di loro. Dovevano fare finalmente dei progressi nelle loro indagini, prima che qualcun altro fosse messo in pericolo. Sperava tanto di incontrare qualcuno dai Jellicoe che fosse affiliato a una di quelle società segrete, e di scoprire casualmente qualcosa o di poter porre qualche domanda passando inosservata. Non riusciva a togliersi dalla testa le parole di Sally Beacon: *È un regalo. Di una donna molto potente. C'è una cerchia...* Poi si era interrotta da sé, come se avesse detto fin troppo.

«Ecco la più bella signora di Londra, ed esce con me! Sono l'uomo più fortunato d'Inghilterra.»

Ridacchiando imbarazzato, Alfie si affrettò a uscire dalla stanza passando davanti a Tom, che si era affacciato sulla soglia a guardare ammirato Charlotte. «Quel vestito sembra fatto apposta per te.»

«È stato *fatto per me*» disse sorridente avvicinandosi a lui.

«Sai che volevo dire.» Anche Tom stava molto bene – finanziera scura e un gilet argento lucido che ben si abbinava al colore del vestito di Charlotte. Lei allungò la mano per sistemargli un ricciolo. Lui le baciò il palmo indugiando con le labbra sulla sua pelle.

La casa era illuminata a festa, a destra e a sinistra della porta d'ingresso c'erano recipienti in ferro da cui divampavano fiamme. Khalish venne ad aprire e li fece entrare con un profondo inchino. Non appena ebbero depositato i cappotti, Sir Tristan andò loro incontro a braccia aperte.

«Mrs Ashdown, ha un aspetto magnifico! Fredda brina sulla riva del Tamigi su cui si rompe la dorata luce del sole.»

Lei sorrise quando lui si chinò sulla sua mano. «Sir Tristan, non sapevo che avesse anche una vena poetica.»

«Non come il nostro Tom, ma da giovane ho scribacchiato qualche verso. Ad ogni modo mai sufficiente per una poesia. Venga dentro.»

La casa sembrava ancora più esotica del solito. Dappertutto bruciavano candele in portacandele di vetro e bracieri, e c'era un odore suadente di patchouli, sandalo e spezie esotiche. Gli ospiti erano vestiti a festa: gli uomini per lo più tradizionalmente in frac, nonostante si notassero dei gilet colorati e persino una veste orientale, mentre le donne non si erano risparmiate, indossando i loro abiti più belli. Per un attimo Charlotte si sentì insignificante, ma captò qualche sguardo ammirato e giunse alla conclusione che il grigio argento spiccava senz'altro fra tutti i colori sgargianti scelti dalle altre.

Sir Tristan le presentò talmente tanti ospiti che per poco non le girò la testa, dovette farsi dare un bicchiere fresco di bowle. Stava per ritirarsi in un angolino appartato da dove osservare tutto quel viavai, quando Sir Tristan cacciò un grido entusiasta e corse incontro a due signore che stavano fumando accanto a una finestra aperta.

Mentre Charlotte doveva ancora abituarsi alla vista di quelle donne che si godevano in pubblico le loro sigarette, Sir Tristan fece cenno a lei e a Tom di raggiungerlo. «Posso presentarvi, signore mie? Charlotte e Tom Ashdown, la cui fama lo precede. Vi presento Miss Annie Horniman e Miss Florence Farr.»

Miss Horniman portava un'eccentrica veste scura che le ricadeva giù morbida e numerose collane di varia lunghezza, in compenso non aveva né anelli né orecchini. La faccia espressiva era incorniciata da capelli bruni ribelli che sembravano opporre resistenza a un'acconciatura ordinata.

La sua accompagnatrice sembrava più delicata ed emanava un'energia che subito incantò Charlotte.

«Miss Farr è un'attrice famosa» disse Tom a Charlotte. «È un onore e un piacere per me conoscerla.»

Charlotte si rivolse all'altra signora. «Lavora anche lei in teatro?»

Miss Horniman si guardò intorno in modo fugace, posò l'indice sulle labbra e guardò Charlotte e Tom con fare cospiratorio. «Sapete tenere un segreto?»

«Saremo muti come tombe» asserì Tom in tono solenne.

«Come forse saprete, la mia famiglia ha guadagnato un patrimonio nel commercio del tè» iniziò Miss Horniman. «E io ne sfrutto la fama per promuovere le arti. Nessuno sa chi finanzia la stagione di Florence all'Avenue Theatre. Be', sono io.»

Tom e Miss Horniman approfondirono la conversazione e Charlotte venne a sapere che Miss Farr era impegnata in prima linea per il voto alle donne. Parlarono in modo così concitato da non accorgersi affatto che qualcuno si era avvicinato.

«Ma come avete potuto!»

Tutti trasalirono. Iris Jellicoe fu all'improvviso tra loro, rigida come una statua. Indossava un vestito viola che le cingeva il corpo come una nuvola delicata e aveva gioielli d'argento lucidi in cui si rompeva il tremolio delle fiamme. I capelli appuntati erano intrecciati con fili argentati.

«Come potete privarmi dell'onore della vostra compagnia? Miei cari Mrs Ashdown, Mr Ashdown, benvenuti alla nostra festa! Ma da quanto vedo, vi state intrattenendo nel migliore dei modi.» Sorrise a Miss Farr e a Miss Horniman, ma Charlotte credette di ravvisare un velo di cattiveria sul suo volto.

«Mrs Ashdown, posso rapirla un momento?»

Iris Jellicoe la guidò in terrazza, dove c'era un bel frescolino. «Quelle due sono affascinanti, ma con la loro passione per il teatro rischiano a volte di sopraffarti.»

«Oh, sono stata ad ascoltarle molto volentieri.»

Miss Jellicoe la guardò con un sorriso sprezzante. «Anche suo marito, a quanto pare.»

«Se non fosse in grado di ascoltare con attenzione, non sarebbe un critico teatrale di successo.»

«È molto leale nei suoi confronti, mia cara.»

«Non ho ragione di fare altrimenti.»

Miss Jellicoe le mise una mano sul braccio. «Mi perdoni, a volte sono fin troppo vanesia. Se non sono al centro dell'attenzione, divento di cattivo umore. E lei era così impegnata a conversare con Florence ed Annie da non avermi nemmeno salutata. Avevo sperato che la nostra amicizia avesse messo radici più profonde.»

Charlotte assentì. «Come nostra ospite avrei dovuto salutarla per prima. La prego di scusarmi.»

Iris Jellicoe riprese ora a ridere spensierata. «Ah, mio padre ama esibire i suoi ospiti famosi.» Si accese una sigaretta, mandò la testa all'indietro, facendo risaltare il collo impeccabile e buttò fuori il fumo. «Ma le ho chiesto di uscire per un'altra ragione.

Miss Carhill è stata qui ieri e mi ha raccontato del vostro incontro. È stato molto gentile da parte sua recarsi appositamente a Strand-on-the-Green. Meno male che i suoi timori si sono rivelati infondati.»

Sorrise in modo affascinante, ma nei suoi occhi si leggeva aria di sfida. Charlotte fu percorsa da un brivido inatteso, tanto improvvisa fu quella metamorfosi. Ma si riprese velocemente. «Mi fa piacere che Miss Carhill sia tornata a casa sana e salva. Dopotutto la zia era così preoccupata da avvisare la polizia.»

«Forse è stata un po' troppo precipitosa, ma per fortuna è andato tutto bene. Mi ha detto inoltre che non è andata lì da sola.»

«Mi ha accompagnata una mia conoscente» replicò Charlotte distaccata.

«Questa conoscente ha detto che sua figlia è annegata nel Tamigi. È terribile. Avete temuto entrambe che anche ad Anna fosse accaduto qualcosa di simile?»

«Sì, è così.» Poi Charlotte prese una decisione lampo. «Il fiume ha molte facce.»

Sentimenti di diversa natura si dipinsero sul volto di Iris Jellicoe: sorpresa, ira, divertimento, dubbio.

«Non sono parole mie. Lo ha detto Miss Carhill.»

Miss Jellicoe accennò con la testa in direzione del salotto. «A proposito, le due signore hanno un segreto.»

Charlotte ebbe l'impressione che volesse sviare dalla conversazione. «E sarebbe?»

«Fanno parte dell'Alba dorata.»

«E possono rivelarlo?»

Iris Jellicoe agitò disinvolta la mano con la sigaretta. «Rimarrà tra noi, vero?»

Charlotte guardò all'interno della casa, da dove arrivava il suono della musica, delle risate e il tintinnio dei bicchieri. «Certo. E a chi dovrei dirlo?»

«Indovini da sé, Mrs Ashdown. Non posso essere troppo indiscreta» disse Miss Jellicoe docile. Charlotte la guardò. «Rientriamo? Già sentiranno la nostra mancanza, ne sono certa.»

Quando raggiunse Tom, che stava ancora parlando con le due signore, lui si voltò e le accarezzò dolcemente la spalla. «Spero di non averti allontanata con i nostri discorsi da addetti ai lavori.»

«Assolutamente. Nel frattempo ho avuto un'interessante conversazione con Miss Jellicoe.» Alzò le sopracciglia per fargli capire che voleva parlare con lui in privato.

Tom fece un inchino a Miss Farr e a Miss Horniman. «È stato un piacere, signore mie. Se volete scusarmi...»

Presero ciascuno un altro bicchiere di bowle e guadagnarono pian piano la terrazza, ma Charlotte lo tirò con sé fin sul prato.

Tom la guardò con aria interrogativa.

Charlotte gettò uno sguardo dentro casa. «Sono entrambe membri dell'Alba dorata.»

«Sul serio?»

«Me lo ha rivelato Miss Jellicoe.» Charlotte gli mise la mano sul braccio. «Credo che volesse distrarmi.»

«Da cosa?»

Gli riferì lo strano discorso su Anna Carhill, cosa aveva detto sul Tamigi e come aveva reagito Iris Jellicoe.

I loro occhi si incontrarono ed entrambi capirono che stavano pensando la stessa cosa.

Charlotte parlò per prima. «Credo di non averlo voluto ammettere.»

Tom annuì. «Tutto combacia, vero?»

«Preferirei andare a casa.»

«Sì,» si affrettò a dire lui «ma daremmo troppo nell'occhio. Non dobbiamo lasciar trapelare niente.»

«Pensi anche tu che ci sia dietro Iris, giusto?»

«Spiegherebbe tante cose.» Lanciò uno sguardo dentro casa. «Credo che dovremmo chiacchierare un po' con il nostro ospite.»

Proprio in quel momento Sir Tristan uscì sulla terrazza con un bicchiere di Champagne. «Devo dire che trovare in giardino un uomo con sua moglie mi dà da pensare. Mi scusi, cara Mrs Ashdown, ma è davvero insolito.»

«Dovevo scusarmi con mia moglie per averla trascurata, impegnato com'ero nell'affascinante conversazione con Miss Farr e Miss Horniman.»

«E lo ha perdonato?»

«Ma certo,» disse Charlotte «non riesco ad essere in collera con mio marito troppo a lungo.» Poi le venne un'idea. «A proposito, ho avuto il piacere di vedere sul palco Sally Beacon e di conversare di persona con lei. Ha un amuleto egizio che porta sempre con sé come portafortuna, mi è piaciuto molto. Sua figlia la conosce, vero?»

Notò un velo di irritazione sul volto di Sir Tristan. «Io e mia figlia viviamo sotto lo stesso tetto, ma ognuno ha la sua vita sociale. Iris ha la sua cerchia di amicizie che non sempre coincidono con le mie.» Aveva assunto un tono freddo, ma Tom non si lasciò spaventare.

«Ho visto anch'io l'amuleto, sta molto a cuore a Miss Beacon. E ci ha colpito molto imbatterci qui a Londra in così tante tracce dell'antico Egitto. Charlotte ha comprato la moneta romana con la dea Iside...»

«... E poi quella piramide a Limehouse di cui mi ha parlato una vicina. Sono andata a vederla e ne sono rimasta affascinata.

Sembra si tratti di una curiosità che nessuno sa spiegarsi. Tom, ne parlerai anche nel libro, vero?»

«Certamente. E dell'obelisco sul Tamigi.»

Si passavano la palla come se stessero giocando a tennis. Sir Tristan sembrava non sapere cosa dire e quella fu la prima volta che Tom lo vide in imbarazzo. «Per fortuna ho letto il suo manoscritto. Altrimenti comincerei a preoccuparmi che sia incentrato unicamente sull'Egitto.»

Tom rise. «Oh no, ci sono altri luoghi e storie affascinanti. Ma è sorprendente come nel corso delle ricerche si delineino determinati schemi. Li ha notati anche Charlotte.»

Sir Tristan alzò la mano. «Purtroppo devo tornare dai miei ospiti. Venite, vorrei presentarvi altre persone interessanti.» Poi si fermò. «E se posso darvi un consiglio: non cercate schemi dove non esistono.»

E con ciò voltò loro le spalle e rientrò in casa.

Dopo essersi congedati intorno alle undici, ringraziando i Jellicoe per l'invito, si incamminarono per la strada silenziosa.

«Facciamo un altro tratto a piedi, si conversa così bene all'aria aperta» disse Charlotte. «Miss Farr prima mi ha presentato Mr William Butler Yeats, il poeta. Anche lui si interessa di magia.»

Tom mandò gli occhi al cielo. «Ma c'è qualcuno in quella casa che non se ne interessi?»

«Temo di no. Chissà, magari anche lui è membro dell'Alba dorata. Lui e Miss Farr sembrano molto vicini. Lei semplicemente lo divorava con gli occhi.»

Tom si fermò sotto la luce di un lampione, afferrò Charlotte per le spalle e la guardò con occhi penetranti.

«Che c'è?» chiese lei inquieta.

A Tom tremava leggermente la voce quando parlò. «Ci siamo tenuti in disparte abbastanza.» Si interruppe, passandosi le mani fra i capelli sconcertato e con i nervi a pezzi. «È come se stessimo fuori dalla finestra a osservare una disgrazia che si sta consumando in casa e che non possiamo impedire.» Aveva la voce rotta dalla collera. «Abbiamo un sacco di presentimenti e non possiamo provare niente.»

Charlotte gli strinse le mani. «Mi sento anch'io così. Anna Carhill ha avuto fortuna, qualunque cosa le sia capitata. Ma la prossima volta… E poi c'è anche Alfie…» Si fece forza. «Ma non siamo stati inoperosi. Abbiamo sfidato entrambi i Jellicoe, scoprendo le nostre carte. Ora non resta che aspettare di vedere quale sarà la loro reazione.»

Proseguirono lentamente a braccetto. Tom fece diversi sospiri. «È come il gioco degli scacchi, vero? Noi facciamo la nostra mossa, loro rispondono. Resta solo da capire chi alla fine farà scacco matto.»

Aperta la porta Tom si fermò facendosi da parte per permettere a Charlotte di godersi quella vista. Alfie era seduto sulle scale, il bastone tra le ginocchia, il capo appoggiato alla ringhiera. Dormiva come un sasso. Daisy uscì dalla cucina e sorrise vedendo il ragazzo.

«Non ne ha voluto sapere di andare a letto. "Devo proteggerti" ha detto. Allora gli ho portato una fetta di torta e una cioccolata calda perché potesse fare la guardia con più energie» sussurrò.

Charlotte stava quasi per svegliarlo delicatamente, quando Tom da dietro le disse: «Oh, un telegramma?».

«Mi scusi, Mr Ashdown, è arrivato poco dopo che siete usciti.»

Charlotte si avvicinò a Tom. «Spero non sia da parte di tuo padre.»

Tom se lo rigirò fra le mani. «No, è di Mrs Danby, per noi.» Lo aprì tenendolo in mano in modo che tutti e due potessero leggere quelle poche righe.

> PER LETTERA RICEVUTO AVVERTIMENTO STOP LE INDAGINI DEVONO CESSARE STOP ALTRIMENTI RESA NOTA MORTE DI JULIA STOP CHIEDO AIUTO STOP M. DANBY

50

La luce era blu. Henrietta non sapeva come fosse stata accesa, ma in vista dell'imminente rituale che si sarebbe celebrato nel cuore della notte, il tempio aveva assunto un aspetto completamente diverso. I quadri che tante di quelle volte avevano visto sembravano nuovi ed estranei, immersi com'erano nel bagliore bluastro. I muri apparivano viola e dunque più inquietanti. Tutti i colori caldi erano stati sostituiti da colori freddi, e ombre ondivaghe danzavano sulle pareti come se la stanza ne fosse inondata. Le adepte si erano disposte in cerchio intorno a un lungo tavolo sopra al quale giaceva distesa una giovane donna. I capelli sciolti le incorniciavano la testa e indosso aveva una veste color blu scuro che le lasciava scoperti il collo e le braccia. Aveva chiuso gli occhi e sembrava che dormisse, tanto era inerte e silenziosa.

Henrietta non aveva mai assistito in precedenza alla prova di Iside, e si era stupita del fatto che solo ed esclusivamente Anna dovesse sottoporsi al rituale. In realtà era riservato ai gradi più alti, a quelli dotati di un sapere più profondo, che avevano già dato prova del proprio valore alla somma sacerdotessa. D'altra parte la giovane adepta doveva forse consolidare la propria fede dopo aver incontrato la polizia e quelle donne curiose che potevano averle instillato dei dubbi.

La somma sacerdotessa si posizionò a capotavola. Anche lei era vestita di blu, ma la sua veste era intessuta di ricami argentati che raffiguravano geroglifici e simboli magici. Indossava un ornamento del capo che riproduceva le corna di Iside con il sole e che si metteva solo per ricorrenze particolarmente solenni.

Alzò le mani, le maniche le scorsero giù come acqua lungo le braccia, e iniziò a intonare il rituale.

«Oh Iside, protettrice della vita, signora della nascita, della morte e della rinascita, protettrice dell'acqua... Ti invochiamo oggi e chiediamo la tua luce divina per la nostra sorella Anna, che si è messa in pericolo. La sua anima ha minacciato di allontanarsi dalla retta via. Per questo ti preghiamo, riempila della tua saggezza.»

«Oh Iside, riempila della tua saggezza» ripeterono le adepte a una sola voce.

Qualcuno porse alla somma sacerdotessa un crogiolo aperto. Dopo averci intinto l'indice, si avvicinò alla donna distesa e le unse la fronte. Le posò delicatamente la punta delle dita sulla radice del naso. «Oh Iside, questo unguento è stato preparato con la tua acqua. Permetti alla nostra sorella di riconoscere che in te soltanto sta la salvezza. Aprile gli occhi, affinché possa vedere la luce che ci doni.»

«Oh Iside, aprile gli occhi, affinché possa vedere la luce.»

Un'adepta porse alla somma sacerdotessa un vaso. Ad Anna venne sollevata la testa e le venne somministrata la bevanda. Lei deglutì, ma non sembrava tuttavia svegliarsi.

«Heka, ti supplichiamo. Achu, ci rimettiamo a te. Date alla nostra sorella la forza necessaria a contrastare le tentazioni dei miscredenti. Falla alzare, affinché diventi un tutt'uno con l'acqua divina.»

«Affinché diventi un tutt'uno con l'acqua divina.»

In quel preciso istante la giovane donna si tirò su a sedere, con le gambe penzoloni dal tavolo, e si alzò in piedi. Poi la somma sacerdotessa la accompagnò a una vasca con la base di pietra e appoggiò la mano sulla nuca di Anna. La spinse delicatamente in avanti fin quando non toccò l'acqua con il viso e vi si immerse.

«Oh Iside, è tutt'uno con l'acqua divina.»

Henrietta era come ipnotizzata. Le parole pronunciate in coro, i movimenti a occhi chiusi della giovane donna, la potenza tangibile della somma sacerdotessa rimossero ogni dubbio.

Avrebbe fatto ciò che la somma sacerdotessa aveva sempre preteso da lei. Aveva dato un senso alla sua vita quando si era sentita sola e senza speranza, e Henrietta gliene sarebbe stata sempre grata. La sua severità era necessaria per proteggere le Figlie di Iside da un mondo che aveva perso ogni magia.

In quel momento non c'era nessuna Londra e nessun nuovo secolo alle porte, nessun tram e nessun ponte di ferro, nessuna fabbrica e nessun battello a vapore. C'erano solo il fiume e la dea e la piccola cerchia di persone che in quelli confidavano. Che da loro si faceva indicare il cammino. Che aveva capito che tutto era un insieme unico. Che la vita era morte e la morte vita, che la luce era tenebra e le tenebre luce.

51

Charlotte e Tom si sedettero in soggiorno, lui versò del whisky a entrambi. Potevano averne bisogno. Tom era sbiancato dopo aver letto il telegramma. Quando i loro sguardi si incontrarono, seppero tutti e due che il sospetto sorto prima nel giardino dei Jellicoe era fondato e che erano stati ciechi troppo a lungo.

«Avremmo dovuto capirlo subito» disse Tom di getto.

«Non necessariamente. Ma abbiamo attirato i Jellicoe sulle nostre tracce. Abbiamo raccontato loro di Alfie. Ho fatto vedere la moneta a Iris e le ho parlato del vecchio Ned. Sono stata al circolo di lettura, e Mrs Hartley-James, che è amica di Iris, probabilmente glielo avrà già riferito. Con Mrs Danby sono andata da Anna Carhill, che a sua volta lo avrà raccontato a Iris. Qualsiasi cosa facessimo, i Jellicoe erano un passo avanti a noi, hanno occhi dappertutto. Ci siamo consegnati a loro senza neanche accorgercene.»

«Esatto» confermò Tom rassegnato.

Charlotte gli posò la mano sul braccio. «Ma è incredibile. Chi potrebbe rimproverarci per esserci fidati di loro?»

«Non si tratta di questo» disse Tom con tono duro. «*Noi* possiamo rimproverarci, e questo è più che sufficiente.»

Charlotte non era certa di capire perché Tom sembrasse il più colpito dei due. Anche lei era furiosa, ma non se la prendeva con se stessa, bensì con le persone che, ritenendosi superiori, con dei trucchi esercitavano il loro potere sugli altri. E che, a quanto pareva, avevano spinto una giovane donna a "sacrificarsi" al Tamigi.

Tom si premette le tempie con la punta delle dita e disse disperato: «Non capisci? Non siamo noi, sono *io* che ho scatenato tutto questo. Se a Mortlake mi fossi limitato a fare il mio lavoro, invece di buttarmi a capofitto in questa storia, loro non sarebbero mai...».

Charlotte balzò in piedi e si mise in ginocchio davanti a lui. Gli afferrò le mani tenendole strette. «Smettila immediatamente! Sono solo sciocchezze, e lo sai anche tu. È iniziato tutto molto prima. Julia Danby è deceduta prima che ti recassi sul luogo della disgrazia, e lei merita che venga fatta luce sulla sua morte. Probabilmente avrebbero minacciato Alfie anche se tu non lo avessi mai incontrato. Questa gente sa tutto e arriva dappertutto.»

Ma Tom era già altrove con la mente.

«Dobbiamo parlare con Mrs Danby» disse Charlotte l'indomani mattina.

«Ci pensi tu?» ribatté Tom indossando il cappotto. «Devo sbrigare una faccenda di cui mi sarei dovuto occupare molto tempo fa.» Sembrava avesse dormito male, ma era molto energico.

Charlotte sentì salirle un forte malumore. «Hanno minacciato i Danby, questo è inaccettabile. Ieri sera non c'era niente di più importante, e ora te ne vai via di corsa così, senza neanche dirmi dove?»

Tom fece dei respiri profondi. Charlotte non capì bene se per calmarsi o per evitare di darle una risposta troppo brusca.

«Alfie è ancora in pericolo, e lo sarà fin tanto che resterà qui da noi. Devo trovare un modo per proteggerlo.» Ci fu un rumore in cima alle scale, Tom guardò di scatto in alto, poi di nuovo verso Charlotte. «Probabilmente ci impiegherò tutto il giorno. Tu vai da Mrs Danby e leggi questa lettera, magari trovi qualche indizio. Daisy e Alfie resteranno in casa senza aprire a nessuno. Stasera ne riparleremo con calma, dobbiamo decidere come procedere contro i Jellicoe.»

Non le dispiaceva parlare da sola con Mrs Danby, ma era ancora irritata perché Tom non aveva voluto dirle cosa avesse intenzione di fare a proposito di Alfie. O in realtà non aveva nessun piano in mente e si era semplicemente vergognato ad ammetterlo?

Charlotte sospirò. Si fidava di Tom come non si era mai fidata di nessun altro prima di conoscerlo. «Promettimi soltanto che non ti metterai nei guai.»

Tom sembrò sollevato, e il suo solito sorriso tornò a illuminargli il viso. Le prese teneramente il mento e la baciò. «Questo posso promettertelo senza problemi.»

Charlotte lo seguì con lo sguardo quando mise la borsa in spalla e si avviò verso la porta d'ingresso per uscire. Non si sentiva ancora tranquilla, ma era almeno un po' più sollevata di prima. Poi si voltò verso le scale.

«Puoi scendere, Alfie. Spero che sia stato abbastanza interessante per te.»

Seppur rosso di imbarazzo fino alle orecchie, aveva alzato la testa con aria di sfida. «Avrebbe dovuto portarmi con sé.»

Charlotte non poté fare a mano di ridere. «Te e il bastone? Finalmente ti sei svegliato.»

La guardò indignato. «Me ne sarei accorto, se fosse entrato in casa qualcuno!»

«Certo. Non volevo prendermi gioco di te. È stato coraggioso da parte tua sorvegliare la casa.»

Si sedette sul penultimo scalino e alzò lo sguardo su Charlotte. «Chi è che minaccia i Danby?»

Charlotte strabuzzò gli occhi. Il ragazzo aveva ascoltato proprio tutta la conversazione. Gli indicò la porta del soggiorno. «Seguimi.»

Dopo che Alfie si fu seduto in poltrona, Charlotte lo guardò perplessa. «Meno ne sai, meglio è.»

«Anch'io sono stato minacciato. Quindi siamo sulla stessa barca, io e i Danby.»

Lei alzò la mano per ammonirlo. «Non del tutto. Tu hai ricevuto una lamina di maledizione, loro soltanto una lettera.»

Alfie non si lasciò sviare. «Ma lei ha detto che sono stati minacciati.»

Charlotte sospirò. «Dovremmo fermare le indagini, altrimenti faranno sapere a tutti come è morta Julia. Parleranno di suicidio, la gente inizierà a mormorare e si spargeranno voci sulla sua infelicità, sul fatto che i suoi genitori non si curavano di lei, magari diranno anche che aspettava un figlio illegittimo, che aveva peccato…» Si interruppe, quelle parole le erano uscite inavvertitamente di bocca come un fiume in piena. «Capisci, Alfie? Hanno perso la loro unica figlia. Queste dicerie non farebbero altro che acuire la loro sofferenza.»

Alfie increspò le labbra e aggrottò la fronte. «Potrebbero semplicemente smettere di fare ricerche. Ma così non scopriranno mai cos'è successo davvero.»

Charlotte annuì. «È proprio così. Sono stati messi di fronte a una scelta impossibile.»

«E cosa intendono fare?»

«Suggerirò loro di far finta di cedere. Di non reagire. Di non fiatare. Di non assumere più alcuna iniziativa.»

Alfie tirò su un angolo della bocca. «Mentre lei procederà di nascosto per conto loro.»

Charlotte sospirò. «La gente che sta dietro a tutta questa storia ora sa che conosco Mrs Danby. Ma non mi viene in mente un'idea migliore.» Poi si chinò in avanti e scrutò Alfie con sguardo penetrante. «Non possiamo arrenderci, o sarà come consegnarci a quelle persone. Solo quando saremo in grado di provare cosa hanno fatto, i Danby saranno liberi. E lo sarai anche tu.»

La Marina mercantile non teneva un registro dei suoi marinai! Possibile? *Prima del 1858 venivano redatte delle liste,* gli avevano detto, aggiungendo poi: *Purtroppo abbiamo rinunciato a questa prassi, quindi è possibile rintracciare un marinaio solo quando si conosce il nome della nave su cui si è imbarcato.* Tom maledisse chiunque avesse ritenuto una buona idea non registrare i membri della Marina mercantile con il proprio nome, la data di nascita e altri dati sensibili utili a chi, come lui, avesse voluto rintracciare qualcuno.

Volse lo sguardo al Tamigi. La decisione di dirigersi al fiume fu dettata dall'istinto, più che il risultato di un ragionamento lucido. Forse la vista delle acque gli avrebbe messo le ali, o almeno lo avrebbe fatto sentire più fiducioso di quanto non fosse in realtà.

Aveva come la sensazione che lui e Charlotte, Alfie e i Danby fossero tutti intrappolati in una rete. La sera prima avevano avuto una prova evidente del genere di persone con cui avevano a che fare: i Jellicoe erano come morbida seta che nascondeva freddo acciaio. Facevano domande e allusioni con nonchalance, distoglievano l'attenzione, lusingavano. Ma le indagini li avevano stanati, ed era solo questione di tempo prima che passassero al contrattacco.

No, si corresse, lo avevano già fatto. La lamina di maledizione, la lettera ai Danby, il vecchio Ned... Erano stati degli avvertimenti. Quando si sarebbero ritenuti soddisfatti?

Forse avrebbe dovuto discutere con Charlotte dei suoi piani, ma qualcosa lo aveva trattenuto – e non solo il fatto che il ragazzo dalle scale avesse ascoltato tutto. Dopo che Alfie era scappato, si erano chiariti e avevano preso una decisione. Non sarebbe rimasto da loro, non sarebbe mai diventato loro figlio. Da quel punto di vista non era cambiato niente.

Ma Tom gli si era affezionato sempre di più, per questo doveva proteggerlo. Non si sarebbe dato pace fin quando non avesse saputo Alfie al sicuro. Si sarebbe adoperato affinché il ragazzo non corresse più alcun pericolo. E poi avrebbe fatto di tutto perché potesse avere la vita che desiderava. Non in una scuola a Clerkenwell, né a casa Ashdown, ma su una nave.

Tom era a riva, le mani appoggiate sulla balaustra, e osservava le navi e il tumulto delle gru da carico. Gli tornarono in mente le parole del segretario. *Se conosce il nome della nave*, aveva detto. Il nome della nave, il nome della nave, andava ripetendo come un mantra.

All'improvviso si ricordò di quel giorno di sole a Mortlake, la prima volta che c'era stato, e di quando aveva passeggiato lungo la riva con Alfie. Che cosa gli aveva chiesto per prima cosa?

Se era solo al mondo, sì, gli aveva chiesto proprio quello, pensò Tom. E Alfie, indignato, aveva fatto il nome del fratello maggiore che andava per mare e che sarebbe venuto a prenderlo non appena fosse stato grande abbastanza. In quell'occasione aveva anche detto come si chiamava la nave. Tom l'aveva completamente dimenticato, ma adesso gli era tornato in mente. Si premette il pugno sulla bocca e strinse gli occhi come per costringere quel ricordo a riaffiorare.

Come si chiamava quella maledetta nave?

Aveva un nome di donna, di quello era certo. Passò in rassegna una serie di nomi assai diffusi: Annie, Alice, Betty, Sally, Mary… No, non era nessuno di quelli. Ma era un nome comune, niente di esotico o di insolito. Polly, Gertie, Louisa. No, nemmeno. Sospirò. Ovviamente poteva andare a casa e chiederlo direttamente ad Alfie, ma non voleva in alcun modo destare false speranze.

Tom fece un tratto di lungofiume sforzandosi di pensare a qualcos'altro. A volte i ricordi riaffiorano quando uno meno se li aspetta.

Ripassò a memoria il suo manoscritto, pensando a quale capitolo mettere all'inizio. Magari quello su John Dee, in fondo era partito tutto di lì. Il mago della regina…

Eccolo, il nome!

Elizabeth, la nave si chiamava *Elizabeth*. Tom stava quasi per esultare quando gli tornò in mente che c'era qualcos'altro, un cognome… Non era così importante. Quell'indizio forse sarebbe stato sufficiente a rintracciare la nave. Non appena avesse letto il nome completo, lo avrebbe riconosciuto, ne era assolutamente certo.

Tom girò i tacchi. Doveva dirigersi a Chancery Lane. Il più in fretta possibile.

52

Charlotte era sicura: la lettera ricevuta dai Danby, quella malcelata minaccia, non poteva che essere opera dei Jellicoe – o di Iris soltanto. Più ci rimuginava, più il quadro si faceva chiaro. Iris Jellicoe, il cui padre era affiliato a una società segreta, esperta di mitologia egizia. Julia Danby, che riteneva il Tamigi un fiume sacro. Anna Carhill, per la quale il fiume aveva molte facce. Sally Beacon, che credeva alla forza dell'amuleto egizio. Chiunque si intromettesse e ponesse domande o investigasse veniva minacciato o spariva nel nulla – Alfie, Miss Carhill, il vecchio Ned.

Prima di andare da Mrs Danby, Charlotte voleva mettere tutto per iscritto in ordine cronologico, elencando le persone coinvolte nella storia, così come quelli che avevano aiutato lei e Tom. Ma le riusciva difficile concentrarsi, preoccupata com'era per il marito. Dov'era andato? Che cosa stava architettando, e soprattutto perché la teneva all'oscuro?

Verso mezzogiorno Alfie scese al piano di sotto e si sedette accanto a lei in silenzio. Aveva un libro in grembo, ma non lo aprì.

«Che cosa stai leggendo?»

Alzò le spalle imbarazzato. «Volevo leggerlo, ma è strano. Non lo capisco.»

Charlotte gli dette un'occhiata. *Moby Dick*. «Non mi stupisce. In effetti è molto difficile. Stai facendo progressi con i nodi?»

Alfie sembrò sollevato e tirò fuori dalla tasca un cordino. «Cinque nodi li so fare, ma anche quelli sono molto difficili.» Cominciò a fare un nodo dopo l'altro e Charlotte lo elogiò debitamente.

Poi suonarono alla porta e Daisy portò un altro telegramma.

> DEVO PARLARLE URGENTEMENTE STOP VENGA A CLERKENWELL STOP HUGH MYDDELTON SCHOOL STOP ORE QUATTRO STOP M. DANBY

Strano, pensò Charlotte, perché Mrs Danby non veniva a trovarla a casa? Forse era entrata nel panico dopo aver ricevuto la lettera e non ragionava più in modo lucido. O invece – interpretazione più logica – per via della minaccia Mrs Danby preferiva incontrala in un luogo neutro dove nessuno avrebbe sospettato niente. Questo corrispondeva all'impressione che Charlotte si era fatta di lei.

Tornò a dedicarsi alle sue annotazioni, ma non riuscì a concentrarsi oltre. Dentro di lei si era accesa una fiamma, minacciosa e allettante a un tempo, e per quanto cercasse di spegnerla, si rinfocolava sempre più.

A un quarto alle quattro Charlotte si alzò.

«Devo assentarmi un attimo» disse ad Alfie, ma il ragazzo era così impegnato con i suoi nodi che non alzò nemmeno la testa quando lei uscì.

Charlotte prese la piccola deviazione oltre il cimitero, dove si godette l'ombra degli alberi mettendosi al tempo stesso al riparo dagli sguardi indiscreti di Miss Clovis. Là dietro c'era un piccolo parco confinante con il St. James Walk. Svoltò a sinistra e vide subito la scuola in fondo alla strada. L'edificio rosso con mattoni in terracotta era sontuoso, degno di un palazzo reale, e il re vi era stato di persona quando la scuola era stata inaugurata l'anno precedente. Mai prima di allora era stato tributato un tale onore al provveditorato agli studi londinese, e Charlotte si ricordò che Tom aveva parlato di un esorcismo. «Sfarzo architettonico e benedizione reale per far dimenticare rapidamente quanti criminali vi siano morti in passato.»

L'orologio del campanile batté le quattro, ma ancora nessuna traccia di Mrs Danby.

Charlotte girovagò per il cortile scolastico guardandosi intorno. A destra c'era una scuola più piccola in cui venivano impartite lezioni ai bambini sordomuti. *Quello sarebbe un bel lavoro*, pensò distraendosi un attimo. Magari avrebbe potuto imparare la lingua dei segni e dare una mano. Non appena quella storia fosse finita e si fosse ritrovata a tu per tu con Tom, avrebbero dovuto parlare del loro futuro. Un futuro senza figli. Charlotte voleva rendersi utile, e il pensiero di non istruire più i figli delle famiglie ricche ma di mettersi al servizio di quelli che avevano avuto meno fortuna nella vita le sembrò gratificante. Non appena avessero ritrovato del tempo solo per loro ne avrebbe parlato con Tom. D'un tratto il desiderio struggente di stare da sola con lui divenne così intenso da farle male.

«Buongiorno, Mrs Ashdown.» Quella voce era sbucata fuori dal nulla.

Charlotte si voltò e rimase di stucco. «Buongiorno, Miss Jellicoe.» Poi si accorse dell'altra donna per metà nascosta dietro a lei. Fu travolta da immagini, impressioni e dal ricordo del disagio che aveva sempre provato in sua presenza. «Miss Clovis.»

Non sembrava più l'anziana vicina di casa curiosa, se ne stava lì impettita, altezzosa e sicura di sé.

«Mrs Danby non verrà, presumo.» Charlotte sperò che la sua voce risultasse più risoluta di quanto lei non fosse, in realtà.

Iris Jellicoe, che indossava un vestito grigio chiaro, sorrise con aria sprezzante. «I telegrammi sono qualcosa di stupendo. Così anonimi. Nessun indirizzo, nessun mittente. Solo un messaggio, un nome, tutto qua.»

Charlotte spostò lo sguardo su Miss Clovis. «E lei che cosa c'entra?»

Iris la afferrò bruscamente per un braccio, la presa fu così dolorosa che per poco non riuscì a respirare. Charlotte si guardò intorno alla ricerca di qualcuno. Non c'era nessuno. Com'era possibile che il cortile della scuola fosse così deserto?

«Venga.» Miss Clovis la afferrò per l'altro braccio e tutte e due la portarono alla scala vicino al muro dell'edificio. Charlotte cercò di puntare i piedi a terra, ma le due donne erano più forti di lei.

Che errore!, si levò un grido dentro di lei. Aveva commesso un grave errore, confidando che lì all'aperto non le sarebbe successo niente di male. *Tom*, pensò, *che cosa ho fatto?*

«Io sono nel consiglio di amministrazione di questa scuola» disse Miss Jellicoe per inciso. «Ho dunque familiarità con le consuetudini del luogo. Oggi le lezioni terminavano alle due, dopo di che non c'è più nessuno. Di conseguenza nessuno verrà a disturbarci.»

I gradini erano umidi e scivolosi, ed era come se il vento avesse portato fin lì le parole del parroco.

Purtroppo non hanno demolito i sotterranei. Sono stati chiusi a chiave, ma i bambini in cerca d'avventura tentano lo stesso di introdurvisi. Il piccolo Charlie è scivolato per le scale, cadendo malamente.

No!, fu il grido muto di Charlotte. *Non laggiù! Non nei sotterranei, non in prigione...*

Le due donne la spinsero giù per le scale. Iris Jellicoe tirò fuori una chiave dalla tasca e quando la porta si aprì un panno umido le venne premuto sul viso, subito dopo avvertì un odore dolciastro, pungente e sgradevole.

Charlotte non sentiva più il terreno sotto i piedi, i muri cominciarono a ondeggiare fin quando non divenne tutto nero.

Quel giorno sembrava fin troppo breve per riuscire a portare a termine tutto. A Chancery Lane comunicarono a Tom che non conservavano documenti sulle navi commerciali e lo indirizzarono verso la British Library. Lì consultò il registro navale di Lloyd, dove al termine di qualche ricerca trovò effettivamente la nave in questione. Si chiamava *Elizabeth Doe*, il porto d'immatricolazione era Londra. Viaggiava di norma fra Londra, India e Ceylon, facendo rotta anche sulla Costa d'Oro in Africa occidentale. Non esistevano tuttavia liste d'equipaggio.

Tom si mise le mani nei capelli. Doveva pur esserci un modo per scoprire se il fratello di Alfie fosse a bordo di quella nave e quando sarebbe tornato! Alla fine gli venne un'altra idea – la compagnia di navigazione di cui l'*Elizabeth Doe* batteva bandiera. Si chiamava Blue Anchor Steam Shipping Company e aveva sede nella East India Avenue. Arrivato lì, Tom chiese in giro fin quando non si imbatté nel segretario dell'azienda che, visibilmente incuriosito, lo fece entrare nel suo ufficio.

«Buongiorno, Sir. I giornalisti qui si vedono molto di rado. Cosa posso fare per lei?»

Tom si accomodò con gratitudine sulla poltrona in cuoio, lanciando di sfuggita un'occhiata ai quadri con delle navi che decoravano le pareti.

«Sono qui a titolo personale, Mr Furness, non come giornalista. Lei è la mia ultima speranza. Sembra quasi impossibile scoprire qualcosa su un certo marinaio.»

«Posso chiedere di chi si tratta?»

«Io e mia moglie ci stiamo occupando di un ragazzo che si guadagna da vivere come pettinatore di spiagge, e che suo malgrado si è trovato coinvolto in una brutta situazione. Suo fratello maggiore, un certo Jamie Clark, viaggia a bordo di una vostra nave, l'*Elizabeth Doe*, i loro genitori sono morti.»

«Be', noi abbiamo molte navi, e di conseguenza numerosi marinai, ma vedrò cosa riesco a scoprire.» Mr Furness andò nella stanza attigua a parlare con qualcuno prima di tornare a sedersi con Tom.

«Stanno controllando dove si trova la nave e se Jamie Clark è a bordo.»

Poco dopo bussarono alla porta, un signore anziano posò sul tavolo davanti a Furness un foglio e subito dopo sparì di nuovo senza proferire parola.

Il segretario scorse con gli occhi il foglio. «L'*Elizabeth Doe* è in viaggio verso l'India e Ceylon. E sì, risulta un James Clark fra l'equipaggio.»

«Significa che quest'uomo viaggia regolarmente sulle vostre navi?» domandò Tom.

«Be', quel che posso dire per certo è che si trova in viaggio adesso.» L'uomo mise via il foglio. «Posso chiedere perché le sta tanto a cuore saperlo?»

Tom si schiarì la voce. «Avevo fatto il pensiero di prendere con me il ragazzo, ma poi… Be', vuole fare il marinaio a tutti i costi. La prospettiva di andare a scuola in città e poi magari di finire in un ufficio commerciale non gli va proprio a genio. Spera che suo fratello venga a prenderlo e lo porti con sé a bordo di una nave.» Tom indugiò. «Ma sono anni che non ha più sue notizie.»

Il segretario lo guardò attentamente. «Un pettinatore di spiagge, dice? Dunque senza pretese?»

«Assolutamente, vive in una baracca sul Tamigi.»

«E il suo più grande desiderio è fare il marinaio?»

«Esatto.»

Il segretario si annotò qualcosa su un foglio e lo passò sul tavolo a Tom.

«I servizi sociali della città… Il centro accoglienza per i poveri?» domandò sorpreso.

«Ha mai sentito parlare di navi da addestramento?»

Tom scosse la testa.

«Qualche decennio fa si allestivano queste navi per prelevare ragazzi privi di mezzi dal ricovero per poveri e offrire loro una prospettiva di vita. Certo, si trattava anche di risparmiare soldi, ma questo è quanto. I ragazzi vivono sulle navi che attraccano sul Tamigi e lì imparano cose utili: come si lavano e si rammendano i vestiti, come si tiene pulita la propria cuccetta, come si fabbricano e si riparano vele e gomene, come si rema. Tutto ciò che serve a un marinaio. Inoltre prendono lezioni e imparano a nuotare.»

Tom stentava a credere di essere così fortunato. «Sarebbe proprio quel che ci vuole per questo ragazzo!» Poi ebbe un ripensamento. «Ma vengono trattati bene?»

«Penso di sì. La *Exmouth,* la nave che svolge oggi questa funzione, è entrata in servizio nel 1877 perché quella precedente, la *Goliath*, era bruciata. I ragazzi che all'epoca dovettero tornare al centro di accoglienza per i poveri ne furono molto scontenti.»

«Pensa che ci sarebbe una possibilità?»

Il segretario dondolò la testa. «Non saprei dirlo, ma se il

ragazzo in questione non ha i genitori ed è indigente, le prospettive che gli si aprirebbero non sarebbero certo delle peggiori.»

Tom si mise in tasca il biglietto. «La ringrazio molto, anche a nome del ragazzo.»

«E io le auguro buona fortuna.»

Dopo che fu uscito dall'edificio, Tom non riuscì a tornare a Clerkenwell abbastanza presto da dare a Charlotte la buona notizia.

53

Alfie si precipitò incontro a Tom, non appena lui entrò in casa. «È fuori già da un bel pezzo!»

A Tom corse un brivido lungo la schiena, e deglutì. «Di chi parli?»

«Di sua moglie! È andata via a un quarto alle quattro e non è ancora tornata.»

«Doveva andare da Mrs Danby, ne avrà per molto.» Qualcosa in quell'affermazione ora lo fece preoccupare. Perché Charlotte avrebbe dovuto aspettare fino al tardo pomeriggio per recarvisi? Aveva così urgenza di parlarci.

In quel momento arrivò Daisy dalla cucina, e il suo sguardo confermò ciò che aveva appena asserito il ragazzo. «Perché è uscita così tardi? Ha dato qualche spiegazione? È forse successo qualcosa di insolito?»

«Ha passato l'intera mattinata a scrivere, Mr Ashdown.» Daisy maneggiava nervosamente il canovaccio che aveva in mano, poi indicò il soggiorno. «Ah, sì, verso mezzogiorno è arrivato un telegramma. L'ho portato a Mrs Ashdown.»

Tom si precipitò in soggiorno e vide il telegramma sul tavolo. Lo scorse velocemente. Mrs Danby voleva incontrarsi con Charlotte. Ma perché a scuola? Perché non lì, a casa loro?

Suonarono alla porta. Sentì Daisy andare ad aprire. La posta della sera.

Poi entrò nella stanza e gli porse una lettera. «Per Mrs Ashdown, Sir.»

Era da parte di Mrs Danby. Tom la aprì e lesse avidamente le poche righe.

Cara Mrs Ashdown,
mio marito purtroppo non sta bene, è ancora sconvolto per via di quella lettera. Ma domani la riceverò volentieri e potremo parlare di tutto. Le andrebbe bene la mattina alle undici?
Cordiali saluti
Marguerite Danby

Tom guardò atterrito il telegramma. Chi aveva dato appuntamento a Charlotte a scuola? E dov'era adesso?

«Voglio venire anch'io!» Alfie incrociò le braccia sul petto senza arretrare di un centimetro. «Non può andarci da solo.»

Tom indugiò qualche istante ma poi si decise. Alfie non doveva più nascondersi. I suoi nemici si erano trovati un'altra vittima. Sua moglie.

«Allora andiamo.»

«Mr Ashdown, che cosa vuole che faccia?» chiese Daisy quando lui aprì la porta d'ingresso.

«Resta a casa, nel caso mia moglie torni. Non aprire a nessun estraneo. Continua a guardare dalla finestra sul davanti e sul retro, se noti qualcosa di strano.»

Lei annuì, sforzandosi evidentemente di nascondere la paura. «Benissimo, Sir.»

Tom e Alfie si incamminarono a passo svelto, all'angolo girarono a destra, trovarono prima un pub, poi un altro, infine la scuola spuntò alla loro sinistra. Si fermarono e si guardarono intorno.

«Che sia là dentro?» domandò Alfie.

Improbabile, pensò Tom. Anche se le lezioni erano finite, gli sembrava rischioso fare del male a qualcuno lì dentro. *Sempre che* volessero davvero fare del male a Charlotte. Ma il telegramma era stato una trappola, non c'erano dubbi.

La paura gli trafisse il cuore. Poi gli venne in mente un'altra cosa, e il panico aumentò notevolmente. E se Charlotte avesse presagito che si trattava di una trappola e si fosse recata lo stesso sul luogo dell'appuntamento? Era tipo da commettere una simile sciocchezza? No, non era da lei, saggia e razionale come la conosceva, ma aveva anche un innegabile spirito di avventura. E altrettanta curiosità. Così come l'impulso di andare a scavare sotto la superficie. Era sempre animata dal desiderio di aiutare le persone.

Deglutì a fatica, quando capì che Charlotte era proprio il tipo di persona che avrebbe potuto prendersi un rischio del genere.

Poi Tom si riscosse dai suoi pensieri. Non aveva senso star lì a rimuginare.

Un uomo anziano con un camice grigio uscì dall'edificio scolastico e Tom lo interpellò immediatamente. «Ha visto una donna qui?» Gliela descrisse, ma l'uomo lo guardò senza capire.

«Perché dovrebbe trovarsi qui? È un'insegnante?»

«No. È mia moglie, e alle quattro si era data appuntamento qui con qualcuno.»

L'uomo si grattò la testa. «Chi dà appuntamenti qui? Io non ho visto nessuna donna. Alle quattro ero dentro a riparare una lavagna. Quei diavoli ne combinano di tutti i colori…»

Tom stava già per andarsene quando gli venne un'idea. «Mi dica, qui sotto ci sono ancora i sotterranei della vecchia prigione?»

Il custode ridacchiò. «Sì, Sir, ma non ci entra nessuno. Sono chiusi a chiave, cosa crede che ci facciano quei mocciosi laggiù? È troppo pericoloso. Di recente uno si è rotto una gamba per le scale… brutta storia…»

«Dove sono le scale?»

L'uomo indicò l'uscita in fondo al muro dell'edificio. «Laggiù. Ma non ci entrano, può credermi.»

«Le credo, solo che…» Ebbe un tentennamento. «È importante.»

Afferrò Alfie per una spalla e scese le scale con lui.

La porta laggiù in fondo era effettivamente chiusa a chiave. Non si sentivano rumori. Tom batté contro l'infisso chiamando il nome di Charlotte, ma ebbe in cambio solo un silenzio privo di speranza. Si appoggiò alla porta col respiro affannato, lottando contro la disperazione che minacciava di sopraffarlo.

«Mr Ashdown.» Alfie lo tirò per la manica. «Guardi.»

Il ragazzo aveva nel palmo della mano un bottone ricoperto di stoffa rosso bordeaux.

Charlotte possedeva una giacca con quei bottoni.

Fece dei respiri profondi e si toccò il viso. Scottava, soprattutto intorno alla bocca e al naso, ma non sapeva spiegarsi da dove provenisse quel calore. Le doleva la testa, era stordita come se avesse bevuto troppo. Pur essendo seduta con la schiena al muro, le girava la testa. Cosa le era successo?

Charlotte si sforzò di respirare con calma e di pensare razionalmente, cosa non facile, sentendosi la testa nell'ovatta. Tastò il muro, era freddo e asciutto. Poi il pavimento, anch'esso freddo e granelloso come se fosse ricoperto di sabbia grossa. Lasciò scivolare il dito su una fuga larga. Lastre di pietra, pensò.

Intorno a lei era piuttosto buio, ma riconobbe ugualmente

il profilo di diversi archi in pietra, uno di seguito all'altro, un corridoio che si perdeva nell'oscurità.

Dopo qualche minuto riprese a pensare più lucidamente, e a quel punto le tornò anche la memoria. Il telegramma con cui Iris Jellicoe l'aveva attirata fin lì. Miss Clovis – ovviamente c'era dentro anche lei – doveva averla tenuta d'occhio fin dall'inizio. Ma la facciata dell'anziana signora benestante era stata davvero ingannevole.

Una cosa era certa, veniva tenuta prigioniera sotto la scuola. Tutto ciò che il reverendo e Tom le avevano raccontato sui sotterranei della prigione corrispondeva alle sensazioni che quel posto le stava suscitando. Lastre di pietra come pavimento, un edificio eretto con scrupolo... Mattoni... Era seduta in un lungo corridoio. Se non altro, non l'avevano rinchiusa in una cella. Almeno quello.

Sapeva che la porta era chiusa a chiave, avrebbe solo sprecato energie se avesse tentato in qualche modo di aprirla. Poi pensò a Tom. Era tornato nel frattempo? Aveva trovato il telegramma? Forse la stava cercando?

D'un tratto venne travolta dalla nostalgia per il marito, quasi non respirava, e le si riempirono gli occhi di lacrime. Ammesso che avesse tratto le giuste conclusioni dal telegramma e si fosse rivolto alla polizia, chi gli avrebbe creduto, se avesse raccontato che con ogni probabilità sua moglie veniva tenuta prigioniera in un ex carcere da membri di un sedicente culto segreto? *Chi gli avrebbe mai creduto?*

No, non le restava altra scelta che liberarsi da sola. Ma per farlo aveva bisogno di scoprire di più su quell'ambiente e sulle sue aguzzine.

Con fatica, dal momento che aveva i muscoli indolenziti e le gambe intorpidite, si mise in ginocchio. Adesso stava tremando per il freddo e per il brutto spavento che si era presa. Eppure doveva muoversi, altrimenti si sarebbe solo irrigidita e non sarebbe stata in grado di far resistenza alle due donne non appena fossero tornate.

Rimase dunque ferma in ginocchio, mettendosi in ascolto. Non si udivano passi né voci, e tuttavia si accorse di non essere sola. Era quella sensazione inspiegabile di una presenza umana che si avvertiva occasionalmente anche se non c'era nessuno in vista.

Charlotte scivolò verso il muro, puntandovi le mani e tirandosi su a fatica. Col respiro affannato si appoggiò e chiuse gli occhi perché le prese un altro capogiro.

Poi si guardò intorno lentamente notando all'improvviso un bagliore in fondo al corridoio. Era una luce debole che oscillava inquieta. Una candela.

Mise cautamente un piede davanti all'altro, la mano destra appoggiata al muro, e iniziò a muoversi verso il tremolio cercando il più possibile di spostarsi senza far rumore.

Quel che vide alla fine le fece dubitare della propria lucidità mentale. L'avevano forse addormentata con un narcotico o erano gli effetti collaterali di qualche medicinale?

C'erano otto colonne disposte in cerchio, illuminate da fiaccole gettavano ombre palpitanti sulle pareti intorno. Un tempio, fu il suo primo pensiero, ma perché quel che rimaneva di una prigione doveva assomigliare a un tempio?

Fra le colonne si ergevano sagome vestite di bianco, con le mani alzate, che, dondolando leggermente come se si fossero accorte della presenza di Charlotte, intonarono un canto per lei incomprensibile, dall'effetto quasi ipnotico. Forse non erano nemmeno parole quelle che pronunciavano ma semplicemente suoni, suoni antichissimi la cui eco avvolgeva come una veste i muri di pietra.

Quando due sagome si spostarono, Charlotte intravide la donna dalla parte opposta del cerchio, leggermente rialzata, perché più alta di tutte le altre o perché posta su un piedistallo.

«Figlie di Iside, ascoltatemi.» Quella voce era inconfondibile. «Siamo qui riunite per offrire un sacrificio alla dea. Qualcuno si è introdotto nella nostra cerchia e ha tentato di sottrarre il tempio al suo mistero. Qualcuno ha cercato di dissacrare i nostri rituali, ha seguito voi, figlie, per arrivare alla vostra somma sacerdotessa.»

Udite quelle parole, Charlotte per poco non scoppiò a ridere, tanto le sembrarono pretenziose e antiquate. Le somme sacerdotesse facevano parte dell'antichità, dei culti degli dèi e dei templi e degli altari sui quali... Cosa aveva detto prima? Si *offrivano sacrifici alla dea*?

Non lo avrebbero fatto, si disse per farsi coraggio. Erano alle soglie del XX secolo, le invenzioni tecnologiche che rendevano la vita più veloce, più semplice e più sicura si succedevano senza soluzione di continuità. La loro non era un'epoca in cui si andasse in cerca di vittime sacrificali.

Eppure, le disse una vocina insistente dentro di lei, eppure Julia Danby è morta. Alfie è stato minacciato con una lamina di maledizione, Anna Carhill sembra sia stata rapita, dei rituali sono stati compiuti in riva al Tamigi, mentre a pochi metri di distanza pulsava la vita moderna.

«Figlie di Iside, guardate chi è entrata nella nostra cerchia!»

Come a comando tutte si voltarono verso Charlotte.

Fece un passo in avanti, allungando le mani, sentendosi impotente, ma qualsiasi cosa era meglio che starsene lì immobile.

«Che cosa ci faccio qui?» domandò, ma non ebbe risposta.

54

Daisy uscì dalla cucina stringendo nervosamente il grembiule fra le dita. «Ha trovato Mrs Ashdown?» domandò angosciata.

Tom chiuse un attimo gli occhi. «No, ma so dove potrebbe essere.» Stava riflettendo febbrilmente su come potersi introdurre nei sotterranei della scuola. Nemmeno il custode aveva la chiave, avrebbe dovuto rivolgersi alla dirigenza scolastica, dove a quell'ora probabilmente non avrebbe trovato più nessuno. E se fosse andato alla polizia a mostrare il telegramma e la lettera di Mrs Danby e avesse raccontato tutta la storia? A quel punto non sarebbero stati obbligati ad aiutarlo?

Ma solo se avessero creduto alla storia di un moderno culto di Iside, con delle adepte che evidentemente avevano rapito sua moglie. Quanto suonava assurdo.

Ma il tempo stringeva. Doveva assolutamente fare qualcosa.

E allora capì a chi doveva rivolgersi. Stava andando verso la porta quando per poco non inciampò in Alfie, le mani sui fianchi e lo sguardo infuocato. Non arretrò di un centimetro.

«E va bene» disse Tom rassegnato. Forse sarebbe stato tutto più facile, badando di persona al ragazzo.

«Aspetto qui, nel caso arrivi Mrs Ashdown.» Daisy si sforzava di essere coraggiosa, ma si vedeva che era molto spaventata.

«E tranne a me e a mia moglie non aprire la porta a nessuno.»

All'improvviso il canto riprese, crescendo e divenendo sempre più forte fino a trasformarsi in una parete minacciosa di suoni che sembravano circondarla da ogni parte.

Poi, senza che lei se ne accorgesse, qualcuno le arrivò alle spalle, e mani robuste la spinsero in ginocchio. Le venne piegata la testa in avanti, tanto da vedere soltanto le lastre di pietra sotto di sé.

«Accetta questa vittima, oh dea» intonò Iris Jellicoe, con voce smorzata e tuttavia penetrante. «Accettala e sii indulgente con noi, oh dea. Illuminaci, dopo aver accolto colei che disturba la nostra cerchia.»

A Charlotte il cuore batteva così forte da sentirlo pulsare persino nelle orecchie. Percepiva a malapena la durezza del pavimento sotto le sue ginocchia, la paura la estraniava da tutto.

Come potevano quelle persone essere così cieche? Ma poi pensò che il fanatismo era sempre esistito, e quello religioso in particolare era assai pericoloso.

Chi si riteneva un essere superiore, depositario del sapere occulto, non conosceva limiti. Quelle persone non tenevano conto delle regole e delle leggi che ai loro occhi valevano solo per i comuni mortali, non per loro.

Tutti quei pensieri le si affollarono nella mente in una manciata di secondi; era come se la paura la spingesse a ragionare più velocemente.

Poi si bloccò, ci fu più luce, come se stessero portando delle fiaccole. La pressione sulla nuca cessò, e Charlotte poté alzare lo sguardo.

Iris Jellicoe – poi non più lei. Aveva ora davanti una dea con una veste bianca drappeggiata che Charlotte aveva visto ritratta in raffigurazioni egizie. Sulla testa campeggiava la corona di

Iside con il sole e le corna, e per un attimo capì come le seguaci erano state adescate.

È tutta una messinscena, si disse Charlotte, accessori e costumi, la magia tangibile del palcoscenico di cui Tom le aveva parlato così spesso. Ma sapeva anche quanto tutto ciò potesse essere seducente. Chi non si era mai lasciato incantare da un'opera teatrale, chi non aveva mai ceduto al fascino degli interpreti con il trucco e gli abiti di scena, chi non aveva mai creduto alla resurrezione e alla caduta all'Inferno, nonostante i vari trucchi di scena?

Iris Jellicoe si serviva di quei mezzi, uniti alla mistica rituale, per placare evidentemente uno struggimento profondo. «Oh dea, ti offriamo un pegno perché tu veda quanto ti siamo devote. Dall'acqua veniamo, e all'acqua ritorniamo.»

Significava forse che volevano offrirla in sacrificio al Tamigi?, pensò Charlotte in preda al panico. Doveva fare qualcosa. Doveva fermarle, prendere tempo, perché Tom l'avrebbe salvata. In qualche modo l'avrebbe trovata.

Mandò la testa all'indietro e guardò Iris.

«Ne valeva davvero la pena?» domandò con voce ferma. Non aveva più niente da perdere. «Far morire Julia Danby per questo? Maledire una giovane donna? Atterrirla e plagiarla? Far perdere a un uomo anziano la sua misera casa, magari persino la vita?» Perché chi poteva dire cosa ne fosse stato del vecchio Ned?

«Taci!» tuonò una voce, e Charlotte istintivamente trasalì. «Taci. Pensi di essere tanto intelligente, vero? Colta, razionale, moderna. Per te la scienza è la nuova religione, per te la tecnica ha sostituito il potere della magia.» Una lieve nota di compassione in quella voce non ridestò in Charlotte alcuna speranza. «Ti compatisco. Tante delle cose che rendono la nostra vita degna di essere vissuta ti sfuggono. Ti accontenti del quotidiano, delle piccolezze più insignificanti, e non comprendi che il tuo spirito può elevarsi e sottrarsi a tutto ciò. Che ci sono vie per conoscere l'intima essenza di questo mondo, per scoprire cosa ci lega con il tutto.»

Charlotte si alzò e guardò Iris Jellicoe negli occhi. Sembrava completamente cambiata, i tratti del viso apparivano induriti e severi, ma emanava una forza maestosa che insieme al costume indossato e a quel luogo sotterraneo terrificante stregava tutte le altre.

«Io non so niente di questo culto – Le figlie di Iside, giusto? – se non quello che posso immaginare.» Si guardò intorno senza tuttavia riconoscere le altre donne che indossavano dei cappucci. Alcune le davano persino le spalle. Poteva solo tirare a indovinare chi si trovasse tra loro. «Sono giunta alla conclusione che quelle che si oppongono alla somma sacerdotessa vengano, come dire… disciplinate?»

Iris Jellicoe la guardò in silenzio, un sorriso sprezzante le sfiorò le labbra. Sembrava molto sicura di sé.

«Miss Anna Carhill, nel caso sia qui presente, vorrei rivolgermi a lei. Quando ci siamo incontrate la prima volta mi ha raccontato, piena di ardore ed entusiasmo, di un'esperienza sul Tamigi. Ho percepito che il fiume fosse molto importante per lei. Poco tempo dopo sua zia ha denunciato la sua scomparsa alla polizia.» Ora stava parlando più forte, con voce ferma. «Sua zia era così preoccupata da rivolgersi alle autorità, e quest'ultime alla popolazione. L'annuncio è stato pubblicato sul giornale!»

Qualcuno emise un lieve sospiro. Era Anna?

Iris Jellicoe si voltò alzando imperiosa la mano. «Silenzio! E tu, continua pure a parlare. Le mie adepte devono capire che non ho nulla da nascondere.»

Charlotte avvertì una lieve irritazione, non era infatti così sicura che tutte le seguaci del culto fossero al corrente delle macchinazioni della loro somma sacerdotessa. «A Strand-on-the-Green ho dato un'occhiata in giro. Lì ho incontrato un uomo che mi ha raccontato una storia bizzarra.» Fece una pausa, sentendo in modo quasi tangibile la tensione che aleggiava nella stanza. «Due notti prima aveva sentito gridare una donna. Aveva visto una luce tremolante, probabilmente luce di candele. E proprio nel punto tra i salici piangenti, da cui lei si era sentita attratta, Miss Carhill.»

«Una storia bizzarra, ma chi dice che Miss Carhill sia coinvolta?» domandò Iris Jellicoe girando lentamente intorno a Charlotte, come se volesse prenderle le misure.

«Non posso provarlo, ma la giustificazione che ha dato per la sua assenza era molto... debole. E sua zia sembrava spaventata, come se fosse stata costretta al silenzio.»

«Ma è così. Ciò che ho detto è vero!»

Si udì un suono soffocato, poi ci fu del movimento fra le donne lì in cerchio.

«Certo che è vero» disse Iris Jellicoe battendo le mani. «Accogliete ora la miscredente nel nostro cerchio.» Spinse Charlotte in mezzo all'ottagono e le donne le si accostarono finché non si sentì prigioniera.

«Sollevate le mani verso di me e invocate la dea. Preparatevi al rituale. Lasciate parlare per noi il fiume.»

Tom era a corto di fiato quando bussò alla porta di casa. Aveva intimato ad Alfie di aspettarlo nella vettura.

Khalish aprì, dignitoso come sempre, e lo fece entrare. «Il signore è impegnato, se desidera aspettare...»

«Non posso!» rispose di getto. Il tragitto sulla carrozza a noleggio era stato insopportabilmente lento, nonostante avesse proceduto agilmente nel traffico. Ogni secondo che passava accresceva il terrore per l'incolumità di Charlotte.

«Lo faccia venire qui, subito!»

Aveva gridato così forte che in fondo alla casa una porta si aprì e Sir Tristan ne uscì in vestaglia con la pipa fra i denti. Si fermò sorpreso quando si accorse della presenza di Tom.

«Ma cosa c'è? Cosa è successo?»

Tom afferrò Sir Tristan per un braccio e lo spinse nella stanza più vicina richiudendosi la porta alle spalle.

«Dov'è sua figlia?»

«Non lo so» disse Sir Tristan meravigliato, liberandosi dalla presa di Tom. «Ma cosa è successo?»

Tom gli fece un breve riepilogo col respiro affannato.

I tratti del volto di Sir Tristan si indurirono. «Come osa asserire simili sciocchezze? Mia figlia farebbe sacrifici umani perché venera il Tamigi? Mi sarei aspettato più discernimento da parte sua, Tom. L'ho sempre stimata per questo.»

Tom perse la pazienza. «Tutti gli indizi portano a Iris! È pericolosa, è una seguace di un culto fanatico, o comunque lo voglia chiamare!»

In quell'istante lesse qualcosa negli occhi di Sir Tristan che lo fece rabbrividire. «Culto fanatico? Peccato che vada così di fretta, amico mio, altrimenti le spiegherei volentieri che non c'è niente di vero in tutto questo.» Uno strano sorriso gli sfiorò le labbra e Tom risentì le parole di Bob Flatley.

Spero che tu sappia in cosa ti stai avventurando. Jellicoe fa parte dell'Alba dorata.

Riafferrò Sir Tristan per un braccio. «Mia moglie è in pericolo, possono portarla via di lì in qualunque momento, e chissà cosa...» Gli bruciavano gli occhi, non gli fu più possibile continuare a parlare.

Ma Sir Tristan rimase impassibile. Spinse via la mano di Tom e andò alla porta. «Khalish! Il signore desidera andarsene.»

Quando Tom risalì in carrozza, Alfie lo guardò preoccupato. «Allora? Ora sa come entrare nei sotterranei?»

Sprofondò il viso fra le mani. «No.»

«Non l'hanno aiutata?»

Tom alzò lo sguardo e vide che Alfie stava indicando la casa dei Jellicoe. «No. Mi hanno cacciato.» Era paralizzato dalla disperazione. Non sapeva dove andare e cosa fare.

«Dovranno pur uscire prima o poi, no?»

Le parole di Alfie gli arrivavano a rilento. «Cosa hai detto?»

Il ragazzo fece spallucce. «Penso semplicemente che, se aspettiamo nel cortile della scuola, sì insomma... Dovranno pur uscire di lì prima o poi.»

«Indietro a Clerkenwell!» gridò Tom al cocchiere. «Il più in fretta possibile.»

La vettura partì a strattoni e poi sembrò quasi decollare sul selciato.

Ovviamente poteva già essere troppo tardi, quando fossero uscite dai sotterranei. Era solo un barlume di speranza. Ma era anche tutto ciò che gli restava.

55

Il cerchio si era stretto. Charlotte era in piedi tra le adepte.

Iris entrò nel mezzo, con un gesso rosso in mano si inginocchiò e disegnò a terra, sorprendentemente disinvolta, una stella a cinque punte senza mai posare il gesso. Aggiunse dei simboli che Charlotte non conosceva e disegnò nel pentacolo una testa di aquila che ne costituiva il centro.

Poi si rialzò e sollevò le mani. «Oh Iside, con ciò invochiamo l'acqua, la marea divina che ci dona la fertilità e la vita. Riversa su di noi come acqua il tuo sapere nascosto.» Poi la sua voce si fece più cupa. «Ma l'acqua è anche la forza che lava via tutto, chi non crede in te, chi è indegno, chi non onora la tua saggezza.»

A un tratto ci fu dell'agitazione, e Charlotte si accorse che una delle donne aveva fatto un passo avanti. Iris le girò intorno. «Perché disturbi il rituale?»

«Avrei una domanda» fu la timida risposta di una giovane donna. A Charlotte sembrò di riconoscerla.

«Ormai è troppo tardi» replicò Iris imperiosa. «Torna al tuo posto.»

«Ma io...» La paura di Anna Carhill era chiaramente percepibile, tuttavia non si mosse. «Signora, il pentacolo è sbagliato.» Aveva pronunciato quella frase con voce tremante.

Charlotte si maledisse per non aver studiato più attentamente quella simbologia. Per lei era solo una delle tante raffigurazioni che aveva visto.

«Sbagliato?» Nella voce di Iris risuonò un tono minaccioso talmente violento che tutte restarono di sasso.

«Sì» ribadì Anna allungando la mano. «La singola punta ti indica. Dunque il pentacolo è capovolto, in questo modo diventa un simbolo del male. È sicuramente una svista, ma non vogliamo invocare l'acqua così. Sarebbe troppo pericoloso.»

A Charlotte passarono per la testa concetti letti chissà dove e poi rimossi. *Pentacolo caduto. Pentacolo capovolto.* Comunque lo si chiamasse, aveva a che fare con la magia nera.

Anna lo aveva riconosciuto. Non poteva essere una svista.

Prima che qualcuno potesse fare qualcosa, Iris afferrò la giovane donna e la portò fuori dal cerchio. Si sentì il suo grido soffocato, i piedi strascicati a terra, poi silenzio assoluto.

Tutte guardavano davanti a sé, nessuna alzò gli occhi.

Charlotte ebbe un presentimento di ciò che era appena successo. Un disgustoso odore dolce le salì nel naso. Anna era stata narcotizzata, esattamente come era successo poco prima anche a lei. Presumibilmente con il cloroformio.

«Sento che oggi lo spirito di Iside non è con noi» annunciò Iris con voce tonante, facendo rimbombare le pareti lì intorno. «È un fatto increscioso, ma quando qualcosa disturba l'intimità dell'assemblea, non resta altro che interrompere il rituale.»

Le adepte sospirarono.

«E se provassimo ancora una volta a concentrarci con più attenzione?» Fu Miss Clovis a fare quella proposta. Doveva essere una sorta di custode che abitava vicino al tempio. Perché quello lì era un tempio, non c'erano dubbi. Gli oggetti rituali, l'arredamento, i quadri alle pareti e la disinvoltura con la quale le donne si erano riunite nell'ottagono ne era la prova.

«No. Lo spirito della dea non ci raggiungerà stavolta. È troppo debole per penetrare le mura del tempio dal Tamigi. Un'estranea in mezzo a noi e una scettica tra le nostre fila... Tutto questo disturba le vibrazioni con cui normalmente viaggia per giungere fino a noi.»

Charlotte spalancò gli occhi, pur rimanendo a testa bassa. Davvero quelle donne ci credevano? Le cadde di nuovo lo sguardo sul pentacolo. Iris lo aveva effettivamente disegnato in modo da invocare il male, ma nessuna di loro si era opposta dopo che Anna Carhill era stata allontanata con la massima disinvoltura. Si domandò se Iris credesse sul serio alla magia nera, ma in fin dei conti non era importante. Non contava tanto il simbolo ma la volontà che vi stava dietro. Non lo aveva disegnato capovolto per puro caso. Voleva il male di Charlotte, e per ottenerlo era pronta a tutto.

«Henrietta» disse a Miss Clovis. «Rosalie. Gertrude.»

Charlotte riconobbe Mrs Wilkins e Mrs Hartley-James. Le donne che avevano preso il tè con lei da Miss Jellicoe. Quelle si avvicinarono alle spalle di Iris, che Charlotte scrutò con sguardo insistente.

«Ti abbiamo invitata perché ti volevamo nella nostra cerchia. Abbiamo pensato che fosse il posto giusto per te. E non solo perché veneriamo una dea e non un dio, perché attingiamo la nostra forza da un mito femminile.» Iris squadrò Charlotte e sorrise in modo strano. «Iside è anche la dea della nascita e della rinascita. Avrebbe potuto aiutarti a superare la tua debolezza.»

Quelle donne credevano forse di leggerle nel pensiero? Non capivano nulla e tuttavia credevano di avere il controllo su tutto. Charlotte si riscosse da quei pensieri, non poteva permettere che le parole di Iris facessero breccia dentro di lei.

«Non ho mai desiderato di entrare in una società come questa. Non credo che le preghiere o i rituali magici possano farmi diventare madre.»

Un mormorio percorse la cerchia.

Iris rimase impassibile. «È deplorevole, perché in quanto figlia di Iside avresti a disposizione forze impensate. Ma tu non ci credi. Per questo il nostro ordine ti resterà precluso.» Fece una pausa e si guardò intorno. «Chi sa di noi rimane vincolato. Il silenzio è la legge suprema. Subito dopo viene l'obbedienza dovuta ai ranghi superiori.» Indicò l'angolo in cui giaceva Anna. «Io ho ricevuto la saggezza direttamente dalla dea, per questo la mia parola ha valore. Chi si oppone deve risponderne.»

Cosa sarebbe successo ad Anna?, pensò Charlotte prima di porsi la domanda successiva: E a lei che cosa sarebbe successo?

Iris alzò la mano. «Dichiaro dunque sciolta l'assemblea di oggi. Rosalie e Gertrude, procurate una carrozza ad Anna. Rosalie, andrai a casa con lei e resterai lì fino a nuove istruzioni. Tutte le altre possono andare. Riunitevi, leggete le scritture, osservate i rituali. La nostra cerchia si ricomporrà, il nostro legame è indistruttibile. Non dimenticatelo mai.»

A un suo cenno Miss Clovis si diresse verso la porta e Charlotte sentì girare la chiave. Le donne se ne andarono passandole accanto in silenzio senza guardarla.

Come era stato loro ordinato, Miss Wilkins e Mrs Hartley-James alzarono Anna Carhill da terra, la presero sotto le ascelle e ancora narcotizzata la portarono fuori dal tempio.

Poco dopo Mrs Hartley-James tornò indietro. Adesso erano in quattro. La cerchia più ristretta.

I cavalli stavano dando il massimo, ma a Tom sembrava quasi che rimanessero fermi sul posto. Come se non bastasse, c'erano tutti gli autobus, le carrozze e i carri a intasare ogni singola strada sulla via che conduceva a Clerkenwell. Le mani aggrappate ai pantaloni denunciavano la sua agitazione interiore. Alfie continuava a guardarlo con la coda dell'occhio.

Come aveva potuto fidarsi di loro, pensò Tom maledicendosi per quell'errore di valutazione. Si era sentito lusingato quando Sir Tristan gli aveva offerto l'incarico, e questo, unitamente alla sua curiosità innata, lo aveva accecato. Anche quando lui e Charlotte si erano resi conto delle insidie della Londra segreta, non aveva creduto che i Jellicoe potessero esservi coinvolti. O non aveva voluto crederci?

Finalmente arrivarono a Clerkenwell. La vettura svoltò a tutta velocità nella loro via, sfrecciò accanto al cimitero e a casa loro, poi curvò oscillando e si fermò alla scuola.

Tom balzò giù dalla carrozza seguito da Alfie e pagò il vetturino. «Aspetti qui. Può darsi che abbia ancora bisogno di lei.»

L'uomo si tamburellò il cappello con il frustino. «Se mi paga, posso aspettare quanto vuole.»

Tom si guardò intorno nel cortile della scuola, non c'era nessuno. Il sole stava progressivamente tramontando, lottavano dunque con il crepuscolo. Tom corse alla scalinata e bussò alla porta, ma era ancora chiusa a chiave. Quando tornò nel cortile della scuola si guardò in giro in cerca di Alfie e lo vide parlare con una donna che usciva di casa.

A Tom cominciò a battere forte il cuore. Alfie annuì, girò sui tacchi e gli andò incontro di corsa.

«Quella donna ha visto andar via due carrozze. Una dietro l'altra. Poco fa. La prima aveva già svoltato l'angolo. Nella seconda sono salite quattro donne.»

«Hai chiesto che aspetto avessero?»

«Non ha saputo dirmelo. Ma nessuna di loro era ferita, ha detto.»

Questo non fu sufficiente a tranquillizzare Tom. Se Charlotte fosse stata fra quelle donne, significava che l'avevano portata via con la forza. Una di loro doveva essere Iris Jellicoe. L'ira verso di lei, verso suo padre e verso tutti quelli che facevano parte di quell'associazione minacciava di soffocarlo. Non riusciva più a pensare lucidamente.

Poi però si accorse che la donna interpellata da Alfie stava ora parlando con un uomo e indicava nella loro direzione.

Tom li raggiunse immediatamente, seguito da Alfie. «Buonasera. Saprebbe dirmi qualcos'altro sulle donne di cui parlava poco prima?»

L'uomo annuì. «Una di loro la conosco. Abita qui dietro l'angolo, è una donna anziana, non sposata.»

«Miss Clovis?»

«Sì, credo che si chiami così.»

Tom divenne ancora più furibondo. «In che direzione sono andate?»

«Per di là.» L'uomo fece un gesto che si rivelò almeno in parte utile.

«La ringrazio.»

Alfie lo guardò strabuzzando gli occhi. «È la donna che ha portato il dolce, vero?»

Tom annuì. «Ci ha spiati tutto il tempo, e non perché fosse curiosa, ma perché fa parte delle Figlie di Iside. È così che hanno saputo che eri da noi. E ti ha visto quando sei scappato di notte.»

Alfie si grattò la testa. «E a quel punto, pensando che sarei tornato a casa, hanno messo la lamina di maledizione nella mia baracca. Per spaventarmi.»

«Esatto.» Tornarono alla carrozza, ma Tom non salì, restando fermo con le mani in tasca.

«Ma dove sono andate?» domandò il ragazzo.

Sebbene la disperazione minacciasse ancora una volta di sopraffarlo, Tom si sforzò di riflettere con calma e lucidità. Solo così avrebbero ritrovato Charlotte. E poi a un tratto capì.

«Sono andate sicuramente sul Tamigi. In base alle loro credenze è il fiume sacro, la sede della dea Iside.» Indugiò un istante. «Erano a Mortlake, a Strand-on-the-Green, all'obelisco sulla darsena... è lì che hanno fatto i loro rituali.»

Alfie lo guardava perplesso.

«Capisci?» insistette Tom. «Si muovono con l'acqua, seguendo sempre la corrente. Quale sarà il prossimo luogo dal significato mistico collegato a Iside?»

«Non ho idea di cosa voglia dire mistico, ma l'acqua la conosco.»

«Vieni, partiamo, ci rifletteremo strada facendo.» Saltarono su in carrozza. «Al Tamigi!» disse Tom.

Ripassò a memoria la cartina della città. A St. Paul's Pier Charlotte aveva comprato la moneta, ma quel luogo non aveva alcun significato rituale, o almeno non aveva mai letto niente in proposito durante le sue ricerche. Dunque passò in rassegna col pensiero altri luoghi che risalivano il fiume.

E all'improvviso capì.

Si sporse dal finestrino e gridò al vetturino: «London Bridge, il più veloce possibile!».

Le avevano bendato gli occhi, così che dal finestrino della carrozza non potesse vedere niente. Anche se avrebbe dovuto essere spaventata, Charlotte si sentiva stranamente libera. La sensazione di non essere più circondata dalle mura della prigione, di essersi lasciata alle spalle il tempio sotterraneo, le infondeva nuovo coraggio. Era in pieno centro, circondata da molte persone, si sarebbe fatta notare e sarebbe stata salva. Avrebbe spiegato che la stavano trattenendo contro la sua volontà, che...

La voce era bassa, minacciosa. «Qualsiasi cosa tu stia pensando non succederà. Vedo il sorriso che hai sulle labbra, non sai fingere.»

Charlotte restò in silenzio. E cosa avrebbe mai potuto dire?

Adesso Iris parlava in tono rilassato, il che rendeva le sue parole ancora più spaventose. «Hai fatto tanta strada, non è così? Sei arrivata da un paese straniero e hai cominciato qui una nuova vita. Tuo marito ha raccontato qualcosa a mio padre e noi ne abbiamo parlato volentieri. Sei una donna intelligente, molto colta, sei stata solo fuorviata. Invece di unirti a noi, di venir introdotta al sapere divino e diventare tutt'uno con quello, hai preferito seguire la ragione. Ma la ragione da sola non porta a niente.»

Charlotte era felice che Iris parlasse. Fin tanto che parlava e la vettura procedeva, lei era al sicuro.

56

Alfie lo guardò con aria interrogativa. «Com'è che ha pensato al London Bridge?»

«Sto scrivendo un libro per il quale ho fatto delle ricerche. È l'attraversamento più antico del fiume. Quel ponte è lì da almeno duemila anni. Ma ancora non è tutto.» Tom parlava con entusiasmo, mettendo da parte solo per qualche istante la preoccupazione per Charlotte. «Lì sono state rinvenute delle lamine di maledizione simili alla tua. Persino il ponte risulta menzionato per la prima volta in un documento anglosassone del 984. Lì c'è scritto che una donna aveva creato una figura maschile di legno e per questo era stata condannata come strega. La portarono al London Bridge e la annegarono nel Tamigi. Si racconta che fosse quella la punizione consueta per le presunte streghe. E c'è dell'altro. Presso il ponte sono state trovate tre statue del dio Horus. È il figlio di Iside.»

Il volto di Alfie si illuminò. «Streghe? Non sono forse delle streghe anche le donne che hanno rapito Mrs Ashdown?»

Tom non ascoltava, era troppo assorto nelle sue riflessioni. «Ma dove vogliono andare di preciso? Sulla riva nord, sud, nella City o a Southwark? Nessuno sa dove sia annegata la strega...» Poi gli venne un'idea. Nel 984 d.C.... dunque al tempo degli Anglosassoni. All'epoca gran parte della città era insediata a nord del Tamigi fino a Southwark, ma se qualcuno veniva condannato, doveva essere sulla riva nord, dove si trovava la maggior parte dei tribunali e delle chiese.

Tom si sporse di nuovo dal finestrino. «A Fishmongers Hall!»

La carrozza si fermò di colpo. Le tolsero la benda e Charlotte vide che era sceso il crepuscolo. Disperata guardò una a una le donne che la circondavano con aria imperturbabile.

Iris, con un mantello indosso per coprire il vistoso abito che indossava ancora sotto, scese per prima. Charlotte riconobbe il London Bridge, sul quale viaggiavano ancora solo pochi carri e carrozze. Alla sua destra svettavano le torri del nuovo Tower Bridge, quindi si trovavano sulla riva sud del Tamigi, a Southwark. Fra i muri gialli di un grande magazzino e il ponte c'era una scala che portava giù al fiume. Le donne la presero a braccetto.

«Andiamo.»

Charlotte rifletté un istante se chiamare aiuto, ma anche stavolta Iris sembrò leggerle nel pensiero.

«Grida pure. Se i portuali accorrono, potrai sempre dir loro che ti stiamo portando via contro la tua volontà come vittima sacrificale alla dea Iside. Ti crederanno sicuramente e avviseranno la polizia.»

Charlotte strinse i denti così forte che le fecero male le mascelle. I gradini erano scivolosi, il che rendeva i suoi passi ancora più incerti. Per la prima volta provò un vero e proprio terrore. Aveva sperato, anzi no, si era convinta che Tom l'avrebbe salvata, ma come avrebbe fatto a trovarla lì? Ogni gradino l'avvicinava sempre di più all'acqua, e si chiese come avrebbe potuto amare il Tamigi, quella corrente scura che scorreva senza pietà, senza preoccuparsi delle persone sulle sue rive…

No, si rimproverò, *non puoi arrenderti. Succederà qualcosa, si distrarranno, anche solo per un istante, e tu avrai la tua occasione.*

Lì c'erano i pali massicci del ponte che venivano schiaffeggiati dall'acqua. Non c'era una riva dove i pettinatori di spiagge potessero trovare dei tesori.

Un pensiero sconclusionato che innescò tuttavia un mare di ricordi – Ned, la moneta, Alfie, i salici piangenti a Strand-on-the-Green, Julia Danby.

Charlotte aveva promesso a sua madre di trovare una risposta, e ora non poteva più mantenere quella promessa. *Non devi pensare questo*, si disse.

Le donne la portarono sotto il ponte. L'odore di marcio dell'acqua le salì nel naso. Sopra di loro imperversava il traffico, ma lì sotto erano completamente sole.

Spinsero Charlotte in ginocchio. Iris si chinò a disegnare un pentacolo a terra con il gesso. Poi accese cinque candele una dopo l'altra, fece sgocciolare la cera per terra e ce le infilò. Si muoveva con grande disinvoltura, quel rituale le veniva ormai spontaneo.

«Perché qui?» domandò Charlotte all'improvviso. Doveva guadagnare tempo, fosse stato anche solo per pochi secondi.

Si rese conto che Iris stava decidendo se rispondere o meno alla sua domanda. Ovviamente intuiva il suo stratagemma, ma era anche desiderosa di svelare le sue dottrine segrete.

«A Southwark è stata ritrovata una brocca romana con un'iscrizione. Reca notizia di un tempio di Iside esistito a Londra, e noi pensiamo che si trovasse nei pressi del Tamigi.»

«Il fiume sacro» disse Charlotte.

«Esatto. Io sono stata designata per proteggere la sua sacralità e per custodire la fede nella dea. Forse è per questo che i nostri nomi sono così simili. Forse ero predestinata.»

A Charlotte non veniva più in mente niente da poter dire per rimandare l'inevitabile – di qualunque cosa si trattasse.

«Oh, dea» attaccò Iris. «Prendi questa vittima, questa miscredente, accoglila nel tuo grembo. Abbracciala con i tuoi flutti e portala nell'Oltretomba, dove il tuo sposo Osiride l'attende. Tu sei la signora della magia, della fertilità e della vita.»

Charlotte provò ad alzarsi, a scuotersi di dosso le mani che la spingevano in basso, ma non le riuscì.

«Madre potente, figlia del Nilo,
Noi esultiamo quando con i tuoi raggi di sole
Ci colpisci.
Sorella sacra, madre della magia,
Ti veneriamo,
Amata di Osiride,
È la madre dell'universo.

Iside, che era, che è e sempre sarà,
Figlia della terra e del cielo,
Ti venero e canto le tue lodi.
Dea gloriosa di magia e luce,
Ai tuoi misteri apro il mio cuore.»

La tirarono su spingendola verso riva nonostante avesse puntato i piedi a terra per opporsi. Quando le scarpe ebbero quasi raggiunto il bordo della banchina, sentì la voce di Mrs Hartley-James.

«E ora, signora?»

«E ora che vada con la dea.»

A Charlotte si gelò il sangue nelle vene, il cuore le pulsava fin nelle orecchie, tanto da non riuscire a sentire cosa dicessero.

Tom... Non lo avrebbe più rivisto, l'avrebbe cercata, invano, senza mai trovarla...

All'improvviso una mano lasciò la sua spalla, i sassolini scricchiolarono sotto le suole, come se qualcuno stesse arretrando.

«No.»

«Nessuno si oppone alla dea» tuonò Iris, afferrando lei stessa la spalla di Charlotte.

«Non sono qui!» Tom si guardò intorno disperato. Lui e Alfie erano scesi per le scale del Fishmongers Hall, avevano controllato gli attracchi, erano corsi sotto il ponte e avevano guardato fino alla scala successiva. Nessuna traccia di Charlotte e delle altre donne. Forse sull'altra sponda?

«Vieni!» Tom corse di nuovo su per le scale da dove erano scesi e risalì sulla carrozza che li aspettava a bordo strada. Dei passanti lo guardarono meravigliati. I londinesi erano abituati ai comportamenti eccentrici, ma quei due davano nell'occhio.

Il cocchiere era seduto al suo posto, impassibile. Probabilmente si era rassegnato ai capricci dei suoi viaggiatori e sperava soltanto in un lauto compenso. All'improvviso sobbalzò bruscamente indicando il ponte col frustino. «Laggiù c'è qualcuno!»

Tom e Alfie si guardarono intorno. In effetti intravidero una sagoma correre sul ponte gridando e sbracciandosi. Entrambi balzarono immediatamente giù dalla carrozza. Le distanze si accorciarono, e in seguito Tom vide che era una donna senza cappello, con i capelli sciolti, che correva verso di loro disperata.

Capì subito che aveva a che fare con Charlotte.

La donna si fermò di colpo tenendosi il fianco e piegandosi sulle gambe. Tom fece appena in tempo ad afferrarla e ad appoggiarla alla balaustra.

La donna ansimava, evidentemente il corsetto le toglieva il respiro.

«Vogliono… laggiù…» Indicò vagamente verso la riva del fiume.

«Charlotte Ashdown, c'è lei laggiù?» la incalzò Tom.

La donna annuì. «Vogliono… In acqua… Come vittima.»

«Resta qui» ordinò ad Alfie, che era già sul punto di correre via. «Allentale in qualche modo il corsetto, così che possa respirare meglio.»

Passò in quel momento una carrozza, poi un autobus, ma Tom non se ne curò. Corse attraverso il ponte e giù per le scale accanto al magazzino.

Le mani affondarono nelle sue spalle, facendole male. Le ginocchia fregavano a terra, il vestito si strappò mentre puntava i piedi disperata, ma l'acqua era sempre più vicina.

«Voi siete pazze!» urlò Charlotte. «Questo è omicidio. C'è una testimone. Credete che la dea vi salverà dalla forca?»

Una delle donne le sferrò un colpo sulla nuca. «Nessuno ti sente.» Era Iris.

«Avete fatto così anche con Julia Danby? L'avete spinta in acqua? E poi avete avuto paura che il ragazzo vi avesse viste? È andata così?»

Una risata maligna. Henrietta Clovis. «Hai tutti i motivi per gettarti in acqua, non è così? Sei sterile. Un terribile destino per una donna sposata. Nessuno metterà in dubbio perché lo hai fatto.»

«Zitta!» Quelle parole furono così repentine che Charlotte trasalì. «Sporchi il rituale con i tuoi discorsi indegni.»

Un altro passo. Le punte dei piedi facevano forza sul bordo della banchina sotto la quale scorreva l'acqua sporca, sciabordando sulle nere pietre umide, c'era puzza di rifiuti e di pesce.

La afferrarono sotto le braccia spingendola in avanti, le suole delle scarpe scivolarono. Sarebbe morta. Non poteva essere vero… Era cominciata come un'avventura, e Tom – il suo amato Tom – non lo avrebbe più rivisto. Poi urlò a squarciagola, la voce stridula, come se volesse evocarlo.

Una spinta, delle grida, una rissa, qualcuno la tirò indietro dal bordo. Charlotte cadde a terra, le gambe non le ressero più. Poi sentì la sua voce, profonda e un po' rauca, come se anche lui avesse gridato, e Tom la strinse a sé, nascondendo il viso nei suoi capelli.

Alzando lo sguardo accanto a lui, vide Miss Clovis fare un passo verso Iris ormai vicina all'acqua.

«Non farlo!»

Iris sorrise. «Lascia stare, Henrietta. Sei stata la più leale delle seguaci.» Allungò un braccio come per rimetterla al suo posto, assumendo un atteggiamento quasi regale. «Ma noi siamo state tradite. Da Anna, che ha messo in discussione la mia autorità. Da Gertrude, che si è tirata indietro prima di compiere l'ultimo passo. Da quella lì» disse indicando Charlotte con voce carica di disprezzo «a cui ho dato fiducia e che volevo introdurre ai misteri della dea. Tutte loro sono colpevoli del nostro declino.»

Poi cambiò espressione, sembrava quasi estatica, e allargò le braccia a volo d'uccello. In quel momento sembrò simile alla dea del Tamigi. «Sono stata un tutt'uno con te, Iside. Lo sono ancora. Lo sarò sempre.»

Un attimo dopo si girò, fece un passo in avanti e si gettò nei flutti neri.

57

Uscirono delle barche, a riva vennero accesi fari e lampioni per facilitare le ricerche, il lungofiume venne battuto a tappeto, corde e reti vennero gettate in acqua.

La polizia arrestò Henrietta Clovis, e Mrs Hartley-James venne soccorsa dai medici prima di venir portata via.

I curiosi si accalcarono a guardare giù dal ponte come se stessero assistendo a uno spettacolo in un parco giochi. I poliziotti riuscirono a fatica a tenerli lontani dalle scale e dal luogo della disgrazia – e del presunto omicidio.

Le candele erano spente, ma il pentacolo campeggiava ancora a terra come prova di quel che era appena successo.

Due persone erano lontane dalla confusione, abbracciate l'una all'altra. Qualcuno aveva dato loro una coperta, sia per riscaldare Charlotte che per offrire un po' di protezione a Tom. Lui la stringeva fra le braccia, il viso di nuovo fra i capelli di lei.

«Ho avuto così tanta paura» disse Tom singhiozzando. «Perderti sarebbe stato…» Gli mancò la voce.

Charlotte gli prese il viso tra le mani guardandolo come se potesse leggergli dentro. «Sapevo che saresti venuto.»

«Come facevi a saperlo? Per poco non siamo arrivati troppo tardi.» Indicò il ponte in alto. «Se quella donna non fosse corsa da noi in cerca di aiuto, a quest'ora tu saresti… Là sotto.»

«Pensi che la troveranno?»

Tom fece spallucce. «Penso di sì. Ma non viva.»

Charlotte chiuse gli occhi e deglutì. «Mi auguro che sopravviva.»

«Perché? Quella donna voleva ucciderti.»

«Lo so.» Gli appoggiò la testa sulla spalla. «Ma ho ancora così tante domande. Non potrà più dirci come è morta di preciso Julia Danby, e i suoi genitori avrebbero meritato di saperlo. Non sappiamo cosa ne è stato del vecchio Ned e...»

«Quando interrogheranno Miss Clovis, faranno a lei tutte queste domande. C'è ancora tempo per far venire a galla tutta la verità.» Con l'indice le sfiorò delicatamente la pelle sotto il naso, aveva una ferita. «Il dottore dice che è stato il cloroformio. Hai subito uno shock, volevano...»

Charlotte si rese conto stupita che Tom era più sconvolto di lei. Aveva le lacrime agli occhi. «Adesso non voglio parlare degli altri, ma di te. Di noi. In queste ultime ore ho capito una cosa.» La strinse ancora più forte a sé. «Tu sei più importante di qualsiasi altra cosa. Niente potrà mai sostituirti.» Indugiò. «Nemmeno un figlio. Per quanto lo abbia desiderato... La mia vita senza di te non vale niente. Nei mesi scorsi sono stato combattuto, non ero in pace con me stesso. Ho scaricato il mio malumore e la mia sofferenza su di te. Ma non era colpa tua. Non lo è mai stata.» Prese fiato tremante. «Charlotte, ti amo così tanto. Sei tutto per me. Ho avuto paura che tu potessi lasciarmi.»

Lei si liberò dalla stretta di Tom e fece un passo indietro. «Perché avrei dovuto farlo?»

«Perché io... Perché noi non possiamo avere figli.»

Lo abbracciò scrollandolo leggermente. «Non dirlo, Tom, mi stai ascoltando? Mai più.»

Qualcuno si schiarì la voce dietro di loro. «Chiedo scusa. Ispettore Russell della polizia metropolitana. Siete voi gli Ashdown?»

Entrambi annuirono.

«Potete andare a casa. Ma domani dovrete venire a New Scotland Yard per mettere a verbale la vostra deposizione. Victoria Embankment, proprio vicino a Westminster Bridge. Questo è il mio biglietto da visita.»

Tom se lo mise in tasca.

«Ha bisogno di un medico?»

«No» si affrettò a rispondere Charlotte. «Come procedono le ricerche? Avete trovato Miss Jellicoe?»

L'uomo scosse la testa. «Con questa corrente e in queste condizioni di visibilità ci vorranno dei giorni. Abbiamo poche speranze di ritrovarla viva.» Si congedò toccandosi il cappello.

Charlotte e Tom si avviarono verso le scale.

Sui gradini Charlotte vide Alfie, la testa appoggiata sulle mani, che guardava ansioso verso di loro. Poi balzò in piedi e un po' a disagio andò loro incontro. «Sono felice che non sia finita nel fiume, Mrs Ashdown.»

Charlotte non poté trattenersi dal ridere, qualcosa dentro di lei si era finalmente sbloccato. «Anch'io, Alfie, credimi.» Gli posò una mano sulla spalla. «Vieni, andiamo a casa.»

In carrozza Tom e Charlotte erano seduti accanto, Alfie davanti a loro. Ora che era al sicuro, sopraffatta dal ricordo di quell'esperienza sconvolgente, Charlotte iniziò a tremare. Tom la tirò a sé. «In realtà volevo lasciare Alfie a casa, ma ha insistito per accompagnarmi. O meglio, mi ha letteralmente bloccato la porta non lasciandomi altra scelta.»

«Hai fatto bene, Alfie» disse Charlotte con voce tremante. «In certe situazioni è meglio non essere mai soli.»

«È grazie a lui che ho scoperto che ti avevano portato via in carrozza.» Tom deglutì in modo assai percepibile. «Altrimenti sarei rimasto ancora chissà quanto davanti ai sotterranei, mentre loro ti...»

«Non è successo niente» disse Charlotte a bassa voce, appoggiandosi alla sua spalla. «E Sir Tristan?»

Sentì Tom irrigidirsi. «Conosce le Figlie di Iside. Sa cosa ha fatto sua figlia, e ciononostante non ha voluto aiutarmi. Mi ha buttato fuori di casa» disse in tono amaro.

«E lo pagherà a caro prezzo.» Charlotte esitò. «Avrebbe potuto rispondere a tante delle nostre domande. Ma d'altra parte... è molto meglio così.»

«Che intendi?»

Charlotte cercò le parole adatte. «Ho visto come quelle donne pendevano dalle sue labbra, come la veneravano. Ovviamente saranno indignate e magari ci accuseranno persino di aver spinto Iris a uccidersi. Ma lei era il loro punto di riferimento. Senza la sua guida le Figlie di Iside si disperderanno. A maggior ragione ora che rischiano di venir accusate di complicità.»

Tom si schiarì la voce. «Se si arriverà a un processo, dovrai testimoniare. Pensi di essere pronta?»

Charlotte annuì decisa. «Certo. Per Julia, per Alfie e per Anna Carhill. Spero solo che sia al sicuro.»

«Hanno subito mandato dei poliziotti a Strand-on-the-Green» disse Tom. «Domani ne sapremo di più.»

Lei chiuse gli occhi esausta e si appoggiò di nuovo a lui.

Quando la carrozza si fermò, Tom la svegliò delicatamente. «Siamo a casa, cara.»

Tom la aiutò a scendere e ringraziò il vetturino che prese i soldi colmo di gratitudine. «Se dovesse decidere di ripetere un'avventura del genere, Sir... io sarò dei vostri.»

Quella sera la polizia arrestò Rosalie Wilkins a casa di Miss Wilbraham. Anna Carhill era sdraiata sul divano che si stava riprendendo dai postumi della narcotizzazione. Pianse per l'agitazione e la vergogna di essersi fatta sequestrare, e ammise poi che Iris Jellicoe di recente l'aveva rapita perché temeva che potesse raccontare ad altri del culto segreto. L'aveva trattenuta a casa sua mentre suo padre era partito, e l'aveva resa docile con un mix di droghe e lusinghe. Anna era tornata dalle Figlie di Iside, ma la fiducia e la cieca venerazione erano svanite. Quando aveva visto Charlotte Ashdown al tempio aveva capito di non voler più aderire a quel culto. Il pentacolo capovolto era stata l'ultima goccia.

«Che succede ora?» domandò alla poliziotta.

«Dovrà rilasciare una deposizione ufficiale a Scotland Yard. Ma verrà ascoltata come testimone, non come imputata.»

Anna pianse per il sollievo.

Nelle prime ore del mattino, quando il fiume era immerso in una grigia luce lattiginosa, i pettinatori di spiagge trovarono un cadavere di donna. Era stata portata a riva nei pressi di St. Saviour's Dock, dove il Neckinger, uno dei tanti affluenti del Tamigi, sfociava nel fiume.

Come si narrava, un tempo su quel fiume venivano impiccati i pirati e messi in mostra pubblicamente per spaventare gli altri. Il nome sembrava derivare dall'antica espressione "foulard del diavolo", un modo di dire popolare che stava per "cappio".

Iris Jellicoe venne identificata grazie a un gioiello e alla sua veste dall'aspetto esotico, un tempo bianca. Il volto era ormai irriconoscibile.

58

La valigia di tela era pronta: calze e biancheria nuove, camicia e pantaloni, un cappello, pettine e forbici, un coltellino, due romanzi di marinai. Infine una piccola fotografia che ritraeva Alfie con Tom e Charlotte.

Negli ultimi giorni avevano trascorso molto tempo insieme. Charlotte si era chiesta se Tom avesse voluto dare al ragazzo ancora del tempo nella speranza che cambiasse idea.

Ma Alfie non tornò nemmeno mezzo secondo sulla decisione presa, e Tom non cercò di dissuaderlo. Sapeva per esperienza cosa significasse vivere in casa con una famiglia quando si era deciso di prendere un'altra strada. Quel giorno sarebbe salito a bordo dell'*Exmouth*, ancorata nella contea dell'Essex, e Tom ce lo avrebbe accompagnato.

Charlotte allargò le braccia, e Alfie si strinse a lei. Lei gli accarezzò i capelli e sorrise. «Diventerai un marinaio straordinario, ne sono certa. E quando vorrai, potrai venirci a trovare in qualunque momento.»

Alfie annuì zelante. «Lo farò senz'altro. E le scriverò, promesso.»

Prese la sua borsa e se la mise in spalla.

«Grazie. Di tutto. È stata un'avventura.»

«La vera avventura per te, Alfie, comincia adesso» disse voltandosi rapidamente dall'altra parte. A un tratto le vennero le lacrime agli occhi, e non voleva farsi vedere dal ragazzo.

«Si parte» disse Tom, e poco dopo la porta si richiuse dietro di loro.

Marguerite Danby arrivò verso le undici. Charlotte l'aveva invitata, e poiché Mr Danby stava meglio, la donna aveva accettato volentieri. Aveva ripreso qualche chilo e non era più così pallida.

Quando furono sedute in soggiorno, Marguerite la guardò. «Ancora non l'ho ringraziata abbastanza. Giusto qualche parola al volo nell'atrio di Scotland Yard non la ripaga certo di tutto quello che ha fatto per noi.»

«La prego» disse Charlotte versandole il tè.

«No, no, dico sul serio. Solo ora io e Gerald abbiamo la sensazione di poterci congedare da Julia. Di poterla tenere nel nostro cuore senza più tormentarci con dubbi irrisolti. È un enorme sollievo, un dono.»

Charlotte deglutì. «Allora sono felice che sia venuta. Avrei voluto che sentisse tutto direttamente da Miss Jellicoe, ma...»

Marguerite le posò una mano sulla sua. «Forse è meglio così. Non che le avessi augurato la morte, tuttavia mi rincuora non saperla più a questo mondo. Per fortuna hanno arrestato quella Miss Clovis. Grazie a lei sappiamo che Iris Jellicoe era con Julia sul Tamigi. Quella donna l'ha influenzata per mesi senza che noi ce ne accorgessimo. E poi quella sera ha attirato Julia a Mortlake persuadendola non solo a rovinare la sua collana ma anche a togliersi la vita per far tornare la magia nel mondo. La magia di Iside, come l'ha chiamata. So che da quel momento mia figlia non è più stata se stessa, nemmeno quando è morta.» Si asciugò gli occhi con il dorso della mano. «Potrà suonarle strano, ma mi conforta sapere che la Julia che conoscevo non avrebbe mai fatto nulla del genere. Scoprire come è morta mi ha restituito mia figlia. Adesso posso ripensare a lei, a com'era in passato e ricordarla così.»

«Ne sono davvero molto lieta, Mrs Danby.»

«Mi chiami Marguerite.»

«Volentieri. Sarebbe bello rimanere in contatto. A proposito, il vecchio Ned è rispuntato fuori a Southwark. Miss Jellicoe era la sua migliore cliente. Quando ha saputo che mi aveva venduto la moneta, gli ha infilato una lamina di maledizione sotto la porta. Allora Ned ha preferito cercarsi un altro ricovero. È stata la sua fortuna. Avevo già temuto...»

«Anche lui avrebbe potuto diventare una vittima di quella donna?»

Charlotte annuì.

Marguerite la guardò esitante. «C'è una cosa che non mi dà pace. I giornali scrivono che le Figlie di Iside non esistono più, che dopo lo scandalo si sono sciolte. Lo crede anche lei? Non sopporterei che un'altra giovane donna dovesse cadere nella loro trappola.»

Charlotte rifletté attentamente e poi disse: «Penso di poterla tranquillizzare. Iris Jellicoe è morta. Henrietta Clovis è in attesa di condanna per complicità in rapimenti e altri reati. Mrs Wilkins e Mrs Hartley-James sono ormai screditate agli occhi della società. Anna Carhill dovrà tenersi alla larga da culti segreti per il resto della sua vita. È finita, Mrs Danby. Le Figlie di Iside sono acqua passata.»

Tom aveva rimandato quella visita, ma adesso non poteva più procrastinare. Erano passati tre giorni dal funerale, lo aveva letto sul giornale. Per le circostanze in cui era morta, il cadavere di Iris Jellicoe era stato sottoposto ad autopsia, avevano dovuto aspettare il via libera della polizia per riavere il corpo e poter così celebrare le esequie.

In realtà odiava l'idea di ritornare al cospetto di quell'uomo. Sir Tristan non era stato messo sotto accusa, ma correva voce che fosse al corrente delle macchinazioni di sua figlia e che l'avesse coperta. La sua reputazione era seriamente compromessa, e Tom si chiedeva se sarebbe rimasto a Londra o se si sarebbe ritirato da qualche parte in campagna.

Ma avevano stipulato un contratto. Lui e Charlotte avevano lavorato molto e doveva sapere cosa ne sarebbe stato del libro.

Khalish gli aprì la porta con espressione imperturbabile, come se quei fatti terribili non fossero mai accaduti.

«Il signore la sta aspettando.»

Sir Tristan era dimagrito, aveva delle profonde occhiaie scure. Porse la mano esitante, incerto se Tom l'avrebbe stretta. E lui infatti non la strinse.

«Capisco. Si sieda, Tom. Se ancora posso chiamarla così.»

«Mi è indifferente» tagliò corto lui. «Mi chiami come vuole.»

Sir Tristan lo guardò con aria supplichevole. «La prego, mi ascolti. Voglio spiegarle. Iris amava il fiume.» Alzò la mano. «Lo so, il suo amore ha preso la piega di un'ossessione patologica, ma era comunque amore. Tutto ciò che ha fatto, lo ha fatto per amore, per aiutare le persone a ritrovare se stesse, a riscoprire la propria interiorità. Ciò che giace sopito sotto la superficie e si perde nella nostra era frenetica di ferro e acciaio.»

Tom aveva esaurito la pazienza, dunque interruppe Sir Tristan. «Questa versione l'ho sentita fin troppe volte, sono stanco. Non voglio avere niente a che fare con ordini, società segrete e rituali. Lei voleva sacrificare mia moglie e proteggere sua figlia!»

Sir Tristan sollevò le braccia per schermirsi. «Ma alla fine ha ritrovato Charlotte sana e salva.»

Tom balzò in piedi. «E lei non ha nemmeno provato ad aiutarmi!» Restò in piedi ansimante. «Potrei raccontare tante cose alla polizia, ma sono stanco e voglio lasciarmi questa brutta storia alle spalle. Sono nauseato dalla sua falsità, dal suo modo di manipolare la vita degli altri senza scrupoli. Sono venuto da lei per una sola ragione: voglio sapere che cosa ne sarà del nostro libro. Possiamo rescindere il contratto, e lei mi pagherà solo il lavoro svolto finora Con Charlotte» aggiunse.

Non era una condizione soddisfacente per Tom, perché ci teneva al progetto, ma era impensabile continuare a lavorare con quell'uomo. Sarebbe stato felice di non dover più vedere Jellicoe.

«La prego, Tom, mi ascolti. Ho investito molto in questo libro. Volevo riportare la magia nel mondo e dimostrare che ce n'è più di quella che ci offre la realtà prosaica che ci circonda.»

Tom non poteva più sopportare quei discorsi. «Non mi venga a parlare di magia! Due persone sono morte, altre due sono state rapite e minacciate. Non voglio sentire giustificazioni.»

La voce di Sir Tristan era quasi implorante. «Ancora una parola, Tom. Lei è l'unico che può finire di scrivere il libro. E il lavoro che ha svolto non deve andare sprecato. Scriva quello che meglio crede, ma lo scriva.» Si interruppe. «Le faccio un'offerta: le cedo tutti i diritti del libro. Lei si troverà un'altra casa editrice, non avrà difficoltà in questo, e lo pubblicherà a suo nome nella forma che ritiene.»

Questo non lo aveva messo in conto, e in altre circostanze ne sarebbe stato lieto. Ma in questo caso si limitò ad annuire. «Mi invii l'accordo.»

«Glielo farò avere oggi stesso.»

«Grazie.» Quando si voltò per andarsene, lesse un'ultima supplica negli occhi di Jellicoe, un barlume di speranza che la loro amicizia potesse sopravvivere, ma poi abbassò le spalle. La perdita della figlia lo aveva colpito duramente, e all'improvviso dimostrò tutti gli anni che aveva. Sembrava comprendere di essere rimasto completamente solo.

Tom andò in direzione della stazione. Già l'indomani avrebbe cercato un editore e si sarebbe assicurato che Charlotte potesse contribuire con un suo capitolo sul Tamigi. Sul frontespizio sarebbe apparso anche il suo nome. Non sopportava che le donne restassero nell'anonimato.

Allungò il passo per tornare presto a casa.

Aveva una buona notizia da dare a sua moglie.

Epilogo

Il fiume risplendeva al sole come oro lavorato a mano. I gabbiani gridavano in volo per poi precipitarsi dentro l'acqua non appena avvistavano qualcosa di commestibile. In lontananza si vedevano sagome curve che ispezionavano la sabbia così come un tempo era solito fare Alfie.

Tom indicò a valle, quasi avesse letto nella mente di Charlotte. «La sua nave si trova laggiù nell'Essex. Ogni tanto dovremmo andare a fargli visita.»

Charlotte sorrise. «Per assicurarci che venga trattato come si deve?»

Tom fece spallucce. «È più forte di me. Ma mi hanno garantito che lì i ragazzi li fanno anche studiare, e inoltre vengono trattati bene.»

«Ti accompagnerò volentieri.» Charlotte lo prese per mano. «Tom, sono molto felice che il libro ora sia nostro. Che possiamo finalmente lasciarci alle spalle Sir Tristan e Iris. E la tua idea di farmi scrivere un capitolo sulla storia del Tamigi è meravigliosa. Mi piacerebbe molto.»

«Te lo meriti. Sei una donna intelligente e indipendente. Il tuo talento non deve andare sprecato.» Risultò goffo e si maledisse per questo. Solitamente era così abile con le parole e, adesso che più gli premeva, balbettava a fatica. «Hai bisogno di un impegno, qualcosa che ti tenga occupata, nel caso rimanessimo solo noi due.»

Charlotte posò la punta delle dita sul mento di Tom e gli sollevò la testa perché la guardasse dritto negli occhi. «Hai ancora paura che possa lasciarti?»

«No. Solo che a volte...» Sollevò impotente le spalle.

«Be', non ne ho intenzione. Stiamo scrivendo un libro. E io ho anche altri programmi.» Indugiò, guardandolo ansiosa. «Il reverendo ha detto una volta che in parrocchia ci sono bambini dotati i cui genitori non possono permettersi una scuola di alto livello. Vorrei offrirmi come insegnante volontaria.»

Tom la guardò sorpreso. «Non me ne avevi mai parlato. Non sapevo che volessi riprendere a lavorare come insegnante.»

«Ogni tanto ci ho pensato, lo ammetto. Dopo la mia visita a Georgia mi sono ricordata di quanto mi piacesse insegnare ai bambini. E poi è arrivato Alfie.» Charlotte sorrise. «Abbiamo passato un po' di tempo insieme. Mi ha fatto conoscere le potenzialità di un bambino a cui a prima vista non si dà molta fiducia. Pensa a quanti Alfie ci sono qui a Londra. Mi piacerebbe moltissimo poterli aiutare.»

«Allora devi assolutamente parlare con il reverendo» insistette Tom.

Quello era suo marito, onesto e spontaneo, e così le venne di dire: «Noi siamo ricchi, Tom... Di amicizia, di amore, di impegni gratificanti. Magari un giorno lo adotteremo un bambino. O magari ci renderemo conto che siamo già felici così. E che non abbiamo bisogno di nessun altro».

Lui la tirò a sé guardandola dritto negli occhi. «Ti amo. Ti amo così tanto. Quei momenti sul ponte, quando non sapevo se...»

Charlotte gli chiuse delicatamente la bocca con un bacio.

Postfazione

Nel 2015 è uscito *I misteri di Chalk Hill*, dove Charlotte Pauly e Tom Ashdown si sono incontrati per la prima volta. Da allora sono passati diversi anni, eppure non sono mai riuscita a lasciarli andare, tanto da sentire l'urgenza di riprendere la loro storia.

Ma di quale avventura renderli protagonisti adesso? Sono estremamente sensibile al fascino di Londra, e sentivo inoltre di non averne sondato fino in fondo tutti i misteri in *Das Haus in der Nebelgasse*.

È stato di nuovo un libro di Peter Ackroyd a indicarmi la strada: la sua meravigliosa storia del Tamigi. A quel punto mi sono decisa: Charlotte e Tom avrebbero vissuto insieme un'avventura che univa la Londra metropoli alla Londra luogo di culto magico.

Nel XIX secolo i rituali magici e le società segrete esercitavano un grande fascino su molti britannici. Le Figlie di Iside, di cui si parla in questo romanzo, sono fittizie, ma molti dei loro simboli e rituali non lo sono. Tutti i simboli egizi, l'albero della vita e la cabala, i reperti archeologici rivenuti nel Tamigi e in riva al fiume sono autentici. Mi sono presa una piccola libertà con la brocca che indica il tempio di Iside (https://www.facebook.com/471707109534948/photos/a.573305559375102/1028031030569217/?type=1&theater). Fu scoperta solo nel 1912.

Tutti i personaggi storici da me menzionati sono vissuti realmente, non ho inventato nulla.

L'Ordine ermetico dell'Alba dorata è esistito davvero, e persino i suoi membri, che io nomino, sono autentici. Tuttavia non eseguivano rituali con esito mortale come quelli compiuti dalle Figlie di Iside.

Un altro argomento trattato nel libro che mi sta particolarmente a cuore è l'impossibilità per Charlotte e Tom di mettere al mondo un figlio. È stato incredibilmente difficile trovare informazioni storiche in proposito, perché all'epoca non esistevano trattamenti medici come l'inseminazione artificiale o le terapie ormonali, e la condizione di una donna sposata senza figli era decisamente più difficile che ai giorni nostri. La maternità come modello femminile ideale era così dominante che si parlava e si scriveva di infertilità raramente, o comunque con estremo pudore. A me interessava prendere in esame le ragioni che portano una coppia innamorata ed emancipata a convivere o a non convivere con l'assenza di genitorialità. Spero di aver creato per Charlotte e Tom una storia adeguata e piena di sensibilità.

Le seguenti pubblicazioni mi hanno aiutata in modo particolare nelle mie ricerche:

Peter Ackroyd, *Thames. Sacred River*, London 2007

Jonathan Black, *The Secret History of the World*, London 2010

Merlin Coverley, *Occult London*, Harpenden 2017

Stephen Croad, Liquid History. *The Thames Through Time*, London 2003

Nicholas Dakin, *John Dee of Mortlake*, Barnes and Mortlake History Society 2011

Christopher Dell, *The Occult. Witchcraft & Magic*, Thames & Hudson, London 2016

Chris Ellmers e Alex Werner, *London's Lost Riverscape. A Photographic Panorama*, London 1988

Mary K. Greer, *Women of the Golden Dawn. Rebels and Priestesses*, Rochester (Vermont) 1995

Israel Regardie, *The Golden Dawn. The Original Account of the Teachings, Rites, and Ceremonies of the Hermetic Order*, Woodbury (Minnesota) 2018

Ted Sandling, *London in Fragments. A Mudlark's Treasures*, London 2018

Jane Sidell, *2001. Archaeology and the London Thames: past, present and future*. Archaeology International, 5, p. 12–15. DOI: http://doi.org/10.5334/ai.0505

Fonti citate

William Blake, *Tiger, Tiger, übersetzt von Hans-Dieter Gelfert, in: (ders.) hundert englische gedichte*, dtv, München 1999, p. 81

Erik Hornung, *Das Totenbuch der Ägypter*, Artemis & Winkler, Düsseldorf/Zürich 1997, p. 511

William Shakespeare, *Sämtliche Werke, übersetzt von August Wilhelm Schlegel, Dorothea und Ludwig Tieck, Wolf Graf Baudissin, Fredinand Freiligrath, Gottlob Regis, Karl Simrock*, Magnus Verlag, Essen 2003, p. 1211

Oscar Wilde, *Lady Windermeres Fächer, übersetzt von Peter Torberg*, S. Fischer Verlag, Frankfurt/Main 2001, p. 73

http://onepaganman.blogspot.com/2012/04/prayerto-auset-isis.html (letzter Zugriff 25.08.2020)

Ringraziamenti

Come sempre ringrazio di cuore tutti coloro che mi sono stati accanto con consigli e informazioni. Le mie meravigliose lettrici Hanna Bauer, Carolin Klemenz e Gisela Klemt; David Deaton della Barnes and Mortlake History Society, che mi ha fornito preziose informazioni su John Dee e su Mortlake, il principale teatro degli eventi da me narrati; la mia famiglia, che mi ha pazientemente accompagnata alla Piramide di Limehouse, al Museo di Londra, all'Ago di Cleopatra, al British Museum e a Clerkenwell; Ani Steinhauer, che è andata per me al museo e ha condiviso con me il libro sui pettinatori di spiagge.

MISTO
Carta da fonti gestite in maniera responsabile
FSC® C115118

Stampato presso Elcograf S.p.A.
Stabilimento di Cles